Wodka für den Weihnachtsengel

Wodka für den Weihnachtsengel

Russische Kriminalgeschichten

Herausgegeben von Galina Dursthoff

Aufbau-Verlag

ISBN 3-351-03059-2

1. Auflage 2005

Hinweise zu den Inhabern der Originalrechte am Schluß des Bandes
Einbandgestaltung Henkel/Lemme
unter Verwendung eines Fotos von photonica
Druck und Binden Druckerei C. H. Beck, Nördlingen
Printed in Germany

www.aufbau-verlag.de

Inhalt

Tatjana Ustinowa

Ein Engel flog vorbei

Im Arztzimmer wurde der Tannenbaum geschmückt, ein künstliches, etwas krummes Ding, das seit dem Vorjahr in einer Schachtel gelegen hatte. Gleb, der auf einem wackligen Plastikstuhl stand, steckte die Spitze auf, sprang herunter, und dann bewunderten alle eine Weile die sagenhafte Schönheit. Draußen vorm Fenster fiel lautlos dichter Schnee, der Chefarzt Schumakow schlürfte Kaffee und seufzte, sonst war kein Ton zu hören. Nicht einmal der Fahrstuhl schepperte.

Plötzlich erzitterte auf dem Tannenbaum ein Glöckchen und klingelte.

»Ein Engel ist vorbeigeflogen«, sagte Mascha leise, und alle schauten sich heimlich um, ob sie den Engel vielleicht irgendwo entdeckten. Bis auf Schumakow, der weiter seinen Kaffee trank und ein Kreuzworträtsel löste. Er pfiff auf alle Engel der Welt, so war er nun einmal beschaffen. Er war kein Romantiker.

Etwa zwei Stunden später starb auf der Intensivstation ein Patient. *Etwa* zwei Stunden später, weil, als der diensthabende Arzt ins Zimmer schaute, die Schwester nicht an ihrem Platz war und der Patient offenkundig bereits eine Weile nicht mehr atmete.

Panik setzte ein, allerdings in Maßen, denn der Patient war alt gewesen, und im Grunde hatte niemand sonderlich auf einen positiven postoperativen Verlauf gehofft.

Schumakow »persönlich« kam angelaufen. Er war enttäuscht – die Operation war ein Glanzstück gewesen, er hatte sich große Mühe gegeben und, als alles gelungen war, irgendwie daran geglaubt, daß auch weiter alles gut gehen würde.

Aber der Patient war einfach gestorben.

»Warum nehmen Sie es so schwer?« fragte die Operationsschwester Nonna Wassiljewna halb erstaunt, halb mitfühlend, während sie die Drähte einwickelte und die Kontakte entfernte. »Er hat sein Leben gelebt, und Sie haben Ihre Sache trotz allem toll gemacht, Wladimir Antonowitsch!«

Dieses »trotz allem toll gemacht« brachte Schumakow endgültig in Rage.

Er versetzte der Tür einen Fußtritt, schickte die Pflegerin, die ihm unglücklicherweise über den Weg lief, zum Teufel, setzte sich ins Arztzimmer und steckte sich eine Zigarette an, was er sich sonst nie gestattete.

Ab und zu schaute jemand zur Tür herein, doch keiner traute sich einzutreten.

Schumakow rauchte drei Zigaretten; die Kippen warf er in eine Tasse mit kaltem Tee – teegetränkt tauchten sie wieder auf und schwammen an der Oberfläche. Gereizt riß er den Hörer vom ununterbrochen klingelnden Telefon und schmiß ihn neben dem Apparat auf den Tisch, er schleuderte dann ein Wolltuch, das eine der Damen im Sessel liegengelassen hatte und das nach Tabak und teurem Parfüm roch, auf die Liege und knurrte, als die Tür erneut einen Spalt geöffnet wurde.

»Wladimir Antonowitsch ...«

»Was gibt's?«

»Da … will jemand … zu … zu dem Toten. Kommen Sie … raus, oder sollen sie warten?«

Schumakow schniefte, und die Krankenschwester – vor Wut und Verdrossenheit hatte er ihren Namen vergessen – verkroch sich hinter der Tür.

»Warum macht mich das Wort ›Tuch‹ so wütend?« erkundigte er sich düster.

Die Schwester verzog das Gesicht, sie ahnte, daß gleich etwas Furchtbares geschehen würde, das sich, wie ein heranahender Zug, weder abwenden noch aufhalten ließ. Sie fragte kläglich: »Was? Was für ein Wort?«

Hätte sie lieber nicht gefragt!

Obwohl, selbst wenn sie es nicht getan hätte, es wäre ohnehin nichts zu ändern gewesen.

»Was für ein Wort!« brüllte Schumakow, als habe er nur auf diese Gelegenheit gewartet. »Was für ein Wort schon, hol Sie der Teufel! Tuch, verdammt noch mal! Schmeißen hier alles rum wie … wie in einem Boudoir! Wo sind wir denn hier?! Im Krankenhaus oder im Bordell?!«

»Ich weiß nicht«, piepste die Schwester und fing hinter der Tür an zu weinen, »ich weiß nicht, wovon Sie reden, Wladimir Antonowitsch …«

»Hiervon rede ich!« Er sprang auf, wobei er den Tisch verrückte und einen Stuhl umwarf. Er riß das Tuch von der Liege, knüllte es zusammen und schleuderte es – nein, nicht nach der Schwester, sondern zum Fenster. »Hier sieht's aus wie in einem Schlafzimmer, aber daß die Patienten wegsterben, das kümmert keinen, wie? Wo ist die diensthabende Schwester von der Wachstation geblieben? Die Tanne schmücken?«

»Ich weiß nicht!« Die Schwester heulte. Sie wischte sich

die Wangen ab und blickte hilfesuchend in den Flur, ob ihr nicht jemand zu Hilfe käme. Es kam niemand, alle wußten, daß der Chefarzt »Dampf ablassen« mußte.

Der Chefarzt hing an seinen Patienten. Er war aus der Sklifossowski-Unfallklinik an die Privatklinik gekommen und unterschied sich sehr von den verwöhnten jungen Ärzten, für die ihr Job nicht mehr war als ein Job. Festes Gehalt, regelmäßige Prämien, Urlaubs- und Feiertage und Material, mit dem man zu arbeiten hatte. Was spielte es für eine Rolle, daß es sich bei dem Material um Menschen handelte? Menschen waren auch Material!

»Die Schwester ist nicht an ihrem Platz, im Arztzimmer liegen Tücher rum, und ich darf die Verwandten über den Tod eines Angehörigen informieren, ja?«

»Wladimir Antonowitsch ...«

»Ach, Sie können mich mal! Ich will sofort den diensthabenden Arzt sprechen und die dumme Pute, die von der Wachstation abgehauen ist! Und den Verwandten sagen Sie, sie sollen auf mich warten!«

»Vielleicht kann Gleb Jewgenjewitsch es ihnen mitteilen ...«

Die Schwester war nicht den ersten Tag hier, und obgleich sie untröstlich war ob der Ungerechtigkeit des Chefarztes, dachte sie auch an ihre eigenen Interessen: Wenn der Chefarzt ausgebrüllt und sich wieder beruhigt hatte, würde er sich daran erinnern, daß sie ihm in einem schweren Moment beigestanden hatte, indem sie vorschlug, Gleb vors Loch zu schieben.

»Nicht nötig, und nun verschwinden Sie endlich!«

Das Tuch lag auf dem Fußboden und vergiftete ihm das Leben.

Er wußte, daß er sich bald sehr schämen würde, weil er so gebrüllt hatte, ganz unerträglich schämen, und dann würde er sich bei der Schwester, deren Name ihm noch immer nicht einfiel, entschuldigen und sein Gewissen besänftigen, den Abscheu gegen sich selbst zähmen müssen.

Er zündete sich noch eine Zigarette an, warf wütende Blicke auf das Tuch, stand auf, bückte sich danach und schleuderte es auf die Liege. Ihm schien, als röchen auch seine Hände nach dem süßen Parfüm.

Wenn er rauskriegte, wem es gehörte – er würde diejenige umbringen!

Beim Gedanken an den Tod schüttelte es ihn erneut, er rollte ein Stück mit dem Stuhl, stieß dabei gegen das Tischbein, der Tisch wackelte, der künstliche Tannenbaum darauf, geschmückt mit winzigen in Folie gewickelten Schachteln, geriet ins Wanken. Schumakow erstarrte. Der Tannenbaum schwankte eine Weile, dann kippte er um und erfaßte die Tasse, in die Schumakow seine Kippen geworfen hatte. Er konnte sie nicht mehr abfangen, sie neigte sich langsam, scheinbar widerwillig, schien sogar einen Augenblick zu verharren – Schumakow kniff die Augen zusammen – und fiel klirrend um.

»...!«

Der Tee ergoß sich samt den Kippen über den Tisch, floß auf Patientenakten, eine Zeitschrift und die Computertastatur.

Schumakow rettete hastig die Patientenakten. Dann riß er ein Handtuch vom Haken und wischte hektisch die Pfütze auf. Er fegte die Kippen zusammen und tastete mit dem Fuß unterm Tisch nach dem Pedal des Mülleimers.

Er warf die Kippen hinein, schaute kurz hin, dann klappte der Deckel zu.

Irgend etwas im Mülleimer war Schumakow verdächtig vorgekommen, und er tastete noch einmal nach dem Pedal. Der Deckel klappte folgsam auf wie ein Rachen.

Drei nasse zerdrückte Kippen lagen auf einem halbleeren Infusionsbeutel. Ein ganz gewöhnlicher Infusionsbeutel – durchsichtiges Polyäthylen, schwarze Schrift.

Chefarzt Schumakow zog die geraden schwarzen Brauen zusammen, wodurch er aussah wie ein Kauz, überlegte kurz, bückte sich und fischte den Infusionsbeutel heraus. Die Kippen rutschten lautlos eine nach der anderen in den Müll.

Schumakow betrachtete den Beutel, wischte die Unterseite sogar mit der Hand ab.

Diesen Infusionsbeutel hatte der Patient bekommen, der vor rund zwei Stunden gestorben war. Das wußte er genau, denn die unteren Buchstaben waren ein wenig verwischt, als sei der Druckautomat verrutscht. Er selbst hatte den Beutel dem diensthabenden Arzt gebracht, und dabei waren ihm die verwischten Buchstaben aufgefallen.

Irgend etwas stimmte hier nicht. Irgend etwas stimmte absolut nicht.

Schumakow schaute noch einmal auf die verwischten Buchstaben, steckte den Beutel in die Tasche seines Kittels und verließ das Arztzimmer. Die kleine Gruppe, die auf dem Flur zusammenstand – zwei Schwestern und drei junge Talente der privaten Medizin –, stob bei seinem Anblick auseinander und löste sich wie eine Fata Morgana in der Stille des Flurs, im gleißenden Strahlen der Leuchtstoffröhren auf. Niemand wollte dem Chefarzt begegnen.

In der Ferne klappte hinter dem letzten der Entflohenen eine Tür.

Schumakow spürte an der Hüfte eine kalte Bewegung, ein Plätschern in seiner Tasche: der halbvolle Infusionsbeutel.

Er wollte zu gern wissen, *was genau* man dem Patienten anstelle der harmlosen Nährlösung gegeben hatte!

Er stieß die Tür zum OP-Trakt auf und schaute der Reihe nach in alle Operationssäle. Im ersten war niemand, im zweiten trällerte jemand ein hübsches Liedchen.

»Tannenbaum, Tannenbaum«, sang jemand im OP, »dir ist so bitterkalt. Drum holn wir dich nach Hause aus dem Winterwald ...«

Neujahr rückte nicht nur immer näher, es hatte Menschen, Institutionen, Cafés, Busse, Bushaltestellen und Haushalte bereits fest im Griff. Ringsum hingen Lichterketten, Sternchen und Girlanden, standen Tannenbäume und Figuren in Pelzmänteln. Für den unromantischen Schumakow waren die Figuren Großväterchen Frost und Schneeflöckchen.

Er mochte Weihnachten nicht, auch Silvester konnte er nicht leiden.

»Nonna Wassiljewna!« rief er, und seine Stimme hallte im gekachelten OP-Trakt wider. »Wo sind Sie?«

Das Tannenbaum-Lied verstummte, und aus dem zweiten OP-Saal trat die Pflegerin Ljussja.

»Ah! Wladimir Antonowitsch! Was ist?«

»Wie bitte?« fragte Schumakow verblüfft.

»Ich meine ... Was wünschen Sie?«

Ljussja war eine Pflegerin der »alten Schule«.

Früher waren Pflegerinnen eigens so gedrillt worden, daß sie sämtliche Patienten, Ärzte, Krankenschwestern und ihre

Arbeit haßten. Um diesen für eine Pflegerin unerläßlichen Zustand zu erhalten, wurden sie miserabel bezahlt und bekamen die schwersten, undankbarsten Aufgaben zugewiesen. Seitdem hieß es, wenn von Pflegerinnen die Rede war: »alte Schule«.

Ljussja war in Wirklichkeit eine herzensgute Person, pflichtbewußt und fleißig, Schumakow schätzte sie sehr, er hatte sie sogar extra aus der Sklifossowski-Klinik geholt, als er in die »kapitalistische Produktion«, sprich in die private Medizin, gegangen war. Ljussja hatte lange geschwankt, ob sie gehen oder bleiben sollte, aber nach Schumakows Weggang war es auf der alten Arbeitsstelle unerträglich geworden, also hatte sie sich zum Wechsel entschlossen. Am neuen Ort bekam sie fünfmal so viel bezahlt wie früher, für dreißigmal weniger Arbeit. Und dazu die Prämien, das höfliche Umfeld und die sauberen, reichen Patienten und ihre freundlichen Angehörigen! Und keine Stich- und Schußwunden, keine Äxte im Rücken, keine Pfützen von Kotze und Blut auf dem blitzsauberen Fußboden – dennoch seufzte Ljussja manchmal traurig. Aus der Sklifossowski-Klinik, wo sich alle der Rettung der Menschheit verschrieben hatten, ging fast niemand in die private Medizin.

Auch Schumakow seufzte bisweilen traurig, was er jedoch vor Ljussja geheimhielt.

»Also, was wünschen Sie, Wladimir Antonowitsch?«

»Wo ist Nonna Wassiljewna?«

»Och, wer weiß das schon?«

Er äffte sie nach: »Och, wer weiß es denn?«

Ljussja war erstaunt.

»Woher soll ich das wissen. Ich mach hier nur ein bißchen sauber.«

Schumakow trat ein. Der tote Patient war vollständig mit einem weißen Laken bedeckt.

»Na, Wladimir Antonowitsch«, hatte er vor der Operation munter gefragt, um sich Mut zu machen, und sich dabei die welken Greisenhände gerieben, »spielen wir nach der Narkose noch eine Partie Schach, oder haben Sie dann keine Zeit mehr für mich?«

Neben dem Toten stand kein Tropf. Überhaupt keiner.

Schumakow ballte die Faust. Was mußte ihm auch die Partie Schach einfallen!

»Ljussja, hast du den Tropf schon weggeräumt?«

Die Pflegerin richtete sich auf und stemmte die Hand in die Seite. Sie sah nachdenklich aus.

»Den Tropf? Ich hab bei ihm gar keinen Tropf gesehn. Ich weiß nicht, wo der ist. Aber es müßte doch einer da sein, oder, Wladimir Antonowitsch?«

Daß ein Tropf da sein müßte, wußte Schumakow auch ohne Ljussja.

Sie sahen sich an. Schumakow schaute nach links, und Ljussja, auf ihren Schrubber gestützt, so daß ihre rechte Wange ganz schief aussah, nach rechts.

Es war kein Tropf da.

Schumakow wurde kalt ums Herz. Er, der als Arzt über die menschliche Anatomie Bescheid wußte, spürte seine linke Seite auf einmal wesentlich kälter werden als die rechte.

»Wer kann den Tropf weggeräumt haben?«

»Wer weiß, Wladimir Antonowitsch! Nonna vielleicht oder Gleb Jewgenjewitsch oder Marja Petrowna oder Dima oder vielleicht Viktor Wassiljewitsch ...«

Keiner der Ärzte oder Schwestern würde wohl den Tropf

in der Tasche weggetragen haben, überlegte Schumakow rasch. O nein, wohl kaum.

Er mußte etwas unternehmenn, hatte aber keine Ahnung, was.

Solche Sachen kannte er bisher nur aus Krimis oder aus dem Fernsehen, aus einer der Serien, vor denen er jeden Abend sanft einschlief.

Nicht genug, daß niemand bei dem Patienten gewesen war, nun war auch noch der Tropf verschwunden! Und der Beutel mit der Infusionslösung hatte im Arztzimmer im Mülleimer gelegen.

Es wurde immer schlimmer.

Schumakows ganzes eisernes ärztliches Wesen sträubte sich gegen den Gedanken, daß jemand den Patienten ... Daß ihn jemand ...

Das konnte er nicht einmal zu Ende denken.

Er steckte die Hand in die Tasche seines OP-Kittels, tastete nach dem Infusionsbeutel und zwang sich nachzudenken.

Sein Patient konnte nicht getötet worden sein. Das war blanker Unsinn.

Oder etwa nicht?

»Was sagen Sie, Wladimir Antonowitsch?«

Er sah die Pflegerin nachdenklich an und ging hinaus.

Sollte er die Miliz rufen? FSB, CIA, GPU, das Innenministerium oder die zentrale Exekutive?

Er nahm den falschen Ausgang. Statt in den inneren Flur gelangte er in den Hauptkorridor, in dem, wie es sich für eine aufstrebende private Einrichtung gehörte, Teppichläufer lagen, wunderschöne Grünpflanzen standen und helle Lampen brannten. Auf einem Kunstledersofa saß eine junge Dame und knetete eine winzige rote Handtasche auf ihrem Schoß, neben ihr saß ein großer, primitiv wirkender junger Mann in einem bodenlangen Mantel.

Schumakow steuerte geradewegs auf die beiden zu und erstarrte. Auch sie schauten ihn an.

Es gab kein Zurück.

In seiner Tasche wabbelte der Infusionsbeutel.

Auf dem Tannenbaum in der Ecke klingelte leise ein Glöckchen.

Ein Engel ist vorbeigeflogen, dachte Schumakow. So sagt man doch wohl, wenn ein Glöckchen klingelt.

»Guten Tag, Doktor«, begann der junge Mann energisch, nahm die Hände aus den Taschen und berührte ein wenig theatralisch die Schulter der jungen Dame. »Na, wie steht's bei uns?«

Schumakow verharrte zunächst ein Stück entfernt, dann trat er zu ihnen. Als er am Schwesterntresen vorbeikam, hob Galja, die heute Dienst hatte, nicht einmal den Kopf von ihren Papieren.

Sie können es nicht, dachte Schumakow und meinte alle, alle. Sie können es nicht, nur ich allein kann es!

Er ging direkt auf die beiden zu und hatte keine Ahnung, wie er sich verhalten sollte.

Wie oft hatte er das schon erlebt. Wie oft hatte er sich gesagt: Nie wieder, um keinen Preis! Und immer wieder mußte er ganz von vorn anfangen.

Er blieb vor den beiden stehen.

»Was macht unser lieber Pjotr Jelisarowitsch? Können wir damit rechnen, Silvester mit der ganzen Familie zu feiern?«

Die Dame sah Schumakow ins Gesicht und fragte ganz ruhig: »Großvater ist tot, nicht wahr?«

Schumakow nickte.

»Heute?«

Er nickte wieder.

»Gegen zwei.« Das war keine Frage, sondern eine Feststellung. »Ich wußte es.«

Der junge Mann kaute an einer weiteren munteren Frage und starrte die Dame an.

»Katja«, murmelte er, ohne die Frage zu Ende durchgekaut zu haben, »was soll das? Und Sie?! Was reden Sie da?! Heute früh hat man uns gesagt, es sei alles in Ordnung!«

»Und um zwei ist er gestorben«, sagte Schumakow hart, härter als nötig, und sah Katja an.

Wieso hatte sie es gewußt? Wie?

»Unser lieber ... Er kann doch nicht ... Ich werde Sie verklagen ... Man hat uns doch am Telefon ...«

»Sei still«, befahl Katja. Sie war auf einmal sehr blaß und riß sich den Schal vom Hals, als beenge er sie.

»Wie können Sie es wagen! Sie ist die Enkelin! Sie wissen nicht, mit wem Sie es zu tun haben!«

»Sei still«, wiederholte Katja streng. »Können wir ... Kann ich ... zu ihm?«

»Das darfst du nicht«, sagte der junge Mann sofort. »Das hier ist ein Krankenhaus, keine Trauerhalle!«

Weil ihr Begleiter so tönte und weil Katja noch immer so bleich war und er ihre Nervosität spürte wie ein elektrisches Feld, entschloß sich Schumakow.

»Ja. Das können Sie. Ich begleite Sie. Aber Sie müssen ablegen und Fußschützer überziehen.«

»Ich danke Ihnen«, sagte Katja artig, als habe er sie zu einer Mazurka aufgefordert.

»Und wer sind Sie?« fragte Schumakow sie plötzlich. »Darf ich das erst einmal erfahren?«

»Was? Haben Sie eine Ahnung, mit wem Sie reden?«

»Ich heiße Jekaterina, ich bin die Enkelin von Pjotr Jelisarowitsch. Sie haben mit meiner Mutter gesprochen, mit Irina Petrowna.«

»Ja«, sagte Schumakow, »ich erinnere mich.«

Der junge Mann fauchte unentwegt weiter. Fauchte und rollte mit den Augen.

Schumakow wußte, warum er so fauchte.

Jekaterina Roshdestwina war eine superpopuläre Fernsehmoderatorin, ihre Mutter Irina eine superpopuläre Designerin, und der verstorbene Großvater war Schriftsteller gewesen, nicht mehr allzu populär, aber immerhin hatte er mal den Nobelpreis bekommen.

Er, der Chirurg Schumakow, hatte einen Nobelpreisträger umgebracht. Nicht mehr und nicht weniger.

Er ließ Fußschützer bringen und sah zu, wie der Fernsehstar sie über die Pumps zog. Sie trug Pumps – mitten im Winter! Die Pumps waren nicht ganz sauber – offenbar war sie beim Aussteigen aus dem Auto in Schnee getreten. Dafür glänzten die Lackschuhe des jungen Mannes makellos.

Für diesen Glanz haßte ihn Schumakow noch mehr.

Der Star gab Galja, die aus ihrem Winkel hervorgekommen war, Mantel und Handtasche und folgte Schumakow, den Blick starr geradeaus gerichtet.

Sie passierten mehrere Türen, bogen um eine Ecke und standen im OP-Trakt.

»Warte hier«, sagte Katja zu ihrem Begleiter, als Schumakow die Tür öffnete. »Komm nicht mit rein.«

Er wollte empört protestieren, blieb aber, wie dem Chefarzt schien, erleichtert auf dem Flur zurück.

Schumakow führte sie zu dem Rollbett und ging zur anderen Tür hinaus – neben ihr stehenzubleiben war ihm peinlich, außerdem fühlte er sich unbehaglich und hatte ein schlechtes Gewissen.

Sie kam ziemlich bald wieder heraus – nach etwa sieben Minuten, er hatte sich erst die zweite Zigarette angezündet. Er rauchte zum Flurfenster hinaus, seufzte und quälte sich.

»Geben Sie mir eine Zigarette.«

»Ich hab nur ›Chesterfield‹.«

Nun erst schaute sie ihn an, und er begriff auf einmal, wie groß ihr Kummer war. Wirklicher, echter Kummer.

»Wir wußten alle, daß das früher oder später geschehen würde«, sagte sie halblaut und blies den Rauch zum Fenster hinaus. »Aber wir haben trotzdem gehofft, daß Großvater ewig lebt. Wie konnte er uns so enttäuschen! Was war es? Das Herz?«

»Ja, das Herz«, bestätigte Schumakow und haßte sich dafür. »Und das Alter.«

Sie nickte zustimmend. Sie wußte ja nicht, daß am Tod ihres Großvaters ganz allein er schuld war, Schumakow!

»Sie ... Sie haben ihn geliebt?«

»Er hat mich großgezogen«, erwiderte sie schlicht. »Warum fragen Sie?«

»Und dieser ... der Widerling im Flur, wer ist das? Ihr Mann?«

Es kam ihm gar nicht in den Sinn, daß die Frage unhöflich

war. Daß der »Widerling« womöglich tatsächlich ihr Mann war, überdies heißgeliebt und überhaupt ein in jeder Hinsicht wunderbarer Mensch.

Ärzte sind taktlos und zynisch – so heißt es doch allgemein, oder?

Katja Roshdestwina lachte kurz.

»Er ist mein Verlobter«, erklärte sie. »Ein in jeder Hinsicht vielversprechender junger Mann.«

»Das sieht man«, murmelte Schumakow.

Sie sagte nichts mehr. Schweigend rauchten sie auf, und Schumakow schloß das Fenster.

»Ich bringe Sie hinaus.«

Sie nickte. Ihre Selbstbeherrschung gefiel ihm. Sie erleichterte ihm den schwersten Teil seiner Arbeit.

Schumakow begleitete die beiden bis zur Pforte, blieb hinter der Glastür stehen und sah zu, wie sie den Weg entlanggingen – sie hatte ihn untergehakt, und sie sprachen miteinander. Er hatte rein gar nichts mit ihnen zu tun – und hatte es doch.

Denn er wußte etwas, was sie nicht wußten. Denn in seiner Tasche lag der Infusionsbeutel.

Der Wachmann Kolja sagte erfreut: »Ich hab sie bisher nur im Fernsehen gesehen. Sie hat eine Sendung, wie heißt die doch gleich … ›Freie Wahl‹, genau. Über Politik und Berühmtheiten. Ein hübsches Weib, stimmt's, Wladimir Antonowitsch? Und so klein! Im Fernsehen sieht sie so groß aus, dabei ist sie in Wirklichkeit …«

»Hast du vielleicht gesehen, wer von unseren Leuten heute rausgegangen ist? Seit heute morgen?« fragte Schumakow nachdenklich.

»Wieso?«

»Ach, nur so.«

Der Wachmann zuckte die Achseln.

»Alle gehen mal raus, Wladimir Antonowitsch.«

»Nein, nicht alle! Ich gehe nie raus, wenn ich Dienst habe!«

»Das stimmt.«

»Und? Ist jemand rausgegangen oder nicht?«

»Na ja, Gleb Jewgenjewitsch war mal draußen. Und Nonna Wassiljewna. Maria Petrowna ganz kurz, sie war schnell wieder da, aber Nonna war lange weg, ein Fahrer hat sie zurückgebracht. Sie war Geschenke einkaufen, glaub ich.«

Schumakow dachte: Irgend jemand hat dem Patienten den Tropf ausgewechselt. Die Nährlösung lag im Mülleimer, also hatte er etwas anderes bekommen, und davon war sein Herz stehengeblieben. Ein entsetzlicher Gedanke, aber der einzig mögliche. Sein Herz war alt und abgenutzt – da war gar nicht viel nötig, damit es versagte. Einfach stehenblieb.

Es hatte versagt, es war stehengeblieben.

Der Tropf war verschwunden.

Gleb, Nonna Wassiljewna, die heute ihren Posten verlassen und den Patienten allein hatte sterben lassen, und Mascha, Maria Petrowna. Sie hatte heute Dienst, wenn er nicht irrte. Oder Vitka, Viktor Wassiljewitsch?

Er rieb sich die Wange und dachte nach.

Wer konnte den Tod des Patienten gewollt haben und warum? Wer konnte ihn … getötet haben und warum?

Gleb tauchte am Ende des Flurs auf, und Schumakow rief ihn an.

»Keiner ist dran schuld«, begann Gleb schon von weitem. »Auch du nicht, du hast operiert wie Gott in Odessa!«

Manchmal drückte er sich komisch aus.

»Warum war Nonna nicht im OP-Trakt?«

»Frag sie selber«, erwiderte Gleb. »Woher soll ich wissen, wo sie war! Sie ist schließlich nicht hier angekettet!«

»Sie ist Krankenschwester.«

»Und ich hab den Eid des Hippokrates geschworen«, erklärte Gleb. »Und du auch. Na und, was folgt daraus?«

»Hast du den Tropf aus dem OP genommen?«

Gleb antwortete nicht.

»Wolodja«, sagte er schließlich nach einer Pause eindringlich, »was soll ich mit dem Tropf aus dem zweiten OP? Oder mit dem aus dem ersten? Wieso? Ist er weg?«

Schumakow nickte.

Die Ermittlung kam nicht recht ins Rollen. Wie kriegten sie das im Film bloß immer so glatt und geschickt hin, daß man Lust bekam, selber zu ermitteln, und sich für unheimlich schlau hielt?

»Wo bist du gewesen?«

»Was soll das, Wladimir Antonowitsch? Ich verstehe ja, dir ist ein Patient ... Na ja, aber bedenk doch bitte ...«

»Das tue ich! Wo du warst, will ich wissen!«

»Ein Geschenk für Schura kaufen«, entgegnete Gleb düster. »Oder ist das nicht erlaubt in der Arbeitszeit?«

»Doch, ist es«, sagte Schumakow und verzog das Gesicht. »Alles ist erlaubt.«

Er ging an Gleb vorbei in Richtung Arztzimmer. Gleb sah ihm nach.

In Glebs Schrank lag kein Geschenk.

Kein Päckchen, keine Schachtel mit rotgrünem Weihnachtsband. Warum log er so plump?

Ein Auto besaß Gleb nicht, und in ihrer Garderobe waren die Schränke wie im Kindergarten immer offen, es gab keine Schlösser und keine Türen. Alles gehörte allen und jedem.

Schumakow, immer wieder um sich schauend wie eine Ratte auf der Müllkippe, wühlte in fremden Sachen.

Nein, schlimmer – er wühlte in den Sachen von Menschen, mit denen er seit Jahren zusammenarbeitete, denen er vertraute und die er liebte. Er liebte sie wirklich.

Und verdächtigte sie allesamt.

Gleb hatte ihn angelogen. Er hatte keine Geschenke gekauft.

Bei Nonna Wassiljewna fand sich in einer Tüte ein Plastiktannenbäumchen mit Stern, das nach Pralinen roch – die Weihnachtsgabe des Krankenhauses für die Kinder. Etwa für ihren Enkel? Er war erst einen Monat alt, was sollte er mit Pralinen?!

Auch bei Mascha fand sich ein Plastikbäumchen, und Mascha hatte überhaupt keine Kinder.

Normalerweise hätten diese Bäumchen Schumakow amüsiert, heute aber machten sie ihn noch wütender. Es ärgerte ihn plötzlich, daß Mascha und Nonna diese Geschenke – gestohlen hatten. Sie waren noch nicht verteilt worden, das wußte er ganz genau.

Noch ehe die Geschenke überhaupt verteilt worden waren, hatten sie sie schon in ihre Schränke gepackt. Dabei kosteten die Sachen nur ein paar Rubel, und sie verdienten alle gut, aber trotzdem, trotzdem klauten sie!

Im Flur sang jemand laut das Lied vom Tannenbäumchen, und Schumakow erstarrte, die Zähne gebleckt wie besagte Ratte.

Er mußte eine Antwort auf seine Fragen finden.

Er konnte nicht weiterarbeiten, wenn er sie nicht fand.

Der Gesang kam näher.

Schumakow stürzte zu seinem Schrank und fischte eine neue Packung Zigaretten aus der Jackentasche, wobei er das Futter mit herausriß, ging zur Tür und stieß im Flur mit Mascha zusammen.

Sie hatte das Tannenbäumchen besungen, dem im Winter so kalt war.

»Was denn, Wladimir Antonowitsch«, fragte Mascha und unterbrach ihren Gesang, »schon die zweite Schachtel heute?«

Sie war bester Laune.

»Mascha, warum hast du heute das Gebäude verlassen?«

»Wieso fragen Sie, Wladimir Antonowitsch?«

»Warst du heute draußen? Während der Arbeitszeit?«

Sie senkte den Kopf.

»Ja, und?«

»Nichts und. Warum warst du draußen? Oder ist es nicht mehr modern, sich abzumelden?«

»Es waren doch nur fünf Minuten! Und Sie lassen einen immer gehen!«

»Mascha!«

»Ich hab mir ein Brötchen gekauft. Zum Kaffee. Im Büfett gab es nichts, darum bin ich raus.«

Er war erleichtert.

Ein Brötchen – das Wort machte Hoffnung, es war so beruhigend, so anheimelnd und vertraut. Wie Mascha selbst.

»Und wer hat den Tropf aus dem zweiten OP genommen?«

»Dima. Das hab ich gesehen.«

Das überraschte Schumakow.

»Du hast es gesehen?!«

»Ja, klar. Er hat ihn über den Flur gerollt. Wieso?«

»Wann war das?«

Mascha sah ihn bedauernd an, wie einen Schwerkranken, bei dem keinerlei Hoffnung auf Genesung besteht.

»Das weiß ich nicht mehr genau, Wladimir Antonowitsch. Aber auf jeden Fall nachdem ... Na ja, da war der Patient schon tot, verstehen Sie?«

»Ich verstehe«, bestätigte Schumakow.

»Aber warum fragen Sie danach?« erkundigte sich Mascha neugierig. »Ist was passiert?«

»Ein Tropf ist verschwunden«, knurrte Schumakow, »und keiner weiß was. Und die Disziplin ist auch zum Teufel. Alle treiben sich sonstwo rum. Wir müssen eine Versammlung abhalten.«

»Aber bitte erst nach Neujahr, ja?« bat Mascha klagend und lächelte. »Bitte, bitte! Wer denkt schon an Disziplin, so kurz vor den Feiertagen!«

Schumakow winkte ab, steckte die Zigaretten in die Tasche, stieß dabei auf den Infusionsbeutel und verdüsterte sich erneut.

Er war bereits um die Ecke gebogen, als Mascha rasch ihr Handy hervorholte und einen einzigen Knopf drückte.

Dima Lebedew war im Arztzimmer. Er wippte mit dem Fuß und schaute Tennis. Er war ein Aristokrat, er liebte Tennis und Formel 1.

»Was hast du mit dem Tropf gemacht?«

»Mit welchem Tropf, Wolodja?«

»Mit dem Tropf aus dem zweiten OP!«

»Ach so ... Den hab ich der Patientin in Zimmer drei gegeben. So eine Dicke. Wie heißt sie doch gleich? Richtig, Tamara Tschurkina, genau!«

»Warum hast du den Tropf aus dem OP genommen?«

Dima hörte auf mit dem Fuß zu wippen und wirkte verdrossen.

»Gibt's in Zimmer drei keinen eigenen, oder was?«

»Doch!«

»Also, warum?«

»Da ist der Halter kaputt. Der Beutel fällt immer ab. Also hab ich mir den aus dem OP geholt. Was ist denn dabei? Ist das verboten, oder was?«

»Jawohl!« brüllte Schumakow. »Das ist verboten! Du bist doch nicht den ersten Tag hier, oder?! Wer klaut denn einen Tropf aus dem OP?«

»War doch nur einmal!«

Das sah Dima Lebedew ähnlich. Wenn er etwas brauchte, klaute er es umgehend bei seinen Nachbarn, die ihm scheißegal waren.

Dima hatte nie in der Sklifossowski-Klinik gearbeitet.

»Und was war da dran, an dem Tropf, als du ihn geklaut hast?«

»Gar nichts war dran.«

»Wie, gar nichts?«

Dima zuckte die Achseln und schielte mit einem Auge zum Fernseher. Es gab gerade einen Matchball – den konnte er sich schließlich nicht entgehen lassen!

»Gar nichts war dran, Wolodja. Ich schwör's. Ich hab mich selber gewundert. Wahrscheinlich hatte Nonna schon alles abgenommen. Vor mir. Nun mach dir doch keinen Kopf, weil er gestorben ist, der Opa! Wir wissen doch alle Bescheid, oder? Du bist klasse, Wolodja, so gut wie du hätte das keiner sonst hingekriegt!«

Schumakow ballte die Faust, beherrschte sich aber und warf nichts nach Dima Lebedew.

»Willst du eine Praline? Mascha hat Pralinen in die Schale getan. Ich hab noch zu ihr gesagt, nimm sie lieber weg von mir, sonst fresse ich alle auf, und da sagt sie, du hast's gut, ich bin schon eine Woche auf Diät, ich esse nur Äpfel. Nachts, sagt sie, träume ich von Schokoladentafeln so groß wie ein Haus. Ich sag, warum quälst du dich so, sag ich. Du bist doch ein schlankes, hübsches Mädchen, die Männer mögen dich auch so, und da sagt sie ...«

Auf Diät? Sie hat doch gerade behauptet, sie sei rausgegangen, um sich ein Brötchen zu kaufen, weil es im Büfett nichts gab!

» ... und schlimmstenfalls verpaßt dir Edik Schichirman eine bildhübsche OP, dann bist du so schlank und schön wie ...«

Also hatte auch Mascha gelogen.

Gleb hatte kein Geschenk gekauft, denn es lag keins in seinem Schrank.

Mascha hatte kein Brötchen gekauft, denn sie war auf Diät.

Wer von seinen Vertrauten belog ihn noch?

Ohne sich Dimas Ergüsse über Eduard Schichirman, die Leuchte der plastischen Chirurgie, der ausnahmslos alle jungen Ärzte nacheiferten, zu Ende anzuhören, verließ Schumakow das Arztzimmer.

Er fühlte sich wie ein Jagdhund, der ständig die Fährte verlor.

Als nächstes ging er in Zimmer drei.

Die dicke Tamara Tschurkina las friedlich in einem Heftchenroman, und aus dem Tropf rann friedlich etwas Schmerzstillendes in ihre Vene. Bei Schumakows Anblick lächelte sie und schob die Brille auf die Stirn. Schumakow lächelte ebenfalls, tat, als kontrolliere er ihren Tropf, und sah sich aufmerksam den an, der in der Ecke stand.

Der Halter war tatsächlich kaputt.

Dima Lebedew, der Herzensbrecher und Bonvivant, hatte also nicht gelogen!

Besser, er hätte gelogen.

Besser, er hätte gelogen, und Gleb hätte die Wahrheit gesagt.

Nonna Wassiljewna fand er im Flur zwischen OP-Trakt und Station. Sie beschimpfte gerade Ljussja, die Pflegerin »alter Schule«.

»Nonna, warum hast du den Patienten verlassen?« fragte Schumakow, nachdem er Ljussja fortgeschickt hatte. »Du bist weggegangen, und er ist gestorben, verdammt noch mal!«

»Wolodja, er wär auch so gestorben«, jammerte Nonna. »Das weißt du doch! Er war uralt, wir wollten ihn eigentlich gar nicht mehr operieren, der Anästhesist war dagegen, das weißt du genau! Aber er wurde überredet, und du hast operiert, wie immer ... Was hast du denn, Wolodja? Das ist doch wahr!«

Sie sah ihn an, scheinbar traurig, vielleicht aber auch lachend. Sie hatte spitzbübische Augen, blondes Haar, eine üppige Brust, die jeden Kittel sprengte, und eine verrauchte tiefe Stimme.

Außerdem besaß sie seit kurzem einen Enkel, den sie abgöttisch liebte.

Auch mit Nonna arbeitete er schon seit Ewigkeiten zusammen, genau wie mit Ljussja, und er konnte sich nicht vorstellen, daß sie … kaltblütig einen Patienten töten könnte.

Aber was wissen wir schon über unsere Nächsten?

»Wer hat den Tropf bei ihm ausgewechselt?«

»Niemand, Wolodja. Ich hab ihm gegeben, was du verordnet hast, das war's. Sonst war keiner bei ihm.« Ihre Augen lachten nicht mehr, sie waren konzentriert, schienen auf einmal sogar dunkler. Das war ihre Art, schlagartig ernst auszusehen. »Wie denn auch!«

»Woher weißt du, daß ihn keiner ausgewechselt hat, wenn du gar nicht an deinem Platz warst?«

»Wer sollte denn auf die Idee kommen, bei deinem Patienten einen Tropf zu wechseln? Du hast ihn doch selbst verordnet!«

Derjenige, der ihn töten wollte, dachte Schumakow grimmig. Derjenige, der ihn getötet hat. Er konnte Nonna nicht gestehen, daß er das harmlose Präparat, das er verordnet hatte, im Mülleimer gefunden hatte.

»Ich hab Geschenke bekommen«, sagte die Schwester vorsichtig. »Ich bekomme jedes Jahr welche, das weißt du ja. Diesmal auch. Einen Teil hab ich behalten, einen Teil hab ich Mascha gegeben, sie schwärmt für Konfekt. Im Moment ist sie auf Diät, aber sie hebt es sich auf für später, hat sie gesagt. Glebs Schurka hab ich auch was abgegeben …«

»Wieso, hast du sie denn getroffen?«

»Schurka? Sie war hier. Wieso?«

Nonna zuckte die Achseln. Der Kittel hob sich auf ihrer Brust und warf Falten.

»Ich hab ihr mein Geschenk gegeben und Gleb ein Päckchen. Er hat gesagt, sie soll nicht reinkucken, da seien Geschenke drin. Aber was ist denn los, Wolodja?«

Also hatte Gleb doch Geschenke gekauft. Also doch. Es war alles in Ordnung. Er hatte ein Geschenk für Schurka gekauft. Das hatte er ja von Anfang an gesagt, obwohl er nicht wußte, daß Schumakow ihn verdächtigte.

»Und sonst, Nonna?« winselte er kläglich. »Hast du noch irgendwas gesehen oder gehört? Irgend etwas Seltsames oder Verdächtiges, wie?«

»Wolodja, was ist los?«

Er schwieg.

»Ich weiß nicht.« Sie zuckte die Achseln. »Keine Ahnung. Ich verstehe auch gar nicht, was du eigentlich von mir willst.«

Daß der Infusionsbeutel ausgetauscht wurde, konnte Schumakow Nonna nicht sagen.

Außerdem tat ihm Katja Roshdestwina leid, die bei ihrem Großvater gelebt und ihn offenbar sehr geliebt hatte.

Bei dem Gedanken an Katja fiel ihm sofort ihr »Widerling« im Kaschmirmantel ein, und das verdarb ihm endgültig die Laune.

Warum gerieten die besten, schönsten und sanftesten Frauen immer an Widerlinge und deren Kaschmirmäntel?

Er ließ die ratlose Nonna im Flur zurück und ging wieder ins Arztzimmer, scheuchte Lebedew aus dem Sessel hoch und öffnete im Computer die Datei über den vor zwei Wochen eingelieferten Pjotr Jelisarowitsch Roshdestwin.

Er brauchte die Telefonnummer.

Seit seiner Zeit in der Skliffossowski-Klinik gestattete er sich keine damenhaften Empfindlichkeiten wie überflüssige Nervosität oder Schüchternheit, also rief er an.

Dima schaltete beleidigt den Fernseher aus, wandte Schumakow den Rücken zu, verschränkte die Arme vor der Brust wie Napoleon und starrte hinaus ins Schneetreiben. Langes Tuten drang an Schumakows Ohr.

Tu-ut. Tu-ut. Tu-ut.

Dima schniefte.

Am Tannenbaum erbebte ein Glöckchen und klingelte, und im selben Augenblick wurde abgenommen.

»Ja bitte.«

»Hier ist Schumakow«, sagte er rasch, »könnte ich bitte Jekaterina Roshdestwina sprechen?«

»Guten Tag«, lautete die Antwort aus dem Hörer, »aber wir haben uns ja heute schon gesehen. Wollen Sie mir noch etwas sagen?«

»Ich möchte mit Ihnen über Ihren Großvater sprechen.« Er redete absichtlich schnell, damit er keinen Rückzieher machen konnte. »Ich fürchte, ich muß ... Ihnen sagen ... daß ...«

»Was?«

»Kommen Sie her«, sagte er, »kommen Sie her, dann reden wir.«

Sie überlegte eine Weile.

»Gut. Aber nicht im Krankenhaus, wenn's geht. Im Krankenhaus wird mir immer schlecht. Ich komme zu Ihnen, und Sie kommen heraus. Ich fahre einen schwarzen Honda, einen Jeep.«

»Ich werde Sie finden.« Schumakow merkte, daß er so aufgeregt war, als bestellte sie ihn zu einem Rendezvous.

»In einer halben Stunde bin ich da.«

Wie sollte er ihr beibringen, daß ihr Großvater getötet wurde? Wie? Welche Worte sollte er dafür finden?

Er trat zu Dima und schaute über dessen Schulter hinaus in den Park. Der Schnee fiel und fiel ohne Ende. Unter einer Laterne saß ein einsamer Hund und schüttelte sich den Schnee vom Kopf.

Genauso bin ich auch, dachte Schumakow wehleidig. Ich sitze unter der Laterne, Schnee fällt auf mich, und keiner braucht mich, ich habe Hunger, und keiner nimmt mich zu sich, denn alle haben längst einen schönen Prinzen im Kaschmirmantel.

Sie fährt also einen Honda, einen Jeep. Donnerwetter!

Diese völlig unpassenden Gedanken brachten den Chefarzt beinahe zum Weinen, wofür er sich heftig tadelte.

Dima Lebedew schwieg und schniefte.

Im Flur wurde es laut, Stimmen kamen immer näher, dann ging die Tür auf, und eine kleine Menschenmenge drängte in den Raum – alle seine Mitarbeiter, die er liebte und denen er vertraute. Einer von ihnen hatte den hilflosen Großvater nach der OP ermordet, und der inzwischen warm gewordene Beweis dafür beulte Schumakow die Tasche des OP-Kittels aus.

Dima Lebedew drehte sich um, lächelte und stand nicht mehr da wie Napoleon.

Die ganze Meute blieb an der Tür stehen – allen voran Nonna mit einer Tüte und einer Flasche in der Hand, hinter ihr Mascha, dann der Riese Gleb, Ljussja von der »alten Schule« und Viktor Wassiljewitsch, bis zu dem Schumakow mit seinen Fragen noch nicht vorgedrungen war.

»Wladimir Antonowitsch«, begann Nonna, »es sind zwar noch zwei Wochen bis Silvester, aber wir haben beschlossen, schon heute mit dir zu feiern. Weil du irgendwie so seltsam bist und rumläufst wie ein begossener Pudel. Wir wollen …«

»Stop«, sagte Schumakow. Er errötete und schwitzte am Hals. »Erklärt mir bitte, ihr alle, erklärt mir, wie dieser Beutel in den Mülleimer gelangt ist.«

Er riß den Infusionsbeutel aus der Tasche und schleuderte ihn auf den Tisch. Er landete mit einem scheußlichen Klatschen.

»Diesen Beutel habe ich dem Patienten Roshdestwin verordnet. Wer hat ihn weggeworfen und warum? Was hat der Patient statt dessen bekommen?«

Im Raum herrschte Grabesstille.

Schumakow war schon immer der Ansicht gewesen, das Schlimmste im Grab seien die Stille und die Dunkelheit.

»Also?«

»Wladimir Antonowitsch«, sagte Mascha, Marja Petrowna, in die Stille hinein, »ich hab ihn weggeworfen. Ich weiß, das ist gegen die Vorschriften, aber … Das war ich.«

Wieder wurde es sehr still, nur das Glöckchen am Tannenbaum klingelte.

Ein Engel ist vorbeigeflogen, dachte Schumakow, laut aber sagte, nein, brüllte er: »Du? Warum hast du den Infusionsbeutel abgenommen?«

»Der Patient war doch … tot. Da hab ich ihn abgenommen. Lebedew hat gesagt, er nimmt den Tropf mit, weil an dem in Zimmer drei der Halter kaputt ist, da hab ich ihm den frei gemacht. Und den Beutel hab ich hier weggeworfen, weil …«

»Ja?«

»Schrei nicht so, Wolodja«, sagte Nonna Wassiljewna bestimmt. »Ihr Mann hat angerufen. Sie kam mit dem Beutel in der Hand hergerannt, zum Telefon. Er dient bei den Polarfliegern und sollte eigentlich erst im Februar zurück sein. Aber nun ist er zu Besuch gekommen. Als Überraschung. Da ist sie zu ihm gerannt wie eine Verrückte. Als sie zurückkam, hat sie ihre Pralinen an alle verteilt. Vor lauter Freude.«

Schumakow atmete geräuschvoll aus.

»Und warum hast du mir das nicht gesagt? Warum hast du mir vorgeschwindelt, du hättest dir ein Brötchen geholt?«

»Sie schreien doch immer gleich, von wegen keine Privatangelegenheiten während der Arbeitszeit«, murmelte Mascha und schluchzte auf.

»Mit dir kann man ja nicht reden, du tobst sofort los wie ein Gewitter!« Gleb stand ihr bei. »Sogar ich hab Angst vor dir. Wenn ich mich mit Schurka treffe, klettere ich beinahe heimlich aus dem Fenster, verdammt! Wenn du einen erwischst, hat man nichts zu lachen!«

Schumakow fühlte sich noch elender als zuvor.

»Du hast den Beutel also abgenommen, als der Patient schon tot war? Und nichts anderes an den Tropf gehängt?«

Mascha sah ihn mitleidig und ein wenig mißtrauisch an, als sei er nicht ganz bei Trost.

»Aber ... Warum sollte ich ihm was geben, wenn er schon tot war?«

Alle gerieten in Bewegung, schienen aufzuatmen und erstarrten erneut. Nonna hielt die Flasche Sekt ausgestreckt vor sich wie eine Feuerspritze.

»Los, trinken wir einen Schluck«, sagte Gleb, trat hinter Nonnas Rücken hervor und warf eine halbe dicke Jagdwurst in Zellophan auf den Tisch, direkt neben den unseligen Infusionsbeutel. »Auf daß uns bis zu den Feiertagen niemand mehr stirbt!«

»Er ist gestorben, weil er gestorben ist«, flüsterte Nonna

Schumakow ins Ohr und stellte endlich ihre Flasche ab. »Nimm's dir nicht so zu Herzen, Wolodja!«

Als er die Treppe hinunterstürmte, stand der schwarze Honda schon da. Schnee fiel in großen Flocken auf die Kühlerhaube und schmolz langsam. Katja Roshdestwina hockte neben dem Vorderrad und streichelte dem Hund von vorhin den Kopf. Der Hund war groß und mager, sein Fell war verfilzt, als habe er die Räude.

Schumakow rutschte auf einer Stufe aus und wäre beinahe gefallen. Sie hob den Kopf und sah ihn an.

»Er wollte mich begrüßen«, sagte sie und wies auf den Hund. »Mir von seinem Leben erzählen.«

»Und, hat er?« fragte Schumakow dümmlich.

Sie nickte. Ihr Wildlederhandschuh mit dem schmalen Goldkettchen am Handgelenk war voller nasser Hundehaare.

Wind kam auf, wurde heftiger, und der Hund kniff die Augen zusammen.

Katja stand auf und sah Schumakow an.

»Sie wollten mich sehen? Ist etwas passiert?«

»Es ist nichts passiert«, platzte Schumakow heraus, entsetzt über seine Worte, »ich wollte Ihnen nur sagen, daß Ihr Großvater ein wunderbarer Mensch war. Einzigartig.«

Katja streichelte den Hund, der ihr den Kopf hinhielt.

»Das stimmt«, sagte sie nachdenklich. »Nur darum haben Sie mich angerufen?«

Schumakow nickte.

Noch nie im Leben war er in einer derart idiotischen Situation gewesen.

Der Hund hob abwechselnd die Vorderpfoten. Er war bestimmt völlig durchgefroren.

»Fahren wir?« fragte die Fernsehmoderatorin Katja Roshdestwina plötzlich. »Sie können mir helfen, ihn zu waschen. Auf Mama kann ich nicht hoffen, außerdem wohnt sie zu weit weg.«

»Wen waschen?« fragte Schumakow verständnislos.

»Na, ihn.« Sie wies mit einem Kopfnicken auf den Hund. »Sie sehen ja, er ist ganz schmutzig! So kann er doch nicht in die Wohnung!«

»Sie wollen ...?«

»Er heißt Grischa«, unterbrach Katja ihn hastig. »Ja, ich finde, genauso heißt er. Was meinen Sie?«

Schumakow sah den Hund an. Der Hund sah ihn an und wedelte in schwacher Hoffnung mit dem Schwanz.

»Kann gut sein«, stimmte Schumakow ihr zu. »Ja, Grischa.«

»Na, jedenfalls nicht Wassja«, schloß Katja und hielt die Tür ihres Jeeps auf. »Steigen Sie ein.«

Silvester gab es erneut heftiges Schneetreiben, und es war ein schönes Gefühl, daß nun Feiertag war, man nirgendwohin mußte und notfalls bis zum nächsten Abend im Bett bleiben konnte. Zum Dienst mußte Schumakow erst am dritten Januar – das war noch lange hin!

Am Tannenbaum erbebte und klingelte ein Glöckchen.

»Ein Engel ist vorbeigeflogen.«

»Glaubst du daran?«

»Du etwa nicht?«

Er zuckte die Achseln.

»Ich weiß nicht.«

»Warum?«

»Ich weiß nicht, und aus. Ich bin schließlich Arzt. Und

nicht mal getauft. Meine Mutter geht in die Kirche, stellt Kerzen auf für mich, aber ich ... Ich bin ein ungläubiger Thomas.«

»Ich glaube an Engel«, sagte sie nach kurzem Schweigen mit einer Ernsthaftigkeit, die ihn erheiterte. »Besonders Weihnachten. Weißt du, ich spüre irgendwie, daß sie ganz in der Nähe sind.«

Er kroch an den Rand des Sofas, hängte den Oberkörper hinaus und tastete auf dem Fußboden herum. Irgendwo auf dem Teppich lagen seine Jeans, und darin mußten noch Zigaretten sein. Er wollte schrecklich gern rauchen, mochte aber nicht aufstehen. Er tastete weiter herum, kriegte jedoch nichts zu fassen, bis er auf etwas Kaltes, Nasses und Zotteliges stieß.

»Pfui!« sagte er zu dem Nassen, Zotteligen. »Pfui, Platz!«

Eine heiße, nasse Zunge fuhr ihm übers Gesicht, der Hund atmete ihn freudig an. Schumakow streichelte mit einer raschen, flüchtigen Bewegung den gewaltigen Schädel und schubste den Hund weg.

Katja sollte nicht sehen, daß er ihn streichelte. Er fürchtete, sentimental zu erscheinen.

Er streckte sich und hievte sich zurück aufs Sofa.

Sie gähnte diskret und fragte: »Was hast du da rumgekramt?«

»Ich hab die Zigaretten gesucht.«

»Hast du sie gefunden?«

Er schüttelte den Kopf, packte mit festem Griff ihren Hals und zog sie an sich. Sie legte sich hin und atmete wie eben der Hund Grischa. Doch sie leckte ihn nicht ab, im Gegenteil, sie entwand sich ihm und fragte: »Soll ich dir Zigaretten holen?«

»Ach, schon gut.«

»Wieso schon gut! Du wolltest doch eine Zigarette!«

»Ja, aber das heißt nicht, daß du danach laufen mußt!«

»Warum nicht?« Sie deckte ihre Beine auf und demonstrierte ihre Bereitschaft, unverzüglich wohin auch immer zu laufen. Für ihn. Nur, weil er etwas haben wollte.

Zigaretten zum Beispiel.

Er griff nach ihrem Arm, legte sie zurück in die duftende, trockene Wärme ihres gemeinsamen Bettes und drückte sie fest an sich.

Eine Zeitlang versuchte sie noch aufzuspringen, um ihm jeden Wunsch zu erfüllen, doch dann lag sie still.

Am Tannenbaum erbebte und klingelte leise ein Glöckchen.

»Ein Engel ist vorbeigeflogen«, sagte sie.

Er lag da und dachte: Hab ich wirklich ein solches Glück? Ist das alles tatsächlich so einfach?

Sie lag da und dachte: Hab ich ein Glück! Mein Gott, ich danke dir, ich glaube, ich hab wirklich Glück gehabt!

Der Hund lag da und dachte: Hab ich ein Glück! Und bald gibt's auch noch Fressen!

Der Engel flog durch die Luft und dachte: Und ich hab erst Glück gehabt! Das war ein leichter Auftrag.

Boris Akunin

Table Talk 1882

Nach Kaffee und Likör kam das Gespräch im Salon, wie sich das am Weihnachtsabend gehört, auf Geheimnisvolles.

Die Hausherrin, Lidia Nikolajewna Odinzowa, blickte geflissentlich nicht zu ihrem neuen Gast, dem gefragtesten Mann der Saison, als sie sagte: »Ganz Moskau spricht davon, daß Bismarck den armen Sobolew vergiftet hat. Werden wir denn nie die Hintergründe dieser furchtbaren Tragödie erfahren?«

Der Mann, den Frau Odinzowa heute ihren Stammgästen vorsetzte, hieß Erast Petrowitsch Fandorin. Er sah umwerfend gut aus, war von einer Aura der Rätselhaftigkeit umweht und überdies Junggeselle. Um ihn in ihren Salon zu locken, hatte Frau Odinzowa eine höchst komplizierte, mehrstufige Intrige eingefädelt, worin sie unübertroffene Meisterin war.

Ihre Bemerkung war an Archip Hyanzintowitsch Mustafin gerichtet, einen langjährigen Freund des Hauses. Als Mann von scharfem Verstand erfaßte er auf Anhieb ihren Hintergedanken und sagte, dem jungen Kollegienassessor Fandorin unter geröteten wimperlosen Lidern einen Seitenblick zuwerfend: »Ich habe gehört, unserem Weißen General sei eine fatale Leidenschaft zum Verhängnis geworden.«

Die Anwesenden hielten den Atem an, denn Gerüchten zufolge war Fandorin, seit kurzem Beamter für Sonderaufträge beim Moskauer Generalgouverneur, ganz unmittelbar damit befaßt, die Todesumstände des großen Heerführers aufzuklären. Doch die Gäste wurden enttäuscht: Der brünette Beau hörte Mustafin höflich zu und tat, als hätte er zu dem Gesagten nicht die geringste Beziehung.

Eine peinliche Pause trat ein – eine Situation, die eine erfahrene Gastgeberin nicht zulassen darf. Frau Odinzowa bewies auch sogleich Geistesgegenwart. Mit einem reizenden Augenaufschlag kam sie Mustafin zu Hilfe. »Da muß ich an das mysteriöse Verschwinden der armen Polinka Karakina denken! Sie erinnern sich gewiß an diese schreckliche Geschichte, mein Freund?«

»Und ob ich mich erinnere«, nahm Mustafin den Faden auf und dankte mit einem leichten Zucken der Augenbraue für die Hilfestellung.

Einige nickten, doch die meisten hatten noch nie von Polinka Karakina gehört. Da Mustafin im Ruf eines vorzüglichen Erzählers stand, war es auch kein Malheur, aus seinem Munde eine bereits bekannte Geschichte zu hören. Im rechten Moment fragte Molly Sapegina, eine bezaubernde junge Frau, deren Mann leider vor Jahresfrist in Turkestan gefallen war, voller Neugier: »Mysteriöses Verschwinden? Wie interessant!«

Die Gastgeberin gab sich den Anschein, es sich auf ihrem Stuhl bequem zu machen, womit sie Mustafin bedeutete, daß sie das Ruder des Table Talks in seine erprobten Hände legte.

»Viele von uns kennen natürlich noch den alten Fürsten Lew Lwowitsch Karakin«, begann Mustafin seine Erzählung. »Er war ein Mann der alten Zeit, ein Held des Ungarn-Feldzugs. Die liberalen Tendenzen des vorigen Zaren lehnte er ab; er reichte seinen Abschied ein und lebte fortan auf seinem

Anwesen Sosnowka bei Moskau wie ein indischer Nabob. Sein Reichtum war unermeßlich, derartige Vermögen besitzt die Aristokratie heutzutage nicht mehr.

Der Fürst hatte zwei Töchter, Polinka und Anjuta. Beachten Sie: nicht Poline oder Annie – der Fürst vertrat die strengsten patriotischen Ansichten. Die Mädchen waren Zwillinge. Gesicht, Figur und Stimme waren vollkommen identisch. Dennoch konnte man sie nicht verwechseln, denn Anjuta hatte auf der rechten Wange, hier, ein Muttermal. Die Gattin des Fürsten war im Kindbett gestorben, und er hatte nicht wieder geheiratet. Er pflegte zu sagen, das sei zu aufwendig, und wozu auch, schließlich gebe es unter dem Gesinde genug Mädchen. An denen mangelte es ihm wirklich nicht, auch nicht nach Aufhebung der Leibeigenschaft. Ich sage ja, der Fürst lebte wie ein Nabob.«

»Sie sollten sich schämen, Archip. Geht es nicht ohne Frivolitäten?« sagte die Gastgeberin mit vorwurfsvollem Lächeln, obwohl sie sehr wohl wußte, daß eine gute Geschichte nur gewinnt, wenn sie, wie die Engländer sagen, etwas gesalzen wird.

Mustafin drückte reuevoll die Hand an die Brust und setzte seine Erzählung fort: »Polinka und Anjuta waren keineswegs häßlich, aber auch keine Schönheiten. Bekanntlich ist jedoch eine millionenschwere Mitgift das beste aller kosmetischen Mittel, darum lösten die beiden Mädchen in der einzigen Ballsaison, die sie besuchen durften, unter den Moskauer Heiratsanwärtern eine Art Fieberepidemie aus. Doch dann nahm der alte Fürst unserem verehrten Generalgouverneur etwas übel, fuhr zurück auf sein Gut Sosnowka und rührte sich von dort nicht mehr weg.

Fürst Karakin war fettleibig, kurzatmig und hochrot im Gesicht, kurzum, ein apoplektischer Typ, und es blieb zu hoffen, daß die Gefangenschaft seiner Töchter bald beendet sein würde. Doch die Jahre gingen dahin, der Fürst wurde immer dicker und schnaufte immer lauter, machte aber keine Anstalten zu sterben. Die Heiratsanwärter warteten und warteten, bis sie die armen eingekerkerten Mädchen vergaßen.

Man sagt zwar: Sosnowka bei Moskau, doch es liegt in den tiefen Wäldern des Kreises Saraisk, wo keine Eisenbahn hinführt, und selbst bis zur nächsten Landstraße sind es mindestens zwanzig Werst. Kurzum, eine Einöde. Aber eine paradiesische Gegend. Ich besitze in der Nachbarschaft ein kleines Dorf und habe darum den Fürsten ziemlich oft besucht. Es war eine Lust, in Sosnowka auf Birkhuhnjagd zu gehen. Und in jenem Frühling lief einem das Wild von selbst vor die Flinte – eine solche Balz hatte ich mein Lebtag noch nicht gesehen. Ich hielt mich damals längere Zeit bei dem Fürsten auf, so daß sich die ganze Geschichte vor meinen Augen abspielte.

Karakin trug sich seit langem mit der Idee, in seinem Park ein Belvedere im Wiener Stil zu errichten. Zuerst lud er einen berühmten Architekten aus Moskau ein, der eine Zeichnung machte und auch mit dem Bau begann, ihn aber nicht zu Ende führte – er hielt die Selbstherrlichkeit des Fürsten nicht aus und reiste ab. Mit den restlichen Arbeiten wurde ein minder guter Architekt betraut, ein Franzose namens Renard. Er war jung und sah nicht übel aus. Freilich hinkte er recht auffällig, aber seit Lord Byron galt das bei unseren Damen nicht als Makel.

Das Weitere können Sie sich denken. Die beiden Mädchen sitzen schon zehn Jahr tagein, tagaus auf ihrem Anwesen.

Beide sind achtundzwanzig, und sie haben keinerlei Gesellschaft, höchstens daß ein alter Trottel wie ich zur Jagd vorbeikommt. Und auf einmal erscheint ein schöner junger Mann, lebhaften Verstandes, gebürtiger Pariser.

Ich muß dazu sagen, daß die Zwillinge bei all ihrer äußeren Ähnlichkeit grundverschieden in ihrem Temperament und ihrer Gemütsart waren. Anjuta glich Puschkins Tatjana: elegisch, melancholisch, ein wenig grüblerisch und, frei heraus gesagt, langweilig. Dafür sprühte Polinka vor Übermut und Frohsinn, ›unschuldig wie des Dichters Freuden und wie ein Kuß, den Liebe bot‹. Und das Altjüngferliche war bei ihr weniger ausgeprägt als bei ihrer Schwester.

Renard lebte sich etwas ein, verschaffte sich einen Eindruck und gab selbstverständlich Polinka den Vorzug. Ich beobachtete das alles als Außenstehender und amüsierte mich köstlich, ohne zu ahnen, was für ein unwahrscheinliches Ende dieses Pastorale nehmen sollte. Die verliebte Polinka, der vom Geruch der Millionen benebelte Franzose, die vor Eifersucht glühende Anjuta, die wider Willen die Rolle der Anstandsdame spielen mußte – ich gestehe, daß mich diese Komödie nicht weniger fesselte als die Birkhuhnbalz. Der aristokratische Vater wußte von all dem nichts, denn in seinem Hochmut wäre er nicht im Traum darauf verfallen, daß seine Tochter, eine Karakina, sich in einen kleinen Architekten verlieben könnte.

Naturgemäß endete es mit einem Skandal. Eines Abends blickte Anjuta zufällig (oder auch nicht zufällig) in die Gartenlaube, ertappte dort ihre Schwester und Renard in flagranti delicto und petzte es unverzüglich dem Papa. Der furchtgebietende Fürst, der wie durch ein Wunder keinen Schlaganfall erlitt, wollte den Missetäter auf der Stelle davonjagen. Der Franzose bettelte, wenigstens bis zum Morgen auf dem Gut bleiben zu dürfen – in den Wäldern um Sosnowka kann es durchaus geschehen, daß ein einzelner Mann zu nächtlicher Stunde von den Wölfen gefressen wird. Hätte ich mich nicht eingemischt, so wäre der Verführer nur im Gehrock vor das Tor gesetzt worden.

Die heulende Polinka wurde ins Schlafzimmer geschickt, unter Aufsicht ihrer vernünftigen Schwester, der Architekt zog sich in seinen Seitenflügel zurück, um die Koffer zu packen, die Dienerschaft verkroch sich, und so ging die ganze Wucht des fürstlichen Zorns auf meine Wenigkeit nieder. Karakin tobte fast bis Tagesanbruch, ich war völlig zermürbt und fand in dieser Nacht nur wenig Schlaf. Als ich am Morgen aus dem Fenster schaute, sah ich, wie der Franzose in einem einfachen Leiterwagen zur Bahnstation gefahren wurde. Der Ärmste drehte sich immer wieder nach den Fenstern um. Doch niemand scheint ihm zum Abschied gewunken zu haben – der junge Mann sah sehr verzagt aus.

Im weiteren geschahen Wunder. Die Mädchen erschienen nicht zum Frühstück. Die Tür zu ihrem Schlafzimmer war verschlossen, auf Klopfen reagierten sie nicht. Der Fürst schäumte wieder vor Wut und zeigte Anzeichen einer unvermeidlichen Apoplexie; er befahl, die verdammte Tür aufzubrechen. Man brach sie auf und ging hinein. Jesus Christus! Anjuta lag im Bett, wie in tiefem Schlaf, von Polina fehlte jede Spur. Sie war weder im Haus noch im Park, als hätte sie sich in Luft aufgelöst.

Man versuchte auf jegliche Art, Anjuta zu wecken, vergeblich. Der Leibarzt, der ständig auf dem Gut gewohnt hatte, war kurz zuvor gestorben und ein neuer noch nicht in Dienst genommen. Es blieb nichts weiter übrig, als jemanden ins Kreiskrankenhaus zu schicken. Der Amtsarzt kam, einer von den Langhaarigen. Er tastete und knetete und sagte: ›Ein schweres Nervenfieber, sie wird nach einer Weile von selbst aufwachen.‹

Der Kutscher, der den Franzosen weggeschafft hatte, kam zurück. Ein verläßlicher Mann, der sein ganzes Leben auf dem Gut verbracht hatte. Er schwor bei Gott, daß er Renard zur Station gefahren und in den Zug gesetzt habe. Das gnädige Fräulein sei nicht bei ihm gewesen. Und wie hätte sie auch das Anwesen verlassen können? Der Park war von einer hohen Mauer umgeben, und am Tor standen Wachposten.

Am nächsten Tag erwachte Anjuta, doch was nutzte es? Sie hatte die Gabe der Rede eingebüßt, weinte nur, zitterte am ganzen Leib, klapperte mit den Zähnen. Nach einer Woche erlangte sie die Sprache wieder, aber an die bewußte Nacht konnte sie sich nicht erinnern. Wenn sie mit Fragen bedrängt wurde, bekam sie sofort Schüttelfrost. Der Arzt untersagte aufs strengste jede Befragung. Er sagte, es bestehe Lebensgefahr.

Polinka blieb verschwunden. Der Fürst verlor vollends den Verstand. Er schrieb an den Gouverneur, sogar an den Zaren, brachte die Polizei auf Trab. Renard wurde in Moskau beschattet, doch ohne Erfolg. Der Franzose bemühte sich, Auftraggeber zu finden – vergebens, niemand wollte sich Karakins Zorn zuziehen. Da reiste der Ärmste zurück nach Paris. Der Fürst aber ließ sich nicht besänftigen. Er war von dem Gedanken besessen, daß der Unhold seine allerliebste Polinka umgebracht und in der Erde verscharrt hatte. Der ganze Park wurde umgegraben, der Teich abgelassen, so daß die kostbaren Karpfen verendeten. Umsonst.

Einen Monat später traf den Fürsten endlich der Schlag. Er saß am Mittagstisch, tat plötzlich einen Schnaufer und fiel mit der Stirn in den Suppenteller. Kein Wunder nach allem, was er durchgemacht hatte.

Nicht, daß Anjuta seit jener verhängnisvollen Nacht nicht mehr ganz richtig im Kopf gewesen wäre, aber sie hatte sich in ihrem Wesen doch stark verändert. War sie schon früher kein Ausbund an Fröhlichkeit gewesen, so bekam sie jetzt gar nicht mehr den Mund auf. Beim kleinsten Geräusch fuhr sie zusammen. Ich muß zu meiner Schande gestehen, daß ich kein Freund von Tragödien bin. Ich floh aus Sosnowka noch zu Lebzeiten des Fürsten. Später fuhr ich zur Beisetzung hin – heiliger Himmel, das Gut war nicht wiederzuerkennen. Gruslig sah es dort aus, gerade so, als hätte ein schwarzer Rabe seine Flügel darüber gebreitet. Ich weiß noch, daß ich bei dem Anblick dachte: Ein verlorener Ort. So war es auch.

Anjuta, die einzige Erbin, mochte nicht länger dort leben und reiste ab. Aber nicht in die Hauptstadt oder nach Europa, sondern ans Ende der Welt. Der Verwalter schickt ihr regelmäßig Geld nach Brasilien, in die Stadt Rio de Janeiro. Ich habe den Globus zu Rate gezogen – weiter weg von Sosnowka geht es nicht. So sehr ist ihr die Heimat verleidet. Man denke nur – Brasilien! Dort gibt es bestimmt keinen einzigen Russen«, beendete Mustafin seufzend seine ungewöhnliche Geschichte.

»Nicht doch. Ich habe in Brasilien einen Bekannten, einen ehemaligen K-Kollegen von der japanischen Botschaft – Karl Iwanowitsch Weber«, ließ Fandorin, der dieser unterhaltsamen Geschichte interessiert gelauscht hatte, nachdenklich fallen. Er hatte eine weiche, angenehme Art zu sprechen, und das leichte Stottern störte überhaupt nicht. »Weber ist derzeit Botschafter beim b-brasilianischen Kaiser Don Pedro. So aus der Welt ist Rio nicht.«

»Wirklich?« Mustafin wandte sich lebhaft Fandorin zu. »Dann kann das Rätsel vielleicht doch noch gelöst werden? Ach, verehrtester Erast Petrowitsch, man sagt Ihnen einen brillanten analytischen Verstand nach, der Sie befähigt, jedes Geheimnis zu knacken wie eine Nuß. Da haben Sie eine Aufgabe, für die es keine logische Lösung gibt. Einerseits ist Polinka Karakina verschwunden – das ist eine Tatsache; andererseits kann sie das Grundstück nicht verlassen haben – das ist auch eine Tatsache.«

»Ja, ja«, fielen einige Damen sogleich ein. »Herr Fandorin, Erast Petrowitsch, wir möchten zu gern wissen, was dort wirklich geschehen ist.«

»Ich wette, daß Erast Petrowitsch dieses Rätsel mühelos löst«, verkündete Frau Odinzowa.

»Sie wetten?« vergewisserte sich Mustafin rasch. »Was setzen Sie?«

Es sei gesagt, daß sowohl die Hausherrin als auch Mustafin in ihrer Wettleidenschaft mitunter alle Vernunft fahren ließen. Die Gewitzteren unter den Gästen tauschten Blicke, denn sie argwöhnten, die rätselhafte Geschichte sei keineswegs zufällig zur Sprache gekommen und der junge Beamte solle das Opfer eines raffiniert geschmiedeten Komplotts werden.

»Mir gefällt Ihr kleiner Boucher«, sagte Mustafin mit einer leichten Verbeugung.

»Und mir Ihr großer Caravaggio«, antwortete im gleichen Ton die Gastgeberin.

Mustafin wiegte den Kopf, anscheinend entzückt vom unmäßigen Appetit der Dame, widersprach aber nicht – er glaubte wohl fest an seinen Sieg. Doch vielleicht hatten die beiden ihre Wette auch schon vorher abgeschlossen.

Fandorin, von solcher Zielstrebigkeit etwas verblüfft, breitete die Arme aus. »Aber ich war nicht am Ort des G-Geschehens, kenne die Beteiligten nicht. Soviel ich verstanden habe, konnte nicht einmal die Polizei, die über alle notwendigen Mittel verfügte, etwas ausrichten. Was kann ich da jetzt noch tun? Wahrscheinlich ist inzwischen viel Zeit vergangen.«

»Im Oktober waren es acht Jahre«, lautete die Antwort.

»Na sehen Sie …«

»Erast Petrowitsch, Lieber, Guter«, beschwor ihn die Gastgeberin und legte ihre Hand auf die seine. »Lassen Sie mich nicht im Stich! Ich habe diesem Erpresser schon mein Wort gegeben! Er wird mir einfach meinen Boucher wegnehmen, und fertig! In diesem Herrn ist kein Tropfen Ritterlichkeit.«

»Ich stamme ja auch von einem tatarischen Fürsten ab«, bestätigte Mustafin fröhlich. »Bei uns in der ›Goldenen Horde‹ wurde mit Frauen nicht lange gefackelt.«

Für Fandorin hingegen schien Ritterlichkeit kein leeres Wort zu sein. Der junge Mann rieb sich die Nasenwurzel und murmelte: »Höchstens, daß … Sagen Sie, Herr M-Mustafin, wissen Sie noch, was für Gepäck der Franzose bei sich hatte? Sie haben doch gesehen, wie er abgefahren ist. Bestimmt war eine große Truhe dabei?«

Mustafin applaudierte lautlos. »Bravo, er hat das Mädchen in der Truhe versteckt und so hinausgeschmuggelt? Und zuvor hat Polinka ihrer tugendsamen Schwester irgendein scheußliches Gebräu eingeflößt, daher das Nervenfieber, nicht wahr?

Sehr schlau. Aber ich muß bedauern. Da war keine Truhe. Ich erinnere mich nur an kleine Koffer und Bündel, ein paar Hutschachteln. Nein, mein Herr, Ihre Version taugt nicht.«

Fandorin dachte nach und fragte: »Sind Sie ganz sicher, daß das Mädchen nicht mit den Wachposten übereingekommen ist oder sie einfach bestochen hat?«

»Völlig sicher. Das hat die Polizei als erstes geprüft.«

Bei diesen Worten verfinsterte sich der Kollegienassessor und sagte: »Dann ist Ihre Geschichte noch übler, als ich dachte.« Und nach einer kurzen Pause fragte er: »Sagen Sie, gab es im Haus des Fürsten eine Wasserleitung?«

»Eine Wasserleitung? Auf dem Lande?« fragte Molly Sapegina verwundert und kicherte, denn sie dachte, der schöne Beamte mache einen Scherz. Mustafin jedoch klemmte sich das goldene Monokel vors Auge und sah Fandorin so aufmerksam an, als nehme er ihn erst jetzt richtig wahr.

»Wie sind Sie darauf gekommen? Stellen Sie sich vor, eine Wasserleitung gab es tatsächlich. Ein Jahr vor den geschilderten Ereignissen hatte Karakin ein Pumpwerk und ein Kesselhaus bauen lassen. Er und seine Töchter hatten Badezimmer, und auch die Gästezimmer waren so ausgestattet. Aber was hat das mit unserer Geschichte zu tun?«

»Ich denke, daß Ihr R-Rätsel gelöst ist«, sagte Fandorin. »Aber die Lösung ist sehr unangenehm.«

»Inwiefern? Weshalb? Was ist denn nun passiert?« erklang es von allen Seiten.

»Ich werde es gleich erzählen. Aber zuvor, Lidia Nikolajewna, würde ich Ihrem Lakaien gern einen Auftrag erteilen.«

Der Kollegienassessor, der die Anwesenden in höchste Spannung versetzt hatte, schrieb etwas auf einen Zettel und gab diesen dem Lakaien , wobei er ihm leise etwas ins Ohr sagte. Die Kaminuhr schlug Mitternacht, aber niemand dachte an Aufbruch. Alle sahen Fandorin erwartungsvoll an, doch der hatte es nicht eilig, seine analytischen Gaben vorzuführen. Frau Odinzowa, stolz auf ihr untrügliches Gespür, das sie auch dieses Mal bei der Wahl des wichtigsten Gastes sicher geleitet hatte, betrachtete den jungen Mann mit nahezu mütterlicher Rührung – der Beamte für Sonderaufträge hatte alle Chancen, ein Stern ihres Salons zu werden. Kati Polozkaja und Lili Jepantschina würden vor Neid platzen.

»Die Geschichte, die Sie uns erzählt haben, ist weniger g-geheimnisvoll als vielmehr abscheulich«, erklärte der Kollegienassessor und verzog das Gesicht. »Eines der ungeheuerlichsten Verbrechen aus Leidenschaft, das mir je untergekommen ist. Kein Verschwinden, sondern Mord, noch dazu ein ganz schändlicher, nach Art des Kain.«

»Wollen Sie sagen, daß die traurige Schwester die fröhliche umgebracht hat?« präzisierte Sergej von Taube, der Vorsitzende des Akziseamtes.

»Nein, ich will das G-Gegenteil sagen: Die fröhliche Polinka hat die traurige Anjuta getötet. Und das ist noch nicht das Grauenvollste.«

»Aber erlauben Sie! Wie ist das möglich?« rief Sergej von Taube verblüfft, und Frau Odinzowa hielt es für nötig zu bemerken: »Was kann grauenvoller sein als die Ermordung der eigenen Schwester?«

Fandorin erhob sich und ging im Salon auf und ab.

»Ich werde versuchen, die Abfolge der Ereignisse so zu reproduzieren, wie sie sich mir darstellen. Also, zwei sich langweilende F-Fräulein. Das verrinnende, schon beinahe verronnene Leben – ich meine das Leben als Frau. Müßiggang. Gärende seelische Kräfte. Unerfüllte Hoffnungen. Angespannte Beziehungen zu dem tyrannischen Vater. Schließlich physiologische Frustration – immerhin sind es gesunde, junge Frauen. Ach, ich bitte um Verzeihung ...«

Der Kollegienassessor begriff, daß er etwas Unschickliches gesagt hatte, und verstummte verlegen, doch die Gastgeberin unterließ es, ihn zu rügen – er sah so entzückend aus mit den plötzlich erglühenden Wangen.

»Ich wage mir gar nicht auszumalen, was in der Seele eines jungen M-Mädchens vorgeht, das sich in solch einer Lage befindet«, sagte Fandorin nach einer Pause. »Und hier kommt noch eine Besonderheit hinzu: Beide hatten ständig einen lebendigen Spiegel vor Augen, die Zwillingsschwester. Es konnte nicht ausbleiben, daß ein bizarres Gemisch von Liebe und Haß entstand. Und da tritt ein gut aussehender junger Mann auf den Plan. Er bekundet Interesse für die jungen Damen, wohl nicht uneigennützig, aber welches Mädchen denkt schon darüber nach? Zwischen den Schwestern entbrennt zwangsläufig Rivalität, aber die W-Wahl ist schnell getroffen. Bis zu diesem Moment hatten Anjuta und Polinka das gleiche Los, doch von nun an lebten sie in grundverschiedenen Welten. Die eine war glücklich, zum Leben erweckt und wurde – zumindest dem Anschein nach – geliebt. Die andere fühlte sich zurückgewiesen, einsam und darum doppelt unglücklich. Glückliche Liebe ist egoistisch. Für Polinka existierte wahrscheinlich nichts mehr außer der in langen Jahren aufgestauten Leidenschaft. Das war das richtige, volle Leben, von dem sie so lange geträumt und auf das sie nicht mehr zu hoffen gewagt hatte. Und dann war von einem Augenblick zum andern alles vorbei, und zwar gerade zu dem Zeitpunkt, als die Liebe ihren höchsten Gipfel erreichte.«

Die Damen lauschten der Rede des bildschönen Mannes wie verzaubert, Molly Sapegina preßte die schmalen Finger ans Décolleté und erstarrte in dieser Haltung.

»Und das Schlimmste – schuld an der T-Tragödie war die leibliche Schwester. Die man zugegebenermaßen auch verstehen kann: Im eigenen Unglück ein solches Glück neben sich zu ertragen, das erfordert eine besondere Seelenstruktur, die Anjuta offenbar nicht besaß. Also, Polinka, die eben noch in paradiesischen Gefilden schwelgte, wurde in den Abgrund gestoßen. Kein wildes Tier auf der Welt ist so gefährlich wie eine Frau, der man die Liebe genommen hat!« rief Fandorin emphatisch und geriet wieder in Verlegenheit, denn er fürchtete, mit dieser Sentenz die schöne Hälfte der Anwesenden gekränkt zu haben. Doch Prostest wurde nicht laut – alle warteten begierig auf die Fortsetzung, und Fandorin sprach in beschleunigtem Tempo weiter: »Da faßte Polinka in ihrer Verzweiflung einen Plan, der wahnwitzig und ungeheuerlich ist, aber von der gewaltigen Kraft des Gefühls zeugt. Übrigens ist nicht auszuschließen, daß die Idee von Renard stammt. Verwirklichen mußte sie jedoch das Mädchen ... In der Nacht, als Sie, Archip Hyazintowitsch, bei den Tiraden des Hausherrn einnickten, wurde das Schlafzimmer der Mädchen zur Hölle. Polinka brachte ihre Schwester um. Ich weiß nicht, wie – ob sie Anjuta erwürgte oder vergiftete, aber in jedem Fall floß kein Blut, sonst wären im Schlafzimmer Spuren zurückgeblieben.«

»Die Polizei hat auch die Möglichkeit eines Mordes erwogen«, sagte Mustafin mit unverhohlener Skepsis. »Aber da ergab sich die vernünftige Frage: Wo ist die Leiche?«

Der Beamte für Sonderaufträge antwortete ohne das geringste Zögern: »Das ist ja eben das G-Grauenvolle. Polinka hat die Schwester getötet, hat dann die Leiche ins Badezimmer geschleift, sie dort zerstückelt und das Blut ins Abflußrohr laufen lassen. Der Franzose kommt dafür nicht in Betracht, denn er hätte sich nicht für so lange Zeit unbemerkt aus seinem Seitenflügel entfernen können.«

Fandorin ließ geduldig einen Sturm entrüsteter Ausrufe über sich ergehen, in dem am häufigsten das Wort »unmöglich!« erklang, und sagte dann traurig: »Unmöglich ist leider jede andere Lösung. Besser, man versucht sich gar nicht erst vorzustellen, was in jener Nacht im Badezimmer geschah. Polinka besaß mit Sicherheit keine anatomischen Kenntnisse, und als Werkzeug dürfte sie ein aus der Küche entwendetes Messer benutzt haben.«

»Aber sie konnte doch nicht die Körperteile und die Knochen hinunterspülen, das würde ja das Abflußrohr verstopft haben!« rief Mustafin mit einer ihm fremden Hitzigkeit.

»Nein, das konnte sie nicht. Die zerstückelten K-Körperteile warf sie, verpackt in die Koffer und Hutschachteln des Franzosen, aus dem Fenster. Sagen Sie, wie hoch lagen die Fenster des Schlafzimmers über dem Erdboden?«

Mustafin kniff nachdenklich die Augen ein und erinnerte sich: »Na, vielleicht mannshoch. Sie gingen auf den Garten, auf eine kleine Wiese.«

»Also erfolgte die Übergabe der Leichenteile durchs F-Fenster. Da auf dem Fensterbrett keine Spuren gefunden wurden, ist anzunehmen, daß Renard von außen die Behälter hochreichte; Polinka ging damit ins Badezimmer, füllte sie mit Leichenteilen und brachte sie ihrem Komplizen zurück. Als der grausige T-Transport beendet war, mußte sie nur noch die Wanne reinigen und sich das Blut abwaschen …«

Frau Odinzowa, obwohl sie sehr gern die Wette gewinnen wollte, sagte gleichwohl aus Gründen der Gerechtigkeit: »Erast Petrowitsch, das klingt alles sehr logisch – abgesehen von einem Umstand. Hätte Polinka eine solch monströse Operation ausgeführt, so wäre ihre Kleidung blutbefleckt gewesen, und Blut läßt sich nicht ohne weiteres herauswaschen, besonders, wenn man keine Wäscherin ist.«

Diese praktische Bemerkung brachte Fandorin zwar nicht aus der Fassung, berührte ihn aber peinlich. Er räusperte sich und sagte mit gesenkten Augen leise: »Ich n-nehme an, daß das Fräulein, bevor es an die Zerteilung der L-Leiche ging, sich ihrer Kleidung entledigte. Ganz und gar …«

Einige Damen schrien leise auf, und Molly Sapegina hauchte erbleichend: »O mon Dieu …«

Fandorin schien Ohnmachtsanfälle zu befürchten und fuhr rasch fort, nun im Ton trockener Wissenschaftlichkeit: »Durchaus möglich, daß die anhaltende Bewußtlosigkeit der vermeintlichen Anjuta nicht simuliert war, sondern die natürliche Reaktion der Psyche auf die schreckliche E-Erschütterung.«

Nun redeten alle auf einmal.

»Aber es ist ja nicht Anjuta verschwunden, sondern Polinka!« erinnerte von Taube.

»Ach was, Polinka hat sich einfach ein Muttermal auf die Wange gemalt«, erklärte ungeduldig die scharfsinnige Gastgeberin, »und schon hielten alle sie für Anjuta!«

Der pensionierte Leibmedikus Stupizyn widersprach: »Ausgeschlossen! Nahe Angehörige können Zwillinge sehr wohl unterscheiden. Am Verhalten, am Klang der Stimme und schließlich am Augenausdruck!«

»Weshalb sollte sich Polinka für Anjuta ausgeben?« unterbrach General Liprandi den Arzt.

Fandorin wartete, bis der Strom der Fragen und Ausrufe versiegte, und beantwortete sie der Reihe nach: »Wenn Anjuta verschwunden wäre, Exzellenz, wäre Polinka unweigerlich verdächtigt worden, ihre Schwester aus Rache beseitigt zu haben, und man hätte gründlicher nach Spuren eines Mordes g-gesucht. Erstens. Das Verschwinden des verliebten Mädchens, zeitgleich mit dem Franzosen, legte jedoch die Version nahe, daß es Flucht war und kein Verbrechen. Zweitens. Und schließlich hatte sie als Anjuta die Chance, irgendwann Renard zu heiraten, ohne sich im nachhinein zu verraten. Genau das scheint im fernen Rio de Janeiro geschehen zu sein. Ich bin sicher, daß Polinka einen so fernen Wohnort gewählt hat, um sich dort gefahrlos mit dem Gegenstand ihrer Anbetung zu vereinen.« Der Kollegienassessor wandte sich an den Leibmedikus. »Ihr Argument, daß die nächste Umgebung Zwillinge unterscheiden könne, ist durchaus zutreffend. Aber bedenken Sie, daß der H-Hausarzt der Karakins, den zu täuschen unmöglich gewesen wäre, kurz zuvor verstorben war. Hinzu k-kommt, daß sich die angebliche Anjuta nach der verhängnisvollen Nacht von Grund auf verändert hatte – sie war gleichsam ein anderer Mensch gew-worden. Nach den Geschehnissen fanden das alle ganz natürlich. In Wirklichkeit jedoch vollzog sich die Verwandlung mit Polinka, aber ist es denn verwunderlich, daß sie ihre frühere Lebhaftigkeit und Fröhlichkeit einbüßte?«

»Und der Tod des alten Fürsten?« fragte Sergej von Taube. »Er kam der Verbrecherin ja sehr gelegen.«

»Ein äußerst verdächtiger Tod«, stimmte Fandorin zu. »Höchstwahrscheinlich war Gift im Spiel. Eine Obduktion wurde nicht vorgenommen, denn man führte sein plötzliches Ende auf seinen tiefen Kummer und seine apoplektische Veranlagung zurück, aber es ist durchaus denkbar, daß Polinka nach der grausigen Nacht die Vergiftung des Vaters nur noch für eine Lappalie hielt. Übrigens ist es für eine Exhumierung nicht zu spät. Gift hält sich lange im Knochengewebe.«

»Ich wette, daß der Fürst vergiftet wurde«, wandte sich die Hausherrin sogleich an Mustafin. Der tat, als hätte er nicht gehört.

»Eine originelle Version. Und sehr geistreich«, sagte er bedächtig. »Man muß jedoch schon eine blühende Phantasie haben, um sich vorzustellen, wie die Tochter eines Fürsten im Evakostüm mit einem Brotmesser die Leiche der eigenen Schwester zerstückelt.«

Wieder redeten alle durcheinander, verteidigten mit gleicher Heftigkeit beide Standpunkte, wobei die Damen im wesentlichen Fandorins Version zustimmten, während die Männer sie für unwahrscheinlich hielten. Der Urheber des Streits beteiligte sich nicht an der Diskussion, lauschte aber den Argumenten mit großem Interesse.

»Warum schweigen Sie?« sagte Frau Odinzowa zu ihm. »Er (sie zeigte auf Mustafin) leugnet doch das Offensichtliche, nur um die Wette nicht zu verlieren! Beweisen Sie es ihm. Geben Sie noch eine Begründung, die ihn mundtot macht!«

»Ich warte auf die Rückkehr Ihres Matwej«, antwortete Fandorin knapp.

»Wohin haben Sie ihn denn geschickt?«

»In die Kanzlei des Generalgouverneurs, dort ist die Telegraphenstelle r-rund um die Uhr besetzt.«

»Das ist doch auf der Twerskaja, fünf Minuten Fußweg, inzwischen ist aber mehr als eine Stunde vergangen«, wunderte sich jemand.

»Matwej hat den Auftrag, auf die Antwort zu warten«, erklärte Fandorin und verstummte wieder. Dafür zog Mustafin die allgemeine Aufmerksamkeit auf sich, indem er zu einer weitschweifigen Rede ansetzte und nachzuweisen suchte, daß Fandorins Theorie mit der weiblichen Psyche unvereinbar sei.

An der effektvollsten Stelle, als Mustafin gerade eindringlich davon sprach, daß Frauen sich von Natur aus der Nacktheit schämten und kein Blut sehen könnten, öffnete sich leise die Tür, und herein kam der lang erwartete Matwej. Lautlos trat er zu dem Kollegienassessor und überreichte ihm mit einer Verbeugung ein Blatt Papier.

Fandorin faltete es auseinander, las und nickte. Die Gastgeberin, die das Gesicht des jungen Mannes aufmerksam beobachtete, konnte ihre Neugier nicht bezähmen und rückte mit ihrem Stuhl näher an ihn heran.

»Na, was steht da?« flüsterte sie.

»Ich hatte recht«, antwortete Fandorin, ebenfalls flüsternd.

Triumphierend unterbrach Frau Odinzowa den Redner: »Genug Unsinn geschwatzt, Archip Hyazintowitsch! Was wissen Sie schon von der weiblichen Natur, Sie waren ja nie verheiratet! Erast Petrowitsch hat den schlüssigen Beweis!« Sie nahm dem Kollegienassessor das Papier aus der Hand und ließ es herumgehen.

Die Gäste lasen befremdet die Depesche, die nur aus drei Wörtern bestand: »Ja. Ja. Nein.«

»Das ist alles? Was bedeutet das? Wo kommt es her?«

»Das Telegramm kommt aus der russischen Gesandtschaft in B-Brasilien«, erklärte Fandorin. »Sehen Sie den Diplomatenstempel? Bei uns in Moskau ist es Nacht, in Rio de Janeiro jedoch Arbeitszeit. Darauf habe ich gerechnet, als ich Matwej anwies, auf die Antwort zu warten. Was die Depesche angeht, so erkenne ich Karl Webers lakonischen Stil. Mein Schreiben lautete folgendermaßen. Matwej, ich bitte um den Zettel, den ich Ihnen mitgab.« Fandorin nahm dem Lakaien das Blatt aus der Hand und las: »›*Karluscha, teile umgehend folgendes mit. Ist die in Brasilien lebende Russin Anna Karakina, Tochter des Fürsten Lew Karakin, verheiratet? Wenn ja, hinkt ihr Mann? Und noch etwas: Hat sie auf der rechten Wange ein Muttermal? Ich brauche das alles für eine Wette. Fandorin.*‹ Aus der Antwort geht hervor, daß Anna K-Karakina mit einem hinkenden Mann verheiratet ist und daß sie kein Muttermal hat. Wozu sollte sie das jetzt noch brauchen? Im fernen Brasilien sind solche Tricks überflüssig. Sie sehen, meine Damen und Herren, Polinka lebt und ist mit Renard verheiratet. Das idyllische Ende einer schrecklichen Geschichte. Übrigens beweist das Fehlen des Muttermals, daß Renard an dem Mord beteiligt war und sehr genau weiß, daß er mit Polinka verheiratet ist und nicht mit Anjuta.«

»Dann lasse ich jetzt nach dem Caravaggio schicken«, sagte Frau Odinzowa mit einem sieghaften Lächeln zu Mustafin.

Tatjana Garmasch-Roffe

Ein Wunder für Nina

Eine elegante Erscheinung. Vermutlich um die Dreißig, sehr gepflegt, ein Duft von gutem Parfum und Reichtum. Das bescheidene Lächeln eines guten Mädchens aus gutem Hause.

Streift ihre dünnen grauen Handschuhe ab. Wirkt nervös. Legt ihre schmalen Finger gewichtslos in seine Hand: Händeberührung statt Händedruck.

Knöpft die graublaue Pelzjacke auf, die farblich gut zu ihrem dunkelblonden Haar und den hellen Augen paßt. Setzt sich. Sieht Privatdetektiv Alexej Kissanow schüchtern an – ohne Frage eine bezaubernde Dame. Und sie ist auch genau zur festgesetzten Zeit erschienen, was immer einen guten Eindruck macht.

»Ich weiß gar nicht, womit ich anfangen soll.« Die Stimme verrät, wie aufgeregt sie ist.

»Am besten mit dem Anfang«, rät der Detektiv und nimmt seinen Platz am Schreibtisch ein.

»Ich möchte Sie darauf vorbereiten«, sagt die Besucherin verlegen, »daß diese Geschichte sich fast unglaublich anhört.«

»Macht nichts, das bin ich gewohnt. Ich bin ganz Ohr.«

Nina Strelzowa, Tochter eines namhaften Pianisten, war in die Fußstapfen ihres Vaters getreten. Sie machte erfolgreich ihren Abschluß am Konservatorium, man sagte ihr eine glänzende Zukunft voraus, ihr Vater träumte davon, seine Tochter in Solokonzerten auf den besten Bühnen der Welt zu erleben, doch dann passierte es – Nina fing Feuer für Popmusik. Und kurz darauf auch für den Producer einer Popgruppe. Vielleicht auch umgekehrt. Die Reihenfolge ist ohne Bedeutung – von Bedeutung ist, daß ihr Vater in Verzweiflung geriet. Er machte seiner Tochter keine Vorwürfe, aber gerade das war das schlimmste. Hätte er Donnerschläge und Blitze geschleudert, sie verflucht und des Hauses verwiesen, dann wäre sie gegen die väterliche Despotie auf die Barrikaden gestiegen, und auf den Barrikaden ist stets alles leicht und klar zu übersehen. Er litt nur leise. Und sagte ein einziges Mal: »Nina, das ist nichts für dich ...«

Doch dieser Meinung war sie nicht. Georgi – hünenhaft, sinnlich, eine Frohnatur – erschien ihr als Verkörperung des blühenden Lebens, als Quell ewiger Freude, all dessen, was ihr immer gefehlt hatte. Diese Jungen und Mädchen am Konservatorium, die lebten ja nicht. Sie hatten ihre Seele in der Musik angelegt, wie man Geld in der Bank anlegt, und dort lag sie unangetastet, brachte Zinsen der Meisterschaft ... Georgi hingegen hielt seine Seele nicht unter Verschluß, hob sie nicht für die Zukunft auf – er lebte sich hier und heute aus, freigebig, leidenschaftlich, auf schöne Weise. Und sie, eine blasse Blume aus der sterilen Flora der hohen Kunst, fing selbstvergessen Feuer für ein exotisches Tier aus der reizvollen Fauna der Popkultur.

Bald wurde sie seine Frau und brachte eine Tochter zur Welt. Niedlich und hellblond, wie Nina in der Kindheit selbst gewesen war. Zehn Monate alt geworden, wurde die Kleine, die sie Marina genannt hatten, gestohlen. Die Miliz fand bloß den Kinderwagen. »Die Tränen und den Schmerz lassen wir beiseite, sie haben mit dem, worum es geht, nichts zu tun …«

Zehn Jahre waren seitdem vergangen. Ihr Mann hatte es in dieser Zeit in der Welt des Showbusineß zu Bekanntheit und Ansehen gebracht, und ihr Leben erstrahlte in den leuchtenden Farben des Luxus. Urlaub in Ferienorten, in denen man gewesen sein mußte, Kleidung aus teuren Geschäften, eine riesige Wohnung (statt der alten Zwei-Zimmer-Mausefalle). Und, versteht sich, ein Landhaus mit allen obligaten Attributen des Wohllebens: Sauna, Swimmingpool und anderes mehr. Nina hatte ihre Arbeit längst aufgegeben und sich sogar zu einem zweiten Kind entschlossen. Der Junge wäre jetzt fünf Jahre alt …

Ja, *wäre*. Denn vor einem halben Jahren waren Mann und Sohn bei einem Verkehrsunfall ums Leben gekommen.

Erst da erinnerte sie sich der Worte ihres Vaters: »Nina, das ist nichts für dich.« Und begriff, daß er recht gehabt hatte. Alles kam davon, daß sie dem Wertvollsten untreu geworden war: der wahren Musik, den väterlichen Hoffungen, ihrer Bestimmung. Sie hatte sich für ein Leben entschieden, das nicht das ihre war, und deshalb ging alles verquer.

Sie versuchte Hand an sich zu legen. Gerettet wurde sie von der Hausangestellten Tamara: Sie entriß ihre Herrin dem Tod durch eine Überdosis Schlaftabletten. So lebte sie denn, ohne einen rechten Sinn darin zu sehen.

Die Besucherin verstummte, Augen und Nasenspitze hatten sich gerötet. Der Detektiv ließ ihr Zeit. Sie sah zum Fenster, er betrachtete ihr zartes Profil. Endlich nahm Nina ihren Redefaden wieder auf.

»... Vor drei Tagen beschloß ich, allein auf die Datscha zu fahren.«

»Auf die Datscha?« fragte der Detektiv verwundert: das war wohl kaum die rechte Zeit dafür, jetzt, Ende November!

»Eigentlich ist es ein Landhaus, beheizbar. Nachbarn feierten ein Jubiläum, sie hatten herzlich darum gebeten, daß ich komme, wir sind seit langem befreundet. Ich fahre nicht selbst Auto, ich habe einen Chauffeur, aber der hatte sich freigeben lassen: seine Tochter heiratete. So entschloß ich mich zu einer Fahrt mit den öffentlichen Verkehrsmitteln. Plötzlich hatte ich Lust bekommen, Menschen um mich zu spüren, anderer Leute Leben, von dem ich zu isoliert bin ... Ich fuhr zum Kiewer Bahnhof. – Sie bewegen sich bestimmt mit dem Auto durch die Stadt?« wollte Nina unvermittelt wissen. »Dann haben Sie all das auch vergessen. Das Auto ist die Verlängerung Ihres Hauses, Ihres persönlichen Raums«, sagte sie, und dabei fuhren ihre Finger durch die Luft, als glitten sie über Klaviertasten. »Sie verfügen darüber und machen sich mit seiner Hilfe den großen, den allgemeinen Raum untertan ... Ohne Auto sind Sie schutzlos, und der Raum nimmt Sie sofort gefangen! Zwangsläufig fahren Sie nicht, wohin Sie möchten, sondern wohin man sie bringt. Sie müssen umsteigen. Sie sind gezwungen, Fahrkarten zu kaufen und sich deshalb anzustellen. In der Metro drücken sich Leute an Sie, ohne um Erlaubnis zu fragen, und Sie sind der Wärme und dem Geruch ihrer oft nicht gerade frischen Körper ausgesetzt. Sie werden zu einem winzigen Stäubchen und treiben, dem vorgegebenen Rhythmus gehorchend, mit all den anderen Stäubchen durch Raum und Zeit ... Mit anderen Worten, diese fremde Welt nimmt auf Sie keine Rücksicht.

Doch so seltsam das scheinen mag, darin liegt etwas Frohmachendes, beinahe Beseligendes ... Verstehen Sie mich?«

Der Detektiv verstand. Was gab es da nicht zu verstehen? Der »Gang ins Volk« war ein Nationalsport der russischen Intelligenzija. Es wäre ihm nur lieber gewesen, wenn sie schneller zur Sache käme. Aber seine Klientin drängen wollte er auch nicht.

»Erst recht auf einem Bahnhof«, fuhr Nina fort. »Starke, erregende Empfindungen der Grenzüberschreitung, des Raumwechsels, ein besonderer Rhythmus von Leben und Atmung ... Kurzum, ich war in einer Art euphorischer Verfassung. Freude war in mir und zugleich Unruhe. Ich machte mich darauf gefaßt, daß etwas Ungewöhnliches geschehen würde. Und stellen Sie sich vor, es geschah! Auf dem Bahnhofsvorplatz waren viele Bettler. Darunter ein Mädchen von zehn, elf Jahren. Es stand auf dem Gehsteig und blickte immerzu um sich ... Ich ließ mir Zeit, es heimlich zu betrachten. Zwei blonde Zöpfchen, ein etwas kurzes Jäckchen, an den Füßen derbe Jungenschuhe ...«

Sie schwieg eine Weile und sagte plötzlich leise, wie verschämt:

»Ich glaube, das ist meine Tochter.«

»Dieses armselig gekleidete Mädchen? Warum das?«

»Ich weiß nicht ...« Leichte Röte der Verlegenheit färbte Ninas Wangen. »Die Datscha war bereits völlig belanglos geworden: ich fuhr nach Hause und fand den Rest des Tages keine Ruhe ... Tags darauf stand ich wieder auf dem Bahnhofsvorplatz. Das Mädchen sah ich schon von weitem: Es bettelte. Ich trat näher und gab ihm Geld. Die Kleine warf mir einen kurzen Blick zu, bedankte sich und verschwand sofort in der Menge ... Mir scheint, daß sie meiner verschwundenen Marina ähnlich sieht. In solchen Fällen spricht man wohl vom Gefühl des ›mütterlichen Herzens‹? Ich habe extra so weit ausgeholt, damit Sie meine seelische Verfassung verstehen können. Ich bin jetzt imstande, mir alles mögliche einzubilden! Wahrscheinlich möchte ich einfach bestätigt finden, daß sie meine Tochter ist? Daran glauben, daß sie zu mir zurückgekehrt ist als Entschädigung für meine Leiden? Alexej, bringen Sie alles über dieses Kind in Erfahrung!«

Alexej parkte und folgte Nina in einigem Abstand. Sobald sie das Mädchen erblicke, sollte sie ihr Täschchen in die andere Hand nehmen. Doch er brauchte gar nicht auf das vereinbarte Zeichen zu warten: ein hellblondes Mädchen mit Zöpfchen, die unter einer kleinen Kappe hervorguckten, und einem geblümten kurzen Jäckchen winkte Nina von sich aus heran, und als Alexej das bemerkte, beschleunigte er seinen Schritt.

»Ich habe dich erkannt, du hast mir das letztemal Geld gegeben«, hörte er das Mädchen mit unkindlich tiefer Stimme sagen.

Nina begriff die Anspielung und griff hastig in ihre Handtasche.

»Wo wohnst du?« fragte sie, als sie dem Mädchen einen Hundert-Rubel-Schein zusteckte.

Das gab keine Antwort, faltete den Schein liebevoll viermal zusammen, steckte ihn in seine Jackentasche und wandte sich zum Gehen.

»Hast du eine Mama und einen Papa?« fragte Nina hastig, um es zurückzuhalten. »Mit wem lebst du zusammen?«

»Mit den Läusen.« Das Mädchen lachte seltsam.

Nina kramte in ihrer Tasche und holte zwei eingewickelte Pralinen hervor. Ein schmutziges Händchen grapschte sie wie ein Dieb von ihrem Handteller. Und schon lief das Mädchen weg, es nahm regelrecht Reißaus.

Nachdem der Detektiv Nina nach Hause gebracht hatte, kehrte er zum Bahnhofsvorplatz zurück und suchte sich eine Stelle, von der aus er alles gut überblicken konnte. Das von Passanten erbettelte Geld lieferte das Mädchen bei einem beinlosen Mann unbestimmbaren Alters ab, der nahebei vor einer Hauswand saß. Am Abend kannte Alexej Kissanow die Gesichter fast aller, die den Platz bevölkerten, und hatte sogar den »Kassierer« ermittelt, bei dem sämtliche Einnahmen zusammenflossen: einen dunkelhaarigen Mann, der, wenn er nicht gerade Geld einsammelte, seine Zeit im Bahnhofscafé verbrachte, wo er immerzu etwas aß.

Alexej konnte sich denken, daß die Bettler von jemandem kontrolliert wurden, hin und wieder jedenfalls. Deshalb ging er, ohne erst den Beinlosen zu befragen, zu den weiter weg stehenden Kiosken, in denen Zigaretten und Bier verkauft wurden, und zückte sein prall gefülltes Portemonnaie. Sogleich stand ein angetrunkenes weibliches Individuum vor ihm und hielt die verkrümmte Hand hin. Alexej gab ihm einen Zehnrubelschein und ließ den Rand eines Hunderters herausgucken: »Den kriegst du, wenn du mir etwas über das Mädchen da erzählst!«

Die Frau starrte angestrengt in die Richtung, in die seine Hand wies.

»Das ist Maschka. Die lebt mit den Läusen zusammen.«

»Wie meinst du das?«

Wie sich herausstellte, war auf dem Bahnhofsvorplatz eine Bettlerbande »zu Hause«, die »die Läuse« genannt wurde. Ansonsten wußte die Frau nichts über das Mädchen. Oder wollte sie nicht reden?

Der nächste war ein schmutziger Typ mit spärlichen fauligen Zähnen, den er mit einer Flasche Portwein anlockte.

»Mascha, das Mädchen da, wie kommt es hierher?«

»Wer soll das wissen«, nuschelte der Mann. »Einige hier werden von unseren Leuten geboren, aber sie leben nicht lange. Den Säuglingen tut man Wodka in die Milch, damit sie fest schlafen und nicht schreien, wenn sie zum Betteln mitgenommen werden. Wer macht das schon lange mit! Die aber ist bestimmt eine Fremde. Vielleicht geklaut, vielleicht gekauft. Solche werden hier gebraucht, hübschen Mädchen geben die Leute immer mehr Geld! Vielleicht hat sie auch von sich aus Anschluß gesucht, kommt alles vor«, meinte er mit philosophischem Gleichmut.

Weiter bekam Alexej nichts Interessantes heraus. Die Bettler sprachen ungern, und manche antworteten überhaupt nicht auf seine Fragen, selbst wenn er sie einen Hunderter sehen ließ. Es hieß, anders an sie heranzukommen.

Einen Tag später wußte er, wie: Iwan, sein Assistent und Untermieter, sollte den Journalisten spielen.

Ein gutgekleideter junger Mann mit Diktiergerät blickte sich auf dem Bahnhofsvorplatz nach allen Seiten um und ging schnurstracks auf Mascha zu. Alexej, der die beiden aus sicherer Entfernung beobachtete, staunte über das kokette Verhalten des Mädchens, das von einem Fuß auf den anderen trat, den Kopf hin und her neigte und immerfort rätselhaft lachte. Anscheinend ließ sie die Fragen des »Journalisten« allesamt unbeantwortet, dafür rief ihn Maschas an der Hauswand sitzender beinloser Vormund oder »Kontrolleur« heran. Iwan folgte der Aufforderung und tischte dem Mann auf, was er sich vorsorglich zurechtgelegt hatte: Er sei Journalist und wolle eine Reportage über das Leben der Moskauer Bettler schreiben.

Ohne Zeit zu verlieren, machte sich Alexej auf, seinerseits Informationen einzuholen. Diesmal fiel seine Wahl auf einen jungen Einbeinigen, einen von denen, die sich als Versehrte des Tschetschenienkriegs ausgeben, stellte ihm Bezahlung in Aussicht und erkundigte sich nach Mascha.

»Gefällt dir wohl?« Der Einbeinige grinste. »Versuch doch, die Sache mit ihren Obersten auszuhandeln, kann ja sein, daß sie dir das Mädchen verkaufen. Sie verschwinden dann sowieso alle irgendwohin, die Hübschen! Für solche wie die Maschka ... für die gibt es nur einen Weg. Halt dich also ran, Junge.«

»Was für einen Weg?«

»Ach, weiß der Teufel. Sie verschwinden eben. Vielleicht nehmen die Obersten sie zur Frau. Oder machen Nutten aus ihnen. Oder verkaufen sie.«

»Kannst du das rauskriegen?«

Der Einbeinige erklärte sich bereit, »es zu probieren«, und verlangte fünfhundert Rubel als Vorschuß und weitere fünfhundert nach Erledigung des Auftrags.

Gar nichts kam heraus bei ihrem »Journalisten«-Spiel. Es blieb bei der dürftigen Information, daß das Mädchen Mascha hieß und zu der Bettlerbande gehörte, die »die Läuse«

genannt wurde. Die Bettler verweigerten die Antwort selbst auf die simple Frage, wie alt das Mädchen sei, und verwiesen ihn an ihren »Obersten«. Doch keiner wollte sagen, wo dieser »Oberste« war und wann er ihn hier antreffen könne. Selbst der dunkelhaarige »Kassierer« sah, als er die Frage hörte, durch Alexej hindurch, spuckte durch die Zähne und ging wortlos davon. Wenn schon die einfachen Mitglieder der Bettlergemeinschaft deren Geheimnisse nicht verrieten, war das von denen, die bei ihnen das Sagen hatten, gewiß noch weniger zu erwarten.

»Das Ganze gestaltet sich schwieriger, als ich angenommen hatte«, erwiderte Alexej Kissanow auf Ninas ungeduldige Fragen.

»Lassen Sie sich etwas einfallen! Sie sind doch Detektiv!«

»Morgen müßte ich mehr in Erfahrung bringen können, aber ... Ehrlich gesagt, auf diese Weise wird es kaum gelingen, Maschas Herkunft zu ermitteln. Und nicht deswegen, weil die Bettler nicht reden wollen, sondern weil sie wahrscheinlich selbst nichts wissen. Wir verlieren bloß Zeit, Nina. Ich rate Ihnen, eine genetische Analyse vornehmen zu lassen. Wenn Sie sich dazu entschließen, Nina, kann man sie, denke ich, freikaufen.«

»Wenn sie nicht meine Tochter ist, dann lieber nicht ... Sie ist schon groß, ein bereits ausgebildeter Mensch. Nur unter der Voraussetzung, daß sie mein Kind ist, werden meine Kräfte ausreichen, alle Prüfungen zu ertragen.«

»Ich werde mich bemühen, soviel wie möglich herauszufinden, doch eine verläßliche Antwort werden Sie allein durch eine genetische Untersuchung erhalten«, betonte Alexej noch einmal geduldig.

»Ich will es mir überlegen.« Damit brach Nina das Gespräch ab, und Alexej spürte, daß sie Angst vor der Wahrheit hatte, die sie wie ein Urteil treffen konnte, gegen das es keine Berufung gab.

Als der Einbeinige den Detektiv von weitem erspähte, wies er mit seiner Krücke irgendwohin zur Seite. Alexej lenkte seine Schritte ohne Eile dorthin und hätte, als er um die Hausecke bog, den Krüppel um ein Haar zu Fall gebracht.

»Hör zu« – der Kerl hauchte ihm seine Fahne ins Gesicht –, »ich sage es dir nur für zweitausend. Sie hätten mich fast totgeschlagen, als ich mit meinen Fragen ankam. Und dann kriege ich noch fünfhundert – die muß ich einem guten Menschen geben, der mir geholfen hat.«

Alexej holte das Geld heraus, verlangte aber, bevor er es ihm gab, die Information.

»Sie haben da einen Kindergarten.«

»Was für einen ›Kindergarten‹?« erkundigte sich Alexej erstaunt.

»Weiß ich nicht, einen Kindergarten eben. Die hübschen Mädchen kommen dorthin.«

Alexej fing an zu feilschen, in der Hoffnung, daß der Einbeinige noch mehr sagen oder es wenigstens übernehmen würde, Genaueres auszukundschaften. Dabei beobachtete er aus den Augenwinkeln, daß ein dickes versoffenes Weibsbild um sie herumstreunte und lauschte. Als der Einbeinige sie bemerkte, fuchtelte er mit seiner Krücke gegen den Detektiv los wie gegen eine lästige Wespe und machte sich eilig davon, ohne sein Geld zu nehmen.

»Ein ›Kindergarten‹?« wiederholte Nina entsetzt. »Dort bringt man ihnen bestimmt das Stehlen bei! Oder womöglich, sich zu prostituieren! Sie ist doch ein Kind, Alexej, kann denn so was sein?!«

Leider, es kann, erwiderte er in Gedanken, aber laut sagte er es nicht. Bei diesem Wort tat sich für ihn selbst ein Abgrund auf – ihm war völlig klar, daß keiner der Bettler es ihm erklären würde. Erstens hatten sie Angst. Und zweitens wußten sie selbst kaum etwas.

Er setzte sich mit seinen ehemaligen Kollegen von der Miliz in Verbindung, doch die mußten ihn enttäuschen: Mit Informationen über einen »Kindergarten« im Zusammenhang mit Bettlerbanden konnten sie nicht dienen.

Nach dem Einbeinigen hielt Alexej Kissanow am nächsten Tag vergeblich Ausschau, dafür faßte ihn eine junge Bettlerin von vielleicht sechzehn Jahren am Ärmel.

»Ich habe gehört, du zahlst für Antworten? Gib mir Geld, und ich erzähle dir alles.«

»Und von wem hast du das gehört?«

»Hier wissen doch alle Bescheid! Der Oberste hat gedroht, den, der anfängt zu quatschen, in den Fluß zu schmeißen!«

»Und du hast keine Angst?«

»Ich nicht, ich bin seine Frau.«

Alexej sah sich die »Obersten-Frau« genauer an. Ja, sie war höchstens sechzehn. Unscheinbar, das Gesicht ausdruckslos, der Blick unkindlich – nüchtern und gelangweilt. Mit ihrem Leben schien sie merkwürdigerweise dennoch ganz zufrieden zu sein.

»Dich wird er also schonen, weil du seine Frau bist?«

»Er hat mir selbst gesagt, ich soll herauskriegen, was Sie hier ausschnüffeln!«

Er wolle Genaueres über Mascha wissen, sagte Alexej. Wie alt sie sei, wie sie hierherkomme und was sie erwarte.

»Fünftausend«, verlangte das Mädchen kategorisch.

Und als es das Geld zu sehen bekam, verriet es ihm, daß Maschka zehn, elf Jahre sei, genauer wisse sie es nicht, und daß ihr Weg sie in den »Kindergarten« führe. In den leeren Augen des Mädchens glomm etwas auf, was Alexej als Neid definiert hätte.

»Unter die Prostituierten wohl?« versuchte er den Grund des Neids der minderjährigen »Frau« des Bettlerobersten zu erraten.

Das Mädchen zuckte nur die Achseln. Alexej fing an zu feilschen.

»Wofür soll ich dir denn fünftausend bezahlen, wenn du nichts weißt?«

Sie sah verwirrt um sich, als hoffe sie, die Antwort vorgesagt zu bekommen, und Alexej begriff, daß sie beobachtet wurden. Er selbst blickte sich nicht um.

»Na ... Sie werden dort ausgebildet ... Und gut bezahlt ...«

Worin wurden sie ausgebildet? Was bekamen sie bezahlt? Wo war dieser »Kindergarten«? Alle diese Fragen blieben unbeantwortet. Das Mädchen betrachtete wehmütig die Scheine in Alexejs Hand.

»Und was haben Sie vor, wollen Sie sie kaufen?«

»Werden denn bei euch hier Kinder verkauft?«

»Wir gehören doch niemandem, haben keine Eltern. Kostenlos ist das aber nicht zu machen: sie arbeitet ja bei uns, bringt Geld! Wir brauchen sie auch. Und wenn Sie sie brauchen, dann zahlen Sie. Sie müssen bloß mit dem Obersten sprechen. Er nennt den Preis.«

»Ist sie schon lange bei euch?«

»Lange. Zigeuner haben sie verkauft. Hellblond, wie sie ist, paßte sie nicht zu ihnen, man sah ja gleich, daß sie geklaut war. Also, was ist, wollen Sie sie kaufen?«

»Ich habe mich noch nicht entschieden.«

»Nun, dann überlegen Sie. Bloß, beeilen Sie sich. Sonst ist sie bis Neujahr weg, in dem Kindergarten.«

Der November ging rasch zu Ende, auf den Moskauer Straßen hatte sich bereits eine dauerhafte Schneedecke gebildet, in der kalten Luft kam herber Nadelholzgeruch der Tannenbaummärkte auf. Die weiße Stadt legte schon mal ihren bunten Neujahrsschmuck an und brachte sich mehr und mehr in festliche Stimmung. Mascha tänzelte frierend auf dem Bahnhofsvorplatz und lief mit ausgestreckter Hand auf jeden gutgekleideten Passanten zu. Nina beobachtete sie schon tagelang, versteckt hinter Verkaufsständen, ohne zu wissen, wozu sie sich entschließen sollte.

Sie glaubte an Mascha Ähnlichkeiten mit sich selbst zu entdecken. Die gleiche Nase, die Form der Lippen nicht ganz, aber schließlich mußte sie ja auch etwas vom Vater und den Großeltern geerbt haben. Selbst der Detektiv bestätigte, als sie ihm Kinderfotos von sich zeigte, erkennbare Gemeinsamkeiten. »Allerdings haben Sie beide regelmäßige Gesichtszüge«, gab er zu bedenken, »und solche Gesichter sehen sich immer irgendwie ähnlich.«

Ninas Herz krampfte sich bei dem scheinbar harmlosen Wort »Kindergarten« zusammen, und ihre Einbildungskraft malte die schwärzesten Bilder. Verzweifelt drängte sie den Detektiv zur Eile, obwohl sie immer noch nicht wußte, was sie mit dieser potentiellen Tochter anfangen sollte, die ihr an jenem Tag, als sie auf die Idee kam, mit den öffentlichen Verkehrsmitteln auf die Datscha zu fahren, auf so sonderbare und unverhoffte Weise begegnet war.

Alexej suchte noch ein paarmal den Platz auf, doch stets ergebnislos. Die Bettler kamen jetzt von allein auf ihn zu in der Hoffnung, ihre »Informationsdienste« honoriert zu bekommen, und übertrafen einander in Maschas Lob wie Händler, die ihre Ware anpreisen: ein Goldmädchen, anstellig, gutherzig, verständig, rücksichtsvoll gegenüber den Alten … Alexej erwiderte allen, daß er den »Obersten« sprechen wolle, aber man gab ihm eindeutig zu verstehen, daß der »Oberste« erst dann mit ihm in Verhandlungen eintreten werde, wenn er die Absicht erkennen lasse, das Mädchen zu kaufen. Und daß Eile geboten sei, sonst werde Mascha spurlos in dem rätselhaften »Kindergarten« verschwinden.

Nina aber konnte sich einfach zu keiner Entscheidung durchringen.

»Erst einmal möchte ich Mascha näher kennenlernen … Ich weiß bloß nicht, wie ich das am besten anpacke!« beklagte sie sich bei ihm.

»Reden Sie ganz einfach mit ihr. Sie wird sich allmählich an Sie gewöhnen und ihre Scheu ablegen.«

»Und was würden Sie an meiner Stelle sagen?«

»Ich kenne mich nicht besonders gut mit Kindern aus. Nun, ich würde sie fragen, was sie gern mag …«

»Sie wird Ihnen antworten: Eis. Und was weiter?«

»Keine Ahnung«, gab Alexej zu. »Vielleicht sollte man versuchen, dieses Problem anders zu lösen? Zum Beispiel mit den Bettlern vereinbaren, daß Mascha Ihnen hin und wieder im Haushalt hilft? Oder Sie sagen, daß Sie sie einfach übers Wochenende zu sich nehmen möchten, wie man es mit Kindern aus dem Waisenhaus tut. Ich weiß nicht, ob sie da mitmachen, aber vermutlich machen sie für Geld alles mit.«

»Und dann? Wenn sich zwischen uns nun keine Harmonie einstellt? Soll ich aufhören, sie zu mir zu nehmen? Nein, Alexej, ich nehme nicht einmal ein Hündchen auf, wenn ich nicht sicher bin, daß ich mit ihm klarkomme! Jemanden an mich gewöhnen und anschließend auf die Straße setzen, das kann ich nicht!«

Alexej hatte es schwer mit dieser Klientin. Ihre Bedenken und Ängste waren ihm natürlich verständlich, doch drehte er sich mit ihr im Kreis: Mit dem Mädchen auf der Straße Kontakt zu halten war schwierig und ziemlich aussichtslos, es hin und wieder unter einem Vorwand nach Hause einzuladen bedeutete andererseits, eine Verantwortung zu übernehmen, vor der die gewissenhafte Nina zurückschreckte. Eine definitive Entscheidung treffen konnte sie erst, wenn sie das Mädchen wenigstens etwas näher kennengelernt hatte! Ein solcher Teufelskreis, das wußte Alexej aus Erfahrung, mußte gewaltsam gesprengt werden, indem man ein Kettenglied zerbrach. Das zu tun aber hatte allein Nina das Recht.

»Was ist denn das für ein ›Kindergarten‹? Haben Sie es herausbekommen?«

»Nina, das sagt mir keiner freiwillig!«

»Und unfreiwillig?« fragte Nina vorsichtig. »Wenn man es mit Einschüchterung versucht?«

»Ihnen vielleicht die Miliz auf den Hals hetzt? Zu gefährlich: die Bande wird abtauchen, zusammen mit Mascha. Und wir finden sie nie wieder. Falls es Ihnen noch nicht klargeworden sein sollte – das ist eine gut organisierte Mafia mit einer funktionierenden Struktur und Hierarchie. Und vor allem: Nehmen wir mal an, ich kriege heraus, was der ›Kindergarten‹ ist. Was ändert das, Nina? Wenn Sie beschließen, das Mädchen freizukaufen, kommt es nicht dorthin. Wenn Sie davon Abstand nehmen, ist es vielleicht besser, Sie wissen es nicht. Mag das Mädchen leben, wie es gelebt hat, und dort hingehen, wohin es ihm bestimmt ist.«

»Ich werde mich mit Freunden beraten«, erwiderte Nina. »Sie haben recht, ich muß mich entscheiden. Sorgen macht mir nur, daß sie ein bereits ausgebildeter Mensch ist ... Werde ich mit ihr zusammenleben können? Wird sie auf mich hören? Und wenn sie eine Diebin ist?«

»Ihre Fragen sind berechtigt, nur gibt es auf sie keine Antwort. Ich fürchte, Sie werden Ihre Entscheidung blind treffen müssen ... Oder doch das Wagnis einer genetischen Analyse eingehen!«

Alexej kam zu dem Schluß, daß er sich, solange Nina ihre Entscheidung nicht getroffen hatte, den Bahnhofsvorplatz sparen könne: alle seine Möglichkeiten waren ausgeschöpft. Bestimmt hielt man ihn dort für einen Sittenstrolch, der es auf Kinder abgesehen hatte ... Danach zu urteilen, wie einhellig ihm die Bettler Mascha anpriesen, mußten sie eine Anweisung von ihrem »Obersten« erhalten haben, der in ihm einen reichen potentiellen Käufer sah. Anders konnte er sich diesen auffälligen Eifer nicht erklären.

Aber gerade hier schien etwas faul zu sein. In den »Kindergarten« kamen, wie Alexej verstanden hatte, ausschließlich hübsche Mädchen. Man konnte die Sache drehen und wenden, wie man wollte, der Gedanke eines illegalen Bordells lag nahe. Die Besucher eines derartigen Etablissements haben extrem hohe Preise zu zahlen. Ist denn ein einmaliger Geldbetrag, den der »Oberste« Alexej abzuknöpfen hofft, mit dem vergleichbar, was dieses Gewerbe an ständigen Einnahmen abwirft? Nein, liebe Leute, irgendwas kann hier nicht stimmen.

Nina suchte unterdessen weiter den Bahnhofsvorplatz auf. Sie gab Mascha wie bisher Geld und Konfekt und tat dann so, als ginge sie weg, hielt sich aber in Wirklichkeit hinter Verkaufsständen versteckt, um das Mädchen zu beobachten.

Heute jedoch war Mascha nicht zu sehen. Nina überlief es kalt. Sollte sie tatsächlich zu spät gekommen und Mascha bereits in diesem verfluchten »Kindergarten« gelandet sein?

Sie ließ ihren Blick über den Platz schweifen, klammerte sich verzweifelt an jede kindliche Gestalt und zuckte überrascht zusammen, als sie plötzlich jemand am Ende ihres langen Schals zog. Nina drehte sich um. Mascha stand vor ihr und lächelte.

»Suchst du mich?« fragte sie mit ihrer leicht heiseren Stimme.

»Warum glaubst du das?« Nina war verwirrt und wurde sogar rot.

»Du gibst mir jeden Tag Geld und Pralinen, und dann stehst du da drüben«, sie zeigte auf die Verkaufsstände, »und guckst zu mir herüber.«

Nina verschlug es die Sprache. Wer spürte hier wem nach?

Mascha lachte auf.

»Warum guckst zu mir herüber?«

»Weißt du …«, sagte Nina tonlos, und dann wurde ihre Stimme genauso heiser wie die Maschas. »Weißt du …« Sie hüstelte. »Du siehst einem Mädchen ähnlich … Einem Mädchen, das …«

Mascha wartete gespannt ab, bis Nina den schweren Satz herauspreßte: »Weißt du, ich hatte mal eine Tochter …«

»Und die hast du jetzt nicht mehr?«

»Nicht mehr«, echote Nina. »Sie ist verschwunden …«

»Hast du Sehnsucht nach ihr?«

»Ja.«

»Und ich habe Sehnsucht nach meiner Freundin. Ich hatte eine Freundin, Lenka, aber sie ist im letzten Frühjahr auch verschwunden.«

Nina fiel der »Kindergarten« ein, und in ihr krampfte sich alles zusammen.

»Wie das – ›verschwunden‹?«

»Ich weiß nicht, sie ist irgendwo abgeblieben.« Mascha neigte ihren Kopf zur Schulter. »Ich sehe deiner Tochter wohl ähnlich, weil du herkommst und zu mir herüberguckst?«

Ein gescheites Mädchen, in der Tat. Nina verlor endgültig die Fassung. Sie hatte solche Mühe darauf verwendet, unbemerkt zu bleiben, und sah sich plötzlich völlig bloßgestellt! Sie wußte wirklich nicht, was sie dem Mädchen antworten sollte.

»Möchtest du, daß ich deine Tochter bin?«

»Warum glaubst du das?« fragte Nina vorsichtig, nachdem sie sich wieder gefaßt hatte.

»Du hast Sehnsucht nach ihr und kommst her, um mich zu sehen. Darum.«

»Würdest du es denn wollen?«

Maschas Blick glitt langsam über sie.

»Du bist schön«, sagte sie. »Sehr schön.«

Sie wandte ihre Augen ab, seufzte traurig und ging rasch davon. Nina blieb mit dem Wirrwarr ihrer Gefühle allein. Die letzten Worte Maschas konnte sie nur als Zustimmung werten. Und die versetzte ihrem Herzen mit dem schonungslosen Stachel der Zärtlichkeit einen Stich.

Während Alexej darauf wartete, daß Nina eine Entscheidung traf, ging er im Internet auf Suche, ohne sich dabei sonderliche Hoffnungen zu machen. Doch ließ ihm das Gefühl keine Ruhe, daß bei dieser Geschichte irgend etwas nicht stimmte. Und das behagte ihm überhaupt nicht.

Zu dem Stichwort »Kindergarten« lieferte ihm die Suchmaschine über tausend Seiten. Um sie alle durchzusehen, würde er eine Woche brauchen, mindestens!

Trotzdem machte er sich daran, Seite für Seite zu überfliegen. Er erfuhr mancherlei über neueste Möglichkeiten der Beschäftigung mit den Kleinen, über Kindermöbelpreise, über Probleme der medizinischen Betreuung in den Kindergärten, über Brandfälle da und Diebstähle hier ... Der Morgen brach bereits an, als er sich, ohne auch nur ein Viertel der Seiten geschafft zu haben, schlafen legte.

Am nächsten Tag setzte er sich, alles auf der Welt verfluchend, wieder an den Computer. Und richtete ein paar Stunden später einen flehentlichen Ruf an den Herrgott. Auf das Flehen des Verzweifelten erschien Iwan, sein Untermieter und Assistent.

»Das ist doch ganz einfach, Kiss!« So nannte ihn Iwan mit

der Kurzform seines Familiennamens. »Du meinst, daß das eine Art Bordell ist? Dann gib die Wörter ›Mädchen‹, ›Sex‹ ein.«

Alexej befolgte den einleuchtenden Rat seines Assistenten, und schon nach wenigen Sekunden füllte sich die Mattscheibe mit Bildern, bei deren Anblick der mit allen Wassern gewaschene Detektiv den Blick abwenden mußte. Er sah den neben ihm stehenden Iwan an. Das Gesicht seines jungen Freundes erstarrte, und dann verzerrte es sich zu einer Grimasse des Abscheus und der Wut. Es kostete Alexej Überwindung, sich wieder dem Bildschirm zuzuwenden.

Noch nie hatte er etwas derart Scheußliches zu Gesicht bekommen. Daß er sich Pornos angeguckt hatte, war lange her, im ruhelosen Alter der hormonellen Stürme, für Pädophilie jedoch konnte er keinerlei Verständnis aufbringen. Jetzt hätte er am liebsten die Augen zusammengekniffen und niemals, niemals mehr sehen wollen, womit er da auf dem Bildschirm konfrontiert wurde: Aufnahmen von gnadenlos vergewaltigten Kindern, Jungen und Mädchen ... Das nannte sich »Unser Kindergarten«.

»Kiss«, murmelte der erbleichte Iwan, »die gehören doch alle an die Wand gestellt!«

Alexej wollte es einfach nicht gelingen, die Pornosites zu verlassen: schloß er ein Fenster, öffneten sich fünf neue. Schließlich trennte er kurzerhand die Verbindung.

»Ich verstehe das nicht, Kiss.« Aus Iwans Stimme klang Verzweiflung. »Überall schreiben sie, daß Kinderpornographie und Pädophilie bekämpft würden! Und dabei sind alle Pornosites voll davon! Hast du das gesehen? Da sind russische, asiatische, europäische, amerikanische Sites. Wenn diese Leute es ernst meinen mit ihrem Bekämpfen, können sie doch genauso wie wir ins Netz gehen und sich all das ansehen! Wie ist so was möglich, Kiss?«

Alexej tätschelte Iwan nur wortlos die Hand. Er begriff selbst nicht, wie »so was möglich« war.

Nachdem Alexej seinen Schock überwunden hatte, brachte ihn langes Nachgrübeln zu dem Schluß, daß die Pornosite »Unser Kindergarten« nicht unbedingt in einem Zusammenhang mit dem »Kindergarten« der Bettler stehen müsse. Doch das Gesehene aus dem Gedächtnis streichen konnte er nicht mehr. Er überlegte hin und her, ob er Nina davon erzählen sollte. Wenn er es ihr erzählte, zwang er ihr eine Entscheidung auf. Und dazu hatte er nicht das Recht. Aber hatte er das Recht, ihr solche Informationen vorzuenthalten? Sie war seine Klientin und bezahlte ihn dafür, daß er sie informierte.

Nina meldete sich schon drei Tage nicht: rief nicht an, ließ sich nicht blicken. Es war anzunehmen, daß sie über ihre Entscheidung nachdachte. Sich beriet. Mit wem wohl?

Er hielt es nicht aus und rief selbst an. Zu seiner großen Verwunderung teilte sie ihm mit, daß sie sich entschieden habe: *Sie nehme Abstand von diesem Unterfangen.* Es werde dabei nichts herauskommen, sagte Nina.

»Warum?« Alexej war enttäuscht. Nach dem, was er im Internet gesehen hatte, wünschte er sich plötzlich nichts mehr, als daß sie das Mädchen zu sich nähme.

Nina schwieg, seufzte in den Hörer und berichtete dem Detektiv schließlich von ihren Gesprächen mit Mascha.

»Sie ist zu ausgefuchst, verstehen Sie, Alexej? Ich habe ihr nachgespürt, aber auf die Spur gekommen ist sie mir! Ich habe ihr nichts gesagt, aber sie hat von sich aus die Rede auf meinen wunden Punkt gebracht, als habe sie gewittert, wo der Hund begraben liegt. Sie ist ein wildes kleines Tier. Klein, aber schon zu selbständig, zu betriebsam und unabhängig ... Mit so einem Kind werde ich nicht zurechtkommen. Verurteilen Sie mich nicht, Alexej.«

Nina hatte gewiß recht. An ihrer Stelle wäre er zu dem gleichen Schluß gelangt. Und der »Kindergarten« ... Alexej würde seine Beziehungen zur Miliz voll in die Waagschale werfen, damit die entsprechenden Stellen gegen die Pornosites vorgingen. Das war alles, was er tun konnte.

»Ich verurteile Sie keineswegs, Nina. Damit übernähmen Sie eine ungeheure Verantwortung. Ein Kind zu erziehen ist eine Sache, es *umzuerziehen* eine ganz andere.«

Ihm fiel ein, wie die kleine Mascha beim Anbetteln männlicher Personen kokettierte. Womöglich schlief sie *jetzt schon* mit Männern. Und alle Gedanken, die sich Alexej Kissanow als zivilisierter Mensch deswegen machte, waren keinen Pfifferling wert.

»Also, was ist, Nina, geben wir die Sache auf?«

Sie schwieg, und Alexej begriff, daß sie sich entgegen ihrer Erklärung doch noch nicht endgültig entschieden hatte.

»Ich sage es Ihnen in ein paar Tagen«, erwiderte Nina.

Und nach ein paar Tagen schrie sie verzweifelt ins Telefon:

»Alexej, sie ist nicht mehr auf dem Platz! Sie werden sie doch nicht schon weggebracht haben?«

Die Bilder auf der Pornosite der Pädophilen füllten augenblicklich den Bildschirm seines Gedächtnisses, und es war unmöglich, sie loszuwerden. Hilflos ausgestreckt liegende, weinende Kinder. Bastarde, denen es Vergnügen bereitete, kleine Körper zu martern.

»Ich bitte Sie, ich flehe Sie an, machen sie Mascha ausfindig!«

»Ich fahre auf der Stelle los!«

Doch aus den Bettlern bekam er kein Wort heraus. Mascha war nicht da – sie war eben nicht da, und Schluß.

Auch am nächsten Tag tauchte sie nicht auf.

»Ist sie in den ›Kindergarten‹ gekommen?« forderte Nina Auskunft. »Ich hatte Sie gebeten, in Erfahrung zu bringen, was das ist!«

Widerstrebend, aus Pflichtgefühl berichtete Alexej ihr über das Ergebnis seiner Suche im Internet. Ihm war klar, daß dies bei allen läppischen Einschränkungen – »das besagt noch gar nichts, es kann auch sein, daß sich einfach die Bezeichnungen decken« – niederschmetternd wirken mußte. Und er machte sich auf Tränen, Vorhaltungen, Hysterie und was nicht alles gefaßt. Aber Ninas Reaktion erstaunte ihn. Bleich, gesammelt, entschlossen, verlangte sie, er möge, ohne Zeit zu verlieren, über die Bettler ausrichten, sie sei zu Verhandlungen über Maschas Freikauf bereit.

Der »Oberste« erschien nach einer halben Stunde. Und verlangte zehntausend Dollar. Nina feilschte nicht. Sie versprach das Geld für den nächsten Tag, und der »Oberste« versprach ihr für den nächsten Tag Mascha.

Am nächsten Tag führte er sie an einen Ort, wo sie allein waren, und zählte das Geld sorgfältig nach.

»Haben Sie eine Buchhaltung? Machen Sie im Computer eine Soll-und-Haben-Rechnung?«

»Computer?« Der »Oberste« grinste mit blitzenden Goldzähnen. »Hier ist mein Computer.« Er klopfte an seinen Kopf.

Das war es, was Alexej wissen wollte.

Mascha tauchte genau in dem Moment auf der Bildfläche auf, als das Nachzählen des Geldes beendet war. Nina stürzte zu ihr hin. Sie drückte das Kind an sich, und Mascha schlang ihrerseits die Arme um Nina.

»Wo bist du gewesen?« hauchte Nina.

«Krank war ich«, sagte Mascha heiser. »Ich bin auch jetzt noch krank ... Wirst du mich zu dir nehmen?«

»Werde ich ...«, flüsterte Nina. Die Tränen hinderten sie am Sprechen.

»Ich will auch mit dir zusammenleben«, brachte Mascha mit belegter Stimme hervor. »Ich werde mich gut benehmen, ich verspreche es.«

Alexej hatte plötzlich das deutliche Gefühl, Zuschauer eines Melodramas zu sein, das jemand gekonnt inszeniert hatte.

Die glückliche Nina nahm Mascha mit nach Hause, während Alexej in seine Wohnung am Smolenskaja-Platz fuhr. Das Gefühl, ein Schauspiel erlebt zu haben, ließ ihn nicht los. »Ich will auch mit dir zusammenleben«, »Ich werde mich gut benehmen, ich verspreche es« – das waren genau die Worte, die Nina hören wollte! Sie hatten, wie ein präzise dosiertes Unkrautvertilgungsmittel, ihre letzten Zweifel getilgt ... Nein, nicht Mascha war »ausgefuchst«, wie Nina sich ausgedrückt hatte! »Ausgefuchst« war ihr Souffleur, der ihr zuflüsterte, wie sie ihre Rolle zu spielen hatte.

Und alles stellte sich augenblicklich in einem anderen Licht da: dramatische Zuspitzung, Kulmination, Auflösung!

In den ersten zwei Tagen bekommt der Detektiv kaum etwas heraus – die Bettler trauen sich offensichtlich nicht, mit ihm Gespräche zu führen. Möglicherweise hat in diesen zwei Tagen jemand Nachforschungen angestellt, wer denn dieser Alexej ist und in welchem Verhältnis er zu der Frau steht, die Mascha täglich Geld und Konfekt gibt. Und sobald dieser Jemand erkannt hat, daß hier ein hübscher Batzen zu holen ist, spricht der Einbeinige den Detektiv an und wirft einen Köder aus: »Kindergarten«. Mit der Andeutung, daß ausschließlich hübsche Mädchen dort hinkommen. Wodurch das harmlose Wort »Kindergarten« sofort einen unheilvollen Klang erhält. Tags darauf spricht die »Frau« des »Obersten« den Detektiv an, und zwar in dessen Auftrag, und verleiht der Geschichte zusätzlich Farbe. Beiläufig läßt sie fallen, daß Mascha von Zigeunern gestohlen worden sei. Egal, ob das stimmt, jedenfalls entspricht es vollauf Ninas Erwartungen.

Ninas, ja, Ninas! Alexej hat sich mit seiner Vermutung, auf dem Bahnhofsvorplatz für einen »Sittenstrolch« gehalten zu werden, sehr geirrt. Nein, von Anfang an hat jemand erkannt, daß hinter ihm Nina steht, und das ganze Schauspiel ist für sie inszeniert worden!

Dann folgt die Etappe, in der man Nina und ihn offenkundig zur Eile zu drängen sucht. Die Bettler umschwärmen Alexej und loben Mascha in den höchsten Tönen. Wobei sie einer wie der andere Andeutungen machen, daß Mascha schnellstens freigekauft werden müsse, sonst werde sie in einem rätselhaften »Kindergarten« verschwinden. Und an Nina tritt zur gleichen Zeit Mascha selbst heran und bringt sie dazu, von ihrer Tochter zu sprechen. Nina wird weich und … trifft überraschenderweise eine völlig entgegengesetzte Entscheidung, als habe sie intuitiv erspürt, daß da versucht wird, sie zu manipulieren!

Daraufhin »verschwindet« Mascha. Die Stimme der Vernunft verstummt; von Panik ergriffen, gehetzt von den beängstigenden Berichten über den »Kindergarten«, eilt Nina, das Kind zu retten! Und Mascha, um sie von der Richtigkeit ihrer Entscheidung zu überzeugen, läßt die Worte fallen: »Ich will auch mit dir zusammenleben, ich werde mich gut benehmen.«

Finale. Vorhang. Beifall. Blieb nur herauszufinden, wer der Regisseur war, der dieses Schauspiel inszeniert hatte und auf so bescheidene Weise das Rampenlicht scheute.

Nina war trunken vor Glück. Entgegen ihren Befürchtungen hatte Mascha sich als wahres Goldkind entpuppt. Sie war ungewöhnlich fügsam, gefällig und verständig. Im Nu freundete sie sich mit den Nachbarskindern an, als hätte sie ihr Leben lang nichts anderes getan, als in einer Familie zu leben. »Sie ist keineswegs unmoralisch, Alexej!« redete Nina heftig auf den Detektiv ein, während sie Tee eingoß. »Sie befindet sich auf einer Vorstufe der Moral, verstehen Sie? Sie ist einfach ein unbeschriebenes Blatt. Sie nimmt Gedanken jeder Art mit Leichtigkeit auf, für das Böse ist sie genauso empfänglich wie für das Gute!«

Alexej hätte ihr gern geglaubt. Er glaubte ihr sogar, beinah jedenfalls.

Ninas Einladung kam seinen Wünschen entgegen. Sie konnte es nicht erwarten, ihn, der an allem, was sich ereignet hatte, irgendwie beteiligt gewesen war, nun auch an ihrer Freude teilhaben zu lassen, und ihm war daran gelegen, sich bei ihr zu Hause umzusehen und Mascha zu beobachten.

Die neuen schmucken Sachen machten die sorgfältig frisierte, blitzsaubere Mascha noch viel hübscher. Sie strahlte eine schlichte kindliche Zufriedenheit mit ihrem Leben aus, dem schmackhaften Essen, der häuslichen Geborgenheit, Ninas Zärtlichkeit und dem neuen Spielzeug, und es war einfach nicht zu glauben, daß dieses reizende Köpfchen üble Gedanken hegen sollte. Die hegte es natürlich auch nicht! Nina hatte völlig recht: Mascha war ein »unbeschriebenes Blatt«. Das Problem lag nur darin, daß schon vor Nina jemand darauf geschrieben haben konnte, und zwar mit ganz anderen, für sie unsichtbaren Schriftzeichen. Und Maschas fügsamer, gefälliger Charakter, der Wunsch, Erwachsenen Freude zu bereiten – ein unschuldiger kindlicher Wunsch! –, konnten aus ihr eine Komplizin gemacht haben. Eine, die sich dessen nicht bewußt war, weil »auf einer Vorstufe der Moral« befindlich, wie Nina sich ausgedrückt hatte, was sie nicht an folgsamem Verhalten hinderte.

Seine Überlegungen stockten bei der Frage nach dem Warum. Um Nina auszurauben? Nichts leichter als das: So groß ihr Reichtum war, so groß war auch ihre Sorglosigkeit. Schmuck fand sich in der ganzen Wohnung verstreut, auf dem Kühlschrank lag ein dicker Packen Geld »für die Hausangestellte«, da ihre Kreditkarte, hier standen teure Geräte, in der Diele hingen drei Luxuspelze ... Nina auszurauben, bedurfte es also keines großen durchdachten Plans. Einen Profi engagiert, die Schlösser aufgebrochen – schlepp raus, soviel du kannst! Nein, hier lief etwas anderes.

»Ich will sie adoptieren! Ich werde alle meine Verbindungen spielen lassen, kein Schmiergeld soll mir zu schade sein, um das schnellstens zu erledigen, vor Neujahr noch. Es soll ein Geschenk für Mascha sein – alle Kinder erhoffen sich ja Wunderdinge zu Neujahr! Ich werde ihr sagen, daß sie meine Tochter ist, daß sie jetzt eine Mama hat ...«

Wer sich Wunder erhofft, das bist du, liebe Nina, dachte Alexej Kissanow. Bloß wüßte ich gern, mit was für einem Wunder du überrascht werden sollst.

»Eine genetische Analyse wollen Sie nicht vornehmen lassen?« fragte er laut.

Nina schüttelte den Kopf.

»Vielleicht wäre es besser, mit der Adoption noch etwas zu warten?« fragte er vorsichtig. »Das Mädchen erst einmal näher kennenzulernen?«

»Ich kenne sie auch so.« Ninas Miene verdüsterte sich. «Ich *fühle* dieses Kind, und das ist wichtiger als alles Wissen!«

Maschas Rückkehr vom Spaziergang beendete das mißglückte Gespräch.

»Ich kenne dich«, verkündete Mascha mit ihrer lustigen tiefen Stimme und stupste ihm den Finger gegen die Brust. »Ich habe dich gesehen! Wie heißt du?«

»Das ist dein Onkel«, erwiderte Nina plötzlich und sah den Detektiv beschwörend an. Anscheinend wollte sie Mascha zu Neujahr eine komplette Familie schenken. »Onkel Alexej!«

Verlegen ging Alexej darauf ein, entschuldigte sich und stand auf, um zu gehen, vorher bat er allerdings darum, sie in den nächsten Tagen häufig besuchen zu dürfen. Mit dem Recht des »Onkels«.

Nach Alexejs Überzeugung war die Idee nicht auf dem Bahnhofsvorplatz, nicht unter den Bettlern geboren worden, dahinter stand jemand ganz anders. Das erste, woran sich seine

Überlegungen festhakten, war der Widerspruch zwischen dem offensichtlichen Bestreben der Bettler, Mascha zu verkaufen, und den pekuniären Perspektiven des rätselhaften »Kindergartens«. Es gab genügend Bastarde auf dieser Welt, die bereit waren, unglaublich viel Kies für den Körper eines Kindes herzugeben. Und verglichen mit solchen potentiellen Einnahmen waren Ninas zehn Tausender rein gar nichts. Woraus folgte, daß es einen schaudererregenden »Kindergarten«, mit dem die Bettlerbande in Verbindung stand, überhaupt nicht gab. Das war jemandes Erfindung, ein Schreckgespenst, mit dem auf Nina emotionaler Druck ausgeübt werden sollte. Hatte jemand die Bezeichnung »Kindergarten« im Internet auf einer der größten Pornosites gefunden und von dort übernommen? Bettler haben allerdings keine Computer. Auch der »Oberste« nicht – nicht umsonst hatte Alexej deswegen auf den Busch geklopft.

Mit anderen Worten, hinter dem ganzen Schauspiel stand ein gewiefter Kerl mit Computer, der Nina genau kannte und das Schauspiel auf sie zugeschnitten hatte … Nein, nicht »zugeschnitten«. Für sie *inszeniert* hatte er es – so sah die Sache aus!

Also mußte er auch in Ninas Umgebung zu finden sein.

In den nächsten Tagen erlaubte sich Alexej, mit seinen ständigen Besuchen Ninas Gastfreundschaft etwas zu mißbrauchen. Auf diese Weise konnte er sich ein Bild vom Kreis ihrer Freunde und Stammgäste verschaffen. Deren waren etliche. Abgesehen von der Hausangestellten Tamara, einer alleinstehenden Frau mittleren Alters aus der Ukraine, die bei Nina wohnte, kamen einige Leute regelmäßig zu ihr: Suren, der

Kompagnon ihres ums Leben gekommenen Mannes, ein Armenier um die Fünfzig, ein gutmütiger Gourmand, Liebhaber des Kartenspiels, des Rotweins und schöner Frauen – letztere gab es im Überfluß im Showbusineß, das er nach der Übernahme von Georgis Firma als Alleininhaber betrieb, und Nina besuchte er ausschließlich als alter Freund der Familie: um sie zu unterstützen, zu zerstreuen, Karten zu spielen. Dann Stepan, ein Rechtsanwalt, der alle Geschäfte Georgis und Surens betreute, ein hellblonder, hochgewachsener und kräftig gebauter Mann um die Vierzig, der Nina anhimmelte, was er nur schlecht verhehlen konnte. Und schließlich Irina, Ninas ein wenig ältere Freundin, eine gepflegte Brünette mit etwas eckiger Gestikulation und apodiktischer Intonation. Diese drei kamen am häufigsten, nahezu täglich, um mit Nina Bridge zu spielen. Zu den nächsten Freunden zählten außerdem fünf Leute, die unregelmäßige Besuche machten: zwei unberechenbare Freundinnen, die bald stundenlang an der Strippe hingen, bald, ohne vorher anzurufen, bei Nina mit niemanden interessierenden Neuigkeiten aufkreuzten, sowie drei Männer, allesamt künstlerisch tätig: Sie stellten irgendwelche Großveranstaltungen auf die Beine oder etwas in der Richtung.

Es waren lauter gute Freunde, die Nina in ihrem Leid und Alleinsein beistanden, bald zum Teetrinken, bald zum Abendessen zu ihr kamen, sie daran hinderten, in Schwermut zu verfallen, sie mit Geplauder und Kartenspiel unterhielten, auf das sie seinerzeit ihr Mann gebracht hatte.

Sie alle einschließlich der Hausangestellten mußten nach Alexejs Eindruck über Ninas Leben bis in alle Einzelheiten im Bilde sein. Ihnen war bekannt gewesen, daß sie eine Fahrt

»ins Grüne« vorgehabt und ihr Fahrer sich hatte freigeben lassen. Sie hatten gemeinsam darüber gesprochen, ob Nina die öffentlichen Verkehrsmittel benutzen sollte oder nicht. Und alle hatten versucht, ihr das auszureden, und geraten, ein Taxi zu nehmen, einige hatten sich sogar erboten, sie hinzufahren.

Was seine Version widerlegte, wonach sich jemand vorsorglich die Bettlerin Mascha ausgeguckt und *genau* gewußt hatte, daß Nina auf dem Bahnhofsvorplatz erscheinen würde. Sie hatten ihr ja ausnahmslos alle geraten, mit dem Auto zu fahren!

Obwohl ... Wenn dahinter, dessen war sich Alexej sicher, ein guter Psychologe stand, der Nina bestens kannte, dann hatte er ihre Reaktion absehen können.

»Warum hatten Sie denn beschlossen, mit den öffentlichen Verkehrsmitteln auf Ihre Datscha zu fahren, wenn Ihre Freunde Ihnen rieten, ein Taxi zu nehmen?«

Nina sah den Detektiv erstaunt an.

»Alexej, weshalb die sonderbare Frage? Erscheint Ihnen etwas verdächtig?«

»Keineswegs! Es interessiert mich einfach. Ich habe ja nicht vergessen, wie ich Ihre Entscheidung, Mascha nicht zu sich zu nehmen, gutgeheißen habe, und Sie gleich wieder schwankend wurden. Als hätte ich Sie vom Gegenteil zu überzeugen versucht. Irgendwie entzieht sich die weibliche Logik meinem Verständnis«, meinte er lächelnd. »Machen Sie immer das Gegenteil?«

»Wieso denn?« fragte Nina irritiert. »Ich gab ihnen anfangs recht, aber dann habe ich es mir anders überlegt. Es störte mich, daß alle mich für so lebensuntüchtig hielten. Als wäre ich schwerbehindert!«

Zu Ninas Erleichterung wechselte Alexej das Thema und ließ bald von ihr ab. Was er wissen mußte, das wußte er jetzt. Endlich konnte er für sich formulieren, was er seit Beginn ihrer Bekanntschaft geahnt hatte: Nina gehörte zu den Frauen, die sich gezwungen sehen, ihre geistige Energie auf das Überwinden von Schwierigkeiten zu richten. So hatte sie sich seinerzeit über den Willen ihres Vaters hinweggesetzt, so hatte sie die wahre Musik der Liebe zu Georgi geopfert ... Und wer Nina gut kannte, dem fiel es nicht schwer, sie zu entschlossenem Handeln zu provozieren – es genügte, ihr zu verstehen zu geben, daß sie mit etwas nicht klarkommen werde, daß sie schwach, lebensuntüchtig sei.

Ninas Fahrer, ein gutmütiger Kerl mit Schnurrbart, hieß Pjotr Petrenko, wurde aber von allen Petrowitsch genannt. Sich mit Hilfe seiner ehemaligen Kollegen von der Miliz über ihn kundig zu machen war für Alexej kein Problem, und mit der notwendigen Adresse ausgerüstet, ging er los, ihm einen Besuch abzustatten.

Die Tür öffnete eine junge Frau, und noch zwei Neugierige lockte das Klingeln in den Korridor: einen Mann und einen kleinen Jungen von etwa zwei Jahren. Alexej brauchte nur zwei Sekunden, um sich einen passenden Satz auszudenken.

»Wir führen eine soziologische Erhebung über die Lebensbedingungen unehelicher Kinder durch«, erklärte er frischweg. »Ihre Adresse steht auf meiner Liste.«

»Wir haben keine unehelichen Kinder«, sagte die Frau verwundert.

Alexej holte seinen Notizblock hervor und sah hinein.

»Warum steht dann Ihre Adresse auf meiner Liste? Vielleicht ist der Junge auf die Welt gekommen, bevor Sie geheiratet haben?«

»Aber wir sind doch schon seit vier Jahren verheiratet!«

Alexej entschuldigte sich und ließ die Tochter des Fahrers unerwähnt, wegen deren Hochzeit er sich vor knapp einem Monat von Nina hatte freigeben lassen.

Sein Überrumpelungsplan ging auf. An Alexej als Besucher Ninas inzwischen gewöhnt, hatte der Fahrer nicht geahnt, daß er bei ihm in der heiklen Eigenschaft eines Detektivs aufkreuzen könnte.

»Na ja, ich ... Ehrlich gesagt ... Ich habe ...« Petrowitsch zog die Schultern hoch, stammelte und suchte nach Worten. »Um die Wahrheit zu sagen ... Das hat sich so ergeben ...«

»Jemand hat Sie dafür bezahlt«, soufflierte Alexej.

»Aber nein, ich bitte Sie! Ich war krank ...«

»Und warum haben Sie Nina nicht die Wahrheit gesagt?«

»Ja, das Dumme war ... Grippe hatte ich. Und traute mich nicht, es zu sagen. Dachte: Womöglich habe ich sie angesteckt? Sie wird mir böse sein, wenn sie es erfährt.«

Petrowitsch log ungeschickt. Doch vorläufig ließ ihn Alexej in Ruhe. Zunächst galt es, die Konstellation zu Ende zu denken. Und am besten ging das in seinem geliebten Sessel an seinem geliebten Tisch vor seinem geliebten Computer. Wohin er sich denn auch auf den Weg machte.

Also, die Szenerie des Bahnhofsvorplatzes betritt unverhofft Nina. Woraufhin die blonde hübsche Mascha ihren Auftritt hat, der von jemandem vorbereitet worden ist. Jemand hat sie sich ausgeguckt und, da er Nina und ihr unglückliches

Leben bis in alle Einzelheiten kennt, beschlossen, beide zusammenzubringen, darauf bauend, daß Nina in der kleinen Bettlerin ihre Tochter erblicken wird. Vielleicht hat einer von den guten Freunden auf diese Weise für Nina gesorgt? Hat den Fahrer dafür bezahlt, daß er sich freigeben läßt. Hat die Bettler bezahlt, damit sie ein Schauspiel inszenieren. Hat ihnen versprochen, daß Nina sich für das Kind nicht lumpen lassen wird ... Am Ende finden Mutter und Tochter zueinander, alle sind froh, alle lachen.

Alexej streckte seine Beine auf dem Besuchersessel aus und nahm einen Schluck Kaffee aus seiner großen Tasse. Aus kleinen zu trinken ist unpraktisch, da hätte er schon ein paarmal in die Küche gehen müssen!

Hm, ist doch eine wahrscheinliche Version. Ein schönes Neujahrsmärchen ... Der Haken ist nur: Seit jenem traurigen Zeitpunkt, als Alexej erfahren hat, daß es kein Großväterchen Frost gibt, glaubt er nicht mehr an Märchen. Gehen wir deshalb zu einer anderen Version über, in der jemand einen Plan verfolgt, der auf lange Sicht angelegt und gar nicht gut ist. Was wissen wir vom Verfasser dieses wunderschönen Märchens? Daß er Nina sehr genau studiert hat und ihr Reagieren und Handeln vorauszusehen vermag. Er hat im voraus gewußt, wie Nina auf das Mädchen reagieren würde. Er hat im voraus gewußt, daß sie in ihr ihre verschwundene Tochter »erkennen« würde. Er hat alle ihre Zweifel und Bedenken ebenso vorhergesehen wie ihren letztendlich gefaßten Entschluß, das Mädchen freizukaufen. Und er hat Nina geschickt zur Eile angetrieben, wenn ihre Bedenken zu lange dauerten ... Das heißt, er hat alles vorauskalkuliert. Und zweifellos kalkuliert er jetzt weiter.

Und was mag er wohl jetzt kalkulieren? Was erwartet unser einstweilen unbekannter »geistiger Lenker«, daß Nina tun wird? Nina beabsichtigt, das Mädchen zu adoptieren. Zu a-dop-tie-ren …

Zu adoptieren! Folglich wird Mascha zur *Erbin*, Erbin des gesamten riesigen Vermögens, der Immobilien und eines beträchtlichen Anteils am Producer-Busineß.

Und jetzt sagt mir: Wann wird Mascha *Erbin*? Richtig: wenn Nina stirbt. Nein, dieses düstere Märchen gefällt mir auch nicht. Doch dafür ist es weitaus realistischer.

»Was haben Ihnen Ihre Freunde geraten, als Sie ihnen von Mascha erzählten? Sie haben es ihnen doch gleich erzählt, nicht wahr?«

»Nein, durchaus nicht! Erst nachdem ich Sie engagiert hatte!«

Deshalb also hatten die Bettler die ersten beiden Tage geschwiegen! Sie hatten einfach noch keine Anweisung erhalten!

»Aber Sie haben sich bestimmt beraten, ob Sie Mascha freikaufen sollten oder nicht.«

»Natürlich! Mit allen. Irina – Sie kennen sie ja inzwischen ein wenig – meinte ganz kategorisch: ›Ich verstehe nicht, wozu du dir das aufbürden willst.‹ Suren sagte: ›Sei unbesorgt, Nina, mit deinem Geld nimmst du die besten Lehrer und Pädagogen und machst aus dem Kind, was du haben möchtest!‹ Stjopa war anfangs auch dafür. Er versteht mich am besten: Er träumt selbst von einem Kind, kann aber wegen der Krankheit seiner Frau weder eigene haben noch es übernehmen, fremde großzuziehen. Er hat mein Vorhaben eigentlich als erster unterstützt, als er aber Surens Äußerung hörte, erklärte er empört: ›Das ist nicht wie bei deinem Mercedes, wo man jederzeit Teile auswechseln kann!‹ Zu guter Letzt riet mir Stepan, statt Mascha einen Säugling anzunehmen und ihn aufzuziehen. Bei den übrigen war die Meinung ebenfalls geteilt: Die Frauen sprachen sich dafür, die Männer dagegen aus.«

»Und Sie sagten anfangs nein, aber dann ...«

»Letzten Endes hatte die Entscheidung ich allein zu treffen!« erwiderte Nina entrüstet. »Was man mir auch raten mochte, die Verantwortung übernehme ich und niemand anders!«

»Selbstverständlich«, beeilte sich Alexej, ihr beizupflichten. »Entschuldigen Sie, wenn ich ...«

Nina versicherte, daß alles in Ordnung sei, stand auf und ging Mascha eine Geschichte zum Einschlafen vorlesen. Danach kehrte sie für gewöhnlich zu ihren Gästen zurück, und sie führten noch lange Gespräche oder spielten Karten. Alexej hatte die Dreistigkeit, sich diesem Ablauf anzupassen, um als Stammgast des allabendlichen Beisammenseins Ninas Umgebung zu beobachten. Und auch Mascha selbst. Nicht zum erstenmal stellte er sich die Frage, ob sie tatsächlich eine Bettlerin war. Obwohl ihm diese Überlegung ziemlich aberwitzig erschien, befragte er das Mädchen bei jeder sich bietenden Gelegenheit über das Leben auf dem Bahnhofsvorplatz. Unsicherheiten zeigte Mascha nicht, sie kannte so viele Details, daß er diesen Gedanken bald wieder fallenließ. Zumal Nina seine Befragungen mißfielen. »Sie traumatisieren das Kind«, sagte sie. »Ich möchte, daß sie ihr vergangenes Leben möglichst bald vergißt, und Sie erinnern sie immerzu daran!«

An Maschas Verhalten interessierte Alexej Kissanow noch etwas: Anzeichen einer schon lange währenden Bekanntschaft mit einem der Anwesenden. Für ihn stand außer Zweifel, daß Mascha an jenem Tag vorgeschickt worden war, um Nina auf dem Bahnhofsvorplatz anzusprechen, und zwar so, daß die Rede auf deren Tochter kam. Und ihre Entgegnungen in dem melodramatischen Finale der Inszenierung waren ihr auch eingeblasen worden. Sich mit Fragen heranzutasten, um von Mascha hierzu etwas zu erfahren, wollte ihm jedoch einfach nicht gelingen, da Nina ständig in der Nähe war. Jedenfalls zeigte sich Mascha allen gegenüber gleichermaßen ausgeglichen und freundlich, wie es Nina ihr beigebracht hatte.

Dennoch befand sich der Autor des Szenariums fraglos hier, unter diesen Leuten. Selbst wenn sich ein Komplize (oder eine Komplizin) von ihm um das Mädchen kümmern sollte, hielt er die Hand am Puls des gesamten Geschehens, aller Entscheidungen Ninas. Er mußte ganz bestimmt unter diesen netten Freunden sein. Und Alexej würde ihn finden.

»Erbin« – dieses Wort ließ Alexej keine Ruhe.

Der Dezember erreichte seine frostige Mitte, Nina hatte schon den Tannenbaum geschmückt und versprach allen, in einer Woche würden sämtliche Adoptionsformalitäten abgeschlossen sein. Beide Mädchen, das große wie das kleine, lebten in Erwartung eines Wunders.

Unterdessen lebte Alexej in Erwartung eines Mordes.

Er hatte Auskunft beantragt über die Ursachen des Verkehrsunfalls, bei dem Ninas Mann und ihr Sohn ums Leben gekommen waren. Auf dem Weg zu einem an der Moskauer

Peripherie gelegenen Reitklub hatte Georgi die Gewalt über seinen Jeep verloren und war in einer Kurve mit einem entgegenkommenden Auto zusammengeprallt. Wie es russische Draufgänger so an sich haben, schnallte sich Georgi niemals an, nicht einmal bei seinem Sohn hatte er dafür gesorgt. Auf die Frage, ob die Bremsen intakt gewesen seien, konnte niemand Alexej eine Antwort geben. Das Gutachten war äußerst oberflächlich angefertigt worden. Die »neuen Russen« brachten die Mitarbeiter der Miliz in verachtungsvolle Rage: »Die glauben, daß ihnen alles erlaubt ist! Halten die Verkehrsordnung nicht ein, schnallen sich nicht an, überholen, wo es verboten ist, setzen sich betrunken ans Steuer!«

Bei dieser Einstellung war es nicht verwunderlich, daß niemand ernsthaft versucht hatte, herauszubekommen, was tatsächlich geschehen war. Die Ermittlungen waren kurzerhand abgeschlossen und die magere Akte ins Archiv gegeben worden.

Dabei hatte mit großer Wahrscheinlichkeit jemand Georgi »geholfen«, bei einem Unfall zu Tode zu kommen. Mit sehr großer Wahrscheinlichkeit. Möglichkeiten, ein Versagen der Bremsen oder der Lenkung herbeizuführen, gibt es zur Genüge, und zwar so, daß der Fahrer nichts bemerkt, wenn er sich in sein Auto setzt, doch irgendwann die Gewalt darüber verliert.

Jetzt konnte es kaum noch gelingen, das zu klären (der Unfallwagen war bereits verschrottet), aber wenn Alexejs Vermutung stimmte, dann verfolgte der Verbrecher einen großangelegten Plan … Vor einem halben Jahr hatte er Ninas Mann und ihren Sohn aus dem Weg geräumt. Und danach ein »unverhofftes« Zusammentreffen zwischen ihr und einer kleinen Bettlerin arrangiert, das ihr die Idee eingeben sollte, diese könne ihre gestohlene Tochter sein. Also mußte der Verbrecher das Mädchen schon lange ausfindig gemacht und den ganzen Ablauf vorkalkuliert haben! Mit dem Ziel, Mascha zur Erbin zu machen, um sich dann irgendwie in den Besitz des gesamten Vermögens zu bringen? Möglicherweise würde er durch Bestechung die Adoption auf seinen Namen umschreiben lassen. Und Mascha danach loswerden. Sie bestenfalls zu den Bettlern zurückschicken, schlimmstenfalls würde man, wenn der Schnee taute, eine kleine unbekannte Leiche finden.

Ebenso vorstellbar war ein anderer Ausgang der Geschichte, ein noch schrecklicherer. Lieber gar nicht daran denken. Sofort trat Alexej jener »Kindergarten« vor Augen, von dessen Bildern ihm fast übel und vor rasender Wut der Mund trocken wurde. Natürlich hatte er längst die Abteilung für die Bekämpfung der Pädophilie informiert, doch als Antwort die üblichen Reden zu hören bekommen: Leute fehlen, als Hacker einsetzbare Programmierer fehlen, Geld fehlt …

Der ohnmächtige Zorn riß Alexej aus seinem geliebten Sessel hoch, und seiner aggressiven Energie nachgebend, machte er sich auf den Weg zu Petrowitsch, Ninas Fahrer.

Als der das Gesicht des Detektivs sah, schickte er seine Frau schnell ins Zimmer, zum Fernseher zurück, bat den Besucher in die Küche und bot ihm ein Gläschen an.

»Wer war es?« wollte Alexej wissen. Den Wodka schlug er aus. »Wer hat Sie dafür bezahlt, daß Sie der Arbeit fernblieben?«

Petrowitsch ächzte, trank allein, ächzte wieder, zupfte an seinem Schnurrbart und sagte:

»Eine Frau. Ärztin. Bloß sag mir erst mal, warum du dich so in diese Sache verbeißt. Ist Nina dahintergekommen? Will sie mich entlassen?«

Alexej tat Petrowitschs Befürchtungen rasch ab und verlangte Einzelheiten.

»Sie ist Ninas Ärztin. Psychologin oder etwas in der Art. Sie hat mir erklärt, daß Nina raus müsse, unter Menschen. Und daß sie nicht im guten zu bereden sei, weil sie durch das Leid ein bißchen ... Etwas habe bei ihr ausgehakt oder so. Die Ärztin hat das anders ausgedrückt, ich gebe es mit eigenen Worten wieder. ›Petrowitsch, wir müssen ihr helfen‹, sagte sie. ›Denken Sie sich irgendeinen Vorwand aus und bleiben Sie für zwei, drei Tage der Arbeit fern. Mag Nina ein wenig Luft schnappen, spazierengehen, sich die Leute angucken ...‹«

»Hatten Sie diese Frau vorher schon gesehen?«

»Sie ist selten bei Nina, nur wenn viele Gäste zusammenkommen. Und was für Gäste das in letzter Zeit waren, können Sie sich ja denken, Nina hat Mann und Sohn begraben müssen ... Ihren Namen kenne ich nicht, nein. So eine kleine Blondine ...«

Weiter wußte Petrowitsch nichts. Nachdem er zugesagt hatte, Alexej auf dessen Handy anzurufen, wenn er die Frau wiedersah, brachte er ihn mit sichtlicher Erleichterung hinaus.

»Sie werden Nina nichts sagen?« fragte er hoffnungsvoll, bevor er die Tür zumachte.

Alexej versprach es zerstreut. Seine Gedanken waren mit etwas ganz anderem beschäftigt. Er überlegte, wie er Nina über die »kleine Blondine« befragen könnte, ohne sie argwöhnisch zu machen. Und wie er Mascha befragen könnte, ohne daß Nina dazwischenging.

Alexej wußte, daß das Mädchen sich tagsüber unter Aufsicht der Hausangestellten Tamara im Hof des Hauses aufhielt. Mascha in die Schule schicken konnte Nina nicht – Lesen und Schreiben bereiteten ihr größte Mühe, sie schrieb nur in Druckbuchstaben –, deshalb trug sie sich mit der Absicht, ihr gleich nach Neujahr Privatunterricht zu verschaffen. Alexej entschied, daß es am besten war, mit Mascha draußen auf dem Hof zu sprechen: Tamara würde sich nicht trauen, ihn deswegen zur Rede zu stellen. Und wenn sie Nina hinterher davon berichtete, dann geschah das erst hinterher!

Er tat so, als wolle er zu Ninas Hauseingang und habe die beiden ganz zufällig im Hof bemerkt. Mascha baute gerade ein Häuschen aus Schnee. Mit Kindern wußte er überhaupt nicht umzugehen, und es sah sicher komisch und unnatürlich aus, als er mit einem breiten Lächeln ein Stück Konfekt aus der Tasche zog und linkisch vorschlug, gemeinsam einen Schneemann zu bauen. Tamara spazierte ein Stück weg durch den Hof: es war kalt, da konnte man nicht auf der Bank sitzen. Alexej machte sich das zunutze, um einen großen Schneeball zu formen, das werde der Schneemann, erklärte er Mascha. Wie er das Gespräch auf die kleine Blondine bringen sollte, war ihm völlig schleierhaft.

»Wird er lebendig sein?« fragte Mascha, die seine Anweisungen eifrig ausführte.

»Nicht ganz. Er ist ja aus Schnee.«

»Weil er aus Schnee ist, kann er nicht lebendig sein?«

Alexej suchte krampfhaft nach Worten. Was sagt man Kindern in solchen Fällen?

»Er … Weißt du, lebendig ist er nicht, aber wie lebendig …«

»Nicht echt? Wie Puppen?«

»Genau, genau«, erwiderte Alexej erfreut. »Wie Puppen.«

»Und Feen, sind die lebendig?«

Ha, zu früh gefreut.

»Feen? Ja, sicherlich …«

»Und woraus sind sie gemacht?«

Nette Frage! Was soll man nun darauf antworten?

»Die sind doch auch wie lebendig, aber ich weiß nicht, ob sie echt sind oder nicht …«, meinte Mascha mit ihrer lustigen heiseren Stimme. »Ich habe bisher bloß eine gesehen. Und du?«

»Ich … Eigentlich keine«, sagte Alexej verwirrt.

»Hast du dich schlecht benommen?« fragte Mascha streng.

Er war schon drauf und dran aufzugeben, als plötzlich das Ende des Satzes sein Ohr erreichte:

»… wenn ich folge und mich gut benehme, dann werde ich eine Mama haben wie andere Kinder.«

Waaas?! Er verlangte, daß Mascha alles von Anfang an erzählte. Ohne auf die mißtrauisch gewordene Tamara zu achten, nahm er gierig den verworrenen Bericht des Mädchens in sich auf.

Vor einiger Zeit – Mascha brachte die Zeitbegriffe durcheinander und konnte es nicht genau sagen – hatte eine schöne Frau mit »weißen Haaren« sie angesprochen und ihr Konfekt und Geld gegeben. Dann hatte sie begonnen, ihr Fragen zu stellen, und plötzlich gesagt, sie sei eine gute Fee, die erfahren habe, daß Mascha ein gutes Mädchen sei, und deshalb komme sie zu ihr. Und sie hatte versprochen, wenn Mascha sich auch künftig gut benehme, dann werde bald eine Mama sie finden.

Wie sich herausstellte, hatte Mascha allerlei Märchen von »Oma Lena« zu hören bekommen, die mit den »Läusen« zusammenlebte. Auch das Märchen von Aschenputtel war Mascha wohlbekannt. Oma Lena war eine gute Frau, und Mascha tat es leid, daß sie sich von ihr hatte trennen müssen, aber sie wollte doch so sehr mit einer Mama zusammenleben ... Wenn Nina es erlaube, werde sie Oma Lena unbedingt besuchen gehen, die habe ja auch Sehnsucht nach ihr ...

Alexej unterbrach den Bericht des Kindes mit ungeduldigen Fragen. Er erfuhr, daß die »Fee« dreimal mit Mascha gesprochen hatte. Das erstemal zweifellos, bevor Nina auf dem Bahnhofsvorplatz erschienen war. Das zweitemal, um sie auf Nina aufmerksam zu machen, die sich hinter Verkaufsständen versteckt hielt, und ihr einzuflüstern, das könnte ihre »Mama« sein. Mascha hätte es zu gern genau gewußt, aber die »Fee« erklärte ihr, sie wisse es selbst noch nicht, und versprach, sich bei »anderen Feen« zu erkundigen. Daraufhin ging Mascha los und brachte die konsternierte Nina dazu, von ihrer verlorengegangenen Tochter zu sprechen. Das letztemal war die Fee unmittelbar vor dem Geschäftsabschluß zu Mascha gekommen, als sie krank gewesen war. Das heißt, sie war gar nicht krank gewesen, aber der Oberste hatte gesagt, sie wäre krank und müßte ein paar Tage im Warmen sitzen. Trotzdem fand die Fee Mascha, sie war ja eine *Fee* und wußte, in welchem Keller die »Läuse« leben! Und sie teilte ihr mit, es sei völlig sicher, daß die schöne Frau, die ihr Konfekt gegeben habe, ihre Mama sei, Mascha müsse ihr aber unbedingt versprechen, sich gut zu benehmen, dann werde die Mama sie zu sich nehmen …

Sieh einer an! Der rätselhafte Souffleur, der dem Kind so geschickt die nötigen Worte eingeflüstert hatte, war eine »Fee«! Wer hätte das gedacht!

»Nina weiß gar nicht, daß sie meine Mama ist!« verriet Mascha Alexej mit verschwörerisch gesenkter Stimme. »Das wissen nur die Fee und ich! Da wird sich Nina aber wundern, wenn ich es ihr sage, nicht?«

Und Mascha lachte bei dieser Vorstellung froh.

Alexej indessen konnte nicht genug staunen über diese beiden Frauen, die kleine wie die große, die sich so sorgsam darauf vorbereiteten, einander zu beschenken.

Jetzt war ihm auch klar, warum Mascha sich so überaus gefällig, folgsam und eifrig zeigte. Sie strengte sich nach Kräften an, ein »gutes Mädchen« zu sein, und diese Begriffe lebten in ihrem kleinen Kopf in trauter Gemeinschaft mit guten Feen und der Vorstellung von Geschenken für gutes Benehmen, wie es eine Mama war. Plötzlich fiel ihm wieder ein, was er irgendwo gehört hatte: Viele Prostituierte träumen davon, unter ihren Freiern einem »Prinzen« zu begegnen, der sie liebgewinnt, von ihrem tiefen Fall erlöst, zur Frau nimmt … Was soll man sich also über ein Kind wundern, das einem Märchen Glauben schenkt?

Bei dem Gedanken, daß Nina sich in ihrem Vertrauen zu Mascha nicht getäuscht habe, wurde ihm warm ums Herz. Diese beiden Mädchen, diese beiden Frauen, die kleine wie die große, hatten tatsächlich einander gefunden. Für ein langes und glückliches Leben …

Dem stand bloß entgegen, daß jener, von dem sie zusammengebracht worden waren, ihnen ein alles andere als märchenhaftes Finale bestimmt hatte.

Die Woche ging zu Ende. Auch die Erledigung der Adoptionsformalitäten näherte sich ihrem Ende.

Alexej beobachtete Ninas Umgebung weiter. Psychologen gab es unter ihren Bekannten nicht, kleine Blondinen dagegen gleich fünf, nur nicht unter ihren Freundinnen. Die gesuchte Dame war zweifellos Komplizin eines der Freunde, die ständig mit ihr verkehrten. Doch auch hier fand sich kaum etwas Greifbares. Suren hatte keine Frau, dafür ständig mehrere blutjunge Geliebte, die er manchmal zu Nina mitbrachte. Stepan war verheiratet, betrachtete Nina aber mit verliebten Augen. Seine Frau hatte nie einer zu Gesicht bekommen: chronisch krank, verließ sie selten das Haus. Irina hatte keine anderen Freundinnen – so ein neidisches Biest, das sie für Alexej war, konnte nur die intelligente Nina ertragen. Alle anderen schieden auf Grund ihres losen Kontakts zu Nina aus, denn der Mörder hatte sein Schauspiel mit Methode inszeniert und hielt die Situation völlig unter Kontrolle. Verdächtig waren für Alexej also allein die genannten drei, dazu die Hausangestellte Tamara. Sie machte einen ergebenen und dankbaren Eindruck: nach ihrem erbärmlichen Leben in der Ukraine war sie in einem gastfreien, gutsituierten Haus untergekommen, in dem sie wohnte, verpflegt wurde und Gehalt bekam.

Eine kürzlich getane Äußerung Tamaras hatte Alexejs Argwohn geweckt. »Wenn Mascha bloß nicht ausreißt«, hatte sie besorgt geseufzt. Der Satz an sich besagte nichts, er konnte völlig harmlos sein und enthielt keinerlei Hinweis auf den Mörder, brachte Alexej jedoch auf eine Idee. Und dieser Idee mußte er nachgehen. Dazu genügte es, Nina eine Frage zu stellen, nur wußte er nicht so recht, wie er dabei am besten vorging. Eine sehr, sehr heikle Frage war das.

Nach reiflicher Überlegung entschloß sich Alexej zu einer gewagten Aktion. Beim Schneemannbauen waren sich Mascha und er ein ganzes Stück nähergekommen, und jedesmal wenn sie ihn jetzt zu Gesicht bekam, rannte sie auf ihn zu. Das machte er sich zunutze. Er wartete ab, bis Tamara, die um den Kinderspielplatz spazierenging, ihm den Rücken zuwandte, um hinter den Garagen hervorzukommen und Mascha zu sich zu winken. Die kam sofort angerannt und reichte ihm förmlich die Hand.

Keine Zärtlichkeiten gewohnt, drehte sie sich immer weg, wenn jemand von den Erwachsenen ihr einen Kuß geben oder ihr übers Haar streicheln wollte. Nina, die sich denken konnte, daß Zärtlichkeiten im Bettlermilieu nicht üblich waren, hatte Mascha beigebracht, den Leuten die Hand zu reichen, was sie mit urkomischer ritueller Wichtigkeit tat.

Alexej ergriff die kleine Hand und zog Mascha hinter die Garagen, wobei er ihr zuflüsterte, das sei ein Spiel, »Verstecken« nenne es sich. Schon beim letztenmal hatte er den Eindruck gehabt, daß Tamara leicht schwerhörig war, und jetzt hoffte er sehr darauf, daß er sich nicht geirrt hatte und sein Flüstern nicht das Ohr der Hausangestellten erreichen würde. Als er deren beunruhigten Ruf vernahm, zog er Mascha weiter weg, bevor Tamara erkannte, daß ihr ein Streich gespielt wurde. Er sah sie in Panik zum Hauseingang laufen.

Fünf Minuten später kam Nina herausgerannt, zog im Gehen in ihre Pelzjacke über und sah sich gehetzt um. Alexej und Mascha traten sofort in ihr Blickfeld. Tamara bekreuzigte sich erleichtert, während die bleiche Nina wortlos Mascha packte und an sich drückte. Als sie erfuhr, daß Alexej sich ein »harmloses Versteckspiel« habe einfallen lassen, sah sie ihn scharf an, als suche sie nach Anzeichen von Wahnsinn in seinem Gesicht.

»Sie sind nicht ganz richtig im Kopf, Herr Detektiv«, sagte sie schroff. »Dieses Kind ist alles, was mir geblieben ist. Wenn sie verschwindet, ist mein Leben zu Ende.«

Damit wandte Nina sich jäh um und ging mit Mascha auf den Hauseingang zu, ohne Alexej aufzufordern, mitzukommen. Mit etwas in der Art hatte er gerechnet. Jetzt wußte er genau, was in den nächsten Tagen passieren würde. Die letzten Adoptionspapiere waren heute ausgehändigt worden, und für morgen war eine Feier angesetzt. Morgen wird Nina Mascha sagen, daß sie ihre Mama ist. Und Mascha wird Nina antworten, daß sie das längst von einer »Fee« weiß. Nina wird nichts verstehen, sie wird weinen vor Freude, die Gäste werden Tränen vergießen vor Rührung, fotografieren und Videoaufnahmen machen. Und mit ihnen schluchzen und sich die Augen wischen wird jene Person, die Nina umzubringen beabsichtigt.

Aber nicht morgen schon. Der Mörder wird das Fest abwarten, den Moment, da Nina vollkommen glücklich ist, wenn Mascha sie das erstemal Mama nennt, um ihr einen möglichst empfindlichen Schlag zu versetzen. Denn jetzt war Alexej überzeugt : Keinen Mord wird es geben, sondern einen *Selbstmord*. Nina, die bereits versucht hat, Hand an sich zu legen, wird den neuerlichen Schicksalsschlag nicht verkraften.

Und der wird sie nach dem Fest ereilen – nachdem sie aus dem Mund des Kindes das Wort »Mama« gehört haben und endgültig daran glauben wird, daß Gott ihr mit diesem Glück alle ihre Leiden vergolten hat. Denn wenn ein Mensch glücklich ist, ist er am verletzlichsten.

Und da wird Mascha verschwinden.

Zu der Feier ging Alexej Kissanow nicht – Ninas Einladung war auch mehr als kühl gewesen, sie hatte ihm das »Versteckspiel« nicht verziehen. Er hatte jedoch andere Sorgen, die die zwei Tage voll beanspruchten.

Dahinterzukommen, mit wem die »kleine Blondine« in Verbindung stand, wollte ihm einfach nicht gelingen. Direkte Befragungen konnte er sich nicht leisten: er hätte den Verbrecher garantiert aufgescheucht. Blieb nur, das Mädchen rund um die Uhr zu überwachen, in der Hoffnung, daß der Mörder das Finale nicht auf die lange Bank schieben würde. Deshalb versicherte sich Alexej der Unterstützung seiner ehemaligen Kollegen von der Miliz und versetzte alle in Alarmzustand. Er wußte nicht, wann und unter welchen Umständen mit Maschas Verschwinden zu rechnen war, vermutete jedoch, daß der Mörder tagsüber und draußen zuschlagen würde. Mascha hatte eine Eigenschaft, die auf ihr Leben in der Bettlerkommune zurückzuführen war: Sie unterwarf sich widerspruchslos jedem Erwachsenen ihres Clans. Was dem Verbrecher seine Aufgabe sehr erleichterte, zumal sie sich auch bei Nina zu Hause ständig von ihr vertrauten Leuten umgeben sah. Nina hatte absichtlich dafür

Sorge getragen, daß Mascha, an das Gewimmel auf dem Bahnhofsvorplatz und das Leben in der Bettlergemeinschaft gewöhnt, nicht Sehnsucht nach der räumlichen Ungebundenheit und der Menge bekam.

Jetzt hatte Tamara allerdings ein wachsames Auge auf Mascha, wenn sie mit ihr im Hof war, und wenn Nina mit ihr einkaufen oder ins Kino ging, hielt sie sie fest an der Hand. Alexej konnte sich nicht vorstellen, wie der Verbrecher vorgehen wollte. Sie entführen? Stehlen? Zum Ausreißen verleiten?

Allerdings ... Berücksichtigte man, daß diese »Fee« ... Wenn seine Ahnung richtig war, dann würde es am ehesten nachts geschehen, einfach deshalb, weil das Mädchen jetzt tagsüber nicht mehr aus den Augen gelassen wurde. Ja, natürlich nachts!

Alexej täuschte sich nicht. Nina wurden noch drei Tage des Glücks geschenkt. Dann, in der dritten Nacht, gegen zwei Uhr, verließ Mascha allein das Haus und sah sich um. Ein nicht weit entfernt stehender unscheinbarer Shiguli blinkte plötzlich mit den Scheinwerfern, die Tür öffnete sich einladend, und Mascha stieg ein.

Niemand hielt das Auto an. Der nächtliche Fahrer, bestimmt ein zufälliger, fuhr streng nach Verkehrsordnung, und ihm zu folgen bereitete keine Schwierigkeiten. An einem Haus auf der Begowaja hielt der Shiguli, eine kleine Frau mit Pelzjacke bezahlte den Fahrer, nahm Mascha an der Hand und verschwand mit ihr im Hauseingang. Eine Stunde später hatte die Miliz ermittelt, wer unter dieser Adresse wohnte, und ließ einen Mann zur Observation da. Maschas wegen machte man sich keine sonderlichen Sorgen: vorläufig war sie in Sicherheit. *Solange Nina lebte.*

Früh erschien der Detektiv bei Nina, eigentlich unanständig früh. Sechs Uhr morgens ist wahrlich nicht die Zeit für Besuche. Sehr wohl aber für Hilfe in der Not, deren Nina dringend bedurfte. Jetzt war die Zeit der Erklärungen gekommen. Und er erklärte. Sowohl, warum er sich so ungeniert aufgedrängt hatte, als auch, weshalb er sich dieses alberne Versteckspiel ausdenken mußte, was in den nächsten zwei, drei Tagen vermutlich zu erwarten war und wie man sich am besten verhielt. Nach wiederholter Versicherung, daß Mascha nichts passieren werde, schenkte Nina Alexejs Anweisungen Gehör und stimmte seinen Bedingungen zu. Sie war eine starke Frau, diese zarte, zerbrechliche, intelligente Nina.

Am ersten Abend ging Nina nicht ans Telefon, und wenn es an der Tür klingelte, öffnete Tamara und erklärte mit gedämpfter Stimme: »Sie werden doch verstehen, wie schwer sie leidet, sie liegt die ganze Zeit im Bett.«

Tags darauf war Nina wie ausgewechselt.

»Nein, keine Sorge«, erklärte sie allen Anrufern erstaunlich standhaft. »Ich werde mich nicht ergeben. Ich werde kämpfen. Zehn private Fahnder werde ich engagieren, wenn es nötig ist! Aber wir werden Mascha finden! Jetzt muß ich bloß allein sein.«

Am dritten Abend nach Maschas Verschwinden verschafften sich ihre Freunde fast gegen ihren Willen bei ihr Zutritt: Suren, Stepan und Irina.

»So geht das nicht«, rief Suren, »du bist hier allein, dabei brauchst du jetzt die Unterstützung nahestehender Menschen, selbst wenn du dir dessen nicht bewußt bist!«

»Nina, jag uns nicht fort!« tutete Irina ins gleiche Horn. »Wir werden einfach hier still bei dir sitzen und deine Sorge teilen.«

»Nina! Du darfst in so einem Augenblick nicht allein sein!« erklärte der krampfhaft nach Worten suchende Stepan. »Wozu hast du denn Freunde, wenn ... Wenn du so etwas Schweres durchmachst.«

»Und was sagt die Miliz?« erkundigte sich Suren.

»Ja, was sagt sie?« fragten auch Irina und Stepan im Chor.

»Sie suchen«, erwiderte Nina hart.

Der Abend zog sich hin in Trübsal und Unruhe. Nach Kartenspiel stand keinem der Sinn; Ninas Besucher wußten nicht recht, was sie tun und sagen sollten. Schließlich begann man sich zu verabschieden. Als erster empfahl sich Suren, Irina folgte ihm. Stepan ließ sich Zeit.

»Nina«, sagte er, als sich hinter Irina die Tür geschlossen hatte. »Nina, Teuerste, du weißt, wie ich ... Wie nahe mir geht, was du durchmachst. Ich habe guten Kognak mitgebracht ... Du mußt dich ein wenig entspannen, Nina! Laß uns noch ein bißchen zusammensitzen und reden.«

Nina hob verwundert die Brauen.

»Worüber, Stepan?«

»Über das Leben ... Über die Liebe ... Du ahnst doch, daß ich ... Ich hätte mich niemals getraut, es dir zu sagen, solange Georgi ...« Er stockte. »Solange du nicht allein warst. Und dann, ich bin verheiratet ... Meine Frau ist, wie du weißt, ein kranker Mensch ...«

»Worauf willst du hinaus, Stepan?«

»Entschuldige. Solche Tage, solche Erschütterungen ... Ich wollte sagen ... Daß ich dich liebe, schon lange – das wollte ich dir sagen.« Er nahm Nina bei den Schultern. »Entschuldige, daß ist sicher fehl am Platze an so einem Tag. Aber ich möchte dir etwas Zärtliches, etwas von Herzen Kommendes sagen. Damit du weißt, daß du nicht allein bist.«

Nina machte sich behutsam frei, und Stepans Hände sanken herab.

»Stepan«, sagte sie lächelnd, »für niemanden ist es ein Geheimnis. Alle wissen, wie leicht du dich verliebst. Alle wissen, daß deine Frau krank ist. Du brauchst jemanden, doch ich bin für diese Rolle völlig ungeeignet. Mich interessiert jetzt nichts im Leben außer Mascha.«

Stepan sah Nina traurig an. Er glich einem großen gutmütigen Bären, den man sehr betrübt hat.

»Nun ... Entschuldige, Nina, das alles ist wahrscheinlich in der Tat deplaziert. Du bist mir doch nicht böse?«

»Nein«, erwiderte Nina sanft.

»Trinken wir ein Gläschen darauf, daß Mascha bald wieder bei dir ist?«

Nina nickte, und Stepan ging mit den Worten: »Bleib sitzen, ich hole alles« in die Küche. Zurück kam er mit zwei bereits gefüllten Schnapsgläsern.

»Ach, entschuldige«, sagte er, als er sah, daß Nina bauchige Kognakschwenker aus der Anrichte im Wohnzimmer auf den Tisch gestellt hatte. »Ich habe Gläser aus der Küche genommen, auf einfache, auf unsere Art ...«

»Macht nichts, Stepan. Bring bitte die Zitrone, sie ist im Kühlschrank. Und die Zuckerdose.«

Als Stepan wieder hereinkam, schloß er die Tür des Wohnzimmers.

»Um Tamara nicht zu wecken«, erklärte er.

»Die wird nicht wach, sie hat ihr Schlafmittel genommen. Sonst findet sie keinen Schlaf, quält sich die ganze Zeit mit Vorwürfen, daß sie nicht richtig auf Mascha aufgepaßt hat.«

»Die Ärmste. Sie trägt keine Schuld. Das Mädchen ist einfach ein freies Leben gewohnt und zu ihm zurückgekehrt … Nina … Ich stehe zu dir, das sollst du wissen.«

»Danke, Stepan. Trinken wir. Darauf, daß Mascha bald gefunden wird, lebend und unversehrt.«

Nina nahm zwei Schlückchen und stellte das Glas zurück.

»Aber, aber!« protestierte Stepan. »Auf so etwas muß man austrinken, Nina!«

Nina trank folgsam ihr Glas aus und aß ein gezuckertes Scheibchen Zitrone nach. Stepan gab ihr schüchtern einen Kuß und stand auf.

»Ich sehe, du bist müde … Ich werde mal gehen, Nina.«

»Ja, dieser ganze Streß … Die Augen fallen mir zu«, murmelte Nina.

»Leg dich hin, ich gehe.«

»Geh, Stepan …«

Die Wohnungstür klappte leise zu. Nina schwankte zum Bett und ließ sich darauf fallen, ohne sich auszuziehen. In der Wohnung trat absolute Stille ein. Es waren vielleicht zehn Minuten vergangen, als endlich Schritte hörbar wurden. Aus dem Korridor ins Wohnzimmer, aus dem Wohnzimmer in Ninas Schlafzimmer.

Aus der Dunkelheit tauchte eine Gestalt auf.

Nina regte sich nicht.

Der Mensch beugte sich über sie ...

Urplötzlich leuchtete grelles Licht auf.

»Halt, stehenbleiben!« ertönte die Stimme Alexej Kissanows.

Wie der Geist aus der Flasche fuhr der Detektiv aus dem Kleiderschrank. Von der Tür her, von dort, wo sich der Lichtschalter befand, näherte sich mit ungeduldigen Schritten ein Mann in Milizuniform.

»Und das Glas behalt schön in der Hand«, sagte Alexej sanft und trat auf Stepan zu. »Was ist da drin, mein Bester? Gift? Eine hohe Dosis Schlafmittel? Ich wette: ein Schlafmittel! Nina hat ja schon einmal versucht, sich zu vergiften, und das weißt du. Ein Präzedenzfall, wie man das bei euch Juristen nennt? Du schweigst? Schweig ruhig – das Gutachten wird es schon nachweisen. Sie also, Herr Anwalt, stecken dahinter?«

Am Abend wurde Alexej bei Nina erwartet. Eine große Gesellschaft hatte sich versammelt (es fehlte nur Stepan, der den Abend schon hinter Schloß und Riegel verbrachte), die gespannt – daran gab es für Alexej keinen Zweifel – auf seinen ausführlichen Bericht wartete. Erfreut über seine bevorstehende Solonummer war er nicht gerade. Er wußte sehr wohl: Im Unterschied zu den Romanen, in denen der Ermittler in der Schlußszene die dankbaren Teilnehmer des Geschehens mit seiner Logik verblüfft, sieht das Ganze in der Realität nicht ganz so fesselnd aus. Die Zuhörer fühlen sich in der Regel enttäuscht, als wären sie betrogen worden, als hätten sie ein besonderes Geheimnis erwarten dürfen, ein kleines Wunder, ein aus dem Hut gezaubertes Kaninchen. Und da bekommen sie bloße Logik geboten. Bloße Gedankengänge und Kombinationen. Nichts Rätselhaftes. Allmählich erscheint ihnen alles banal und auf der Hand liegend, und sie meinen, daß sie als Detektiv zu dem gleichen Schluß gekommen wären.

Ja, mit links hätten sie das gemacht, murrte Alexej innerlich, als er Ninas Wohnung betrat. Im nachhinein können sich alle als ein Sherlock Holmes fühlen.

Seine schlimmsten Erwartungen erfüllten sich: Die Leute saßen im Halbkreis und überließen ihm den Platz »auf der Bühne«, den Sessel ihnen gegenüber. Doch was sollte er tun? Nachdem er sich verstohlen die von Ninas dankbaren Tränen feuchten Wangen gewischt hatte, setzte er sich, holte tief Luft und begann zu erzählen.

Als er, nachdem seine auf dem Bahnhofsvorplatz angestellten Beobachtungen, seine Nachforschungen und Zweifel beschrieben waren, auf seine Schlußfolgerungen zu sprechen kam, die den Kreis der Verdächtigen auf die engsten Freunde des Hauses reduzierten, reagierten die Zuhörer auf einmal lebhaft.

»Und wen haben Sie verdächtigt? Mich?« fragte Irina herausfordernd. »Sie haben mich ja immerzu so seltsam angeguckt! Ich dachte schon, ich hätte es zu einem neuen Verehrer gebracht!« Sie lächelte höhnisch.

Ihre Worte verrieten Enttäuschung. Alexej nickte.

»Alle. Ich habe alle verdächtigt, sogar Tamara.«

Die stieß einen kleinen Schrei aus und wurde rot, Suren krächzte mißbilligend, der »unverdächtige« Rest der Zuhörerschaft verfiel in ein freudiges Stimmengewirr.

Nina griff zur rechten Zeit ein: Zusammen mit Tamara verteilte sie Getränke, und alle wurden wieder still, um den Detektiv weiter anzuhören.

»Völlig klar, daß der Verbrecher Nina nicht einfach umbringen konnte, das hätte zu großen Verdacht erregt. Da er sie gut kannte, war er überzeugt, daß sie den Verlust auch dieses Kindes nicht verkraften und von allein aus dem Leben scheiden würde. Mein kleines Experiment mit dem ›Versteckspiel‹ und Ninas Reaktion bestätigten meine Ahnung. Mascha sollte also verschwinden. Und zwar so, daß alle meinten, das Mädchen sei einfach ausgerissen, in die ›Freiheit‹. Der Mörder war ja über alle die kleine Bettlerin betreffenden Zweifel Ninas bestens informiert. Ich habe lange überlegt, wie er die Sache wohl angehen würde. Wann würde es geschehen? Tags? Nachts? Tagsüber ließen Tamara, die ich zu dem Zeitpunkt nicht mehr verdächtigte«, sagte Alexej liebenswürdig lächelnd, während Tamara abermals errötete, »und Nina das Mädchen keinen Moment aus den Augen. Da fiel mir die ›Fee‹ ein. Jetzt wissen wir, daß es Stepans Geliebte war, der er versprochen hatte, sich scheiden zu lassen und sie zu heiraten, wenn sie ›ihren Beitrag leistete‹ für ihr künftiges sorgenfreies Leben in Spanien. Stepan log ihr vor, daß er große Probleme habe, daß die Krankheit seiner Frau ihn arm mache. Ebenso wie er Sie alle in die Irre führte, als er Ihnen vorgaukelte, in Nina verliebt zu sein. Unserer ›Fee‹ gelang es, Bekanntschaft mit einer von Ninas Freundinnen anzuknüpfen, um zu den großen Festen eingeladen zu werden. Sie war auch hier, als Maschas Adoption gefeiert wurde. All das wußte ich damals nicht, es wollte mir nicht gelingen, ihr auf die Spur zu kommen. Doch irgendwo gab es sie, und sie hatte es bereits geschafft, Maschas

Vertrauen zu gewinnen, indem sie ihr eine ›Mama‹ versprach. Nina, können wir mal Mascha hereinrufen?«

Mascha spielte in ihrem Zimmer: Nina wollte nicht, daß sie die Einzelheiten erfuhr. Doch jetzt brachte sie sie herein.

»Was hat dir die Fee bei dem Fest gesagt, Mascha?« fragte Alexej.

»Daß ich ein gutes Mädchen bin«, antwortete Mascha stolz.

»Und hat dir die Fee eine Belohnung versprochen?«

»Sie hat gesagt, daß sie mir und Mama Nina einen Papa schenken wird! Und daß wir dann eine richtige Familie sind!«

Ein Raunen ging durch das Zimmer.

»Und sie hat gesagt, ihr werdet nachts den Papa holen fahren. War es so? Und wie bist du in der Nacht aufgewacht? Oder hast du gar nicht geschlafen?«

Mascha klatschte plötzlich in die Hände, lief in ihr Zimmer, trug einen großen Karton mit Spielzeug herein, stellte ihn in die Mitte des Wohnzimmers und kramte eine Weile darin, bis sie ein winziges silbriges Handy zum Vorschein brachte.

»Ich sollte es der Fee zurückgeben, wenn ich mit ihr den Papa holen fahre«, sagte Mascha mit ihrer tiefen heiseren Stimme. »Aber ich habe es vergessen! Mama, wir müssen die Fee herbitten, um es zurückzugeben!«

Nina drückte das Mädchen ungestüm an sich. Im Zimmer wurde es laut.

»Wahrlich ein ›gutes Mädchen‹«, bemerkte Irina sarkastisch, aber ihre Augen röteten sich verdächtig. »Vielleicht sind es tatsächlich deine Gene, Nina? Und Sie sind also einfach so draufgekommen?« wandte sie sich mit verkniffenen Augen an Alexej.

»Wenn man ein Kind ködern will, schenkt man ihm ein Spielzeug und beim nächstenmal ein zweites«, meinte Alexej achselzuckend. »Zunächst eine ›Mama‹, dann einen ›Papa‹. Mir blieb nur, den Mörder zu provozieren, damit er sich möglichst bald zu seinem Verbrechen entschloß: es galt, ihn in flagranti zu ertappen, Absicht ist ja noch kein Verbrechen! Deshalb erklärte Nina Ihnen allen tags darauf, daß sie bis zum Schluß kämpfen werde. Damit hatte der Verbrecher überhaupt nicht gerechnet: er baute auf ihren Selbstmord! Und damit gaben wir ihm den Anstoß zu dem Entschluß, Nina ›behilflich‹ zu sein, sich das Leben zu nehmen. Bis zuletzt wußte ich nicht, wer von Ihnen dreien sich für diese ›Hilfe‹ anbieten würde, die ›Fee‹ verhören aber konnten wir nicht: das hätte bedeutet, den Mörder zu verprellen. Doch ich war überzeugt davon, daß er ganz bestimmt kommen würde.«

»So ein Schweinehund!« Suren fuhr plötzlich auf. »Hat der wirklich geglaubt, ich würde zulassen, daß er sich die Hälfte des Geschäfts unter den Nagel reißt?« Die Aufregung verstärkte seinen armenischen Akzent.

Alexej lächelte kaum merklich.

»Das sagen Sie jetzt, Suren, daß Sie so etwas nicht zugelassen hätten, aber haben Sie etwa irgendwie Verdacht geschöpft, als Nina Ihnen erzählte, daß sie Mascha begegnet sei? Hat es Sie beunruhigt, als sie beschloß, das Mädchen zu adoptieren? Nein, Suren. Selbst wenn Nina Hand an sich gelegt und Stepan seine Absicht erklärt hätte, Mascha zu adoptieren, Sie würden keinen Verdacht geschöpft haben. Alle wußten, daß der Anwalt in Nina verliebt war und von einem Kind träumte! Sie hätten auch ihn mit wohlwollenden Augen betrachtet und am Tag der Adoption ein teures Geschenk gemacht. Und erst wenn

Mascha verschwunden oder ums Leben gekommen wäre und Stepan das Erbe ihres Anteils am Geschäft angetreten hätte, wären Sie aufgewacht. Da hätten Sie dann vielleicht Ihren Anwalt übler Machenschaften verdächtigt. Fragt sich bloß, ob Sie zu dem Zeitpunkt noch am Leben gewesen wären, Suren. Womöglich wäre Ihr toller Mercedes von der Fahrbahn abgekommen, wer soll das wissen? Seine Sie betreffenden Pläne hat Stepan dem Untersuchungsrichter bisher nicht verraten.«

Suren sprang auf, öffnete empört den Mund, um zu widersprechen, machte aber plötzlich eine wegwerfende Handbewegung und plumpste auf seinen Stuhl zurück.

»Der Rest dürfte klar sein.« Alexej beeilte sich, seine Mission zu beenden. »Nina habe ich instruiert, sie war vorbereitet. Sie bat um Zitrone, und während Stepan in die Küche ging, wechselte sie den Kognak in ihrem Glas aus. Der ihr von Stepan eingegossene enthielt eine hohe Dosis Schlafmittel. Obwohl Stepan wußte, daß Tamara schwerhörig war, konnte er es nicht riskieren, die besinnungslose Nina durch die Wohnung zu schleppen: Er hatte die Dosis so berechnet, daß sie allein das Bett erreichen würde. Und dann wollte er das Nötige dazugeben. Nun, und daran haben wir ihn gehindert. Das ist eigentlich alles.«

Alexej erhob sich und nickte seinen Zuhörern etwas kühl zu, womit er zu verstehen gab, daß er sich empfehle.

Er begriff nicht gleich, was geschehen war. Und als er es begriff, traute er seinen Ohren nicht: man klatschte Beifall. Ja, ja, man applaudierte ihm.

Nun, manchmal gibt es zu Neujahr auch ein Happyend für Privatdetektive.

Tatjana Poljakowa

Neujahrsmärchen

»Na, was ist denn nun schon wieder los?« fragte ich, nachdem ich die Tür aufgerissen hatte und dann zur Seite getreten war, damit Julka hereinkommen konnte. Sie ging ein paar Schritte, lehnte sich an die Wand und verkündete pathetisch: »Ich werde mich ertränken.«

»Hast du's eilig oder erzählst du mir vielleicht vorher noch, was passiert ist?«

Mit Julka ist immer irgend etwas, da ist nichts zu machen. Dreimal pro Woche verliert sie ihre Schlüssel und läuft mit zwei verschiedenen Handschuhen herum, weil sie auch die ständig verliert. Daß es keinen Sinn hat, neue zu kaufen, hat Julka schon vor fünf Jahren kapiert; jetzt telefoniert sie einfach immer der Reihe nach alle ihr bekannten Schusselliesen ab, und am Ende wird der verlorene Handschuh dann bei irgend jemandem ausfindig gemacht. Im letzten Jahr habe ich ihr Fäustlinge geschenkt, nachdem ich mir lange vorher überlegt hatte, ob der Knackpunkt des Problems vielleicht nicht Julka, sondern die Handschuhe sind. Sie aber hat die Fäustlinge noch am selben Tag verloren, und ab da habe ich das Thema für mich gestrichen.

Julka umfaßte ihren Kopf mit beiden Händen und heulte so verzweifelt drauflos, daß ich richtig Angst bekam.

»Kannst du mir endlich sagen, was passiert ist?«

»Geld!« brüllte sie mit einer Bärenstimme.

»O Gott … Hat jemand dein Gehalt geklaut?«

Julka schüttelte nur verzweifelt den Kopf.

»Hast du's verloren? Viel Geld?«

»Sechstausend«, ächzte sie und tat einen tiefen Seufzer, dann wurde sie still.

»Schöne Scheiße!« Jetzt schüttelte auch ich den Kopf. »Sechstausend – das ist eine Menge Geld …«

»Dollar«, präzisierte Julka ganz leise und kauerte sich ängstlich zusammen.

»Sechstausend Dollar?« Zuerst blickte ich nur finster drein, dann wurde ich richtig wütend. »Was faselst du da für einen Unsinn, dumme Gans? Woher hast du so viel Geld?«

»Der Chef hat es mir gegeben«. Julka schluchzte auf und schaute mich mit großen traurigen Augen an. Schließlich fügte sie hinzu: »Vielleicht gehe ich doch besser ins Wasser?«

»Ist dein Chef vollkommen übergeschnappt? Was ist denn dem zu Kopf gestiegen?«

»Was, was … Na, er hat es mir nicht gegeben, das heißt, er hat es mir natürlich gegeben, aber nicht damit …

»Nicht, damit du es verlierst«, vollendete ich den Satz. »Kannst du mir das mal genauer erklären?«

»Wozu denn noch?« flüsterte Julka. »Ich wollte gerade nach Hause, da ruft er mich zu sich, ich, schon im Pelzmantel, gehe rein, und er: ›Julia, bring es bitte in den Tresor.‹ Der ist bei uns in der Buchhaltung«.

»Konnte er es nicht selbst hinbringen?«

»Wahrscheinlich nicht. Ich nahm das Geld und ging. Und auf einmal steht da Ljudka Fomina, groß, mit Kurzhaarschnitt, erinnerst du dich an sie? Sie ist damals mit uns an Wowkas Geburtstag zum Grillen mitgefahren?«

»Das ist mir schnuppe. Was war nun mit dem Geld?«

»Das will ich dir ja gerade erzählen. Ljudka kommt, sie wollte auch eben nach Hause, wir wünschen uns ein gutes neues Jahr, sie schenkt mir ein Portemonnaie, sehr schön, mit Monogramm ...«

»Sag mir endlich, was mit dem Geld passiert ist.«

»Was mache ich denn die ganze Zeit? Wir gehen zur Buchhaltung, dort sind ein paar Mädchen schon am Feiern, sie laden uns auch ein, ich trinke Sekt, später sind wir alle zusammen raus ... Ich habe alle Mädchen mit dem Auto nach Hause gebracht, bin nach Hause gefahren und habe angefangen, meine Handschuhe zu suchen. Langte mit der Hand in die Tasche, aber da waren ja die Dollar! Ich hatte sie in das Portemonnaie von Ljudka gesteckt, um sie nicht zu verlieren. Schnell fuhr ich ins Büro zurück. Dort ist schon zu, also die Alarmanlage eingeschaltet. Wo soll ich hin? Ich rufe Igor an, der ist aber nicht zu Hause ... Ich fahre zu Nadeshda Iwanowna, zur Hauptbuchhalterin, denke, das Geld ist bei ihr sicherer. Ich komme an – aber da ist das Portemonnaie bereits weg.«

»Wie weg?«

»Einfach weg.«

»Wo ist es denn hin?«

»Woher soll ich das wissen?«

»Halt«, sagte ich ärgerlich. »Nachdem du das Geld in das Portemonnaie gesteckt hast, wohin hast du es gelegt?«

»Auf den Sitz.«

»Und?«

»Nichts weiter. Es lag auf dem Autositz.«

»Falls es da wirklich gelegen hat ... Als du ins Büro gefahren bist, hast du es mitgenommen?«

»Ja … oder … Ich kann mich nicht mehr erinnern. Ich bin rangefahren, es war alles dunkel, ich bin aber ausgestiegen, das weiß ich noch.«

»Gib mir den Autoschlüssel«, schrie ich sie an.

»Das Auto ist nicht abgeschlossen.«

Ich öffnete bereits den Mund, um meiner ganzen angestauten Wut Luft zu machen, aber Julka sah so unglücklich aus, daß ich nur kurz fluchte und zum Auto lief. Nach einer gründlichen Durchsuchung hatte ich mich vergewissert: Das Portemonnaie war nicht da. Julka stand hinter mir und trat verlegen von einem Fuß auf den anderen.

»Ich habe schon gesucht … Die Scheine sind mit einem roten Gummi zusammengebunden … Weder das Portemonnaie ist da noch die Dollar.«

»Setz dich.« Ich winkte sie zum Beifahrersitz und ließ mich hinter dem Steuer nieder.

Nach fünfzehn Minuten standen wir vor dem Büro. Julka zeigte mir, wo sie ihr Auto hatte stehenlassen. Fast zwanzigmal liefen wir die Strecke zwischen Auto und Büro ab, durchsuchten jeden Schneehaufen in der Nähe, natürlich alles vergebens. Dann fuhren wir zum Haus der Hauptbuchhalterin und starteten die Suche von neuem – wieder ohne Ergebnis.

»Ich habe schon alles abgesucht.« Julka seufzte, schwieg eine Weile und fragte schließlich: »Was machen wir jetzt?«

»Ich weiß nicht«, antwortete ich verärgert.

»Wir haben alle Urlaub«, bemerkte meine Freundin hüstelnd. »Bis zum 3. Januar. Bis dahin wird keiner das Geld vermissen … Ich könnte Mamas Wohnung verkaufen, aber bis zum 3. schaffe ich das nicht.«

»Natürlich nicht.«

»Und wenn sie mich rausschmeißen ... Wo wird man mich dann noch nehmen?«

»Das stimmt.« Für Julka eine Arbeit aufzutreiben war eine schwierige Sache, und ich dachte bedrückt: entweder wir finden diese Sechstausend irgendwo oder ... Darüber nachzudenken hatte ich keine Lust.

»Vielleicht kannst du dir das Geld von deinem Mann leihen? Für zwei Monate?« fragte Julka schüchtern und sah mich von der Seite an.

»Ich lasse mich von ihm scheiden.«

»Na und? Das eine hat doch nichts mit dem anderem zu tun ...«

»Du solltest lieber die Klappe halten!«

Julka wurde still und starrte düster aus dem Fenster.

»Fahren wir zu Wowka«, sagte ich. »Vielleicht kann er uns weiterhelfen.«

Wowkas VW versteckte sich in einer Gasse, einige Meter vom Eingang des neuen Bankgebäudes entfernt. Unser ehemaliger Mitschüler verdiente sich sein Brot mit Schwarzumtausch von Dollar. Ich ging zum Wagen und klopfte ans Fenster. Wowka nickte mir zu, und ich bemerkte, daß er nicht allein im Auto saß. Ich schlenderte zur Ecke und wartete. Einen Moment später stieg ein Mann in einem teuren Mantel und mit einer Nerzmütze auf dem Kopf aus; er lächelte mir zu und ging in Richtung der Omnibushaltestelle davon. Nach ihm zeigte sich Wowka.

»Hallo«, sagte er und schlug fröstelnd den Kragen seiner Winterjacke hoch. »Frohes neues ...«

»Danke. Wir haben da ein Problem ... Kannst du uns vielleicht Geld leihen? Julka hat welches verloren.«

»Viel?«

»Sechs Riesen.«

»Na gut ... Das läßt sich machen. Für wie lange?«

»Du hast mich nicht verstanden. Sechstausend Dollar.«

»Bist du verrückt?« Wowka war ganz baff. »Woher sollte ich soviel Geld haben? Und woher hat diese Wahnsinnige das Geld?« Ich mußte Wowka die ganze Sache erklären, er hörte mich an, nickte, schielte in die Richtung des Autos, in dem man Julkas tieftrauriges Gesicht sah, und sagte: »Eintausend gebe ich euch. Mehr habe ich nicht. Ehrlich. Komm morgen bei mir zu Hause vorbei.«

»Kannst Du den Rest vielleicht bei jemandem ausleihen? Sie wird die Wohnung ihrer Mutter verkaufen.«

»Sweta, wer wird mir einfach so fünftausend Dollar geben? Du bist doch kein kleines Mädchen ... Hör mal, frag deinen Mann. Hat Oleg etwa kein Geld?«

»Gut, ich frage ihn«, antwortete ich bissig und ging zum Auto, während Wowka wieder an der Tür zur Bank Posten bezog und auf neue Kunden wartete.

»Und?« erkundigte sich Julka schüchtern.

»Tausend.«

»Wo nehmen wir die restlichen fünftausend her?«

»Woher soll ich das wissen?« Die »restlichen« klang einfach toll. Mir wurde klar: Diese fünftausend Dollar – das war jetzt nicht mehr Julkas Problem, sondern meins.

Am nächsten Morgen um neun Uhr fuhr ich zu einem Büro, wo ein anderer ehemaliger Mitschüler von mir arbeitete. Das Büro befand sich im Zentrum, nicht weit von der Sparkasse, in einer winzigen Gasse, in der die Häuser aus dem letzten Jahrhundert stammten und schon lange auf eine Sanierung warteten. Die zweistöckige Villa war wie ein Weihnachtsbaum mit Firmenschildern in jeder Größe und Farbe geschmückt.

Ich ging in den zweiten Stock und drückte die Klinke. Die Tür war verschlossen. Nachdem ich mich umgesehen und keine Lebenszeichen entdeckt hatte, stieg ich ins Erdgeschoß hinab, wo hinter einer Tür jemand herumhämmerte. Irgend etwas rieselte geräuschvoll herunter, woraus man schließen konnte, daß sich jemand kurz vor den Feiertagen zum Renovieren entschlossen hatte.

»Hallo, ist da wer?« rief ich und rüttelte am Türgriff. Der Lärm hörte auf, die Tür öffnete sich, und im Korridor erschien ein Mann, mittelgroß, schlank, etwa fünfundvierzig Jahre alt, mit Brille und in einem Arbeitskittel. «Guten Tag«, sagte ich. »Hier oben ist die Firma Lana. Haben Sie zufällig eine Ahnung, wo die alle stecken?«

»Ich glaube, die machen Ferien.« Der Mann lächelte. Sein Gesicht kam mir irgendwie bekannt vor.

»Ich bin der einzige im ganzen Gebäude.«

»Alles klar. Und wann sind die Ferien zu Ende?«

»Wahrscheinlich erst nach Weihnachten. Möchten Sie Tee?« fragte er plötzlich. Ich musterte den Mann mit einem erstaunten Blick.

»Ich? Nein, danke.«

»Schade ... Ich habe wunderbaren Tee.«

»Das glaub ich gern.« Ich nickte, winkte zum Abschied und ging auf die Straße hinaus.

Den ganzen Tag verbrachte ich damit, in der Stadt herumzufahren und unzählige Bekannte mit der Bitte um Geld zu belästigen, zusammengerechnet kamen dabei gerade mal fünfhundert Dollar zusammen. Um elf Uhr abends wurde mir klar: Mir bleibt nichts anderes übrig, als meinen Mann aufzusuchen. Ich hatte überhaupt keine Lust dazu, das Wiedersehen versprach nichts Angenehmes. Außerdem: Kurz vor einer Scheidung mit solch einer Bitte zu ihm zu kommen ... Na ja, ihr versteht mich ...

Deswegen war ich in düsterer Stimmung, als ich mich halb zwölf seinem Kasino näherte.

»Ist Oleg hier?« fragte ich den Wachmann in der Vorhalle. Er nickte, und ich, ohne den Pelzmantel abzulegen, ging direkt ins Restaurant. Alle Tische in den Nischen waren besetzt, was meine Stimmung weiter herabzog. Die Unterredung mit meinem Ehemann würde diesmal wohl etwas schärfer ausfallen, und Szenen in der Öffentlichkeit waren nicht mein Ding. Der Tag war aber bekanntlich sowieso nicht mein Glückstag, also nahm ich in der Mitte des Saals Platz, den Pelzmantel warf ich auf den Stuhl neben mir. Der Kellner kam und fragte: »Wünschen Sie die Speisekarte?«

»Nein«, antwortete ich. Er verschwand, aber fünf Minuten später stand er schon wieder vor mir und sagte mit strahlendem Lächeln: »Oleg Petrowitsch hat erst in einer Stunde Zeit für Sie.«

»Das macht gar nichts.« Ich lächelte zurück und dachte: So eine Scheiße. Laut sagte ich: »Ich kann warten.«

Während der nächsten zwanzig Minuten betrachtete ich ohne sonderliches Interesse die Tischdecke vor mir. Plötzlich spürte ich, daß mich jemand ansah. Ich drehte mich um und entdeckte an dem Tisch links von mir den Typen, den ich am Morgen in dem Bürohaus getroffen hatte. Jetzt trug er aber einen guten Anzug, Hemd und Krawatte, und mit einemmal fiel mir ein, warum mir sein Gesicht so bekannt vorgekommen war. Es war derselbe Mann, der gestern abend aus Wowkas Auto gestiegen war. Tja, er mußte also bei Wowka schwarz Geld getauscht haben, das ist heute eine ganz normale Sache. Allerdings ist der Laden meines Mannes für jemanden vom Bau natürlich unerschwinglich.

»Guten Tag«, sagte er und lächelte mir schüchtern zu. Ich nickte zurück. Sofort erhob er sich von seinem Platz und setzte sich an meinen Tisch.

»Hat Ihnen Ihr Platz nicht gefallen?« erkundigte ich mich.

»Sie sind schlecht gelaunt.« Er seufzte.

»Genau. Und Sie sind dann also ein Spezialist für gute Laune?«

»Natürlich.« Er lächelte wieder, streckte eine Hand aus und auf seiner Handfläche erschien auf geheimnisvolle Weise eine Orange.

»Bitte sehr«, sagte er.

»Aha, Sie sind ein Zauberkünstler.« Ich schmunzelte und nahm die Orange.

»Nein. Obwohl die Art meiner Tätigkeit durchaus etwas mit Zaubern zu tun hat.«

»Sie meinen den Beruf des Bauarbeiters?« stichelte ich. »Sie könnten recht haben. Wir sind in eine neue Wohnung eingezogen, die zuerst ganz wunderbar aussah, und dann … Dann mußten wir eine Komplettsanierung vornehmen.«

»Das meinte ich gar nicht.« Der Mann lachte. »Bauarbeiter ist nicht mein Hauptberuf, das heißt, ich habe viele …«

»Ich verstehe«, unterbrach ich ihn ziemlich unhöflich. »Und nun, wenn Sie nichts dagegen haben, würde ich gern in Einsamkeit weiter das Muster dieser Tischdecke studieren.«

»Entschuldigen Sie.« Er zuckte mit den Schultern. »Ich bin fremd in der Stadt ... Und Sie haben so traurige Augen, also dachte ich ...«

»Es schadet einem nur, wenn man zuviel nachdenkt. Gehen Sie bitte an Ihren Tisch zurück.«

»Entschuldigen Sie«, sagte er noch einmal und lächelte so, daß ich mich plötzlich schämte.

Ich schüttelte den Kopf und begann ihm zu erklären: »Ich warte auf meinen Mann. Mir steht ein äußerst unangenehmes Gespräch bevor.«

»Alles wird gut.« Der Typ nickte, setzte sich an seinen Tisch zurück, und im Saal tauchte Oleg auf. Ganze fünfzehn Minuten früher als erwartet.

»Hallo«, sagte er finster, steckte die Hände in die Hosentaschen und glotzte mich an.

»Willst du dich vielleicht setzen?« fragte ich verärgert.

»Wozu? Ich kann mir im Stehen anhören, was du mir zu sagen hast.«

»Setz dich, verdammt«, platzte es aus mir heraus. Er ließ sich auf einem Stuhl nieder, nahm eine Serviette und begann sie in den Händen zu drehen. »Morgen ist Silvester«, sagte ich völlig unerwartet für mich selbst.

»Ja, ich habe davon gehört.«

»Wo wirst du feiern?«

»Bei Slawka wahrscheinlich.«

»Eine große Gesellschaft?«

»Weiß ich nicht.«

»Hör zu«, seufzte ich, »ich brauche Geld.«

»Viel?«

»Fünftausend Dollar.«

»Wozu?« erkundigte sich mein Mann verwundert, und in mir stieg schon wieder Wut auf.

»Gibst du mir das Geld?«

»Selbstverständlich. Wenn du sagst, wozu du es brauchst. Fünftausend sind eine ganze Menge.«

»Ich habe … Schwierigkeiten.«

»Ach, nein?« Mein Mann glaubte mir nicht. »Erzähl mir mehr.«

»Hör zu, was hat das jetzt für eine Bedeutung?« Ich seufzte und fügte etwas leiser hinzu: »Julka hat Geld verloren, bis zum 3. Januar muß sie es zurückgeben.«

»Aha.« Oleg nickte. »Alles klar. Mit Bedauern muß ich feststellen, daß sich nichts im Leben ändert, zumindest nicht in deinem Leben.«

»Hör auf, den Clown zu spielen.«

»Ich höre schon auf.« Er warf die Serviette beiseite und schaute mir in die Augen. »Von mir kriegst du kein Geld. Basta.«

»Hör mal …«

»Basta«, wiederholte Oleg. »Als ich dich heiratete, glaubte ich, daß ich ein hübsches, lustiges und kluges Mädchen zur Frau nehme, ein bißchen verrückt vielleicht, dafür aber mit einem guten Herzen. Bekommen habe ich eine Mutter Teresa, die mal Straßenköter nach Hause bringt, mal fremde Kinder betreut, mal jemandem eine Arbeit besorgt und mal für jemanden die Diplomarbeit fertigschreibt. Deine verrückten Freundinnen wohnen monatelang bei uns, weil gerade ihre Wohnung renoviert wird, sich ihr Mann von ihnen scheiden läßt oder weil sie die Schlüssel verloren haben … So geht das nun schon zwei Jahre lang. Glaubst du etwa, das alles ist normal?«

»Sie sind meine Freunde ...«

»Ach so. Ich bin übrigens dein Mann. Aber auf mich pfeifst du natürlich. Soll sich deine Julka doch selbst aus der Patsche helfen.« Er erhob sich und, ohne sich umzusehen, ging er quer durch den Saal und verschwand. Ich, äußerst verdrossen, begab mich zum Ausgang. Ich hatte es doch gewußt, daß das alles nichts bringen würde ...

»War das Ihr Mann?« hörte ich plötzlich jemanden links hinter mir sagen und zuckte zusammen. Ich drehte mich um und sah meinen Gesprächspartner von vorhin.

»Ab jetzt – mein Ex-Mann.«

»Er liebt Sie«, erklärte der Typ. Ich schmunzelte.

»Haben Sie das in seinen Augen gelesen?«

»Natürlich. Lassen Sie uns zusammen ein Gläschen trinken.«

»Weil ich mich jetzt scheiden lasse, ändere ich nicht gleich meine Gewohnheiten, also ...«

»Ihre Ablehnung ist ziemlich unüberlegt«, bemerkte er listig. »Morgen ist Neujahr, und da können Wunder geschehen.«

»Ich glaube nicht an Wunder.«

»Das kann nicht sein.«

»Woher wissen Sie das? Ach ja, ich habe vergessen, Sie sind ein Zauberkünstler. Schenken Sie mir jetzt noch eine Orange oder einen Luftballon?«

»Nein, nein, das sind Kleinigkeiten für Kinder. Einmal im Jahr erfülle ich richtig große Wünsche. Ich kann einen Traum Wahrheit werden lassen oder so etwas in der Art.«

»Was, wer sind Sie eigentlich?« Ich mußte doch unwillkürlich lachen, und er antwortete: »Ich bin Santa Claus. Also, wie wär's mit einem Drink?«

»Na gut.« Ich nickte, und wir gingen zur Bar. Er war ein unterhaltsamer Gesprächspartner, und wir blieben bis drei Uhr nachts sitzen, dann begleitete er mich nach Hause. »Auf einen Kaffee lade ich Sie nicht ein«, erklärte ich am Hauseingang.

»Damit habe ich auch nicht gerechnet«, sagte er lächelnd. »Also, wie sieht es mit Ihren Wünschen aus?«

»Drei Wünsche?« Ich schmunzelte.

»Das gibt es nur in Märchen. Eigentlich bin ich bereit, alle zu erfüllen.«

»Na dann.« Ich lachte auf, und plötzlich sagte ich ernst: »Ich möchte mich mit meinem Mann versöhnen.«

»Es gibt ja nichts Leichteres als das, er liebt Sie …«

»Aber es ist alles sehr kompliziert.«

»Sie sind schon so gut wie versöhnt.« Er winkte ab. »Was noch?«

»Ich brauche fünftausend Dollar, schaffen Sie das?«

Er lachte auf und fragte: »Was noch?«

»Das reicht für diesmal«, erwiderte ich und trat in den Hauseingang.

Mein neuer Bekannter tauchte am nächsten Abend um halb zehn bei mir auf, als ich gerade einen Kuchen backte, in der Absicht, Silvester allein zu feiern. Es klingelte, ich öffnete die Tür und sah Santa Claus. Sicher war er kein richtiger Weihnachtsmann, aber sein Name war mir unbekannt, sollte er also einfach Santa Claus heißen.

»Frohes neues«, sagte er.

»Danke.«

»Darf ich rein?«

»Natürlich.« Er warf Mantel und Mütze ab, und ich begleitete ihn ins Wohnzimmer mit der spöttischen Bemerkung: »Sie haben nur noch zweieinhalb Stunden.«

Daraufhin reichte er mir eine Schachtel, bunt verpackt und mit Schleife, und sagte: »Machen Sie das um Punkt Mitternacht auf, und Sie werden wieder an Wunder glauben.«

»In der Schachtel sitzt sicher ein guter Hausgeist, der aufpassen wird, daß mein Mann und ich uns nicht mehr zanken.«

»Uff ...« Er zuckte nur mit den Schultern und lachte dann kurz.

»Möchten Sie Tee?« In diesem Moment hörte ich den Kurzzeitwecker klingeln und lief in die Küche, um den Kuchen aus dem Backofen zu holen. Mein Gast folgte mir.

»Ich glaube, der Kuchen ist ganz wunderbar geworden«, bemerkte er und schaute aus dem Fenster. Ich konnte eine leichte Unruhe auf seinem Gesicht lesen. Ich schaute ebenfalls hinaus: Direkt vor dem Eingang parkte Wowkas VW, und bald erschien er selbst.

»Das ist ein Bekannter von mir«, kommentierte ich.

»Na dann, ich möchte euch nicht stören.«

»Und der Tee?« fragte ich erstaunt.

»Ich bin ja nur für einen Moment vorbeigekommen.« Der Typ lachte wieder kurz auf, zog seinen Mantel an und ging hinaus. »Frohes neues«, sagte er, zwinkerte mir zu, und ich, etwas erstaunt, antwortete: »Frohes neues.« Ich machte die Tür zu, schloß sie aber nicht ab, da ich auf Wowkas Erscheinen wartete. Ein paar Minuten später stürmte er wie ein Orkan in die Wohnung.

»Hör zu, hast du Bekannte in der Miliz?« brüllte er schon auf der Schwelle.

»Was ist denn los?« fragte ich verdutzt.

»Fahren wir ... Verdammt, zieh dich schnell an.«

»Bist du wahnsinnig? In zwei Stunden ist Neujahr. Welche Miliz?«

Wowka stürmte in das Wohnzimmer und begann auf und ab zu laufen, wie ein Tiger im Käfig, etwas Unverständliches vor sich hin murmelnd.

»Was ist denn passiert?« fragte ich schüchtern, denn ich hatte kapiert, daß das neue Jahr nichts Gutes bringen würde.

»Ich bin betrogen worden, um fünftausend, kapierst du?«

»O Gott«, stöhnte ich und setzte mich auf das Sofa. »Wie ist das möglich?«

»Na, das ist ein Halunke, so was ...«

»Vielleicht erklärst du mir, was passiert ist?«

»Was kann man da erklären ... Er hat uns wie dumme Jungen um den Finger gewickelt. Vor drei Tagen kam ein Mann zu mir und tauschte zweihundert Dollar. Ein normaler Mann, intelligent aussehend und gut gekleidet. Und die Visage, du kommst nie auf den Gedanken, daß er ein Dieb ist. Gestern taucht er wieder auf und fragt: ›Hallo Jungs, könnt ihr mir zweitausend wechseln?‹ Und wir: ›Klaro.‹ Und er: ›Kommt in mein Büro, das ist nicht weit, gleich hier um die Ecke.‹ Wir gehen zu ihm, ich und noch einer, ich allein hatte nicht soviel Kohle bei mir. Wir sitzen und plaudern, dieses Scheusal nimmt von uns beiden die Rubel, legt sie in den Tresor und geht ins Nebenzimmer, macht die Tür aber nicht zu und plaudert weiter mit uns. Dann bringt er die Kohle. Er hatte sie im anderen Zimmer, alles war glatt gelaufen. Nun sagt er: ›Jungs, ich brauche eine große Summe. Könnt ihr das organisieren?‹ Ich sage: ›Wann?‹ – Er: ›Vielleicht morgen. Ich hole euch wieder ab.‹ Und er hat uns abgeholt ... dieser Künstler.«

»Ist er heute dagewesen?« erkundigte ich mich.

»Na klar … Alles lief wieder wie das letzte Mal: Er nahm das Geld, zählte, legte es in den Tresor und ging ins andere Zimmer, seine Dollar holen. Und wir, wie zwei Vollidioten, sitzen da und warten schön, den Tresor vor uns, und haben nicht den blassesten Schimmer. Der Mann redet weiter mit uns, labert uns aus dem Nebenzimmer total voll und bleibt irgendwie verdächtig lange weg. Da machen wir uns doch langsam Sorgen, gehen ebenfalls ins Nebenzimmer, aber da ist keiner mehr. Das ist reichlich komisch, denken wir uns, wie bekommen wir jetzt ohne diesen Idioten das Geld aus dem Tresor raus? Haben die Miliz gerufen …«

»Und?«

»Nichts. Im Nebenzimmer war ein Loch in der Wand, genau dort, wo der Tresor steht. Er ging hinüber, nahm durch das Loch unser Geld und machte sich aus dem Staub …«

»Und wo ist dieses Büro?« fragte ich interessiert.

»In der Kasanski-Gasse, Firma Lana, du kennst sie doch …«

»Natürlich«, murmelte ich. »Aber wenn er das Büro gemietet hat …«

»Ach was, gemietet … für drei Tage. Er kam zum Besitzer und sagte, er brauche den Raum als Büro, würde ihn aber erst mal gern renovieren wollen und danach einen Vertrag schließen, um bei der Miete die Renovierungsarbeiten berücksichtigen zu können. Verstehst du? Er hat auch super renoviert, dieses Ungeheuer, ein Loch hat er in die Wand renoviert, ist ja auch ein Künstler …«

»Warte mal, als du gerade hochkamst, bist du im Treppenhaus niemandem begegnet?«

»Nein.«

»Wie kann das sein?« Ich war baff.

»Keine Ahnung. Wir müssen los, die Bullen auf ihn ansetzen, vielleicht finden sie ihn. Irgendwo muß der Kerl ja stecken ...«

In diesem Moment ging die Tür auf, und Julka stürmte in die Wohnung.

»Ich hab's gefunden«, schrie sie und warf sich mir in die Arme.

»Was?« wollte ich wissen.

»Na, was wohl, das Geld. Und rate mal, wo? Da kommst du nie drauf. Ich dachte, ich hätte das Portemonnaie auf den Sitz geworfen, in Wirklichkeit habe ich es in die Innentasche meines Pelzmantels gesteckt und diese zugeknöpft, um nichts zu verlieren. Heute habe ich meine Schlüssel gesucht und das Portemonnaie gefunden.«

»Wie konntest du blöde Tussi nur das Portemonnaie im Mantel nicht finden?« schrie ich sie an.

»Im Mantel habe ich nicht danach gesucht, ich dachte, es wäre im Auto.«

»Ein bekanntes Publikum, und die Reden sind auch bekannt«, hörte ich die Stimme meines Mannes und zuckte zusammen. Ich drehte mich um und sah ihn mit finsterem Blick, an die Tür gelehnt, stehen.

»Du bist gekommen?« murmelte ich.

»Jaha. Ich bin vorbeigekommen, um dir alles Gute zu wünschen. Frohes neues, meine Liebe.« Er schmunzelte und drehte sich wieder zur Tür. Ich stürzte zu ihm, packte ihn am Ärmel und zog ihn zurück in den Flur. Danach riß ich die Tür möglichst weit auf und schrie: »Bitte zum Ausgang, Julia Wladimirowna, Wladimir Iwanowitsch, ich bitte Sie ...«

»Was ist denn mit dir los?« fragte Wowka erstaunt.

»Gar nichts. Haut ab. Ich fahre nirgendwohin. Heute ist Silvester, und alle normalen Menschen feiern Silvester zu Hause ...«

»Du hast sie hinausgeworfen«, sagte mein Mann, nachdem meine Freunde endlich die Wohnung verlassen hatten. »Ich traue meinen Augen nicht ...«

»Ich auch nicht. Aber das ist nicht das Wichtigste. Jemand hat mir gestern gesagt, in deinen Augen könne man lesen, daß du mich noch liebst. Ist das wahr?«

»Und wie«, seufzte Oleg, und dann lachte er.

Draußen fiel der Schnee, die Uhr schlug zwölf, und wir tranken Sekt. Und plötzlich erinnerte ich mich an das Geschenk, die kleine Schachtel in der bunten Verpackung. Als Oleg kurz in die Küche ging, öffnete ich sie hastig und lachte. Die Dollar darin waren akkurat zusammengerollt. Ich war mir sicher: Hier lagen fünftausend Dollar, ich mußte sie nicht zählen. Ich schlich mit dem Telefon in der Hand ins Badezimmer und rief heimlich Wowka an. Natürlich überhäufte er mich mit Fragen, aber ich habe ihm vorgeschlagen, einfach den Mund zu halten, und ihn gebeten, nicht sofort zu mir zu kommen, das Geld könne auch ein paar Tage bei mir liegenbleiben, es würde schon nichts passieren ...

»Mein Geschenk zum neuen Jahr«, sagte Oleg und steckte mir den Ehering an den Finger. »Und diesmal ist es fürs ganze Leben.«

»Ja, für das ganze.« Ich nickte und mußte plötzlich auflachen: »So ein raffinierter Hund!«

»Was, ich bin ein raffinierter Hund?« fragte Oleg erstaunt.

»Nein, du natürlich nicht. Santa Claus.«

Wladimir Tutschkow

Cybersex in der Neujahrsnacht

Seit vollen sechs Stunden jagte Petrow jetzt seine Maus wie ein Irrer über das Mousepad. Vor seinen Augen blinkten die Werbebanner in allen Regenbogenfarben – Weihnachtsbäume, tanzende, augenzwinkernde Schneemänner mit roten Nasen, die aussahen, als hätten sie zuviel Wodka getrunken, und immer wieder Großväterchen Frost und seine hurenmäßig aufgedonnerte Enkelin Schneeflöckchen im Pelzbikini. Erwartungsvoll klickte Petrow die primitiven Köder an, aber statt auf irgendwelchen Pornowebsites landete er in den Internetshops von Sanitärgroßhändlern, Autoverkäufern, Computerherstellern oder Möbelsalons ... Etwas anderes war natürlich auch gar nicht zu erwarten gewesen, denn das Internet in Rußland entwickelt sich mit rasender Geschwindigkeit zu einem einzigen, allumfassenden Krämerladen. Anders gesagt, diese ganze wunderbare Virtualität des World Wide Web vereinigt sich auf die natürlichste Art und Weise mit unserer modernen Schaufensterwirklichkeit, in der nur noch die Gesetze des Marketing herrschen, die die fundamentalen Gesetze der Physik und der Biologie längst außer Kraft gesetzt haben.

Genaugenommen wußte Petrow selber nicht, was er eigentlich wollte, was er in den uferlosen Weiten des Netzes überhaupt suchte. Er schlug einfach die Zeit tot, verplemperte sein Geld und drosselte seine Gehirntätigkeit. Letzteres war in seiner Lage eine absolute Notwendigkeit, denn sobald er damit aufhörte, begann sein Hirn auf Hochtouren die deprimierendsten Gedanken zu produzieren: daß er ganz allein hier in seiner Bude hockte, ohne Geld, ohne Freunde, ohne Frau. Und das wenige Stunden vor Neujahr.

So saß er also vor dem Monitor, ließ sich mit Elektronen bombardieren und seine ganz normalen menschlichen Reflexe von aggressiven Computeranimationen unterdrücken, um auf diese Weise seine Grübeleien über Einsamkeit und fehlendes Geld, nicht vorhandene Freunde und die Unerreichbarkeit der Frauen und schließlich über die Tatsache, daß das neue Jahr – und, wer weiß, vielleicht sogar das Ende der Welt vor der Tür stand, so gut es ging zu zerstreuen.

Petrow klickte auf das nächste Nepp-Banner. Wieder so ein unzüchtiges Pärchen! Und diesmal grölte Großväterchen Frost auf einmal los: »Hi, Petrow! Sag mal, hängt dir das nicht langsam zum Hals raus, da allein rumzusitzen und dem virtuellen Kick hinterherzujagen?« Schneeflöckchen lachte schrill und lockte ihn mit gekrümmtem Zeigefinger. »Na, Petrow, wollen wir ein bißchen schaukeln?«

»Was ist denn das für ein blöder Mist?« dachte Petrow genervt. »Woher wissen die, wie ich heiße?«

Dann begriff er: Die hatten sich einfach durch die Hintertür in seinen Computer eingelinkt und seine Festplatte gescannt!

Na gut, wenn sie ihn schon einluden, konnte er ja mal einen Blick reinwerfen. Er klickte auf das Bild einer Tür, auf der »Welcome« stand und gelangte in ein Zimmer, in dem ein mit blinkenden Lichterketten geschmückter Weihnachtsbaum und ein reich gedeckter Gabentisch standen. An dem Tisch saß das Pärchen von eben, zwischen ihnen stand ein leerer Stuhl.

Im Hintergrund öffnete sich ein ISQ-Fenster, und es erschien die Frage: »Na, Petrow, wie ist denn dein Vorname?«

»Serjoga«, antwortete Petrow ehrlich.

»Was ist los, Serjoga, bist du etwa ganz allein am Silvesterabend?«

»Wieso allein? Ich hab doch meine Maus. Und im Mülleimer ist noch eine.«

»Na schön. Aber meinst du nicht, wir sollten uns mal ein wenig näher kennenlernen? Das könnte doch nett sein ...«

»Wie soll ich das verstehen?«

»Na ja, wenn du willst, kommen wir bei dir vorbei ...«

Er dachte nach: Was für ein Interesse konnten die denn ausgerechnet an ihm haben? Vielleicht wollten sie ihn ja bloß ausplündern! Das waren womöglich nichts weiter als ein paar besonders phantasievolle Wohnungsdiebe! Oder etwa Sadisten?

»Meine Speisekammer ist ratzekahl leer. Nichts zu fressen außer einer lumpigen Packung Pelmeni. Und kein Tropfen Alkohol«, klapperte Petrow in seine Tastatur und hoffte, daß sie Ruhe geben würden.

Aber das schreckte sie nicht ab. Auf dem Bildschirm erschien:

»Überlaß das mal uns. Wir brauchen bloß einen Tisch, ein paar Stühle und natürlich ein Bett.«

»Und ihr wollt mir auch bestimmt nicht irgendwas andrehen?«

»Aber nein, Silvester arbeitet man doch nicht! Das wäre ja Sünde.«

Gleichwohl beschloß Petrow zu versuchen, hinter die wahren Gründe dieses verdächtigen Altruismus zu kommen.

»Und wieso seid ihr dann solche verdammten Menschenfreunde? Habt Ihr's vielleicht auf ein paar Spenderorgane abgesehen?«

»Du bist ja ein komischer Typ! Nein, wir sind Schauspieler. Das Ganze ist ein Gag von einem reichen Knopp, der soviel Dollars hat, daß sie ihm zu den Ohren rauskommen. Er hat sich in den Kopf gesetzt, einsamen Menschen ein schönes Fest zu bescheren, mit leckerem Essen, netter Gesellschaft, vielleicht ein kleines Geschenk ...«

»Was denn für ein Geschenk?«

»Das wirst du schon sehen. Laß dich überraschen.«

»Sex auch?«

»Hast du was dagegen?«

»Ganz und gar nicht.«

»Also gib uns deine Adresse, wir kommen vorbei.«

»Und sind wir dann zu dritt, oder ...«, tippte Petrow und zögerte, er traute sich nicht, den Satz zu Ende zu schreiben. Auf der »anderen Seite des Monitors« jedoch verstand man ihn ausgezeichnet, die Antwort des Weihnachtsmanns kam postwendend.

»Sie ist doch meine Enkelin! Mich kannst du also nicht mitrechnen. Ich werde mich schon rechtzeitig verdünnisieren.«

Petrow biß an. Er tippte seine Straße, die Haus- und Wohnungsnummer ein.

Dann sprang er kurz unter die Dusche und rasierte sich. Anschließend begann er zu warten, wie ein kleiner Junge, der noch an Wunder glaubt. Das war aber auch ganz logisch, befand er sich doch inzwischen in einem solchen Stadium der Isolation, daß es nicht weniger als ein Wunder brauchte, um die Wand einzureißen, die ihn von den anderen Menschen trennte. Und naiv wie er war, griff er nach diesem unverhofft aufgetauchten Strohhalm.

Vierzig Minuten später klingelte es an der Tür, und eine Stimme rief: »Hier ist das gute alte Großväterchen Frost und bringt dir gute Gaben!«

Er machte auf. Tatsächlich, da stand das gute alte Großväterchen Frost mit dem obligatorischen Watteteppich vor dem Gesicht, und neben ihm Schneeflöckchen, seine »Enkelin«, stark geschminkt und irre sexy.

Und ehe er sich's versah, verpaßte ihm das flinke Schneeflöckchen eine kräftige Portion von irgendeiner giftigen Scheußlichkeit aus einer Spraydose direkt ins Gesicht.

Als er wieder zu sich kam, saß er gefesselt auf einem Stuhl.

Die Diebe rumorten in seinem Schrank herum und suchten nach Geld. Sie warfen die Wäsche auf den Boden, rissen die Bücher von den Regalen, klapperten in der Küche mit dem Geschirr.

Aber alle ihre Bemühungen waren zwecklos, aus dem einfachen Grund, weil es in der ganzen Wohnung nun einmal kein Geld zu finden gab.

Als sie sahen, daß Petrow aufgewacht war, bauten sie sich vor ihm auf, hielten ihm ein Messer unter die Nase und forderten ihn auf, das Versteck seiner Ersparnisse preiszugeben. Als sie sich davon überzeugt hatten, daß Worte keine Wirkung auf den Hausherrn zeitigten, fingen sie an, ihn zu foltern. Das taten sie allerdings, wie man zugeben muß, durchaus human. Es war schmerzhaft, aber weder sein Leben noch seine Gesundheit waren bedroht.

Petrow schrie und brüllte, schwor, daß er die reine Wahrheit gesagt habe, daß er kein Geld habe und nie welches gehabt habe. Und von Gold und Juwelen könne erst recht keine Rede sein. Er besitze nichts als eine armselige Packung Pelmeni, das habe er ihnen doch vorhin schon gesagt. Zur Antwort wieherten sie nur hähmisch: »Wann hast du uns das gesagt? Bei dir ist wohl 'ne Schraube locker?« – »Na am Computer, wir haben uns doch über ISQ unterhalten!« – »Hör mal, Kollege, dir ist anscheinend vor Freude der Verstand hoppsgegangen.«

Und da begriff Petrow, daß irgendwas schiefgelaufen war. Das waren gar nicht die, die er im Netz kennengelernt hatte. Das waren banale Gauner, die an jeder Wohnungstür klingelten, auf der Suche nach solchen Idioten wie ihm.

Ich blöder Kretin, dachte er. Die anderen hätten an der Tür natürlich ihre Namen gesagt. Aber vielleicht sind sie's ja doch? Ich habe immerhin ihre Internetadresse in meinem Browser gespeichert, darüber könnte man sie drankriegen. Deshalb tun sie jetzt, als wüßten sie von nichts. Diesen Gedanken verwarf er jedoch sofort wieder. Denn Wohnungsdiebe nehmen nicht nur Geld, sondern auch Computer.

Nachdem sich Petrow also mit dem Verlust seines Computers abgefunden hatte, begann er mit einer gewissen stoischen Gelassenheit zu warten, wann diese Idioten wohl endlich begreifen würden, daß bei ihm nichts zu holen war. Dann würden sie sich ja wohl verziehen. Hauptsache, sie nähmen ihm auch die Fesseln ab, sonst könnte diese scheußliche Geschichte doch noch tragisch für ihn enden. Auf diese

Weise würde er hier ganz bequem verhungern. Er könnte schreien so viel er wollte, die Wände waren dick, die stammten noch aus der Stalinära.

Da flog die Tür auf, und herein platzte das nächste Großväterchen Frost samt Schneeflöckchen. Die Neuankömmlinge erkannten die Lage mit einem Blick, mit dem Schrei »Halt durch, Serjoga!« stürzten sie sich auf die Diebe, polierten ihnen nach Strich und Faden die Fresse und warfen sie mit Karacho aus der Wohnung. Die Treppe dröhnte dumpf von Beinen, Köpfen und sonstigen diebischen Körperteilen, die in wildem Durcheinander die Stufen hinunterpolterten.

Petrow wurde losgebunden und getröstet. Er hieß Andrej, sie Ljuda.

Anschließend hielten sie das versprochene Festmahl ab: mit Sekt und Whisky und jeder Menge raffinierter Leckereien, die ich hier nicht alle aufzählen werde, mit Rücksicht auf die inadäquate materielle Lage des Lesers. Sie stießen an, tranken, aßen Häppchen dazu, sagten einander eine Vielzahl herzlicher Worte, wie sie Petrow schon sehr, sehr lange nicht mehr gehört hatte. Kurzum, es war einfach wunderbar: ihm war ganz warm und freudvoll ums Herz!

Dann ging Andrej. Er stand auf, drückte Petrow die Hand und zwinkerte ihm dabei zu – ganz natürlich, ohne jeden geschmacklosen Hintergedanken, wie es bei einem sensiblen und geistvollen Menschen ja auch nicht anders sein kann, hüllte sich in seinen Pelz und zog leise die Tür hinter sich zu. Es kann auch gut sein, daß er sie zugeknallt hat, denn Petrow bekam von seiner Außenwelt schon nichts mehr mit; kaum war er in Ljudas Arme gekrochen, entschwand er ins Nirwana. Was er dort erlebte, darüber werden wir uns hier nicht verbreiten. Ein jeder kennt das, der auch nur ein einziges Mal in seinem Leben dem unverhofften Ansturm von Zärtlichkeit, Innigkeit und Leidenschaft begegnete, der all die verlogenen Masken sogenannter sozialer Reflexe niederreißt. Wer dem aber nie begegnet ist, versteht es sowieso nicht.

Am Morgen lösten sie sich aus der Umarmung, müde, glücklich, ganz in Zärtlichkeit dahingeschmolzen. Aber auch jetzt konnten sie nicht voneinander lassen, und sie liebten sich immer weiter, zärtlich und wild.

Dann ging sie.

Niemals zuvor hatte Petrow ein größeres Glück erlebt, und er würde es auch niemals mehr erleben. Jedoch die Empfindung, gerettet worden zu sein, würde ihn sein ganzes Leben lang nicht mehr verlassen.

Und es ist gut, daß ihm bis zu seinem Ende der Mechanismus dieser Wohltat nicht enthüllt wurde. Denn in Wirklichkeit waren jene beiden Paare ein Team. Das war nämlich der Plan jenes uns unbekannten reichen Philanthropen, der es sich zum Vergnügen gereichen ließ, solche ausgefallenen Neujahrsgeschenke zu finanzieren. Das erste Paar, die »Bösen«, hatte die Aufgabe, dem Kunden seelische und körperliche Qualen zu bereiten, um ihn damit in die Verzweiflung zu treiben und ihm den Glauben an die Menschheit zu nehmen. Das zweite Paar, die »barmherzigen Sendboten«, gab ihm das »Geraubte« vielfach zurück. So entstand ein Spiel der Gegensätze, welches bewirkte, daß der Auserkorene nicht nur das so unverhofft über ihn gekommene Glück um so stärker empfand, sondern auch von einem tiefen Glauben daran erfüllt wurde, daß das Leben in seinem innersten Wesen wunderschön sei.

Denn ohne Gegensätze gäbe es auf der Welt weder Gutes noch Erhabenes. In Besonderheit gäbe es keine Literatur, keine Musik, keine Malerei, weder die dramatischen Künste noch das Ballett. Auch diese Erzählung wäre niemals zustande gekommen. Das heißt, ich hätte natürlich irgend etwas in die Tasten gehauen, aber es wäre nur völliger Blödsinn dabei herausgekommen, etwas durch und durch Verlogenes, dem jeglicher Sinn abgeht, außer man sieht es vom Standpunkt des Honorars aus, etwas, zu dem der Leser keinerlei Bezug hätte. Und auch das Honorar müßte man in jedem Fall versaufen, damit man wenigstens für kurze Zeit dem Gefühl der Scham und seinem schlechten Gewissen entkäme, die dieser perfide Spott über den unschuldigen Leser zwangsläufig erzeugt. Denn letzterer würde nach der Lektüre einer Erzählung, in der es keinerlei Gegensätze gibt, wohl kaum Besuch von dem guten Pärchen Andrej und Ljuda bekommen. Jetzt hingegen liegt das durchaus im Bereich des Möglichen. Man muß nur dran glauben, warten und hoffen, man darf niemals damit aufhören.

Was jedoch den anonymen Philanthropen angeht, so wissen wir nichts über ihn, was auch ganz natürlich ist, denn echte Philanthropen bleiben immer anonym. Schließlich und endlich ist ja auch der Herrgott, der uns die große Freude des Lebens geschenkt hat, anonym, und nur in unserer unsterblichen Seele spüren wir seine Existenz.

Galina Kulikowa
Weihnachten auf russisch

»Ich hoffe, du hast dein schickes Kleid eingepackt? Und die eleganten Schuhe?« Die Freundin redete im Ton einer Mutter, die von der Arbeit aus ihr Kind per Telefon kontrolliert. Hast du die Suppe aufgewärmt? Und die Buletten und die Nudeln? Ja, und trink kein Wasser, im Kühlschrank steht eine Flasche Fruchtsaft.

»Ich habe alles«, beruhigte Swetlana sie und fügte eilig hinzu: »So, ich mache jetzt Schluß. Ich bin gleich beim Bus. Rufe dich später an, am Abend. Oder morgen früh. Je nach Möglichkeit.«

Der sauber glänzende Bus erinnerte mit seiner leuchtenden Farbe an ein Spielzeug, das man einem kleinen Jungen schenken will. Er stand gegenüber dem Fernsehzentrum und sah mit geöffneter Vordertür aus, als würde er alle, die mitwollten, zu einer Reise einladen. Swetlana ging mit kleinen Schritten über den knirschenden Schnee gerade auf ihn zu, wie ein ängstliches Vögelchen, das ein Stück Brotkruste entdeckt hat.

»Und *ihn*, siehst du ihn?« flüsterte die Freundin ihr ins Ohr. »Siehst du Arsenjew?«

»Nein. Wahrscheinlich sitzt er schon drinnen. Oder er ist noch gar nicht da.«

»Du mußt den Stier sofort bei den Hörnern packen«, gab sie ihr als Ratschlag mit auf den Weg. »Setz dich neben ihn. Alles klar?«

»Lera, versteh doch, daß ein Künstler sich nicht für jede alte Tussi interessieren kann, die von seinem Talent begeistert ist. Erwarte also keine Einladung zur Hochzeit für nächsten Montag von mir.«

»Für jede alte Tussi?« empörte sich Lera. »Du bist erst dreißig. Und die nächsten zehn Jahre bist du auch noch jung.«

»Tschüß!« Swetlana schwieg und steckte das Telefon in die Manteltasche.

Den Mantel hatte sie sich von ihrer Schwester Tamara geliehen: Ihr eigener war zu schäbig, um sich darin in illustrer Gesellschaft zu zeigen. Eigentlich war Tamara an allem schuld. Für einen Musikfilm des Fernsehens, der in der Silvesternacht gezeigt werden sollte, war in der Presse viel Werbung gemacht worden. Für die potentiellen Zuschauer hatte man Preisrätsel und Preisausschreiben durchgeführt. An einem dieser Preisausschreiben hatte die unermüdliche Tamara teilgenommen und den ersten Preis gewonnen – einen Restaurantbesuch mit Oleg Arsenjew, dem Hauptdarsteller. Den Preis schenkte sie ihrer jüngeren Schwester und gestand ihr bei dieser Gelegenheit, daß sie die Lösung unter ihrem Namen eingesandt hatte.

Ein umwerfender Hosenanzug war bereits ausgewählt, tailliert, mit einem Atlaskragen, als ein Anruf aus dem Studio kam mit der Mitteilung, daß sich die Dinge unerwartet geändert hätten. Oleg Arsenjew fahre an den Feiertagen zu Aufnahmen für die Sendung »Weihnachten auf russisch« aufs Land und könne deshalb nicht im Restaurant erscheinen. Der Gewinnerin des Preisausschreibens werde aber angeboten, sich den Akteuren der Sendung anzuschließen. Wenn sie einverstanden sei, solle sie ihre Sachen packen.

Natürlich war Swetlana einverstanden gewesen. Und verfluchte sich jetzt von ganzem Herzen dafür. Sie würde sich dort völlig fehl am Platz vorkommen. Wer konnte unter den Eingeladenen sein? Sänger, Tänzer, Politiker und andere bekannte Leute. Mit Sicherheit keine einzige Büroangestellte. Wahrscheinlich würde Arsenjew denken, daß er sich um sie kümmern müsse. Irgendwie peinlich.

Swetlana kniff die Augen zusammen und versuchte, hinter den Scheiben des Autobusses irgend etwas zu erkennen. Umsonst. Es war ein strahlender Tag. Die Sonne schien, und vor den Mündern der Leute auf der Straße bildeten sich dichte weiße Wolken. In der Nacht hatte frischer Schnee die Stadt zugedeckt, er knirschte laut unter den Schuhen, und alle gingen, knirschten und lächelten einander zu. Morgen war Weihnachten!

Ein älterer Mann in einem dicken Anorak sprang vom Trittbrett des Busses, zündete sich eine Zigarette an und begann, hin und her zu laufen. Swetlana entschied, daß dies der Fahrer sein müsse – er hatte den gutmütigen und etwas herablassenden Blick, mit dem alle Busfahrer die Mitreisenden mustern.

»Entschuldigen Sie bitte«, wandte sich Swetlana an ihn und legte die letzten schwierigen Meter zurück. »Ich muß zur Sendung ›Weihnachten auf russisch‹. Das ist dieser Autobus, oder? Man hat mir gesagt, daß er an der Haltestelle stehen wird …«

Sie fühlte sich wie eine Hochstaplerin und war schrecklich nervös.

»Die siebte«, antwortete der Fahrer gelassen.

»Wie bitte?«

»Ich sage: Sie sind die siebte. Jetzt fehlt nur noch unsere

wichtigste Teilnehmerin, Shanna Olschanskaja. Sobald sie da ist, fahren wir ab. Los, los, steigen Sie ein.«

»Und Sie?« fragte Swetlana mit unnatürlich hoher Stimme.

»Ich rauche unterdessen noch eine.« Er zwinkerte ihr zu. »Sie können mich Onkel Petja nennen.«

Swetlana behagte dieser Vorschlag wenig, aber sie wollte nicht widersprechen. Sie nahm die Tasche von einer Hand in die andere und erkundigte sich:

»Müssen wir weit fahren?«

»Es geht«, antwortete Onkel Petja gutmütig. »Warum sind Sie denn so nervös?«

»Von den übrigen ... Gästen der Sendung kenne ich niemanden«, gestand Swetlana hastig.

»Sieh mal einer an!« ertönte hinter ihrem Rücken eine fröhliche Stimme. »Ich würde gern an Ihrer Stelle sein und niemanden kennen.«

Swetlana zuckte zusammen. Sie drehte sich um und sah sich Oleg Arsenjew gegenüber. Er sprang aus dem Bus in den Schnee – den Schal über dem Pullover, das berühmte schelmische Lächeln, die eine Braue hochgezogen, aufmerksame Augen, die Haare zerzaust. Eine völlig unseriöse, unbekümmerte, einnehmende Erscheinung. Swetlana schluckte und stammelte: »Guten Tag! Ich bin, ähm, die Gewinnerin ...«

Sie konnte nicht zu Ende sprechen, denn ein niedriger Sportwagen fuhr mit rasantem Tempo auf den Parkplatz und hupte aufdringlich.

»Was soll denn das?« brummte der Fahrer und warf den Zigarettenstummel in den nächsten Schneehaufen. »Wozu muß die hupen? Unsere armen Nerven!«

»Meine Ex-Frau hat keine Nerven«, murmelte Arsenjew,

und Swetlana erinnerte sich sogleich an die Scheidung der beiden, die vor einiger Zeit in die Schlagzeilen geraten war. Arsenjew war damals gerade erst dabei, sich einen Namen zu machen, während Shanna Olschanskaja, die unnachahmliche Moderatorin einer Musik-Show, schon das ganze Land kannte. Sie gehörte zu den Frauen, die zu allem ihre eigene Meinung haben – hart wie Basaltgestein und unantastbar wie ein päpstlicher Erlaß. Shanna, ein paar Sekunden vor ihrem Zwillingsbruder geboren, bekam schon als Kind immer, was sie wollte, und entwickelte sich zu einer strahlenden Schönheit. Letzteren Umstand nutzte sie oft, mit Vergnügen und unverhohlener Verachtung für das andere Geschlecht, das ihren Reizen nicht widerstehen konnte.

Swetlanas Stimmung sank. Sie hatte nicht vor, Arsenjew zu verführen, aber sie wollte seine Gesellschaft in vollen Zügen genießen. Die Ex-Frau würde alles verderben. In der Gegenwart ihrer Ex-Frauen gehen selbst die lebenslustigsten Männer in Kampfstellung.

Inzwischen öffnete Shanna die Autotür und schwang ihre schlanken Beine hinaus. Dann erschien sie ganz – unerhört hochgewachsen und unglaublich aufsehenerregend. Sie zerrte ein kleines Köfferchen mit Leopardenmuster aus dem Wagen und ging mit großen Schritten in Richtung Autobus.

»Grüß dich!« sagte sie, den Blick direkt auf Arsenjew gerichtet. »Wir haben uns lange nicht gesehen. Und du hast nicht angerufen.«

»Wozu hätte ich anrufen sollen? Um deinen Mann eifersüchtig zu machen?«

»Mein Mann ist nur auf die Verträge eifersüchtig, die ihm entgehen. Übrigens, ich muß etwas mit dir besprechen.«

»Mit mir?« wunderte sich Arsenjew und begriff plötzlich. »Hast du etwa meine Teilnahme an dieser Sendung organisiert? Man hat mich unglaublich bedrängt, mitzufahren. Obwohl ich eigentlich nicht vorhatte, Weihnachten mit fremden Leuten zu feiern.«

»Sind wir einander denn fremd?« fragte Shanna einschmeichelnd. Da bemerkte sie plötzlich Onkel Petja und Swetlana, die daneben standen und alles mithörten. »Wer sind Sie denn?« fragte sie, ungehalten von einem zum anderen blickend.

»Ich bin der Busfahrer«, antwortete Onkel Petja eilig. Swetlana hüstelte und erwiderte mit tiefer Bootsmannstimme: »Ich bin Swetlana.«

»Ich frage nicht, wie Sie heißen«, bemerkte Shanna gereizt. »Ich frage: Wer sind Sie?«

»Äh, eine Statistin.«

»Pah!« Der Star verzog geringschätzig das Gesicht und stieg in den Bus, das Köfferchen vor sich hertragend.

»Das heißt ich – beschäftige mich mit Statistik ...«, erklärte Swetlana dem geraden Rücken. »Im Institut für Statistik. Ich bin erste wissenschaftliche Mitarbeiterin ...«

»Das interessiert sie nicht«, sagte Arsenjew und klopfte ihr anerkennend auf die Schulter. »Steigen Sie ein, rasch.« Und zum Fahrer: »Sie auch. Sonst fährt Shanna ohne uns ab, sie kann einen Autobus lenken.«

Onkel Petja sprang auf das Trittbrett. Arsenjew wollte Swetlana die Tasche abnehmen, aber die gab sie nicht her.

»Warum sträuben Sie sich denn so?« Er lachte. »Ehrlich, ich bin stark und kann Ihre Habseligkeiten an ihren Platz tragen. Oder haben Sie Ihren Familienschmuck da drin? Ich bin nicht nur stark, ich bin auch ehrlich.«

Die junge Frau war wirklich hübsch. Ihm gefielen ihre ernsten Augen und die nach oben gebogenen Mundwinkel, ihre roten Wangen und ihr tapferer Kampf mit der eigenen Verlegenheit. Neben ihr konnte sich Arsenjew als ungemein liebenswürdiger Kerl fühlen. Männer mögen Frauen, die sie beschützen können. Er beschloß, daß er sie am Weihnachtsabend unbedingt unter dem Weihnachtsbaum küssen würde – der Feiertag sollte einen bleibenden Eindruck bei ihr hinterlassen.

»Leute, darf ich vorstellen, das ist unser letzter Gast«, verkündete er laut. Er stand im Durchgang und schob seinen Schützling nach vorn.

»Guten Tag! Ich wünsche frohe Weihnachten!« sagte der Schützling mit einem dünnen, unsicheren Stimmchen. Der Baß von vorhin war verschwunden. »Ich heiße Swetlana.«

Sechs Augenpaare richteten sich auf sie. Shanna Olschanskaja, die sich vorn in der Nähe des Fahrers auf zwei Sitzen bequem niedergelassen hatte, antwortete prompt: »Ich bin Shanna.«

Die anderen lachten. Arsenjew und Onkel Petja nicht mitgerechnet, befanden sich noch vier Männer im Bus. Sie saßen alle einzeln. Zwei von ihnen erkannte Swetlana sofort. Grischa Woltschkow, der berühmte Kabarettist, klein, mit kräftigem Bäuchlein, zwinkerte ihr mit einem seiner runden Augen zu, als ob sie sich schon hundert Jahre kennen würden. Mit den kurzen, abstehenden Haaren und der immer schweißigen Stirn sah er wie ein zerzaustes Kleinkind aus, dem man gerade eben das Mützchen abgenommen hat. Er ließ ein Bein baumeln, das kaum bis zum Boden reichte. Die Pose eines Kumpels paßte bestens zu ihm, er wußte das und hatte sie längst verinnerlicht.

Die zweite Berühmtheit war Artjom Cholodny, der Sänger und Leader der Gruppe »CO_2«, welche vor etwa fünfzehn Jahren auf dem Gipfel ihrer Popularität gestanden hatte. Jetzt jagten die Musiker ihrem verblaßten Ruhm nach, indem sie ihre alten Hits bis aufs letzte auspreßten.

Artjom Cholodny blickte Swetlana mit den Augen eines klugen Hundes an. Er hatte ein wildes Leben geführt, einige Zeit zuviel getrunken und sich keinen Genuß versagt. Das hatte Spuren auf seinem Gesicht hinterlassen – unabwaschbar und unangenehm. Er hatte kurze Haare, weißliche Bartstoppeln, die ihn fünf Jahre älter machten, im Ohr einen kleinen Ring und am kleinen Finger der rechten Hand einen massiven, der aussah wie ein Schlagring.

»Hallo!« Artjom grüßte träge mit der Hand und lehnte sich zurück, ohne Swetlana besondere Aufmerksamkeit zu schenken.

»Gehen Sie weiter, gehen Sie weiter.« Arsenjew schob Swetlana vorwärts. »Wo wollen Sie sich niederlassen?«

»Wahrscheinlich dort ... Ein bißchen weiter noch«, antwortete diese eilig und begab sich ganz nach hinten. Die Berühmtheiten nickten ihr mit unterschiedlicher Freundlichkeit zu. Ein dünner Mann mit vergoldeter Brille schenkte ihr ein nettes Lächeln, und ein großer mit wilder Mähne brüllte: »Junge Frau, Sie können meine Muse werden!«

»Das ist Wladimir Grysunow«, erklärte Arsenjew, der weiterhin die Rolle des Beschützers spielte. »Ein großer Künstler, im wörtlichen wie im übertragenen Sinn. Er arbeitet mit natürlichen Materialien.«

Grysunow wandte seinen mächtigen Körper um und präzisierte verlegen: »Sie können mich Wowa nennen. Eigentlich mache ich Bilder aus Sand, Steinen, Muscheln und Algen. Ich bin sozusagen Marinist.«

»Was bist du schon für ein Marinist?« mischte sich unerwartet Shanna Olschanskaja ins Gespräch ein. Ihre heisere Stimme klang durch den ganzen Bus. »Du klebst irgendwelche getrockneten Blutegel auf Leinwände.«

»Das waren Seesterne, Shanna«, widersprach Grysunow, »und sie gingen für einen guten Preis weg.«

»Ich wußte immer, daß du eine Krämerseele bist.«

»Also dann«, Arsenjew wandte sich an Swetlana. »Der Motor heult, wir fahren endlich ab. Wenn es Ihnen langweilig wird, kommen Sie zu mir.«

Er wies mit dem Kopf in Richtung seines Platzes. Dabei wußte er genau, daß sie seine Einladung nicht annehmen würde. Alle, aber nicht sie! Ihr standen die gute Erziehung und eine angenehm ernsthafte Einstellung zum Leben ins Gesicht geschrieben. Arsenjew dachte, daß er sie küssen wollte, es aber dabei belassen sollte. Ernste und gut erzogene junge Frauen sind im Verborgenen oft furchtbar romantisch. Und wenn man bei ihnen unvorsichtigerweise zärtliche Gefühle weckt, kommen diese romantischen Regungen zum Vorschein und lösen ein Erdbeben aus …

Arsenjew räusperte sich und ging an seinen Platz. Swetlana seufzte ihm leise hinterher und hörte dann eine Stimme sagen: »Ich kenne hier auch niemanden.«

Es war eine weibliche Stimme, und sie mußte sich umdrehen, um zu sehen, wem sie gehörte. Sie gehörte einer jungen Frau von etwa zweiundzwanzig Jahren, die sich auf dem nächsten Sitz am Fenster niedergelassen hatte. Sie war in eine sportliche, rote Jacke gehüllt.

»Ich bin Assja.« Die junge Frau zupfte ihren Pony zurecht, unter dem sie wie unter einem Mützenschirm hervorblickte. Ihre Haare waren glatt und fielen ihr bis auf die Schultern. »Ich bin buchstäblich in letzter Minute dazugekommen. Hab überhaupt nicht damit gerechnet.«

»Ich habe ein Preisausschreiben gewonnen«, erklärte Swetlana und erinnerte sich an die stürmische Begeisterung ihrer Schwester. »In einer Zeitschrift. Und darum ...«

»Oh, ich habe auch ein Preisausschreiben gewonnen!« rief Assja und hüpfte samt ihrer Ponyfrisur empor, weil der Bus beim Abbiegen auf die Chaussee unangenehm über eine Bordsteinkante holperte.

»Warum zum Teufel durfte ich nicht mit meinem eigenen Auto fahren?!« entrüstete sich Shanna sofort lautstark. »Das ist ja wie im Pionierlager. Warum muß ich mich hier zusammen mit allen andern durchschütteln lassen wie ein Fruchtbonbon in der Tüte? Ich bin Komfort gewöhnt, wenigstens elementaren.«

»Sie sind einfach zu viele Berühmtheiten«, rief Onkel Petja laut über die Schulter. »Außerdem kennen Sie den Weg nicht. Hätten wir etwa im Konvoi fahren wollen? Und überhaupt kommen Ihre Autos dort nicht durch, wo wir hinfahren. Die Fahrgestelle liegen zu tief.«

»Schweinerei!« empörte sich Shanna weiter. »Die Organisation hier ist phantastisch! Abends wird man angerufen, bekommt einen Ort genannt, am Morgen darauf wieder ein Anruf, ein anderer Ort. Zuerst heißt es, wir würden selbst fahren, dann werden wir hingebracht ... Und wo ist überhaupt das Drehteam?«

»Das Drehteam ist schon dort.« Wieder antwortete der

Fahrer. Er war als einziger über den Ablauf informiert. »Machen Sie sich keine Sorgen, entspannen Sie sich. Sie können ruhig ein bißchen schlafen.«

»Schlafen? Sind sie verrückt? Tagsüber schlafen nur Nullen und Nieten.«

Artjom Cholodny beugte sich über den Gang zu Arsenjew hinüber und fragte ihn halblaut: »Sie ist natürlich eine Schönheit, aber auch eine schreckliche Nervensäge. Wie lange wart ihr verheiratet?«

»Ein Jahr.«

»Und wie hast du das ausgehalten?«

»Nun ... Sie ist natürlich eine schreckliche Nervensäge, aber eben auch eine Schönheit«, erwiderte Arsenjew gleichmütig.

Onkel Petja erwies sich als ein Raser. Er fuhr mit einer solchen Geschwindigkeit, daß Swetlana es vorzog, nicht aus dem Fenster zu schauen, sondern sich auf Arsenjew zu konzentrieren. Sie sah ein Stückchen von seinem Rücken, einen Ellbogen und – wenn er plötzlich den Kopf umwandte – das bekannte Profil. Er war ganz in ihrer Nähe – ein erstaunliches Gefühl! Sie war selbstverständlich nicht wie ein Teenager in den Schauspieler verliebt, aber sie war hingerissen von seinem Talent und seiner Ausstrahlung. Er war für sie eines der Weltwunder. Sich einmal mit Oleg Arsenjew unterhalten – das bedeutete gleichviel wie den Eiffelturm sehen. Nur daß der Eiffelturm sie nicht so verlegen gemacht hätte. Der Turm hatte ja keinen forschenden Blick und kein lebhaftes Lächeln. Weder der berühmte Kabarettist Grischa Woltschkow noch der alternde Superstar Artjom Cholodny, noch die strahlende Shanna Olschanskaja konnten sie so beeindrucken. Sie gaben nur den würdigen Hintergrund für Arsenjew ab, mehr nicht.

Der Bus raste dahin und ließ Städte, Städtchen und Dörfer hinter sich. Es folgten schneebedeckte Felder und enge Straßen, in denen keine zwei Autos aneinander vorbei konnten.

»Lieber Himmel, wo bringt man uns bloß hin?« fragte der Mann mit der vergoldeten Brille beunruhigt. Er war der einzige, mit dem man Swetlana noch nicht bekannt gemacht hatte. Jetzt streckte er den Kopf in den Gang und beschwerte sich lautstark, offenbar an Onkel Petja gewandt: »Wir irren jetzt eine Stunde über diese schrecklichen Straßen. Was ist denn das für ein geheimnisvoller Ort? Es gibt doch wahrscheinlich einen direkten Weg dorthin. Haben wir uns vielleicht verfahren?«

»Mein Handy funktioniert schon seit einer halben Stunde nicht mehr«, fügte Shanna hinzu. Sie hatte fast die ganze Zeit telefoniert und saß jetzt mit unzufriedenem Gesicht da. Weil sie sich hin und wieder nach hinten umwandte, konnten das alle sehen. Swetlana gefiel es überhaupt nicht, daß sie sich so oft umwandte. Ihr schien, daß Shanna nur ihren Ex-Mann anschaute. Was sie wohl im Sinn haben mochte?

»Assja, wissen Sie zufällig, wer dieser Olschanski ist, Shannas zweiter Mann?« fragte sie leise die Nachbarin hinter sich, den Kopf in die Lücke zwischen den Sitzen geschoben. Vielleicht las das Mädchen ja die Boulevardpresse und hatte irgend etwas mitbekommen.

»Olschanski?« Assja sah sie überrascht, sogar erschrocken, an. Und setzte sich so ruckartig auf, daß ihre Schulterblätter beinahe aneinanderstießen. Ihr zarter Hals streckte sich weit aus der Jacke. »N-nein«, antwortete sie nach kurzem Stocken. Swetlana bemerkte, daß sie eine weiße Nasenspitze hatte, halb vor Kälte, halb vor Aufregung. »Ich habe absolut keine

Ahnung. Ich habe einfach bei einem Preisausschreiben gewonnen und jetzt ...«

»Wir sind offenbar angekommen!« donnerte da Grysunow durch den Bus und befreite seinen schweren Körper mühsam aus dem Sitz wie aus einem Schraubstock.

Vielleicht ist Olschanski irgendein Mafioso? dachte Swetlana. Es ist jetzt in Mode, einen Banditen zu heiraten. Vor allem, es lohnt sich. Deshalb war Assja so erschrocken. Wahrscheinlich weiß sie, wer Olschanski ist, will es aber nicht sagen.

In diesem Moment wurde der Bus geschüttelt, und der Motor heulte zum letztenmal kurz auf. Das Fahrzeug war zum Stehen gekommen. Die Türe öffnete sich, und eine süße Stille drang in das Innere zusammen mit Frost und dem Geruch von Nadelhölzern. Alle begannen, ihre Sachen zusammenzupakken, und lärmten. Swetlana sprang als eine der ersten in den Schnee und erschauerte, so schön war alles ringsum. Das zweistöckige weiße Haus mit den kleinen Balkonen, das von allen Seiten von riesigen Tannen umgeben war, sah aus wie ein im Wald verborgenes Dornröschenschloß. Die anderen Häuser waren so weit entfernt, daß man sie kaum erkennen konnte, einige waren mit hohen Zäunen geschützt. »Wo sind wir denn hier?« erkundigte sich Swetlana verwundert. Da hupte der Fahrer.

Sogleich öffnete sich die Haustür, und auf der Schwelle erschien ein sympathischer, beleibter Mann mit einer geblümten Schürze über einem Trainingsanzug. Er hatte ein teigiges Gesicht, ein zuckriges Lächeln und rosige Apfelbäckchen.

»Herzlich willkommen!« rief er dröhnend. »Schön, daß Sie da sind! Das Essen ist bereit.«

»Welches Essen?!« Shanna ließ ihre Tasche zu Boden fallen. »Wir sind nicht hierhergekommen, um uns vollzufressen.«

»Aber«, sagte der Koch verlegen. »Man muß doch etwas essen!«

»Sogar der Prozeß des Filmens, meine Liebe, erfordert die Zufuhr von Lebensmitteln«, meinte Arsenjew.

»Natürlich«, bemerkte Shanna. » Wie konnte ich das vergessen: Bei Männern muß man alle Prozesse stimulieren.«

Grysunow wälzte sich aus dem Autobus, hielt das Gesicht der Sonne entgegen und brach in lautes Lachen aus. Wahrscheinlich erweckte die frische Luft seine Ur-Instinkte.

»Das ist ein Anblick!« jubelte er und schüttelte sich wie ein großes Tier. Sein Körperumfang und die zerzauste Mähne ließen einen ständig an einen Zoo denken. »Ein nettes Häuschen, stimmt's?«

Die Antwort kam von Shanna, die in der Pose der Eroberin stehengeblieben war – die Beine breit, die Arme in die Seite gestützt.

»Mir persönlich gefällt ein Ort nicht, wo Mobiltelefone nicht funktionieren. Gibt's hier überhaupt irgendeine Verbindung mit der Außenwelt?«

»Wer kann das wissen?« bemerkte Grischa Woltschkow. Stehend wirkte er noch kleiner als auf den ersten Blick; er reichte der mittelgroßen Swetlana genau bis zum Ohrläppchen.

Im Gänsemarsch begab man sich ins Haus. Swetlana bückte sich nach ihrer Tasche, aber jemand kam ihr zuvor.

»Erlauben Sie?« fragte der jemand mit sanftem Nachdruck. Sie drehte sich um und erblickte den Mann mit der vergoldeten Brille, den man ihr noch nicht vorgestellt hatte.

»Nikolai Shukow«, erklärte dieser sogleich. »Ich bin weder Künstler noch Kosmonaut, Sie können mich also gleich wieder vergessen. Mich erkennt niemand am Aussehen.«

»Sind Sie etwa Spion?«

»Ich bin Arzt. Für plastische Chirurgie.«

Er war groß, hager und wirkte innerlich angespannt. Hinter den Gläsern seiner vergoldeten Brille verbargen sich ruhige Augen ohne ein Lächeln.

»Die Berühmtheiten lieben es, ihre freien Tage in meiner Gesellschaft zu verbringen. Ich bin für sie eine wandelnde Enzyklopädie der Wunder der modernen Medizin.«

Zu neunt betraten sie ihre Unterkunft und versammelten sich in der Mitte eines quadratischen Zimmers mit großem Kamin. Hier gab es alles, was es in einem Landhaus geben mußte: einen Elchkopf über der Tür ins Wohnzimmer, alte Säbel an der Wand, einen prächtigen Teppich und massive, mit Gobelin bezogene Möbel.

»Wo zum Teufel ist das Drehteam?!« fragte Shanna Olschanskaja grimmig und warf ihr Köfferchen auf den nächsten Sessel. In einer Vase, die am Boden stand, zuckte ein Büschel vertrockneter Gräser zusammen.

»Es kommt sicher bald«, antwortete Onkel Petja eilig. Er klang verstimmt. Offenbar war er nicht bereit, die Festung lange zu halten.

»Wem gehört eigentlich das Haus?« fragte Artjom Cholodny, der sich, an seinem Ohrring zupfend, mit unverhohlener Neugier umsah.

»Keine Ahnung«, gestand Onkel Petja. »Man hat mich hierhergeführt, mir alles gezeigt ... Die jungen Leute hat man hiergelassen – um Sie zu empfangen.«

Zu den »jungen Leuten« gehörte außer dem Koch noch Vitja – ein dünner junger Mann, braungebrannt wie eine geröstete Kaffeebohne.

»Das Haus ist ganz neu, die Telefonleitung wurde noch nicht verlegt«, verkündete er vergnügt und betrachtete Shanna Olschanskaja mit jungenhafter Unverschämtheit. »Aber wir wollen uns doch ganze zwei Tage hier aufhalten!« bellte diese ihn an.

»Die Welt hat nur Vorteile davon, wenn sie zwei Tage nichts von dir hört, meine Liebe«, mischte sich Arsenjew aus Gewohnheit ein. »Schließlich bist du keine Geschäftsfrau, die sich um ihre Investitionen sorgen muß.«

»Nun ja, das kommt darauf an«, murmelte Shanna. »Du weißt nicht, womit ich mich in letzter Zeit beschäftigt habe.«

»Und wo werden wir schlafen? Wo ist mein wunderbares Schlafzimmerchen?« rief Grischa Woltschkow mit der unverkennbaren Stimme eines bekannten Abgeordneten. Alle schmunzelten, Onkel Petja grunzte sogar. Ihm kam gelegen, daß Shanna von ihrem Thema abgelenkt wurde. Der Star war ihm von Anfang an als die Verkörperung des Skandals erschienen. Nikolai Shukow erbot sich erneut, Swetlanas Tasche zu tragen. Er ging nun vor ihr her, und sie dachte: Sympathischer Typ. Vielleicht sollte man ein bißchen mit ihm flirten? Oder sich sogar richtig an ihn heranmachen?

Als dann der Chirurg ihre Sachen vor dem nächstgelegenen Zimmer ablud, bemerkte er, daß ihre Wangen gerötet waren.

Ich habe ihr offenbar gefallen, dachte Shukow ohne den geringsten Anflug von Unruhe. »Das kann nicht nur nützlich, sondern auch angenehm sein. Sie ist ganz hübsch, schlank und höchstwahrscheinlich ohne Anhang.«

In Gedanken präparierte er Swetlana wie das Skalpell ein Versuchskaninchen.

»Hier«, sagte er und las in ihrem glühenden Gesicht, daß sie etwas ähnlich Frivoles dachte. »Ich hoffe, Ihnen behagt diese Tür ...«

»Ausgezeichnet.« Swetlana stimmte schnell zu.

»Hier gibt es sogar ein Guckauge.«

»Sie können beobachten, wer durch die Korridore rennt«, meldete sich Grysunow zu Wort, der vom Treppensteigen außer Puste war und den anderen den Weg versperrte.

Das Zimmer war klein und gemütlich, mit geblümten Vorhängen und Nippsachen aus Porzellan auf der Kommode. Swetlana packte ihre Sachen aus, kämmte sich, schminkte sich die Lippen, hängte sich schöne Ohrringe an und betrachtete sich im Spiegel. Wie immer: nett und einfach. Sie war eben nicht Shanna Olschanskaja. Sollte sie vielleicht doch den Hosenanzug anziehen? Wahrscheinlich würde es niemand bemerken, aber eine Frau fühlt sich besser, wenn sie gut angezogen ist. Sie legte sich aufs Bett, auf die Decke, verschränkte die Arme hinter dem Kopf und begann davon zu träumen, wie sie Weihnachten in der Gesellschaft von Oleg Arsenjew feiern würde.

Als sie ins Erdgeschoß hinunterstieg, traf sie Shukow. Zusammen betraten sie das Eßzimmer, das die Größe eines Fußballfeldes hatte. Dort stießen sie auf Arsenjew.

»Ist das eine Weite!« begeisterte er sich. »Luft, Felder!«

Swetlana mußte lachen, ihre Stimmung hob sich schlagartig. Arsenjew in der Nähe zu haben! Hier war er, redete mit ihr, schaute sie an, zeigte ihr die Aussicht aus dem Fenster.

»Setzen Sie sich doch zu mir«, sagte er schließlich und schob ihr einen Stuhl mit einer massiven Lehne hin. Swetlana schielte zu Shukow hinüber und ließ sich rasch nieder. Der Chirurg nahm, ohne mit der Wimper zu zucken, an ihrer anderen Seite Platz. Allmählich fanden sich alle, vom Geruch angezogen, zusammen. Aus der Küche duftete es wirklich herrlich.

»Offenbar hat man uns einen erstklassigen Koch geschickt«, bemerkte Arsenjew. »Man darf hoffen, daß Shanna ihn nicht aus dem Haus jagt wegen irgendeiner Kleinigkeit.« Er hatte kaum zu Ende gesprochen, als aus dem benachbarten Zimmer Shannas Stimme erklang.

»Mein Gott! Seht nur, was es hier für einen Weihnachtsbaum gibt! Nein, ihr müßt alle herkommen und schauen! Kommt schon, es lohnt sich!«

Lächelnd schoben alle die Stühle zurück.

»Unmöglich, einem solchen Ruf nicht zu folgen«, murmelte Grysunow, der in kariertem Hemd und Krawatte zu Tisch erschienen war. »Gehn wir den Weihnachtsbaum anschauen.« Das benachbarte Zimmer wurde durch eine reichverzierte Paradetür abgetrennt. Der Künstler, die Brust vorgewölbt, schob die Türflügel mit beiden Händen auseinander.

»Ahh!« entfuhr es Assja, als sie das gemusterte Parkett betrat. »Ist das schön!«

Swetlana, die ihr über die Schulter spähte, hätte ihrer Bewunderung auch beinahe laut Ausdruck verliehen. In dem riesigen Zimmer mit Spiegelwand stand eine echte Tanne. Sie war gewaltig, dicht, roch betörend und war mit glänzendem silbrigem Weihnachtsschmuck, kleinen Eiszäpfchen und Bändern dekoriert. Auf der Spitze prangte ein Stern von der Größe einer Tortenplatte. Shanna Olschanskaja stand mit vor Erregung glänzenden Augen neben dem festlichen Baum und wartete darauf, daß alle in Begeisterung ausbrechen würden – als hätte sie ihn selbst so prächtig geschmückt.

»Ich schlage vor, daß wir ein großes Fest veranstalten!« rief sie, sich die Hände reibend. »Heute ist der Abend vor Weihnachten, wir wollen uns hier amüsieren. Vergessen wir das Drehteam. Da wir nun schon mal hier sind, laßt uns Spaß haben! Und daß sich alle schön anziehen zum Abendessen. Abgemacht?«

Sie war auch so schön angezogen und konnte jeden Abend zieren.

»Einverstanden«, sagte Artjom Cholodny stellvertretend für alle. »Wir haben nichts dagegen. Der Abend vor Weihnachten – das ist natürlich ein Grund, zu feiern.«

»Das wird eine Art Probe für die Dreharbeiten von morgen«, schlug der eben hinzugekommene Onkel Petja vor. Er trug einen schwarzen Pullover, der den Geruch von Tabak für immer angenommen hatte. »Trotzdem – Arbeit ist Arbeit, oder?« Er blickte, sich anbiedernd, zu Shanna.

»Übrigens sind wir hier, um russische Weihnachtstraditionen wiederaufleben zu lassen«, erinnerte diese die Runde. »Wer weiß, was man früher zu Weihnachten aß?«

»Schweinefleisch«, antwortete der unbemerkt in der Türöffnung aufgetauchte Koch, der, wie im weiteren klar wurde, Demjan hieß. »Man aß Gänse oder Truthähne, Haselhühner, aber auch Enten oder Hammelfleisch. Und noch Kohlsuppe, Ferkel und Grütze …«

»Kurzum: alles nacheinander!« murmelte Arsenjew. »Heute ist übrigens Heiligabend. Bis zum ersten Stern wird der Tisch nicht gedeckt. Und wenn der Stern aufgeht, wird nur Grütze gegessen.«

»Genau!« Grischa Woltschkow lebte auf. »Man aß Kutja, ein Gericht aus Reis oder Graupen mit Honig oder Rosinen. Zuerst stellte man sie unter die Ikonen, auf Heu, als Gabe für Christus. Dann läuteten die Glocken zur Abendmesse …«

»Was sagen Sie da?!« Demjan trat zwei Schritte zurück, wie ein Zimmermädchen, dem der Herr erklärt hat, daß ihn ihre anderen Umstände nichts angehen. »Ich habe aber gebraten, gekocht, gebacken …«

»Ist ja gut.« Artjom Cholodny beruhigte ihn mit einer Handbewegung. »Wir sind schließlich hergekommen, um die Traditionen zu beleben, und nicht, um uns ihnen blind zu unterwerfen. Wir können sie ja im nächsten Jahr wiederaufleben lassen.«

»Das nächste Jahr könnte für dich nicht allzu erfolgreich werden«, bemerkte Shanna gehässig und maß den Sänger mit einem hochmütigen Blick. Jeder der Anwesenden schien bei ihr negative Emotionen und den Wunsch zu sticheln hervorzurufen. Erstaunlich nur, daß ihr das niemand richtig übelnahm.

»Wie das, werden wir zwei Tage lang die Traditionen nur bei Tisch wiederbeleben?« erkundigte sich Arsenjew, an den Koch gewandt.

»Heute steht Hühnchen in exotischer Sauce auf dem Speiseplan«, erwiderte dieser. »Und morgen wird Robbin-Bobbin geschlachtet …«

»Wer?«

»Wir haben ein Ferkel mitgebracht, es rennt hier irgendwo herum. Haben Sie es nicht gesehen? Wahrscheinlich frißt es in der Küche Abfälle.«

»Es frißt sich noch einmal richtig voll, das arme Tier«, brummte Grysunow.

Swetlana war die erste, die das arme Tier zu sehen oder vielmehr zu spüren bekam. Als die Erneuerer der Tradition ins Eßzimmer zurückgekehrt und das Huhn in exotischer Sauce endlich serviert worden war, berührte etwas Feuchtes und Lebendiges Swetlanas Bein. Sie unterdrückte einen Schrei, zog das Bein zurück und blickte zu Arsenjew, der links von ihr saß und ihr gerade Salat nachlegte. Als er ihren Gesichtsausdruck bemerkte, beugte er sich zu ihr und sagte leise auf seine unnachahmliche Art: »Seien Sie nicht so verlegen! Ich hatte das Glück, in einigen guten Filmen mitzuspielen, das ist alles. Im übrigen bin ich genauso ein Mann wie alle anderen.« Er konnte es sich nicht verkneifen, hinzuzufügen: »Wenn Sie wollen, können Sie es überprüfen.«

In diesem Moment bemerkte Swetlana den Schweinerüssel, der unter dem Tischtuch hervorlugte.

»Ein Schwein!« rief sie fröhlich, als ihr aufging, daß sie die neugierige Schnauze von Robbin-Bobbin sah.

»Och, Schwein finde ich etwas hart«, entgegnete Arsenjew belustigt.

»Ein Ferkel«, präzisierte Swetlana.

»Ein Ferkel, das ist natürlich etwas anderes. Das klingt sogar zärtlich, geradezu vielversprechend.«

Sie flirtet mit mir! wunderte sich Arsenjew. Und ermahnte sich: Oleg, sei vorsichtig. Sei verdammt vorsichtig.

Inzwischen gab der zum Verzehr bestimmte Robbin-Bobbin ein leises Grunzen von sich und ließ sich auf Swetlanas Füße plumpsen. Wahrscheinlich ging von ihr ein für Schweinebegriffe angenehmes Fluidum aus, oder auf dem Teppich lagen einfach viele Krümel.

»Hört alle mal her!« Shanna Olschanskaja hatte das Wort

ergriffen. »Laßt uns alle gemeinsam überlegen, wie wir Leben in die Sendung bringen können.«

»Die haben doch sicher ein Drehbuch, Shanna«, bemerkte Artjom Cholodny mit gelangweilter Stimme, während er mit der Gabel im Sauerkohl herumstocherte.

»Wir brauchen kein Drehbuch«, erwiderte diese entschieden. »Wir können hier selbst etwas Tolles inszenieren. Jeder soll erzählen, was er über russische Weihnachten weiß.«

»Vor den Festtagen fastete man sechs Wochen lang«, erklärte Grischa Woltschkow, während er sich einen gebratenen Flügel in den Mund schob. »Dafür wurde zu Weihnachten mächtig gegessen und gezecht. Alle haben gefuttert, bis sie platzten – Verwandte, Freunde und zufällig vorbeikommende Reisende.«

»Nun aber genug über das Essen geredet! Mir ist schon ganz schlecht davon.«

Die blonde Assja kicherte leise. Robbin-Bobbin ließ unter dem Tisch ein Magenknurren vernehmen. Swetlana warf unauffällig ein Stückchen Brot unter den Tisch. Der kleine Dickwanst regte sich und gab ihre Füße frei. Dann grunzte er vernehmbar.

»Haben Sie etwas gesagt?« fragte Shukow, zu Swetlana gebeugt.

»N-nein«, preßte sie hervor. »Ach ja, ich habe gesagt, daß wir die Swjatki, die Zeit zwischen Weihnachten und dem Fest der Heiligen Drei Könige, noch nicht erwähnt haben. In dieser Zeit kann man wahrsagen.«

»Aber natürlich!« Shanna schlug mit den Händen auf den Tisch. »Wie konnte ich das vergessen? Die Swjatki! In dieser Zeit hat man sich verkleidet und getanzt und Theater gespielt.

Und man hat mit allem möglichen geweissagt. Oh, das wär jetzt klasse ...«

Onkel Petja, der allmählich, ohne es selbst zu wollen, in die Rolle des Hausherrn geschlüpft war, erhob von seinem Platz aus die Stimme: »Wir haben hier ein Buch über das Weissagen.« Hastig stand er auf und eilte in die Küche. »Vitja! Wo ist das Buch?«

Einen Augenblick später kam er mit einem hübschen Bändchen zurück, das er Shanna Olschanskaja überreichte, die er stillschweigend als Hauptperson akzeptierte.

»›Weihnachtliches Wahrsagen im alten Rußland‹«, las sie laut vor. »Ein prächtiger Fund. Nun, schauen wir mal, was es hier gibt ... Ooh! Das, was wir brauchen. Eine unglaubliche Vielzahl von Möglichkeiten. Sooo ... Weissagen muß man abends, oder noch besser – nachts.«

»Sehr interessant«, murmelte Grysunow. »Aber laßt uns zuerst zu Abend essen, dann können wir anfangen.«

»Hast du etwa noch Hunger?« fragte Arsenjew ungläubig. Er saß da, den Kopf in die Hände gestützt. »Ich mag nicht einmal mehr an das heutige Hühnchen denken. Und erst recht nicht an das Ferkel von morgen.«

Das soeben erwähnte Wesen hatte sich noch von niemandem richtig sehen lassen. Swetlana gefiel ihm aus irgendeinem Grund besonders, es hatte sich neben ihrem Stuhl niedergelassen wie ein treuer Hund. Sie berührte es mit dem rechten Fuß, um seine tierischen Maße zu bestimmen. Es erwies sich als nicht allzu groß und gab als Reaktion auf ihr Streicheln ein entzückendes, ausgiebiges Röcheln von sich.

»Offenbar hat Ihnen das heutige Mittagessen zugesagt«, wandte sich Shukow an Swetlana.

»O ja!« antwortete sie. »Man möchte quietschen vor Wohlbefinden.«

»Jetzt hören Sie doch zu!« wies Shanna sie zurecht. »Also. Was haben wir hier? Ich lese das Inhaltsverzeichnis vor. Weissagen mit Hilfe eines Rings. Weissagen mit Walnußschalen. Weissagen mit einem Kamm. Weissagen nach Schatten. Weissagen mit Spiegeln. Weissagen mit Blumenzwiebeln.«

»Wie soll denn das gehen?« fragte Grischa Woltschkow interessiert.

»Die Mädchen stecken Blumenzwiebeln. Dasjenige Mädchen, dessen Zwiebel als erste austreibt, wird als erste heiraten.«

»Schade, das ich kein Mädchen bin.«

»Weissagen mit Nadeln, mit Fäden, mit Tannenzweigen, mit einer Eberesche. Weissagen mit Hühnerknöchelchen ...«

»Oh!« rief Grysunow. »Das ist genau das, was wir brauchen. Knöchelchen sind vom Mittagessen jede Menge übrig.«

»Und wie weissagt man mit Knöchelchen?« fragte Arsenjew argwöhnisch.

Shanna begann zu lesen: »Man wickle die Knöchelchen in einen Leinenlappen, trage ihn in der Nacht hinaus und vergrabe ihn im Schnee. Dann wünsche man sich etwas und spreche folgende Beschwörungsformel: ›Knochen-Knöchelchen, sagt, wird sich mein Wunsch erfüllen oder nicht?‹ Wenn am nächsten Morgen die Knöchelchen verschwunden sind, wird sich der Wunsch nicht erfüllen.«

»Was für ein Mist«, sagte Artjom Cholodny angewidert. »Gibt es nicht irgend etwas Einfaches und Klares? Kann man nicht zum Beispiel mit Karten weissagen?«

»Ich bin mir nicht sicher, ob es hier Karten gibt«, meinte Shanna zweifelnd.

»Es gibt welche!« meldete Onkel Petja zur Erheiterung der vornehmen Versammlung. »Ich hole sie gleich.«

»Und bringen Sie einen Aschenbecher mit, ich möchte schrecklich gern rauchen.«

»Wie weissagt man denn mit Karten?« fragte Assja und rutschte auf ihrem großen Stuhl hin und her.

Ohne ihre riesige Jacke wirkte sie zierlich, wie eine Zirkusartistin, die mit ihrem Körper die erstaunlichsten Dinge machen kann. Der aufgedunsene Artjom Cholodny hatte sie während des ganzen Mittagessens immer wieder mit weit größerem Appetit gemustert als das erwähnte Hühnchen.

Onkel Petja brachte einige gleich aussehende Aschenbecher und Karten, die er mit einer unterwürfigen Verbeugung vor Shanna hinlegte.

»Was sind denn das für seltsame Dinger?« fragte Arsenjew verwundert, streckte den Arm aus und schob sie zu sich. »Ich fürchte, damit kann man nicht auf traditionelle Weise weissagen, Shanna, du kannst deine Studien aufgeben. Das sind Tarotkarten, die werden von Wahrsagern benutzt. Sie haben ganz andere Bilder, damit kannst du nicht nach den Regeln deines Buch weissagen.«

»Schade«, sagte Shanna und bat: »Dann sag du mir das Schicksal voraus, Oleg. Zieh irgendeine Karte aus dem Stapel.«

»Aber Shanna, ich bin doch kein Wahrsager!« wehrte dieser ab.

»Ach, komm schon, zieh eine.« Grischa Woltschkow freute sich über den neuen Zeitvertreib.

Arsenjew zog unwillig eine Karte aus der Mitte des Stapels und drehte sie um.

»Da, möge dir dieses Ungeheuer Glück bringen.«

»Aber das ist der Tod mit seiner Sense!« rief Grischa aus. »Irgendwie paßt das jetzt nicht so richtig!«

»Hat jemand Zigaretten?« fragte Shanna und klickte herausfordernd mit dem Feuerzeug.

Das Flämmchen flackerte ein paarmal auf und erlosch wieder. Die Prophezeiung schien keinen besonderen Eindruck auf sie gemacht zu haben. Sie plante immer alles selbst, und ein so wichtiges Ereignis wie der Tod war in ihrem Programm nicht vorgesehen. »Oleg, hast du welche?«

»Ich habe das Rauchen aufgegeben«, antwortete dieser kurz.

»Ausgerechnet jetzt. Also, wer hat Zigaretten?«

»Ich versuche auch gerade, aufzuhören, deshalb habe ich nur die halbe Anzahl Zigaretten mitgenommen und schon alle aufgeraucht«, bekannte Shukow.

»Ich habe noch zwei übrig.« Grysunow seufzte. »Aber sie sind sehr stark. Filterlos. Und sie sind knittrig. Sie sind mir in eine Pfütze gefallen. Ich habe sie dann auf der Heizung getrocknet.«

»Heißt das, es gibt nichts zu rauchen, bis diese Fernsehleute kommen? Grischa, du hast auch nichts?«

»Tut mir leid, Shanna. Mir sind die Zigaretten ausgegangen. Ich dachte, man würde sich welche beschaffen können in eurem reichen Haus.«

»Es gibt hier keine Zigaretten«, erklärte Onkel Petja nervös. »Ich habe auch schon gesucht … Für mich selbst.«

»Na gut, meinetwegen«, verkündete Cholodny gönnerhaft. »Ich rette euch. Ich habe eine ganze Stange ›Imperium‹. Ich hole euch gleich ein paar, meine Ärmsten. Oder jemand anderes holt sie. Vielleicht Ihr Vitja? Die Zigaretten liegen auf dem kleinen Tisch neben dem Fenster.« Er wandte sich an Onkel Petja. »Schicken Sie ihn, einverstanden?«

»Was sind wir doch wichtig!« brummte Grischa Woltschkow. »Ein Herr ...«

»Halt's Maul«, knurrte Cholodny mit böse zusammengekniffenen Augen. »Hör auf, Unsinn zu reden, du Zwerg.« Swetlana fand, daß er mit seinem gelblichen Gebiß Ähnlichkeit mit einem zähnefletschenden Wolf hatte.

»Oioioi!« schrie Grischa mit hoher, hysterischer Stimme. »Spiel hier bitte nicht den Superstar! Wir wissen alle, was du wert bist. Du hast schon vor zehn Jahren angefangen, Schimmel anzusetzen. Und jetzt verstinkst du die ganze Musikszene. Aber zwing nicht auch noch uns, diesen Gestank zu ertragen!«

All dies geschah so unerwartet, daß man sich kaum besinnen konnte. Cholodny und Woltschkow sprangen auf und stürzten sich aufeinander. Sie verkeilten sich augenblicklich zu einem brüllenden und fluchenden Knäuel. Die anderen eilten hinzu, um sie zu trennen, sie wehrten sich, es war eine wüste Szene.

Sogar Shanna Olschanskaja verschlug es für einen Moment die Sprache. Doch dann kam sie zu sich und begann, lautstark Befehle zu erteilen.

»Haltet Artjom fest! Bringt ihn nach oben und schließt ihn in sein Zimmer ein.«

»Die Zimmer haben keine Schlösser«, keuchte Onkel Petja, der den um sich schlagenden Parodisten an beiden Ellbogen festhielt.

»Dann schließen Sie ihn in den Schrank ein. Und du, Grischa, kommst mit mir, klar?!«

Die ganze Gesellschaft zog sich schreiend und schimpfend zurück, Swetlana blieb allein mit der Gabel in der Hand am Tisch sitzen.

»Das Abendessen findet trotzdem statt!« rief Shanna Olschanskaja von oben durchs Haus, wahrscheinlich kurz bevor sie in ihr Zimmer trat. »Alle sollen sich umziehen – die Damen und die Herren.«

»Ich glaube, ich werde mit einer Menge von Eindrücken hier abfahren«, sagte Swetlana zu sich selbst, stand auf und ging zur Treppe. Hinter ihr grunzte es. Sie wandte sich um und sah nun endlich den unglücklichen Robbin-Bobbin in Fleisch und Blut. Er war klein, langohrig und unglaublich niedlich. Es war unmöglich, an seine baldige Hinrichtung zu denken. Das Ferkel trabte hinter Swetlana her wie ein treues Haustier. Es erklomm die Treppe, drängte sich hinter ihr durch die Tür ins Zimmer und legte sich unter den Heizkörper, als wäre dieser Ort im Gästezimmer sein angestammtes Plätzchen.

»O je! Ich würde dich ja freilassen, aber du erfrierst im Wald!« Swetlana seufzte. »Am besten verstecke ich dich im Bad. Vielleicht erklärt sich Demjan ja einverstanden damit, dich gegen Konserven einzutauschen?« Sie machte sich daran, das Ferkel ins Bad zu zerren, aber es erwies sich als schwerer, als sie erwartet hatte, und begann auch noch quiekend zu protestieren. Innerhalb kürzester Zeit war sie verschwitzt wie ein Galeerensträfling. Schließlich gestand sich Swetlana ihre Niederlage ein, richtete sich auf und strich sich mit der Hand den Schweiß vom Gesicht.

»Wegen dir kann ich in Schwierigkeiten geraten.«

Robbin-Bobbin reagierte nicht. Seine reinliche Flanke hob und senkte sich ruhig.

Swetlana legte sich aufs Bett und träumte ein bißchen vor sich hin, sich um die Zeit bis zum Abendessen zu verkürzen. Dann beschäftigte sie sich mit Körperpflege: Sie aalte sich eine Weile in der Badewanne, ordnete die Haare, schminkte die Augen. Zum Schluß griff sie zum Parfümflakon und betupfte sich die Handgelenke.

In diesem Moment klopfte jemand laut an die Tür. Der blöde Robbin-Bobbin sprang hoch und begann, wie verrückt durchs Zimmer zu rennen.

»Wer ist da?« rief Swetlana gedämpft.

»Ihr Ferkel«, kam von hinter der Tür Arsenjews einschmeichelnde Stimme. »Lassen Sie mich herein … Wenigstens für eine Minute.«

Er war fest entschlossen, sie noch vor dem Abendessen zu küssen. Man wußte nicht, wie sich die Situation danach gestalten würde. Ja, und man mußte Shanna mit einberechnen – er kannte ihren gemeinen Charakter. Außer Swetlana gab es niemanden zum Flirten – Assja gefiel ihm nicht. Sollte man Weihnachten etwa einfach so abschreiben? Der heiterste Feiertag, wenn alle einander alles vergeben, sich aussöhnen, sich verlieben zu guter Letzt!

Robbin-Bobbin wollte sich gerade daran machen, die Strümpfe seiner Beschützerin vollzusabbern. Die schrie leise auf und sprang mit den Schuhen aufs Bett. Das Ferkel nahm Anlauf und hopste ihr nach.

»Ich möchte, daß Sie mir sagen, wie Sie meine Krawatte finden.« In Arsenjews Stimme lag soviel männliche Gerissenheit, daß Swetlana nicht widerstehen konnte.

»Ich komme!« rief sie, schob das Ferkel zur Seite und warf die Bettdecke darüber. Dann stürzte sie zur Tür und öffnete sie einen Spalt weit.

Arsenjew zwängte sich sofort hoffnungsvoll ins Zimmer.

»Sie sehen wundervoll aus!« schmeichelte er. Dann bemerkte er hinter ihr das unordentliche Bett. Unter der Bettdecke zeichnete sich deutlich jemandes dicker Rücken ab.

»Ähm«, machte Arsenjew.

Die Gedanken rasten ihm wie närrisch durch den Kopf. Er kam zu spät! Er kam zu spät, zum Teufel! Dieses stille Wässerchen amüsierte sich also bereits ohne ihn! Aber mit wem? Vor lauter Neugierde begannen Arsenjews Augen zu funkeln. Ich wette, daß es Shukow ist, dachte er und hatte große Lust, seine Vermutung zu überprüfen.

»Wir können gehen«, sagte Swetlana befangen. Sie hoffte verzweifelt, daß Robbin-Bobbin sich nicht verraten würde. Sie mochte Arsenjew wirklich nicht erklären, wie ein lebendiges Schwein in ihr Bett geraten konnte.

»Nein, warten Sie.« Arsenjew sah sie nachdenklich an und fügte hinzu: »Mir scheint, Sie haben einen wunderbaren Blick aus dem Fenster. Dürfte ich mal hinausschauen?«

Sie erschrak. »Nein, das lohnt sich doch nicht. Die Aussicht ist ganz gewöhnlich ...«

Aber er war schon mitten im Zimmer und starrte mit durchdringendem Blick unverwandt das Bett an. Es gab Hügel und Wellen darauf, und es war ganz eindeutig, daß in der Mitte jemand lag. Daß da jemand lag und atmete – die Decke hob und senkte sich.

»Ah, Sie sind also nicht allein?«

»Woraus schließen Sie das?« preßte Swetlana hervor, während sie gleichzeitig den Durchgang zum Bett versperrte. Gehen wir doch endlich nach unten.«

»Meine Schnürsenkel haben sich geöffnet«, erklärte Arsenjew. Er glitt zum Bett und setzte sich schwungvoll darauf. Das Mittagessen des nächsten Tages grunzte empört. Es war ein abscheulicher Laut, besonders wenn man davon ausging, daß ein menschliches Wesen ihn von sich gegeben habe.

Arsenjew sprang auf und sagte ironisch nach hinten: »Tag.«

Und schlug sich unerwartet auf die Stirn. Er wußte jetzt, wer da im Bett lag. Er hatte kombiniert. Er war nämlich, bevor er bei Swetlana geklopft hatte, bereits unten gewesen und hatte dort nicht nur Onkel Petja und seine »jungen Leute«, sondern auch Shukow gesehen. Grysunow und Cholodny hatte er durch die Wand hindurch gehört – der Maler bettelte beim Sänger um Zigaretten, aber der wollte keine herausrücken. Das bedeutete ... das hieß, da im Bett, da lag – Grischa Woltschkow.

»Aber Sie haben gesagt, Sie seien allein«, sagte er vorwurfsvoll. Er hatte keine Lust mehr, sie zu küssen. Wenn sich wenigstens Shukow unter der Decke befunden hätte. Mit ihm hätte er den Wettstreit aufgenommen. Aber Woltschkow ...

»Ich konnte ja nicht wissen, daß Sie hier eindringen würden«, antwortete Swetlana bissig. Ihre Stimme zitterte, als ob sie die Tränen unterdrücken müßte.

»Schon gut. Ich warte unten auf Sie.« Arsenjew verließ hastig das Zimmer und schlug die Tür hinter sich zu. Draußen lächelte er spöttisch und lehnte sich mit dem Rücken an die Tür. Sogleich hörte er, wie Swetlana verzweifelt ausrief: »Ach du Schwein! Du hast alles verdorben! Und streck mir deine Schnauze nicht so entgegen!«

Es ist eindeutig Woltschkow, dachte Arsenjew zufrieden und eilte die Treppe hinunter. Swetlana folgte ihm einen Moment später, sie blickte finster drein.

»Warum schauen Sie mich so mürrisch an?« fragte Artjom Cholodny sie. »Gefällt Ihnen mein neues Äußeres nicht? Shanna ist an allem schuld.«

Sein Aussehen hatte sich allerdings auffallend verändert. Er trug einen Anzug, hatte Ohr- und Fingerring abgenommen und vor allem, er war glattrasiert.

Grischa Woltschkow, ebenfalls im Anzug, frisch und kräftig wie vom Gärtner liebevoll aufgezogenes Gemüse, hielt sich in einiger Entfernung von ihm. Offenbar war es zwar gelungen, die Streithähne irgendwie zu trennen und zu beruhigen, aber nicht, sie zu versöhnen.

Shanna hatte für das Abendessen ein kurzes rotes Kleid mit großzügigem Ausschnitt gewählt und stellte natürlich Swetlana und Assja eindeutig in den Schatten. Im übrigen litt Assja nicht an zu wenig Aufmerksamkeit. Der herausgeputzte Artjom Cholodny hatte zweifellos Absichten.

Demjan und Vitja liefen zwischen Küche und Eßzimmer hin und her und deckten den Tisch. Das Licht war überall im Haus gedämpft, die Anwesenden zerstreuten sich von selbst in den Zimmern des Erdgeschosses.

»Möchten Sie rauchen?« fragte Woltschkow Swetlana. »Möchten Sie auf die Veranda? Hier gibt es einen prächtigen Wintergarten!«

Er zog Swetlana in diesen prächtigen Wintergarten und klopfte ihr eine Zigarette aus einer angefangenen Schachtel

»Imperium«. Wo er die wohl aufgetrieben hatte? Hatte er sie Cholodny geklaut? Zum Trotz sozusagen?

Sie rauchte eigentlich nicht, nur manchmal, an Polterabenden, zu einem Gläschen Kognak ... Aber heute war ein besonderer Anlaß.

»In der Küche herrscht ein richtiger Tumult«, teilte Grischa mit, während er kleine gleichmäßige Rauchringe blies. Er tat viele Dinge stilvoll und ausgeklügelt, als wolle er mit Meisterschaft und Glanz seinen zwerghaften Wuchs vergessen machen. »Das Ferkel ist abgehauen. Demjan hat eine richtige Schweinejagd veranstaltet. Allerdings bis jetzt ohne Erfolg. Diese Tiere – sie fühlen eben alles ... Hoffentlich schlachten die das arme Vieh einigermaßen rücksichtsvoll.«

Swetlana verschluckte sich am Rauch. Sie konnte nicht zulassen, daß Robbin-Bobbin für Weihnachten umgebracht wurde – soviel war klar. Aber ihn im Bett zu verstecken war auch blöd. Sie beschloß, in die Küche zu gehen, um die Rechte der Schweine zu verteidigen.

Demjan war tatsächlich sehr verstimmt.

»Hören Sie.« Swetlana holte tief Luft. »Ich werde um keinen Preis von Ihrem Ferkel essen. Und überhaupt – wie konnten Sie auf die Idee kommen, ein so prächtiges Tier schlachten zu wollen?«

»Sie haben es versteckt!« Onkel Petja, der an der Tür stand, brach in lautes Gelächter aus. »Ich habe doch gesagt, daß die Weiber es retten werden ... Ähm, Entschuldigung, die jungen Damen. Junge Damen sind nun einmal mitfühlend, schreib dir das hinter die Ohren, Demjan, für später.«

»Wir können es unmöglich essen«, wiederholte Swetlana mit tragischer Stimme.

In diesem Moment erbebte das ganze Haus von lautem Schreien. Das Schreien war so schrecklich und herzzerreißend, daß Swetlana kalte Hände bekam. Es war eindeutig eine Frau, die schrie, und zwar eine, die zu Tode erschrocken war. Sie schrie laut, gedehnt und in den höchsten Tönen. Die drei in der Küche erstarrten, die Blicke aufeinander gerichtet. Dann stürzten sie in die Richtung, aus der das Schreien zu hören war. Hinter allen Türen sprangen Leute mit verzerrten Gesichtern hervor. Das Schreien kam aus dem großen Saal, wo der Weihnachtsbaum stand. Onkel Petja stieß als erster die Türflügel auf und eilte hinein. Swetlana und Demjan folgten dicht hinter ihm. Das Licht im Raum brannte nicht. Nur die Girlande am Baum funkelte – die verschiedenfarbigen Lichtreflexe hüpften fröhlich von Ast zu Ast. Unter dem Baum lag, das Gesicht nach unten gekehrt, Shanna Olschanskaja. Daneben stand die kreidebleiche Assja und schrie mit weit aufgerissenem Mund, was die Lungen hergaben.

Artjom Cholodny drückte auf den Lichtschalter, lief zu ihr, drehte sie zu sich und versetzte ihr eine schallende Ohrfeige. Assja hörte auf zu schreien, starrte ihn sekundenlang mit großen Augen an, warf sich ihm dann an die Brust und fing an zu schluchzen.

»Was ist denn hier los?« fragte Arsenjew und drängte sich nach vorn. »Shanna?«

»Sieht so aus, als sei sie ermordet worden«, sagte Onkel Petja düster.

Shanna lag vollkommen reglos da, schwer wie ein Sack Steine.

Um ihren Hals war ein Stück von einem dicken schwarzen Kabel gewickelt, dessen Enden abstanden.

Zu zweit kauerten sie sich nieder und drehten den Körper um. Arsenjew wich entsetzt zurück. Der Fahrer versuchte, Shannas Puls zu fühlen, doch vergeblich.

»Wie das, zum Teufel?« brüllte Grysunow, vor Wut bebend. »Das kann gar nicht sein! Wer hat sie umgebracht? Hier gibt es niemanden außer uns! Und die Eingangstür war abgeschlossen, ich hab's selbst gesehen ...«

»Verdammte Scheiße!« fluchte Onkel Petja und spuckte auf das gemusterte Parkett. »Verdammte Scheiße!«

Grischa Woltschkow klapperte neben Swetlana hörbar mit den Zähnen. Arsenjew, der innerhalb eines Augenblicks zusammengefallen war, trat von der Leiche zurück und sagte: »Also. Wir müssen unverzüglich die Miliz holen. Sofort! Die Telefone funktionieren hier nicht, aber wir haben einen Bus. Und außerdem gibt es in der Nähe andere Häuser. Wir können dorthin fahren ...«

»Niemand verläßt den Raum«, verkündete Onkel Petja drohend und wandte sich jäh um. In der Hand hielt er eine Pistole mit einem dicken kurzen Lauf, die offenbar geladen war. Sämtliche freundlichen Fältchen im Gesicht des Fahrers hatten sich gleichsam verhärtet, und er sah plötzlich so gefährlich aus, daß Swetlana ihren Augen nicht traute.

»Alle bleiben hier drin«, verfügte er kurz.

Swetlana bemerkte, daß sich die Männer bestürzt umschauten. Sie sah sich ebenfalls um und stieß mit dem Blick auf zwei weitere Pistolen. Demjan und Vitja erwiesen sich beim genaueren Hinsehen auch nicht als freundliche und angenehme junge Leute.

»Haben Sie sie umgebracht?« fragte Arsenjew in die angespannte Stille, wobei er den Fahrer musterte.

»Aber nein, mein Lieber«, antwortete dieser finster. »Sie haben sie umgebracht. Das heißt, jemand von Ihnen. Zu einem absolut unpassenden Zeitpunkt übrigens. Unpassender geht's nicht. Und die Miliz kommt erst, wenn wir den Mörder gefunden haben. Wenn Sie ihn gefunden haben«, verbesserte er sich. »Der Mörder ist unter Ihnen. Ist das klar? Sie stehen alle unter Verdacht.«

»Aber warum?« fragte Grischa, dem beinahe die Stimme versagte. »Das heißt, ich meine, warum sollen wir den Mörder suchen und ihn der Miliz übergeben? Soll sie doch gleich kommen.«

Onkel Petja lächelte ungut.

»Wenn die Miliz gleich kommt, dann denkt sie, daß nicht Sie das da angerichtet haben, sondern wir. Kapiert?«

»Wer sind Sie eigentlich?« fragte Shukow.

Swetlana fiel auf, daß er sehr aufgebracht war. So sah ein Mensch aus, der eine gefährliche Reise unternommen, dabei aber irgendeine Kleinigkeit übersehen und eine Niederlage erlitten hatte.

»Geschäftsleute«, preßte Onkel Petja hervor.

»Sie haben uns entführt.« Shukow begriff plötzlich. »Das Drehteam erwartet uns an einem völlig anderen Ort ...«

»Es erwartet Sie überhaupt nicht«, erwiderte Onkel Petja hämisch. »Genauer gesagt, es erwartet Sie schon, aber nicht heute. Wir mußten ein bißchen Druck auf den Produktionsleiter ausüben und erhielten alle Informationen über Ihre Sendung.«

»Zum Teufel, wozu?!« Grischa Woltschkow konnte es immer noch nicht fassen.

»Wir brauchten Shanna.«

»Warum?« fragte Arsenjew.

»Weil sie die Frau von Olschanski ist. Wir wollten ihn dazu zwingen, gewisse Papiere zu unterschreiben. Es geht um ein Kontrollpaket Aktien. Seine Frau sollte sich bis zum Moment des Unterschreibens in unseren Händen befinden. Dann hätten wir sie zurück nach Hause geschickt.«

»Aber wozu dieses Spektakel?« Swetlana konnte sich nicht zurückhalten zu fragen.

»Die Entführung eines Menschen verstößt gegen das Gesetz. Aber so … Ein kleiner Betrug … Sie haben doch eine angenehme Zeit verbracht, oder? Bis irgendein Schweinekerl … Olschanski wird natürlich annehmen, daß wir das angerichtet haben, wird Lärm schlagen und unsere Köpfe fordern. Nein, die Miliz entfällt. Deshalb gehen Sie jetzt alle einträchtig ins Eßzimmer, lassen Ihre Gehirne rauchen und überreichen mir dann den Mörder auf dem Silbertablett. Olschanski erfährt den Tod seiner Frau nur zusammen mit dem Namen des Mörders, nicht früher.«

»Einen Moment!« rief Grysunow unerwartet aus. »Ich habe hier … Ich denke, wir können gleich jetzt etwas Wichtiges erfahren.«

Alle blickten wie gebannt zu ihm, worauf der Maler sofort rot anlief.

»Ich habe hier ein kleines Diktaphon zurückgelassen … Auf der Kommode, neben dem Weihnachtsbaum.«

»Wozu?« fragte Arsenjew. »Zu welchem Zweck?«

»Nun … Verstehst du, ich zeichne manchmal Gespräche auf … So kann man herausfinden, wer was über einen denkt – das ist hin und wieder sehr nützlich …«

Onkel Petja hörte seinem Gestammel nicht weiter zu und

schritt zur Kommode. Hinter einem großen Kerzenleuchter lag tatsächlich ein winziges Diktaphon versteckt. Onkel Petja spulte das Band zurück und drückte auf die Abspieltaste. Lange war nichts zu vernehmen, dann hörte man das Klappern von Absätzen – das war Shanna, die das Zimmer betrat. Sie betätigte den Lichtschalter, schaltete nun wahrscheinlich die bunte Girlande ein und löschte das Licht wieder – der Schalter knackte noch einmal. Das Klappern der Absätze näherte sich – sie kam zum Baum zurück. Einige Zeit passierte gar nichts, aber plötzlich rief Shanna verblüfft: »Mein Gott, was ist das? Ich traue meinen Augen nicht! Das kann nicht sein!« Ein Surren, ein Knacken – das Ende des Bandes.

»Ausgezeichnet«, sagte Onkel Petja. »Das erklärt überhaupt nichts. Gehen Sie ins andere Zimmer. Je schneller Sie den Mörder finden, desto besser für Sie. Die Leiche wird hier warten.«

Der Tisch war fürs Abendessen vorbereitet, über den Gedecken huschte das Licht von Kerzen hin und her. Drei Pistolenläufe auf sich gerichtet, zogen alle die Stühle hervor und setzten sich. Die Türen wurden auf beiden Seiten zugeschlagen.

»Das gleicht wirklich einem Kinderspiel«, murmelte Grischa Woltschkow. »Eene, meene, muh, und tot bist du.«

»Ich kann nicht glauben, daß sie tot ist«, sagte Arsenjew mit tonloser Stimme. »Sie war immer so laut, so ... aggressiv.«

»Wer hat es wohl geschafft, mit ihr fertig zu werden?« murmelte Artjom Cholodny.

Sein Stuhl stand dicht neben dem von Assja, die sich an ihn preßte, wie ein frierendes Vögelchen an ein beleuchtetes Fenster.

»Möchte niemand gestehen?« fragte Arsenjew.

Bedrückende Stille trat ein, alle blickten irgendwohin – einige zu Boden, andere zur Wand, wieder andere zum Fenster.

»Shanna hat sich vor irgend etwas erschrocken«, erhob Grysunow die Stimme. »Habt ihr gehört, wie sie ausrief: ›Mein Gott, was ist das?‹«

»Shanna hat sich eher gewundert«, entgegnete Arsenjew. »Frauen wie sie fürchten sich vor gar nichts, außer ihre Bewunderer zu verlieren.«

»Du mußt es wissen«, murmelte Grischa und trommelte mit den Fingern auf den Tisch. »Das heißt also, der Mörder ist einer von uns, oder? Sitzt hier und schaut alle mit unschuldigen Augen an? Es ist nicht zu fassen! Wir haben einander doch immer alle im Blick gehabt.«

»Stimmt nicht«, widersprach Grysunow. »Zuerst haben wir einander gesehen, aber dann haben wir uns zerstreut.«

»Genau das müssen wir jetzt herausfinden: Wer ist wohin gegangen«, warf Artjom Cholodny düster ein, den Arm um Assja gelegt.

»Also nehmen wir doch ein Blatt und schreiben auf, wer sich wo befand, nachdem er sein Zimmer verlassen hatte«, schlug Arsenjew vor und rieb sich mit beiden Händen die Wangen. Man konnte sehen, daß es ihm schwerfiel, sich zu konzentrieren. Wären bei der Leiche nicht so schnell die drei Pistolen aufgetaucht, die Anwesenden wären wohl in Panik geraten.

»Ich und Wladimir«, begann Nikolai Shukow als erster und nickte Grysunow zu, »wir haben uns die Bibliothek angeschaut.«

»Und die Bar«, bekräftigte dieser. »Dann ging ich aufs

Klo. Leider. Ich war dort ... nicht lange. Wenn ich gewußt hätte, daß ich so mein Alibi vermaßle – Ich hätte mich mit aller Kraft zusammengenommen.«

Jetzt wollten sich plötzlich alle äußern. Nach kurzer Zeit zeichnete sich folgendes Bild ab: Während Shanna den Girlandenschmuck betrachten ging, unterhielt sich Arsenjew mit dem jungen Vitja, der, wie sich herausstellte, ein großer Fan von ihm war und um Autogramme für sich, seinen Bruder, seine Cousinen und Dutzende Freunde bat. Shukow besichtigte, wie gesagt, mit Grysunow die Bibliothek, dann verloren sie sich für einige Zeit aus den Augen. Swetlana rauchte mit Woltschkow auf der Veranda, dann begab sie sich in die Küche, um das Leben des Ferkels zu verteidigen.

»Und ich Dummkopf bin allein auf der Veranda zurückgeblieben«, konstatierte Woltschkow betrübt. »Niemand kann bestätigen, daß ich mich von dort nicht fortbewegt habe.«

Assja und Artjom Cholodny hatten sich, was niemanden erstaunte, zu zweit im Fernsehzimmer eingeschlossen – zuhinterst im Korridor. Allerdings funktionierte der Fernseher nicht, und sie hatten das Licht gelöscht.

»Wie das?« Der taktlose Grysunow verlieh, vornüber gebeugt, seiner Verwunderung laut Ausdruck. »Ihr habt es glatt vor dem Abendessen getrieben?«

»Na ja«, murmelte Arsenjew und warf einen zornigen Blick in Woltschkows Richtung. »Viele Leute vergnügen sich auf diese Weise vor dem Abendessen.«

»Wir haben nichts gemacht!« Assja wurde feuerrot. »Wir haben nur ein bisschen geknutscht.«

»Und niemand von euch konnte unbemerkt das Zimmer verlassen? Artjom ...?«

Assja lachte nervös auf.

»Hören Sie mal, wenn Sie mit einem Mann schmusen, wissen Sie genau, daß er das Zimmer nicht verlassen hat.«

Am Tisch herrschte konzentriertes Schweigen. Grischa Woltschkow runzelte die Stirn und fragte erstaunt: »Dann bin ich also der einzige ohne Alibi?«

»Gleichzeitig bist du der einzige, der nicht unter Verdacht steht«, antwortete Arsenjew müde. »Du bist zu kurz, um so eine große Frau wie Shanna zu erdrosseln. Du kannst es unmöglich getan haben. Sogar Assja könnte es bei einem günstigen Zusammentreffen der Umstände gemacht haben, aber du – niemals, nein.«

»Unsinn!« rief Grysunow wütend. Ihn beunruhigte seine vorübergehende Abwesenheit auf der Toilette schrecklich. »Ihr habt alle gehört, wie sehr sich Shanna gewundert hat, als sie in das Zimmer mit dem Weihnachtsbaum trat. Vielleicht stand Grischa Woltschkow auf der Kommode und hielt das Kabel bereit.«

»Aha, Shanna trat also ein, zündete zunächst das Licht und dann die Girlande an, löschte das Licht wieder, ging zum Baum zurück und sah erst jetzt auf der Kommode Grischa mit dem Kabel bereitstehen?« kommentierte Arsenjew finster.

»Aber warum hat sie dann ›Ich traue meinen Augen nicht‹ gerufen?« Assja dachte laut nach. »Irgend etwas Ungewöhnliches muß sie doch gesehen haben!«

Nikolai Shukow stand plötzlich auf, seufzte und sagte: »Nun gut, dann muß ich also gestehen.«

Im Raum herrschte Totenstille.

»Nicht den Mord! Schauen Sie mich nicht so an.« Er rückt

die Brille zurecht. »Es ist nur so, daß ich weiß, was Shanna in Erstaunen versetzt hat.«

»Ausgezeichnet«, murmelte Artjom Cholodny. »Sie sind an der Reihe. Sie haben das Wort.«

»Mich hat Michal Michalytsch zu den Dreharbeiten für diese Sendung geschickt. Er hat alles abgeklärt. Er hat mich um diesen Gefallen gebeten. Ich bin ihm in einer anderen Sache verpflichtet ...«

»Einen Augenblick bitte.« Arsenjew streckte die Hand vor. »Wer ist dieser Michal Michalytsch?«

»Olschanski«, antwortete Assja an Shukows Stelle und hielt sich gleich darauf die Hand vor den Mund.

»Sie kennen ihn also doch«, konstatierte Swetlana zufrieden. »Ich habe schon im Bus begriffen, daß Sie ihn kennen.«

Artjom Cholodny rückte zur Seite und sah Assja erstaunt an.

»Wer bist du eigentlich?«

Assja schluchzte auf und wischte sich wie ein Kind mit der Hand die Nase ab.

»Die Sekretärin von Michal Michalytsch. Die neue. Ich bin auf eigenen Wunsch hierhergefahren ... Ich wußte, daß man mich entlarven und wegjagen würde, aber ich hätte nur ein bißchen Zeit gebraucht ...«

Assja verschluckte sich an ihren Tränen und an ihrem glühenden Geständnis. Nach kurzer Zeit war alles klar. Michal Michalytsch Olschanski hatte in einem Juweliergeschäft zwei Weihnachtsgeschenke erstanden – einen netten Kettenanhänger für die Ehefrau und einen auserlesenen Brillantring für die Geliebte. Die Sekretärin hatte den Auftrag, alles schön einzupacken. Das tat sie auch. Aber sie verwechselte die Schächtelchen. Von ihrem Chef hatte sie erfahren, daß

Shanna ihre Geschenke immer in der Weihnachtsnacht öffnete, deshalb hatte Assja noch Zeit, ihren Fehler zu beheben.

»Und du bist losgestürmt, um den Ring von Shanna zu entwenden«, konstatierte Artjom. »Meine arme Kleine!«

»Aber ich habe ihn nicht gefunden.« Assja begann laut zu schluchzen.

»Dafür habe ich ihn gefunden«, unterbrach sie Shukow. »Das ist eigentlich das, was ich Ihnen mitteilen wollte. Olschanski sagte, daß seine Frau jemandem eine bedeutende Summe Geld geliehen habe. Er hatte ein Telefongespräch belauscht und gehört, daß während der Aufnahmen zu dieser Sendung ein Gespräch über die Rückzahlung stattfinden sollte. Er wollte auf dem laufenden sein und bat mich deshalb, Shanna zu folgen und alles herauszufinden. Ich habe nichts herausgefunden. Vor dem Abendessen ging ich kurz zu ihr ins Zimmer, um sie um ein Feuerzeug zu bitten. Sie griff in die Tasche, die fiel ihr aus der Hand. Alle Sachen rollten auf den Boden. Ich half ihr, sie einzusammeln und sah dabei ein Schächtelchen, das mich neugierig machte.«

»Sie haben es gestohlen?« fragte Arsenjew verwundert.

»Nun, gestohlen nicht gerade … Ich nahm das Schächtelchen mit in mein Zimmer, wo ich es öffnete und den Ring sah. Ich wollte ihn an den Baum hängen. Dann wäre er nicht bei mir, und dort, inmitten all der glänzenden Sächelchen, würde ihn kaum jemand bemerken.«

»Aha«, folgerte Grischa Woltschkow. »Wenn Shanna wegen dem verschwundenen Schächtelchen einen hysterischen Anfall bekommen hätte, hätte man ihn ihr zurückgeben können. Und wenn nicht …«

»Ich habe den Ring am Finger … der Leiche gesehen«,

preßte Shukow hervor. »Und mir wurde klar, was dieser Ausruf beim Baum bedeutet hat. Offenbar kannte sich Shanna mit Juwelen aus ...«

»Da können Sie sicher sein«, bestätigte Arsenjew. »Shanna konnte einen echten Stein sofort von einer Kopie unterscheiden. Sie ist also offenbar an den Baum getreten, hat den Brillantring an einem Zweig gesehen und ausgerufen: ›Ich traue meinen Augen nicht!‹«

»Also«, schlußfolgerte Artjom Cholodny, »sind wir nicht weiter als am Anfang. Dieser blöde Ring hat uns bloß aus dem Konzept gebracht. Auf dem Band gibt es nichts, was etwas mit dem Mord zu tun haben könnte. Es hört zu früh auf.«

»Dafür ist das Motiv klar«, sagte Arsenjew traurig. »Geld. Shanna hatte jemandem Geld geliehen und wollte es wiederhaben, oder sie wollte Zinsen. In ihrem Innersten war sie immer eine Wucherin.«

»Sie hätte dir Geld leihen können«, bemerkte Artjom Cholodny ruhig.

»Sie hätte«, stimmte Arsenjew zu. »Aber sie hat nicht. Ich glaube, daß es dumm ist, hier zu sitzen und einander zu fragen: ›Und du, hast nicht du zufälligerweise Shanna umgebracht?‹«

»Entschuldigung, aber wir haben keinen Sherlock Holmes unter uns«, knurrte Shukow. »Ich sehe nicht, wie wir die Wahrheit herausfinden sollen. Außer Sie weissagen noch einmal mit den Karten. Es gelingt Ihnen ausgezeichnet.«

Arsenjew preßte die Zähne zusammen und antwortete nichts.

»Ach, kommt.« Woltschkow geriet unerwartet in Begeisterung. »Übergeben wir denen da draußen einfach irgend jemanden. Egal, wen. Sie rufen dann die Miliz, und die wird die Sache schon in Ordnung bringen.«

»Übergeben wir dich«, sagte Grysunow grimmig. »Du bist der einzige ohne Alibi. Wir wissen schließlich nicht, was die dort – er wies mit dem Kinn auf die verschlossene Tür – mit dem Verdächtigen vorhaben. Vielleicht organisieren sie für ihn einen Selbstmord mit öffentlichem Schuldbekenntnis, bevor die Miliz kommt.«

Einige Zeit herrschte Schweigen. Schließlich faßte Swetlana Mut und sagte: »Normalerweise hat der Mörder ein Alibi. Ein unerschütterliches. Besonders, wenn er seine Tat sorgfältig geplant hat.«

»Natürlich hat er sie geplant«, bemerkte Shukow. Nachdem er die Wahrheit über sich offengelegt hatte, war er ungehalten. »Er wußte genau, daß Shanna gerade heute das Geld einfordern würde. Schließlich hat Olschanski das Telefongespräch belauscht ... Also, worum geht es Ihnen?«

»Mir geht es darum, daß jemand ein gefälschtes Alibi hat. Aber für Außenstehende soll es sehr ... überzeugend aussehen.«

»So ein Quatsch!« Artjom Cholodny schnitt ihr das Wort ab. Glattrasiert und im anständigen Anzug, sah er aus wie ein Funktionär. »Ich kann auch einige Sentenzen aus irgendwelchen Krimis anführen. Nur was bringt's ... Das hilft uns nicht, den Mörder zu entlarven.«

»Warum nicht?« widersprach Swetlana tapfer. Ihre Wangen flammten auf vor Zorn, wie immer, wenn man versuchte, sie zu demütigen oder ungerechterweise von einer Sache fernzuhalten.

»Hören Sie, Swetlana.« Shukow bekundete männliche Solidarität. »Sie sind ein prächtiges Mädchen und versuchen vielleicht einfach, Aufmerksamkeit auf sich zu ziehen. Aber hier geht es um sehr ernste Angelegenheiten. Es ist nicht der Moment, zu behaupten, Sie seien eine Meisterin im Lösen von Kriminalfällen, nur weil Sie einige verworrene Thriller gesehen haben.«

»Ich denke nicht, daß man ihr den Mund verbieten sollte«, sagte Arsenjew entschieden.

Trotz allem gefiel ihm dieses Mädchen. Sie war zugleich mutig und rührend.

»Wir sind in eine dumme Situation geraten.« Woltschkow kicherte. »Und dieses Mädchen zaubert jetzt den Mörder wie ein As aus dem Ärmel hervor? Hokuspokus!«

Er hatte kaum zu Ende gesprochen, als Swetlana rief: »Mein Gott, die Karten! Aber natürlich! Der Kartentrick – das ist es!«

Sie sprang von ihrem Platz auf, lief vor dem Tisch auf und ab und rieb sich die Stirn. Alle, die mit dem Rücken zu ihr saßen, drehten sich um und starrten sie an.

»Und die Zigaretten! Warum habe ich das nicht gleich begriffen!«

»Wollen Sie damit sagen, daß Sie den Mörder schon ausgemacht haben?« fragte Grysunow boshaft.

Swetlana blieb stehen. Sie stellte sich mit verschränkten Händen hin wie eine Musterschülerin, nickte und sagte: »Ich glaube, ja. Ich glaube, ich weiß, wer Shanna umgebracht hat. Und ich glaube, ich kann es sogar beweisen.«

Alle am Tisch sahen einander erstaunt an. Einige Zeit sagte keiner ein Wort. Dann fragte Arsenjew vorsichtig: »Und ... die Karten haben Sie auf den Gedanken gebracht?«

»Genau. Und die Zigaretten. Mit den Zigaretten haben Sie, meine Lieben, einen Fehler gemacht«, fügte sie mit anklagender Stimme hinzu und blickte Grischa Woltschkow an.

»Sie verdächtigen Grischa?!« Assja fing an zu lachen. »Aber warum sprechen Sie von ihm in der Mehrzahl?«

»Weil er einen Komplizen hat. Das heißt, er selber ist – der Komplize des Mörders.«

»Was höre ich da?« fragte Woltschkow ruhig, während er das Kinn kokett auf die gefalteten Hände stützte. »Ich soll der Helfer des Mörders sein! Wie habe ich ihm denn geholfen?«

Swetlana atmete tief ein und sagte beim Ausatmen: »Sie haben ihm Ihren Körper geliehen.«

»Nuuun, meine Liebe ...«, begann Grysunow, lehnte sich zurück und quietschte gefährlich mit der Lehne seines Stuhls. Aber Arsenjew ließ ihn nicht fortfahren.

»Halt's Maul, Wowa«, sagte er scharf. Er wandte den Blick nicht mehr von Swetlana ab. Zu seiner Sympathie gesellte sich deutliches Interesse. »Erklären Sie bitte, wie Sie das meinen.«

»Ich erklär's«, sagte sie hitzig, »wenn Sie jetzt aufstehen.« Und zu Grysunow gewandt: »Sie auch. Stehen Sie auf und treten Sie näher zu mir. Hierhin.«

Arsenjew erhob sich und stellte sich in die Mitte des Zimmers. Grysunow rutschte lange auf seinem Stuhl hin und her, bis er sich endlich aus dem Tischtuch befreit hatte.

»Sie verdächtigen uns drei? Mich, Grischa und Arsenjew?« fragte er. Offenbar konnte er sein unzulängliches Alibi nicht vergessen.

»Ich möchte einfach etwas vorführen. Damit es klar und verständlich wird.« Swetlana zitterte innerlich vor Anspannung.

»In zwei Minuten werden Sie den Mörder selbst nennen, ohne meine Hilfe.«

»Wir bitten darum!« sagte Artjom Cholodny spöttisch und klatschte zweimal in die Hände.

Swetlana trat zu Arsenjew. Sie sah ihn tapfer an und legte ihm leicht beide Hände auf die Brust.

»Sie haben ein vortreffliches Hemd an, Oleg«, sagte sie mit unsicherer Stimme. »Und eine prächtige wollene Weste.« Ihre Hände glitten auf seine Schultern.

»Danke«, murmelte Arsenjew und blinzelte irritiert.

Swetlana hatte sich inzwischen Grysunow zugewandt, der hinter ihr von einem Fuß auf den andern trat wie ein Elefant im Gehege. Sie machte einen Schritt auf ihn zu und wiederholte ihre Bewegung von vorhin: Sie legte die Hände auf seinen kräftigen Brustkasten.

»Und Sie«, fuhr sie fort, »tragen einen schönen Rollkragenpullover. Und eine weite, gerippte Strickjacke ...« Ihre Hände schoben sich nach oben und die Finger fuhren in den üppigen Künstlerhaarschopf. »Sie mit ihren langen Locken ... Sie kann man mit niemandem verwechseln. Beim Betasten, meine ich.«

Sie ließ von dem verwirrten Grysunow ab und wandte sich den übrigen am Tisch zu.

»Sie, Wowa, kann man zum Beispiel unmöglich mit Nikolai Shukow verwechseln. Denn er hat eine andere Frisur, trägt eine Brille und eine Jacke mit Reißverschlüssen aus Metall. Das ist etwas völlig anderes als Ihre weiche Jacke. Und außerdem, Wowa, kann man Sie nicht mit Woltschkow verwechseln. Sogar wenn Sie sich aufs Sofa setzen und man nicht sieht, wie groß Sie sind. Denn Grischa hat heute einen Anzug an, stimmt's? Und die Haare sind kurz geschnitten.«

»Herrgott, wie lange sollen wir uns diesen Unsinn noch anhören?« ereiferte sich Artjom Cholodny. Obwohl er das in verächtlichem Ton sagte, war er merklich nervös, und seine Stirn bedeckte sich mit dicken Schweißperlen.

In diesem Moment sprang Assja auf und rief empört: »Mein Gott, Sie wollen doch nicht etwa beweisen, daß ich den da geküßt habe? Woltschkow? Und nicht Artjom?«

Woltschkow saß weiter da wie vorhin, das Kinn auf die Hände gestützt, aber seine Nasenflügel blähten sich wie kleine Blasebalge.

»Teufel auch«, murmelte Arsenjew und hielt sich mit beiden Händen an der Stuhllehne fest, als ob er das Gleichgewicht verloren hätte. »Sie sind völlig gleich angezogen.«

»Artjom Cholodny hat Finger- und Ohrring abgelegt und sich rasiert«, erklärte Swetlana in anklagendem Ton. »Vor der Reise hat er sich nicht rasiert. Und vor dem Mittagessen auch nicht. Mich hat von Anfang an erstaunt, daß Shannas einfache Bitte, sich fürs Abendessen schick anzuziehen, ihn dazu gebracht hat, sein Äußeres derart zu verändern.«

Cholodny verschränkte die Arme vor der Brust und räkelte sich frech auf dem Stuhl. Mit seiner Haltung demonstrierte er, daß er ihre Worte für nicht beachtenswert hielt.

»Artjom«, wandte sich Arsenjew nachdenklich an ihn, »besitzt du nicht ein kleines Tonstudio?«

»Es ist pleite gegangen«, antwortete dieser kurz.

»Und das Geld, das dir Shanna geliehen hat, ist futsch.«

»Wer hat gesagt, daß mir Shanna Geld geliehen hat? Das sind nur Vermutungen, nicht wahr?«

Die äußerst erregte Assja rückte so weit von ihrem gefährlichen Verehrer ab, daß sie an Grysunow stieß.

»Ich lasse nicht zu, daß man dich beleidigt, Mädel«, versprach ihr dieser mit tiefer Baßstimme und schob ihr den eigenen Stuhl hin.

Assja ließ sich schwungvoll darauf fallen.

»Aber wie konnte das geschehen?« Sie ließ nicht locker. »Ich habe doch … Ich habe mich mit Artjom unterhalten. Wir haben uns unterhalten, bevor …«

»Ihr habt euch unterhalten«, bestätigte Arsenjew, der alles sehr schnell begriff, »dann stand Artjom auf und löschte das Licht. Wahrscheinlich hatte ihm Grischa irgendein Zeichen gegeben. Hatte ganz leise an die Tür geklopft oder so ähnlich …«

»Ich weiß nicht«, stammelte Assja. »Ich habe nichts mitbekommen in dem Moment … Vielleicht hat ja wirklich jemand geklopft …«

»Dies bedeutete, daß Shanna allein war und man die Operation beginnen konnte. Artjom stand also auf, löschte das Licht und sagte dabei irgendwas Zärtliches, während Grischa aus dem dunklen Gang ins Zimmer schlüpfte und sich an seiner Stelle auf das Sofa setzte. Dann hat er Sie geküßt. Es war nicht nötig, sich weiter zu unterhalten.«

»Mama«, entfuhr es Assja. Sie sah Woltschkow entsetzt an. Danach blickte sie zu Cholodny. »Habt ihr das alles wirklich getan?«

»Hör nicht auf sie, Schätzchen!« sagte Cholodny fest. Aber er zog sein Taschentuch hervor und wischte sich den Schweiß ab. »Mit dir im Zimmer war ich, nur ich.«

»Ich glaube, die Miliz kann das folgende Experiment durchführen«, sagte Shukow. »Zuerst, Assja, küssen Sie Cholodny und dann Woltschkow. Im Dunkeln. Und Sie geben ein Gutachten ab. Ich hoffe schon, daß sich Männer voneinander unterscheiden.«

»Aber da waren doch noch der Kartentrick und die Zigaretten?« erinnerte sich Grysunow und sah Swetlana erwartungsvoll an, als wäre sie ein Weihnachtsmann, der noch einiges auf dem Grund seines Sacks verborgen hat.

Assja preßte sich mittlerweile genauso heftig an den kräftigen Maler wie vorhin an Artjom. Im übrigen interessierte diese Frage auch sie.

»Es gibt da einen lustigen Trick«, erklärte Swetlana. »In einer großen Runde machen zwei unter sich aus, daß sie die anderen hereinlegen wollen. Einer von beiden gibt vor, über hellseherische Fähigkeiten zu verfügen, und fordert die übrigen auf, dies zu prüfen. Auf den Tisch werden fünf Karten gelegt, der ›Hellseher‹ verläßt das Zimmer, dann kommt er wieder herein und errät, welche der fünf Karten sich die anderen gemerkt haben. Der Trick dabei ist, daß ihm jemand vorsagt. Aber selbst wenn jemand auf die Idee kommt, daß etwas nicht stimmen könnte, denkt niemand an diese Person.«

»Warum?« wollte Assja wissen.

»Weil die zwei Verschwörer vor dem Spiel einen öffentlichen Streit inszenieren und dann hartnäckig die Beleidigten spielen.«

»Sie meinen also, daß Grischa und Artjom ...«, sagte Shukow gedehnt. Seine Augen glänzten hinter den Brillengläsern. »Sie haben sich beim Mittagessen absichtlich gestritten?«

»Damit sie später niemand eines Komplotts verdächtigen würde.«

»Es reicht jetzt mit diesem Weibergeschwätz!« rief Artjom Cholodny aus und schlug mit der Handfläche auf den Tisch.

Eines seiner Augen zuckte, als würde er gleich einen Anfall kriegen.

»Ein vorgetäuschter Streit!« unterstützte ihn Woltschkow, dessen Wangen rot glühten. »Man hat mich einen Zwerg genannt! Wenn man Sie so …«

»Daß der Streit vorgetäuscht war, haben die Zigaretten bewiesen«, antwortete Swetlana hartnäckig. Da sie fühlte, daß Arsenjew ihr glaubte, wollte sie nicht nachgeben. »Grischa Woltschkow hat mir auf der Veranda eine ›Imperium‹ angeboten, er hatte fast ein ganzes Päckchen. Woher konnte er sie haben, wenn nicht von Artjom? Aber mit Artjom hatte er sich während des Mittagessens zerstritten. Sollte er sie etwa geklaut haben? Nicht sehr wahrscheinlich. Wer dringt schon ins Zimmer seines Beleidigers ein nach einer solchen Szene? Mir wurde klar, daß Artjom ihm die Zigaretten selbst gegeben hatte. Daraus kann man schließen: Sie waren gar nicht zerstritten.«

»Zum Teufel mit dir!« rief Cholodny unerwartet und sprang auf. Seine Augen waren blutunterlaufen. »Ich habe die Nase voll von deinem Geschwätz! Wer glaubt dir schon? Niemand!«

»Warum denn nicht?« sagte Arsenjew freundlich. »Ich halte diese Version für ausgezeichnet.«

Er hatte noch nicht zu Ende gesprochen, als draußen das bekannte Heulen eines Motors zu hören war.

»Der Bus!« rief Grysunow und stürzte zum Fenster. »Sie fahren weg! Sie lassen uns hier hängen! Diese Schurken! Diese verfluchten Schurken!«

»Natürlich, weshalb sollten sie auf die Miliz warten?« murmelte Shukow. »Das würde für sie nur Ärger bedeuten.«

Als Woltschkow sah, daß der Weg frei war, schnellte er empor, stürmte aus dem Zimmer, rannte hinaus in den Frost und jagte wie ein gehetzter Hase auf den Wald zu.

Alle drängten zu den Fenstern. Artjom Cholodny wandte sich zum Ausgang, ohne auf irgend jemanden zu achten. Seine schweren Schritte bewegten sich zielstrebig in Richtung Treppe.

»Der rennt nicht weg«, bemerkte Grysunow anerkennend. »Aber der andere, was für ein Halunke. Vielleicht sollten wir ihn einfangen und ihm ordentlich eins überziehn?«

Im Geiste malte er sich schon aus, welche beispiellose Heldentat er begehen würde.

»Das ist nicht nötig.« Shukow kühlte seine Begeisterung ab. »Die Miliz holt ihn schon ein. Unsere Aufgabe ist es jetzt, die Miliz zu verständigen.«

»Ziehen wir uns warm an und gehen wir zu den Nachbarn«, schlug Arsenjew vor. »Sind alle einverstanden?«

Als Swetlana die Tür ihres Zimmers öffnete, sagte hinter ihr Arsenjew: »Es wäre gut, etwas zur Stärkung zu trinken, bevor wir in die Kälte müssen. Was halten Sie von einem Gläschen Wodka?«

»Ausgezeichnete Idee«, antwortete sie erschöpft. »Ich will mir nur rasch das Gesicht waschen, meine Wangen glühen, als hätte ich den ganzen Tag Brötchen gebacken.«

Sie ging mit müden Schritten ins Bad, und Arsenjew fand sich allein vor dem bekannten, zerwühlten Bett. Am sonderbarsten war, daß in dem Bett immer noch jemand lag und deutlich wahrnehmbar schnaufte. Arsenjew wippte auf den Füßen auf und ab, hüstelte und erklärte: »Ich weiß nicht, wer Sie sind, aber ich bitte Sie, für die Zukunft zu berücksichtigen, daß ich mit dieser Frau die allerernstesten Absichten habe.«

Robbin-Bobbin, der nicht ahnte, daß sein Leben einige Zeit am seidenen Faden gehangen hatte, regte sich unter der Decke und grunzte unzufrieden.

Jelena Arsenjewa

Angenehme Reise

Sie hatte sich ja gleich gedacht, daß sie diesen verflixten Bus verpassen würde! Um 12 Uhr sollte der Zug in Linda ankommen, aber als er endlich dort eintraf, war es bereits halb eins. Aus unerfindlichen Gründen hatten sie eine glatte halbe Stunde an der Station Kisselicha herumgestanden, ohne daß man ihnen irgendeine Erklärung dafür gegeben hätte …

Aljona rutschte nervös auf ihrem Sitz herum und sah alle paar Sekunden auf die Uhr. Jedesmal stellte sie von neuem fest, daß die Zeitspanne bis zur Abfahrt des Busses, der sie von Linda in das Dorf Malenkaja bringen sollte, wo man sie zum Weihnachtsessen erwartete, auf eine Winzigkeit zusammengeschrumpft war. Sie schaute forschend in die Gesichter ihrer Mitreisenden – vielleicht hatten die ja eine Erklärung für diese unvorhergesehene Verzögerung. Angestrengt lauschte sie auf das undeutliche Gekrächze, das aus dem Lautsprecher kam, und versuchte, irgend etwas Brauchbares daraus zu entnehmen. Aber dann sah sie zufällig aus dem Fenster in das dichte Schneegestöber hinaus – und war auf einmal wie gebannt. Es schneite heftig und selbstvergessen, es war, ja, genau wie in jener verzauberten Weihnachtsnacht, als der Teufel die Mondsichel stahl. Etwas Hypnotisches ging von dem dichten weißen Gewirbel aus; Aljona verfiel in eine Art Erstarrung, in jenen seltsamen Zustand zwischen Schlafen und

Wachen, wenn man nicht mehr weiß, wo man überhaupt ist, wenn einem alles gleichgültig ist, was um einen herum geschieht oder geschehen wird.

Endlich, als sie spürte, daß sie gleich einschlafen würde, von der lautlosen Musik des Schneegestöbers in den Schlaf gewiegt, riß sie den Blick mühsam vom Fenster los, schüttelte sich einmal kurz und stopfte sich die Kopfhörer ihres Handys in die Ohren. Sie stellte ihren Lieblingssender ein – »Radio 7 auf den sieben Hügeln«. Aber der Empfang war sehr schlecht, deshalb schaltete sie auf den »Verkehrsfunk« um. Es lief gerade eine regionale Nachrichtensendung.

Der städtische Räumdienst war wieder einmal hilflos gegenüber den entfesselten Naturgewalten ... Der Stau vor der Ausfahrt Okski überstieg jede Vorstellungskraft ... Die Miliz suchte immer noch nach dem Sohn des Nishni-Nowgoroder Geschäftsmanns Valentin Fjodorow, dem Eigentümer der Baumarktkette »Meister«. Den Angaben des Amtes für innere Sicherheit der Region Nishni-Nowgorod zufolge, war der Junge von mehreren Unbekannten entführt worden. Herr Fjodorow verweigert jeglichen Kontakt mit der Presse, äußert sich auch mit keinem Wort zu etwaigen Lösegeldforderungen der Entführer ... Unser erster Kanal überträgt heute das große Festtagskonzert ... Nur noch vier Stunden bis Weihnachten ...

Der arme Junge, dachte Aljona. Die armen Eltern. Das heißt, armer Vater! Sie hatte erst kürzlich in der Nishni-Nowgoroder Ausgabe der »Komsomolskaja Prawda« einen guten Artikel über diesen Geschäftsmann gelesen. Fjodorow besaß ein weitverzweigtes Netz von Baumärkten, das sich über die ganze Stadt zog. Er war ein typischer Selfmademan, jemand, der es von klein auf gewohnt war, seinen Weg allein zu gehen und sich in jeder Hinsicht nur auf sich selbst und niemand anderen als sich selbst zu verlassen – ob es nun um die banalsten Fragen des Alltags ging oder um die Erziehung seines Sohnes. Fjodorow war geschieden, aber das Kind lebte bei ihm. Seine Frau hatte einen reichen Hotelbesitzer aus Antalya geheiratet und war in den warmen Süden gezogen. In dem Artikel wurde auch berichtet, daß Fjodorow eigentlich aus einer Musikerfamilie stammte und eine Zeitlang davon geträumt hatte, ein berühmter Pianist zu werden. Er hatte zuerst am Konservatorium studiert, dann jedoch wie aus heiterem Himmel seine Leidenschaft für die Ökonomie entdeckt, und zwar mit solcher Heftigkeit, daß er die Musik an den Nagel hängte und sich fortan ganz dem Geschäftsleben widmete. Sein Sohn jedoch, der aufgrund seiner Jugend – er war ja erst zwölf – immer noch die Musikschule besuchte, hatte die feste Absicht, später einmal ein zweiter van Cliburn zu werden.

Die Kopfhörer gaben nur noch ein häßliches Knistern von sich. Aljona verzog verärgert das Gesicht und nahm die Hörer aus den Ohren.

Sie schaute sich um.

Außer ihr befanden sich noch zwei weitere Reisende im Waggon, ein Mann und eine Frau. (Der Zug war an diesem Feiertagsabend so gut wie leer.) Der Mann saß reglos am Fenster und starrte mit stumpfem Blick in das dichte Schneegestöber. Die Frau dagegen wirkte nervös: Sie spielte unruhig mit ihren Händen, sprang plötzlich hektisch auf, rannte im Gang auf und ab – kurz, sie absolvierte das vollständige Programm nervöser Übungen, das Aljona eben gerade hinter sich gebracht hatte. Gekleidet war sie in einen langen, fast bis zum Boden reichenden silbrigen Nerz mit dazu passender Pelzmütze, und sie hatte unglaublich lange, unglaublich silbrige Haare. Aljona fand, sie sähe aus wie die Schneekönigin, die man aus unerfindlichen Gründen in diesen heruntergekommenen Vorstadtzug versetzt hatte.

Sogar ihre Augen waren silbrig, als seien sie mit Mondlicht gefüllt ... Obwohl, nein, das war wohl nur ihr heller Lidschatten, der diese seltsame Wirkung hervorrief.

Aber die Schöne war nervös, außerordentlich nervös! An der ist irgendwas nicht ganz astrein, dachte Aljona. Irgend etwas stimmt hier nicht. Man muß dazu bemerken, daß Aljona es sich zum Beruf gemacht hatte, ihre Nase in alle nicht ganz astreinen Angelegenheiten zu stecken. Nein, nein, sie war weder beim Finanzamt noch bei der Miliz. Sie war nicht einmal Privatdetektivin! Aljona *schrieb Kriminalromane*, das war alles. Und die ständige Gewohnheit, in ihrer Phantasie die verwickelsten Intrigen zu stricken und wieder aufzulösen, ließ sich auch in ihrem realen Leben nicht mehr abstellen. Und da sie ohnehin nichts Besseres zu tun hatte, begann sie auch jetzt, sich ohne Umschweife eine spannende Biographie für die geheimnisvolle Schöne auszudenken. Die Schneekönigin konnte zum Beispiel eine raffinierte Diebin sein, und in ihren zahlreichen Taschen, auf denen die Namenszüge der teuersten Kaufhäuser Nishni-Nowgorods prangten, transportierte sie nicht etwa große Mengen von Lebensmitteln für die weihnachtliche Festtafel, sondern den Inhalt der Safes aus dem »Byzanz«, dem »Onyx« oder sonst irgendeinem teuren Juweliergeschäft der Stadt.

Anschließend beförderte Aljona die Schneekönigin gleich

noch zur Mörderin, die in ihren Taschen den zerstückelten Körper ihres Liebhabers mit sich herumschleppte (ihres Mannes, ihrer Freundin, ihrer Schwiegermutter – Zutreffendes bitte ankreuzen) …

Die Unruhe der verdächtigen Schönen hatte mittlerweile ihren Höhepunkt erreicht. Sie zog ein winziges Handy aus der Tasche, tippte nervös eine Nummer ein und kreischte schrill hinein: »Ich bin's! Wir stecken hier irgendwo fest. Ich habe keine Ahnung, wann es weitergeht, kein Mensch sagt einem was. Reg dich nicht auf, hier interessiert sich niemand für mich. Also, bis später!«

Aha, dachte Aljona und nickte. Sie nimmt Verbindung mit ihrem Komplizen auf, der sie abholen soll. Ich wüßte ja gern, wo sie hinfährt. Aber wenn sie denkt, daß sich niemand für sie interessiert, dann hat sie sich geirrt. In den schnieken Klamotten fällt die unter uns normalen Sterblichen auf wie ein Pfau im Hühnerhof!

Die »normalen Sterblichen«, das waren die übrigen Fahrgäste. Also erstens, der komische bucklige Typ am Fenster, in seiner unförmigen Jacke mit den grauenhaft ausgebeulten Taschen, der tief in die Stirn geschobenen schwarzen Strickmütze und den alten Skihosen, die er nachlässig über seine ausgelatschten Stiefel gezogen hatte, und zweitens sie selbst, Aljona Dmitrijewa, die einen kurzen, abgetragenen Lammfellmantel mit Kapuze, alte Jeans und Stiefel mit Pelzstulpen trug, welche man bei Bedarf bis fast zu den Knien hochschlagen und mit denen man problemlos selbst die höchsten Schneeberge bezwingen konnte.

In diesem Augenblick wurden jedoch die Überlegungen unserer Schriftstellerin abrupt unterbrochen: Der Zug ruckte an, erst vorwärts, dann rückwärts, und anschließend setzte er sich langsam in Bewegung. Hurra, endlich! Der Lautsprecher krächzte: »Unser Zug erreicht in Kürze die Station Linda. Die Reisenden werden gebeten, ihr Gepäck nicht im Wagen liegenzulassen.«

Die Schneekönigin sprang hastig auf und begann, ihre Taschen und Pakete zusammenzuraffen. An jeden einzelnen ihrer Finger hängte sie jeweils zwei Taschen oder Pakete, ja, an den Zeigefinger der rechten Hand sogar drei! Dann eilte sie zur Tür, um als erste aussteigen zu können. Demnach fuhr sie also auch nach Linda, das hieß, Aljona würde vielleicht ihren Komplizen zu Gesicht bekommen …

Auch der Typ mit der Strickmütze, der inzwischen ein wenig eingenickt war, stand auf. (Sieh mal an, welcher Beliebtheit sich dieser kleine unscheinbare Bahnhof am Vorweihnachtsabend erfreute!) Er holte einen Rucksack unter der Bank hervor und warf ihn sich über die Schultern. Aljona sah ihm gleichgültig zu, doch dann zog sie unwillkürlich die Augenbrauen in die Höhe.

Sieh mal an! Genauso einen Rucksack hatte sie sich doch vor ein paar Tagen selber erst gekauft, in einem schicken Laden in Nishni-Nowgorod, einen ganz schlichten, anthrazitfarbenen Rucksack, mit dem eleganten Logo einer belgischen Firma auf dem Tragegurt: »Easy way!« Er war nicht gerade billig gewesen, knapp hundertfünfzig Euro … Na gut, für Aljona war das nicht die Welt, das stimmte, aber für so einen armen Schlucker, dessen sonstiges Outfit nicht einmal secondhand, sondern bestenfalls second secondhand war, für den dürfte das doch einen glatten Monatslohn ausmachen!

Ooh! Oho! dachte unsere Schriftstellerin, und in ihrem Hirn entstand schon die nächste Räuberpistole. Vielleicht hatte dieser komische Heini ja gerade das »Byzanz« oder das »Onyx« ausgeraubt? Vielleicht war er sogar der Komplize der Schneekönigin, und sie taten bloß so, als würden sie einander nicht kennen?

In dieser Minute tauchten die Lichter des Bahnhofs von Linda aus der Dunkelheit auf und zogen wie an einer Schnur aufgereiht hinter den trüben, schneeverklebten Fensterscheiben ihres Waggons vorüber. Aljona stöhnte laut auf: Die Zeiger der Uhr an dem niedrigen Bahnhofsgebäude standen auf halb neun, das bedeutete, daß der letzte Bus nach dem Dorf Malenkaja, Aljonas Endziel, vor einer Viertelstunde abgefahren war ...

Aber wer weiß, vielleicht hatte sie ja Glück! Einmal im Leben konnte doch auch ein Wunder geschehen, erst recht in der Weihnachtsnacht!

Aljona stürzte los, erreichte die Tür noch vor dem armen Schlucker mit dem Rucksack, sprang aus dem Zug und rannte den endlos langen Bahnsteig entlang, als ihr plötzlich eine kleine malerische Gruppe den Weg versperrte. Die Gruppe bestand aus zwei Personen, nämlich der Schneekönigin und einem hochgewachsen Mann in einem langen schwarzen Mantel, der sie gerade innigst umarmte. Das Geräusch deftiger, schmatzender Küsse wechselte sich ab mit nicht weniger leidenschaftlichen Ausrufen: »Liebling! Endlich! Hat er auch keinen Verdacht geschöpft? Ich hatte solche Sehnsucht! Können wir uns auf Mascha verlassen? Wird sie bestimmt sagen, daß du bei ihr bist? Was für ein Glück, dich endlich hier zu haben! Ich habe so lange auf dich gewartet!

Das Feuer im Kamin ist wahrscheinlich schon heruntergebrannt! Nimm mich in deine Arme, Liebste, nimm mich in deine Arme!«

Aber dazu war die »Liebste« leider nicht imstande, aus dem einfachen Grund, weil ihre Hände immer noch mit all den Paketen behängt waren. Die Bedauernswerte stand einfach da, die Arme weit zur Seite gestreckt, damit ihr Kavalier ungestört seine leidenschaftlichen Gefühle zum Ausdruck bringen konnte.

Aljona sah die Geschichte glasklar vor ihrem inneren Auge. Also, da war als erstes ein ruchloser Ehebrecher. Und die Schneekönigin war nichts anderes als eine untreue Ehefrau, die ihr trautes Heim verlassen hatte, um Weihnachten vorgeblich mit einer gewissen Mascha zu feiern, wahrscheinlich ihre Freundin oder Schwester; in Wirklichkeit jedoch war sie etliche Kilometer weit zu ihrem Liebhaber gefahren, der sie hier vom Bahnhof abholte … Ach ja, womit holte er sie eigentlich ab?

Tja, höchstwahrscheinlich mit diesem schwarzen BMW da, dachte Aljona, als sie den Bahnhofsvorplatz betrat. Immerhin, das Auto war so einer luxuriösen Dame durchaus würdig. Und ein interessantes Kennzeichen hatte die Karosse auch, das mußte man zugeben: dreimal die acht.

Oh, was war das denn für ein Bus, der dahinten stand? Etwa ihrer? Sie rannte los.

»Entschuldigung, fahren Sie nach Malenkaja?« rief sie und schaute in die einladend geöffnete Tür.

Der Fahrer, ein hagerer, dunkler Bursche, der konzentriert auf seine Hände starrte, als sei er der festen Überzeugung, an seinen Fingern müßten Brillantringe stecken, und er könnte einfach nicht begreifen, daß keine da waren, antwortete mürrisch, ohne dabei auch nur den Blick zu heben: »Jopp.«

»Ist noch ein Platz frei?« fragte Aljona und spähte nach drinnen. »Wo bekomme ich einen Fahrschein, bei Ihnen oder im Bahnhof?!«

»Schieb zwanzig Rubel rüber und setz dich hin«, brummte der Fahrer. »Da ist Platz, so viel du willst!«

Aljona zahlte und stieg ein. Im Inneren des Busses herrschte schummriges Halbdunkel, nur wenige Plätze waren besetzt. Jeder normale Mensch war jetzt wohl längst zu Hause und saß gemütlich an der Festtafel.

Plötzlich hatte sie schrecklichen Hunger. Sie kramte zwei leicht zerdrückte Bananen aus ihrem Rucksack und verstaute ihn dann in der Gepäckablage über ihrem Kopf zwischen zwei geräumigen Reisetaschen. Mit einem Seufzer ließ sie sich in den Sitz fallen.

Eine riesenhafte Mama mit Nerzkappe und aufgeblähter Daunenjacke schielte von der anderen Seite des Ganges argwöhnisch zu Aljona herüber, stand auf und begann sorgfältig ihre Taschen zu untersuchen, zwischen denen der Rucksack klemmte.

»Entschuldigen Sie«, sagte Aljona, die an krankhafter Höflichkeit litt. »Stört mein Rucksack?«

Die Mama kniff lauernd die Augen zusammen und wollte schon ihren Mund öffnen, in der offensichtlichen Absicht, die dreiste Person abzukanzeln, da griff ein dünnes, unscheinbares Männlein, das neben ihr saß, nach ihrer schaufelartigen Riesenpfote und flüsterte: »Ljussenka, laß doch ...«

»Na gut, meinetwegen soll er ruhig da liegenbleiben«, sagte die korpulente Mama gnädig.

Was da wohl drin sein mag, in diesen riesigen Taschen? überlegte Aljona. Schon formte sich im Kopf unserer Schriftstellerin die nächste weibliche Diebesfigur, die die Juwelierläden »Byzanz« und »Onyx« ausgeplündert haben sollte (diese Taschen waren wirklich ungeheuer groß), da bestieg ein weiterer Fahrgast den Bus. Aljona hätte ihn beinahe begrüßt, denn es war niemand anderes als der Mann mit dem teuren Rucksack, der mit ihr im Zug gewesen war.

»Nach Malenkaja?« fragte er. Seine Stimme klang erkältet. »Wann fahren Sie los?«

»Seit einer halben Stunde steht der hier wie angewachsen!« greinte die üppige Mama in der Daunenjacke. »Auf wen warten wir eigentlich?«

»Ruhig, ruhig, Ljussenka«, wisperte ihr Gefährte und streichelte erneut ihre Hand; das heißt: ihre Pranke. Und Ljussenka beruhigte sich wieder.

»Na und, was sind schon hundertfünfzig, dafür fahre ich dich in zehn Minuten nach Malenkaja!« hörte man draußen jemanden lamentieren.

Aljona drehte sich um und sah im Licht eines Autoscheinwerfers eine schäbige gelbe »Kopeke«, einen uralten Lada, neben dem sich die bejammernswerte Gestalt eines zerlumpten Schwarztaxichauffeurs herumdrückte.

Tja, mit dieser »Kopeke« hatte man sicher gute Chancen, irgendwo auf halber Strecke liegenzubleiben, eher jedenfalls als mit ihrem soliden Bus Marke »Pasik«. Und da war auch wieder dieser BMW: Gerade drehte er auf dem Platz eine lässige Schleife, Aljona erhaschte einen kurzen Blick auf den silbrigen Pelz, dann verschwand der Wagen im dichten Schneegestöber und entführte die Schneekönigin an den Ort, wo man ihr zu

Ehren einen Kamin angefeuert und, versteht sich, auch ein prächtiges Bett vorbereitet hatte ... Nun ja, gebe Gott, daß sie in dieser Weihnachtsnacht nur in der Hitze leidenschaftlicher Umarmungen zerfließen möge und daß Mascha ihre Sache gut macht und die Freundin vor ihrem rechtmäßigen Ehegatten schützt, denn das Wichtigste im Leben ist und bleibt doch immer noch die Liebe!

Währenddessen hatte sich der neue Fahrgast auf den freien Platz vor Aljona fallen lassen und den Rucksack unter seine Beine geschoben, genau wie vorhin im Zug.

Komischer Kauz. Wenn er so schon mit seinem teuren belgischen Rucksack umging, wie verfuhr er dann erst mit einheimischen Erzeugnissen? Oder wollte er auf diese Art vielleicht seinen Klassenprotest ausdrücken?

Nach guter alter Tradition aller Nishni-Nowgoroder Busfahrer (genauer gesagt, aller russischen Busfahrer!) wurde sofort das Radio eingeschaltet und auf volle Lautstärke gedreht – natürlich der »Verkehrsfunk«. Man vernahm ein paar Takte Musik, dann folgten Nachrichten: die gleichen, die Aljona bereits im Zug gehört hatte. Es ging wieder um den verschwundenen Jungen, den Sohn des Nishni-Nowgoroder Oligarchen (Jetzt allerdings hieß es, der Vater habe die Absicht, den Radiosender »Auge der Wolga« zu verklagen, weil der die Entführung an die Öffentlichkeit gebracht hatte. Dadurch könnten sich, nach Ansicht Herrn Fjodorows, die Entführer möglicherweise zu unbedachten Handlungen provozieren lassen und das Leben seines Sohnes könnte in Gefahr geraten!); und die Schneeverwehungen auf den Straßen; und die Hilflosigkeit der Räumdienste gegenüber den Naturgewalten; und die wichtigste Information: nur noch drei Stunden bis Weihnachten.

Verflixt! dachte Aljona düster. Aber von hier aus braucht man ja höchstens vierzig Minuten. Es gibt also noch eine Chance! Und diesen Sender sollte man wirklich verklagen. Vor allem, wenn dem Jungen, Gott möge es verhüten, tatsächlich etwas zustößt.

Im Radio erklang wieder Musik, während der Bus jetzt über die Hauptstraße von Linda fuhr. Die Tankstelle am Ende des Dorfes huschte vorbei, schließlich noch ein oder zwei einsame Häuschen, dann war hinter den Fensterscheiben nicht mehr der kleinste Lichtschimmer zu sehen. Der Bus fuhr langsam, immer wieder geriet er auf der vereisten Straße ins Schlingern.

Ich frage mich, wie lange wir wohl noch in diesem Schnekkentempo dahinkriechen, dachte Aljona betrübt, während sie aus dem Fenster schaute. Aber besser, als wenn er zu schnell führe, man hängt ja am Leben …

Als hätte er ihre Gedanken erraten, verringerte der Fahrer die Geschwindigkeit noch mehr. Plötzlich blinkten neben der Straße farbige Lichter auf.

»Leute, ich muß tanken!« rief der Busfahrer, drehte eine scharfe, ziemlich saloppe Kurve, und Aljona sah, daß sie tatsächlich zu einer Tankstelle einbogen.

»Aber du hast doch eben gerade in Linda erst getankt!« kreischte die Mama in der Daunenjacke empört. »Ich hab selbst gesehen, wie du aus der Tankstelle rausgefahren bist!«

»Ljussenka …«

»Ruhe!« Der Fahrer beugte sich zu den Fahrgästen hin. »Erstens ist hier eine reguläre Haltestelle, ich bin verpflichtet, anzuhalten und Reisende aufzunehmen. Zweitens habe ich in Linda nur Diesel getankt, es gab kein Öl. Alles klar?«

Er sprang aus dem Bus und ließ die Tür offen. Sofort wehte Schnee herein und stob zwischen den Sitzen umher, griff mit eisigen Fingern den einen flink an den Hals, den anderen an die Wange, den dritten an die Nase.

Und mit den Schneeflocken kam ein junger Mann in einer kurzen Lammfelljacke und einer riesigen zottigen Pelzmütze mit Ohrenklappen in den Bus.

»Da hab ich ja Schwein gehabt«, verkündete er fröhlich und seine Augen blitzten unter der Mütze hervor. »Hab ich tatsächlich den Bus noch erwischt! Wenn das kein Weihnachtsgeschenk ist, was?«

Ljussenka in der Daunenjacke wollte ihm gerade etwas Gepfeffertes entgegnen, aber ihr Lebensgefährte faßte wieder nach ihrer Hand, und sie blieb still.

Der neue Fahrgast machte es sich in einer der hinteren Sitzreihen bequem. Kurz darauf stieg auch der Fahrer ein, schloß die Tür, schaute zu den Fahrgästen und rief: »So, das war's schon, jetzt geht's non stop weiter!«

»Hm«, sagte Ljussenka zweifelnd.

Die Schneekruste außen an den Fenstern wurde rasch dichter. Arme Inka! dachte Aljona besorgt. Ob sie jetzt wohl auf dem Dorfplatz in der Kälte herumstapft und wartet? Wie dumm, daß Leonid ausgerechnet heute mit Angina im Bett liegt und mich nicht mit dem Auto in Linda abholen konnte! Ich muß sie anrufen und ihr sagen, daß wir uns verspäten.

Sie zog ihr Handy, das sie an einer Schnur um den Hals trug, unter dem Lammfellmantel hervor, schaute auf das Display und pfiff enttäuscht: Kein Netz!

»Sagt mal, Leute«, rief sie spontan. »Hat jemand von euch vielleicht ein Handy, mit dem man hier in der Gegend telefonieren kann? Ich muß dringend meiner Freundin Bescheid sagen, daß wir uns verspäten, sie steht auf der Straße und wartet auf mich. Ich zahle auch für den Anruf!«

Die Mitreisenden wandten wie auf Kommando den Kopf zu ihr hin und starrten sie an. Aljona zog zum Beweis ihrer lauteren Absichten einen Fünfzigrubelschein hervor und wedelte damit in der Luft herum.

»Wer hat ein Handy? Bitte lassen Sie mich einen Anruf machen!«

»Die hat anscheinend zuviel Geld«, brummte Ljussenka und drehte sich zu ihrem Begleiter, der ihre riesige Pranke immer noch in seinem dürren Pfötchen hielt.

Die anderen sahen Aljona bloß gleichgültig an und wandten sich wieder ab, und sie saß da wie eine Idiotin und wedelte mit ihrem Geldschein. Der Mann aus dem Zug warf ihr einen verstohlenen Blick zu, und Aljona schien es auf einmal, als husche ein boshaftes Grinsen über sein Gesicht. Dabei schob er die Hand in die Hosentasche, zog sie aber sofort wieder heraus und setzte sich genauso hin wie zuvor, das Gesicht zum Fenster gewandt.

Wieder hielt der Bus an.

»Was soll das denn?« Ljussenka fuhr hoch, sprang mit ungeahnter Gelenkigkeit von ihrem Sitz auf und stürzte nach vorn, offenbar in der Absicht, dem Fahrer an die Gurgel zu gehen. »Halten wir etwa schon wieder an? Was fehlt dir denn jetzt, verdammt noch mal?«

»Gar nichts fehlt mir!« meldete dieser und drehte sein grinsendes Gesicht den Fahrgästen zu. »Im Gegenteil! Irgendwas in meinem Organismus ist offensichtlich im Überfluß vorhanden. Alles klar? Mit voller Blase kann ich nicht fahren, und ich hab vergessen, Pampers einzukaufen. Ihr werdet also wohl noch mal zwei Minütchen warten müssen.«

Er öffnete die Fahrertür, sprang nach draußen und verschwand in der verschneiten Dunkelheit.

Die zwei Minuten, die man normalerweise für die Verrichtung dieser gewissen Tätigkeit veranschlagt, verstrichen, dann weitere fünf, doch der Fahrer war immer noch nicht zurück. Durch die offene Tür zog es unbarmherzig , und da und dort sammelten sich schon kleine Schneewehen unter den Sitzen.

»Der hat sie wohl nicht alle?!« äußerte Ljussenka weinerlich, und dieses Mal wurde sie von ihrem Dompteur nicht in die Schranken gewiesen. »Hält einfach irgendwo mitten in der Pampa an und verschwindet! Was macht er denn da bloß so lange, dieser schreckliche Mensch?«

Irgend jemand äußerte die Vermutung, der Fahrer habe möglicherweise seine ursprüngliche Absicht geändert und die Angelegenheit erfordere jetzt gründlichere Überlegung. Ein anderer wandte jedoch sinnigerweise ein, daß längere Überlegungen bei diesem Wetter unerwünschte Folgen zeitigen könnten: Entweder du frierst dir gleich diverse lebenswichtige Körperteile ab, oder, wenn nicht, wirst du in Nullkommanichts bis zum Haaransatz zugeschneit. Jemand, der auf der Erde hockt, ist nämlich erheblich niedriger als ein aufrecht stehender Mensch.

»Vielleicht haben ihn ja die Wölfe gefressen?« rief Ljussenka dramatisch.

»Was sagst du da!« zischelte ihr Lebensgefährte. »Wo sollen denn hier Wölfe herkommen? Hier gibt es doch gar keine Wölfe!«

»Wo die herkommen sollen? Aus dem Wald!« widersprach ein Fahrgast aus der ersten Reihe. »Man merkt sofort, daß ihr nicht von hier seid. In der Gegend gibt es viele Wölfe. Nachts sieht man draußen auf dem Feld ihre Augen wie gelbe Kohlen leuchten.«

»Da, da sind sie, die Wölfe!« schrie Ljussenka aus voller Kehle und zeigte mit dem Finger auf die Heckscheibe.

Die übrigen Fahrgäste drehten sich alle gleichzeitig um und verrenkten sich dabei fast die Hälse. Tatsächlich, ganz in der Ferne erblickten sie zwei gelbe Augen.

Der erste Eindruck war in der Tat überwältigend.

»Das ist ein Auto und kein Wolf!« rief schließlich einer erleichtert aus.

Und wirklich: Die Wolfsaugen wurden immer größer und greller. Und dann sahen sie im Schein der Rücklichter des Busses, die der Fahrer angelassen hatte, ein schneebedecktes schwarzes Auto mit einem blau-weißen Firmenzeichen auf der Motorhaube vorbeihuschen.

Ja, hallo! Gute alte Bekannte! Der schwarze BMW mit den drei Achten im Kennzeichen! Aljona runzelte verdutzt die Stirn. Sie erinnerte sich, daß die ruchlosen Liebenden den Bus vor einiger Zeit schon einmal überholt hatten ... Aber wer weiß, vielleicht waren sie ja unterwegs irgendwo eingekehrt.

»Hört mal, Wölfe hin, Wölfe her, aber mit unserem Fahrer stimmt irgendwas nicht«, sagte der junge Mann mit der Ohrenmütze energisch. »Vielleicht ist ihm ja schlecht geworden? Oder er hat sich zu weit vom Bus entfernt und findet nicht mehr zurück? Guckt euch doch bloß mal diesen Schneesturm an!«

»Vielleicht sollten wir mal hupen?« schlug Aljona vor. »Wenn er wirklich nicht mehr zurückfindet, hört er es und kann sich danach orientieren.«

Der junge Mann mit der Mütze ging schnell nach vorn. Er beugte sich über den Fahrersitz und streckte die Hand zum Lenkrad aus – jedoch, das erwartete Hupsignal blieb aus. Verwundert drehte er sich zu den anderen um und sagte: »Die Hupe funktioniert nicht! Das ist ja vielleicht ein Hallodri, was? Mit kaputter Hupe loszufahren, bei dem Wetter und diesen Straßenverhältnissen, und dann noch im Dunkeln … Na warte, wenn der sich hier wieder blicken läßt, der kriegt was zu hören.«

»Erst mal muß er wieder da sein«, entgegnete Ljussenka vernünftig, und überraschenderweise stimmte ihr Lebensgefährte ihr diesmal zu.

»Genau, erst mal muß er wieder da sein!«

»Tja, seltsam, höchst seltsam!« brummte der junge Mann mit der Mütze und schaute sich ratlos um. »Was machen wir jetzt?«

Die Leute im Bus schwiegen.

»Vielleicht sollten wir ihn rufen?« schlug Aljona vor.

»Huhu!« rief irgendeiner der Fahrgäste albern, verstummte aber sofort betreten.

Der junge Mann mit der Mütze schüttelte bloß ärgerlich den Kopf.

»So doch nicht! Hier im Bus hat das Rufen natürlich keinen Zweck. Wir müssen nach draußen.«

Damit stieg er aus.

Kurze Zeit später kam er zurück und krächzte enttäuscht: »Es hat keinen Sinn.«

»Aber du hast ja gar nicht gerufen!« protestierte Ljussenka empört.

»Was heißt: ich hab nicht gerufen?« entgegnete der junge Mann und räusperte sich. »Da, hörst du, ich hab schon keine Stimme mehr. Da draußen gibt es nichts als Wind und Schnee, jedes Geräusch wird sofort verschluckt.

»Laßt mich mal ran, wenn ich erst mal schreie, dann schrei ich!« rief Ljussenka und stürzte mit kampflustig funkelnden Augen zur Tür.

Ihr Dompteur schlurfte mit dem gewohnten Stöhnen hinter ihr her.

»Ljussenka, ruhig ...«

»Es ist vollkommen nutzlos, sich da ganz allein die Kehle auszuschreien.« Der junge Mann mit der Mütze winkte ab. »Um gegen diesen Wind anzukommen, brauchte man einen ganzen Chor! Was ist, wieso glotzt ihr mich so an?« Er sah die entgeisterten Fahrgäste böse an. »Das interessiert uns doch alle, wir wollen schließlich weiterfahren!«

Nachdem die Leute im Bus einen Moment lang nachgedacht hatten, stimmten sie schweigend zu, und man begab sich ins Freie. Nur Aljonas Reisegefährte aus dem Zug schien keine rechte Lust dazu zu haben. Er drückte sich nur noch tiefer in seinen Sitz, als wollte er sich ganz darin verkriechen.

»Was ist, brauchen Sie eine Extraeinladung?« kreischte Ljussenka zänkisch, als sie das bemerkte.

Mit einem schweren Seufzer stemmte sich der Mann widerwillig hoch. In diesem Moment kam Aljona an ihm vorbei, und ihr Blick fiel auf seine Hand, die die Lehne des Vordersitzes umklammerte. Vor Verblüffung wäre sie beinahe gestolpert. Rasch sah sie sich noch einmal um, aber jetzt war alles wieder wie vorher: die unrasierten Wangen, die speckige, tief in die Stirn gezogene schwarze Strickmütze, der düstere, argwöhnische Blick.

Aljona ging zur Tür, sprang die schneebedeckten Stufen hinunter und landete direkt in einer Schneewehe. Schnell beugte sie sich nach vorn und krempelte die Stulpen auf. Das fehlte ihr grade noch, sich die Stiefel voller Schnee zu schaufeln, der dann später taute und die Strümpfe durchnäßte. Bei minus fünfzehn Grad im Freien war das ein höchst zweifelhaftes Vergnügen, zumal es noch vollkommen unklar war, wann sie die Schuhe würde wechseln können.

»So, sind alle da?« fragte der junge Mann mit der Ohrenmütze, der die Rolle des Anführers übernommen hatte, und betrachtete die anderen Fahrgäste mit dem Blick einer besorgten Bruthenne, die ihre Küken zählt. »Also dann alle zusammen … Nein, halt, dreht euch in unterschiedliche Richtungen, damit der Klang weiter vordringt.«

»Was sollen wir denn rufen?« fragte Ljussenka. »Huhu? Hallo? Oho? Hier sind wir?«

Es folgte eine kurze Debatte darüber, welcher Ruf wohl am wirksamsten sei. Schließlich einigte man sich und beschloß »Hier sind wir!« zu rufen.

»Bei drei geht's los!« befahl der Anführer. »Eins, zwei … drei! Hier sind wir!«

»Hi-ier sind wi-ir!« grölten alle aus Leibeskräften.

Nichts geschah. Sie verstummten und lauschten angestrengt in das Heulen des Windes.

»Nein, das bringt nichts«, sagte der Anführer besorgt. »Wir müssen uns rund um den Bus verteilen und ununterbrochen rufen, mindestens drei Minuten hintereinander. An so kurzen Rufen kann man sich nicht orientieren. Aber bleibt um Gottes willen alle dicht beim Bus, damit sich nicht noch jemand verirrt.«

Sich an die schmutzigen, schneebedeckten Wände des Busses drückend, verteilten sich die anderen und schrien dann wieder in allen Tonlagen, solange bis einer nach dem anderen vor Heiserkeit zu husten begann.

»Ich kann nicht mehr!« verkündete Ljussenka schließlich mit rauher Stimme und erklomm das Trittbrett. Ihren Mann, der von der Brüllerei vollkommen erschöpft war und sich kaum noch auf den Beinen halten konnte, zog sie resolut hinter sich her. Auch die anderen kletterten nach ihnen in den Bus, klopften sich den Schnee von den Kleidern, husteten laut und taten einander kund, was sie über die Ereignisse des Tages im allgemeinen und den verschwundenen Fahrer im besonderen dachten.

Wer eine Thermosflasche besaß, holte diese unverzüglich hervor, um sich erst einmal die Kehle zu befeuchten. Zwei von ihnen verwendeten zu diesem Zweck den Inhalt von Wodkaflaschen. Der Mann aus dem Zug ließ sich auf seinen Sitz fallen und wandte sich teilnahmslos zum Fenster. Anscheinend besaß er weder Thermosflasche noch Wodka.

»He, wo ist denn dieser, dieser, wie hieß er noch?« fragte Ljussenka auf einmal laut.

»Wer?« kam es mit schwacher Stimme von ihrem Lebensgefährten.

»Na der, der uns so brüllen ließ.«

Und tatsächlich: der inoffizielle Anführer war nicht mit ihnen im Bus.

»Er wird schon gleich kommen«, sagte einer. Aber der junge Mann mit der Mütze ließ sich nicht mehr blicken – weder gleich noch Minuten quälenden Wartens später.

»Was ist das jetzt wieder für ein Zirkus?« rief Ljussenka. »Erst verschwindet der eine, dann noch einer ... Scheucht uns alle aus dem Bus, und selber macht er sich aus dem Staub ... Halt!« schrie sie plötzlich auf. »Seht mal nach, ob eure Sachen alle da sind! Vielleicht war er ja ein Dieb! Vielleicht war das alles ein abgekartetes Spiel!«

Die Fahrgäste untersuchten hastig ihr Gepäck. Ljussenka, deren Gepäck deutlich umfangreicher als das der anderen war, wirbelte zwischen den Sitzreihen entlang und zählte ihre Taschen und Tüten, wobei sie zuerst die Finger der einen, dann der anderen Hand zu Hilfe nahm und lautlos die Lippen bewegte.

Der Reisende aus dem Zug schaute unter den Sitz, trat mehrmals zur Sicherheit gegen seinen Rucksack und starrte dann wieder aus dem Fenster, so gleichgültig wie zuvor. Auch Aljona ließ sich vom allgemeinen Argwohn anstecken und wollte nachschauen, ob ihr bescheidenes Gepäck noch an seinem Platz lag, aber Ljussenka, die immer noch im Gang hin und her raste, war ihr dabei im Weg.

Na gut, er wird schon nicht weg sein, dachte die Schriftstellerin unbesorgt.

»Alles noch da, zum Glück«, verkündete einer der Fahrgäste. Mehrere Stimmen fielen bestätigend ein.

»So?« schrie Ljussenka triumphierend auf. »Von wegen alles noch da! Ich hab's gleich gesagt! Ich hab euch ja gesagt, das ist ein Dieb!«

»O Gott!« stöhnte ihr Ehemann, der immer noch heiser

war von der Brüllerei, hilflos. »Spann uns nicht auf die Folter! Sag schon, was fehlt denn?«

»Der Rucksack von der jungen Frau!« Ljussenka zeigte mit dem Finger auf Aljona.

Unsere Schriftstellerin, die Balzacs Lebensalter längst überschritten hatte, empfand in der Regel ein besonders zärtliches Gefühl für Menschen, die sie »junge Frau« titulierten. In diesem Augenblick jedoch war ihr einfach nicht danach zumute, irgend jemanden dankbar anzulächeln. Sie sprang auf, um selber in der Gepäckablage nachzusehen, wo sie ihren Rucksack zwischen Ljussenkas Taschen verstaut hatte.

»Ja«, sagte Aljona bestürzt. »Das heißt, nein. Ich meine, der Rucksack ist tatsächlich weg. Das ist ja ein Ding!«

»Eben!« rief Ljussenka aufgeregt. Ich hab gleich gemerkt, daß irgendwas nicht stimmt! Und dann dachte ich: Also, Ljussenka, das ist die blaue Tasche, die ist noch da, und daneben die rote, die ist auch da, aber dazwischen war doch vorhin noch irgend etwas Schwarzes ... Dein Rucksack war doch schwarz, stimmt's?«

»Stimmt.« Aljona nickte niedergeschlagen.

»Und der war bestimmt teuer, stimmt's?«

»Stimmt.«

»Natürlich, das hab ich sofort gesehen, da stand nämlich irgendwas Ausländisches drauf!« Ljussenka besaß eine scharfe Beobachtungsgabe, das mußte man zugeben.

»Stimmt, was Ausländisches.« Aljona nickte nochmals. »›Easy way‹ stand da, das ist Englisch und heißt ›Angenehme Reise‹.«

Der Mitreisende aus dem Zug, der bis eben teilnahmslos durch das Fenster geschaut hatte, sprang plötzlich auf, beugte sich unter den Sitz und zerrte seinen eigenen Rucksack hervor. Er hielt ihn sich ganz dicht vors Gesicht, als wollte er daran schnuppern, knetete und preßte daran herum, daß es in seinem Inneren laut knisterte, und starrte dann Aljona ratlos an.

»Aber das ist er doch, der Rucksack!« rief Ljussenka freudig. »Er hat ihn gefunden! Warum hast du ihn denn unter den Sitz geschoben? Die junge Frau war schon ganz außer sich durch deine Schuld, und wir auch. Nun gib ihn schon her!«

Doch der Mann versteckte den Rucksack mit einer raschen Bewegung vor Ljussenkas zudringlichen Händen hinter seinem Rücken und sagte leise in entschuldigendem Tonfall:

»Das ist mein Rucksack.«

»Was?« kreischte Ljussenka und schob sich mit der ganzen Masse ihres gewaltigen Körpers auf ihn zu. »Was soll das heißen: deiner? Er ist schwarz und hat ausländische Buchstaben drauf. Los, gib der jungen Frau den Rucksack zurück!«

»Es ist sein Rucksack«, bestätigte Aljona matt. »Es stimmt. Wir hatten beide genau die gleichen Rucksäcke, das war mir schon im Zug aufgefallen. Wir saßen im selben Abteil.«

Der Mann aus dem Zug warf ihr einen schnellen, verstohlenen Blick zu, drückte den Rucksack an die Brust und stürzte plötzlich zur Tür.

»Wo wollen Sie hin?« rief Aljona erschrocken auf. »Was ist denn los?«

»Wir müssen ihn festhalten!« sagte der Mann aus dem Zug und drehte sich hektisch um. »Den Kerl, der Ihren Rucksack gestohlen hat! Er kann noch nicht weit sein!«

»Verrückt geworden?« Ljussenka kicherte hysterisch. »Versuch's doch mal! Den kannst du in den Wind schreiben!«

Und in diesem Augenblick flog mit dem nächsten Stoß besagten Windes – nicht etwa der Dieb des Rucksacks zur Tür herein, wie man vielleicht hätte denken können – nein, sondern der verschwundene Busfahrer.

»Hallo zusammen!« rief er munter. »Ihr habt mich bestimmt vermißt, Leute, was?«

Er wischte sich den Schnee aus den Haaren und klopfte sich auf die Brust.

»Ich bitte um Pardon. Ich war kaum vom Weg runter, da bin ich in eine Schneewehe geraten und völlig eingesunken, und dann bin ich in die falsche Richtung gegangen und habe auf einmal schlagartig die sexuelle Orientierung verloren!« Er kicherte, sehr mit sich zufrieden, aber dann bemerkte er die gedrückte Stimmung seiner Fahrgäste, schlug die Arme um die Schultern und fing demonstrativ an, mit den Zähnen zu klappern. »Mann, ich bin durchgefroren bis auf die Knochen! Ich dachte schon, mein letztes Stündchen hat geschlagen! Bei diesem Schnee sieht man die Hand vor Augen nicht. Gott sei Dank hab ich euch schreien gehört und endlich kapiert, in welche Richtung ich gehen mußte. So, jetzt sind wir aber in Nullkommanichts da!«

Schon ließ er sich auf dem Fahrersitz nieder, da rief Aljonas Bekannter aus dem Zug ihn auf einmal an: »Warten Sie! Wir können noch nicht fahren!«

»Wieso denn nicht?« Der Fahrer starrte ihn verblüfft an.

»Der jungen Frau hier wurde der Rucksack gestohlen«, sagte der Mitreisende aus dem Zug und nickte in Aljonas Richtung.

»Was ist los?« fragte der Fahrer. »Was soll das heißen: der jungen Frau wurde der Rucksack gestohlen?«

»Sie hatte genau den gleichen Rucksack wie ich«, antwortete der Mann aus dem Zug und hielt seinen eigenen Rucksack in die Höhe. Und jetzt hat er sich in Luft aufgelöst.«

»Was heißt in Luft aufgelöst?« rief Ljussenka dazwischen. »Den hat dieser Kerl geklaut, den du an der Tankstelle mitgenommen hast. Sie wird dich verklagen«, fügte sie hinzu und nickte in Aljonas Richtung. »Schadensersatz wird sie verlangen. Dann überlegst du dir künftig genauer, wen du alles in deinen Bus einsteigen läßt!«

»Ach du grüne Neune!« Der Busfahrer stöhnte und wischte sich die Stirn. Man sah, daß er tatsächlich ins Schwitzen gekommen war. »Was nicht alles so passiert. In meinem Bus soll es Spitzbuben geben, die Gepäck klauen?« Und er trommelte wütend auf das Lenkrad.

Die Hupe brüllte auf.

»He, die Hupe funktioniert ja!« rief einer der Fahrgäste.

»Wieso sollte sie denn nicht funktionieren?« fragte der Fahrer verdutzt.

»Na der Typ, dieser Dieb, hat behauptet, die Hupe sei kaputt. So ein Gauner!«

»Hör mal, hattest du irgendwas Wertvolles in deinem Rucksack?« fragte Ljussenkas Ehemann Aljona und beugte sich über die üppigen Knie seiner Gattin.

»Nein, nichts Besonderes«, sagte sie achselzuckend. »Nur ein paar Weihnachtsgeschenke für meine Freundin und ihren Mann. Und was Leckeres zu essen: Ananas, Mango, eine Packung Räucherlachs, eine Dose Kaviar ... Und ein paar Pralinen ... Mein Portemonnaie, den Paß, die Schlüssel usw. habe ich in meiner Jackentasche, und mein Handy trage ich um den Hals.« Zum Beweis zog sie an ihrem Halsband. »Es ist natürlich schade drum, aber ich hoffe, meine Freundin wird's mir verzeihen.«

Da fiel ihr wieder ein, daß ihre arme Freundin wahrscheinlich immer noch mitten auf dem Dorfplatz von Malenkaja stand und wartete. Wahrscheinlich war sie inzwischen schon bis zum Hals eingeschneit. Sie begann hektisch mit den Armen zu rudern und rief: »Los, laßt uns weiterfahren, schnell!«

»Ja, weiterfahren, los!« ertönten Stimmen von allen Seiten, aber der Mann aus dem Zug rannte plötzlich mit seinem Rucksack in der Hand nach vorn zur Tür, stellte sich auf das Trittbrett und knurrte: »Nein, so geht das nicht! Wir können nicht einfach so losfahren ... Was soll denn mit dem Gepäck der jungen Frau passieren? Nein, ich fahre nicht weiter. Ich steige aus!«

Aljona starrte ihn mit großen Augen an. Ebenso die anderen Fahrgäste.

»Seien Sie nicht unvernünftig«, sagte sie so ruhig wie möglich. »Meine Freunde werden es schon verstehen, wenn ich ohne Geschenke komme, ich sagte doch, sie werden es mir verzeihen. Und so einen Rucksack kann ich mir ja wieder kaufen. Das ist überhaupt kein Problem.«

Aber der Mann hörte gar nicht zu.

»Was für eine Gemeinheit!« sagte er immer wieder und stampfte wütend mit dem Fuß auf. »Was ist das bloß für eine Gemeinheit!«

Dabei schlug er mit der Faust gegen die Tür, und Aljona fielen wieder seine Hände auf.

Was hat das alles bloß zu bedeuten, grübelte sie.

Na gut, sie würde später noch genug Zeit haben, darüber nachzudenken. Aber jetzt ...

»Lassen Sie uns losfahren, ja?« bat sie den Busfahrer. »Zum Teufel mit meinem Gepäck, diese Warterei ist ja nicht mehr zu ertragen!«

Der Fahrer hantierte mit irgendwelchen Hebeln und Knöpfen, drehte am Lenkrad und verkündete auf einmal, der Motor springe nicht mehr an. Er selber wäre durchaus bereit und willens loszufahren, aber der Bus sei es dummerweise nicht.

»Soll das ein Witz sein, oder was?« rief man ringsum. »Bist du jetzt völlig übergeschnappt? Mach wenigstens die Tür zu, wir sind schon die reinsten Eiszapfen!«

Aber die Tür ließ sich nicht schließen, weil immer noch der aufgeregte Eigentümer des Rucksackzwillings auf dem Trittbrett herumtrampelte und über die Gemeinheit des Menschengeschlechts lamentierte.

Plötzlich kitzelte Aljona irgend etwas am Bauch: Es fühlte sich an, als sei ein kleines, niedliches, zirpendes Wesen unter ihre Lammfelljacke gekrochen, säße nun gemütlich auf ihrem Pullover und sänge voller Gefühl die Tangomelodie »Perlender Champagner«.

O Gott! Das war ihr Handy! Es vibrierte und klingelte! Also war es von den Toten auferstanden! Das bedeutete vermutlich, daß sie in dieser Region zwar nicht selber anrufen, aber Anrufe entgegennehmen konnte! Sicher war das Inna.

Richtig geraten!

»Inna, Gott sei Dank!« rief Aljona erleichtert, nachdem sie endlich das Telefon unter ihrer Lammfelljacke hervorgezerrt hatte. »Hier herrscht das völlige Chaos, das kannst du dir gar nicht vorstellen!«

»Doch, das kann ich ziemlich gut«, antwortete die Stimme

der Freundin. »Da der Bus bis jetzt noch nicht angekommen ist, muß er wohl irgendwo steckengeblieben sein.«

»Ja!« rief Aljona verzweifelt. »Hier ist überhaupt soviel passiert, daß ich mir gar nicht mehr vorstellen kann, wann ich bei euch ankommen. Warte mal! He, Fahrer, hören Sie! Meine Freundin ruft gerade an, soll sie vielleicht dem Abschleppdienst Bescheid sagen?«

»Abschleppdienst?« Der Fahrer lachte. »Um zehn Uhr abends, und dann noch zu Weihnachten? Heute liegen alle Männer längst unter ihren Tischen, voll wie die Haubitzen. Wir müssen selber klarkommen.«

Und er traktierte wieder den Anlasser.

»Junge Frau!« rief einer der Fahrgäste.

Aljona hatte sich im Laufe des Abends schon so an diese Anrede gewöhnt, daß sie ganz selbstverständlich darauf reagierte.

»Junge Frau, könnten Sie Ihre Freundin vielleicht bitten, bei mir zu Hause anzurufen?« fragte eine Frau aus der ersten Reihe mit weinerlicher Stimme. »Mein Mann ist so schrecklich eifersüchtig, der reißt mir sonst den Kopf ab!«

»Und bei mir auch, meine Schwiegermutter brät mich in der Pfanne!«

»Oh, sagen Sie ihr das lieber alles selbst, sonst bringe ich noch was durcheinander.«

Das Telefon ging von Hand zu Hand. Alle beteiligten sich an den Verhandlungen mit Inna, Aljona aber beobachtete heimlich ihren Mitreisenden, der immer noch in der offenen Tür stand.

»He, Fahrer!« rief plötzlich jemand. »Da kommt ein Auto! Steig aus und wink, vielleicht kennt der sich mit Motoren aus.«

»Der kommt nicht hierher, sondern fährt von uns weg«, sagte der Fahrer wichtigtuerisch. »Aber egal, Männer, ich habe den Fehler schon gefunden. Das habe ich im Handumdrehen in Ordnung gebracht, und dann ist alles wieder tipptopp.«

»Was denn, fahren wir endlich weiter?« tönte es ringsum ungläubig.

»Wir sind schon so gut wie unterwegs!« gab der Busfahrer zurück und wandte sich an den Mann mit dem Rucksack.

»Es ist alles in Ordnung, krieg dich wieder ein und laß uns endlich losfahren.«

Der schaute unschlüssig drein, als könne er sich nicht entscheiden, ob er nun aus- oder doch lieber einsteigen solle. Schließlich kletterte er wieder zurück in den Bus und setzte sich, den Rucksack fest an die Brust gedrückt, wieder auf seinen alten Platz.

Und der Bus fuhr los! Er fuhr wahr und wahrhaftig los!

Ljussenka, die in diesem Moment gerade ihre Anweisungen an Inna beendet hatte, gab Aljona das Telefon zurück. Die hielt es ans Ohr.

»Hallo, Aljona?« flüsterte ihre Freundin erschrocken. »Hörst du mich? Die haben mich dermaßen vollgelabert, daß ich mir keine einzige Adresse merken konnte. Ich werde alles durcheinanderbringen, ich glaube, ich mache am besten gar nichts.«

»Ja, das wird wohl das beste sein.« Aljona lächelte. »Hier ist inzwischen alles im Lot, wir fahren schon wieder. Aber warte, leg noch nicht auf. Ich habe eine kleine Bitte an dich.«

Sie ging in die hinterste Reihe, drückte sich in eine Ecke und deckte zusätzlich noch die Sprechmuschel mit der

Handfläche ab, damit sie um Gottes willen niemand hören konnte. Dann formulierte sie ihre kleine Bitte. Genauer gesagt, waren es mehrere.

»Bist du verrückt geworden?« stotterte Inna verwirrt, als sie fertig war. »Na gut, ich versuch es.«

Aljona schob das Handy wieder unter die Lammfelljacke und schaute aus dem Heckfenster. Ganz in der Ferne leuchteten zwei gelbe Augen. Aljona grinste. Wenn sie die Lage richtig einschätzte, würde in Kürze ein Auto an ihnen vorbeikommen. Allerdings diesmal logischerweise nicht der schwarze BMW. Ah, da war es schon. Mal sehen, wen haben wir denn da? Oho, die altvertraute gelbe »Kopeke«!

Aber Moment, keine voreiligen Schlüsse ziehen, verehrte Frau Schriftstellerin. Völlige Klarheit wirst du erst in Malenkaja haben, und es kann gut sein, daß du wieder mal deiner blühenden Phantasie aufgesessen bist. Ach, hoffentlich ruft Inna bald an.

Doch erst zwanzig Minuten später, die alle in stummer, schläfriger Erstarrung verbrachten (anscheinend zeigte sich jetzt bei den Fahrgästen die Wirkung des kleinen Schocks, den sie gerade durchlebt hatten), erwachte wieder das Telefon auf Aljonas Brust. Sie konnte das Handy gerade noch schnappen, ehe es wieder »Perlender Champagner« trällerte.

»Hallo? Bist du's, Inna?«

»Wer denn sonst, der Weihnachtsmann?« hörte sie die aufgeregte Stimme ihrer Freundin. »Du hast vielleicht ein Schwein. Ich habe alles rausgekriegt, paß auf!«

»Inna, du bist ein Engel«, rief Aljona mit Inbrunst, als die Freundin ausgeredet hatte. »In zehn oder fünfzehn Minuten sind wir da, denke ich, aber hol mich nicht ab, hörst du? Die

Sache bringe ich besser allein zu Ende. Mach dir keine Sorgen, ich werde euer Haus schon finden, ich kenne den Weg noch vom letztenmal. Und sag Ljonka, er soll den Champagner aus dem Kühlschrank nehmen, du weißt ja, ich mag es nicht, wenn er so kalt ist.«

Nicht zehn, sondern bereits sieben Minuten später traf der Bus in Malenkaja ein und hielt vor dem bis fast übers Dach eingeschneiten Wartehäuschen an.

»Wir sind da!« rief der Fahrer und ließ zur Feier des großen Ereignisses ein langes Hupen ertönen. Dann öffnete er die Tür, und die Fahrgäste drängten ins Freie. Als erster huschte allerdings Aljonas Mitreisender aus dem Zug nach draußen, den anthrazitfarbenen Rucksack immer noch an sich gedrückt.

Aljona blieb sitzen. Strenggenommen hätte sie möglichst schnell aussteigen müssen, aber erstens hatte sie den richtigen Moment verpaßt, und jetzt war die Tür mit Ljussenkas Taschen vollkommen verstopft. Zweitens hatte Aljona vor Aufregung angefangen zu zittern.

Na, egal! sagte sie sich. Selbst wenn du dich getäuscht hast, was macht das schon!

Ihr machte das gar nichts. Aber es bedeutete, daß diese Reise für einen anderen Menschen ein Ende mit Schrecken genommen hatte.

»Was sitzt du da?« fragte Ljussenka und drehte sich halb zu ihr um. Sie hatte gerade ihr letztes Gepäckstück aus dem Gepäcknetz gewuchtet. »Grämst du dich immer noch?«

»Ja«, gab Aljona zu, denn in der Tat grämte sie sich. Sogar sehr!

»Hör mal …«, Ljussenka hielt inne und senkte den Blick.

Die Verlegenheit in diesem bestimmt 100 Kilo schweren Körper wirkte unglaublich rührend! »Wir kommen gerade von unseren Verwandten aus Kiew ... Ich habe natürlich weder Mango noch Ananas, aber vielleicht möchtest du etwas ukrainischen Speck und hausgemachte Wurst? Blutwurst mit Buchweizen! Glaub nicht, daß wir kein Mitleid haben! Und damit du dem Lachs nicht mehr so sehr nachtrauerst, gebe ich dir von unserem Steinbeißer, den haben wir selber eingesalzen. Der ist aus dem Dnepr, du kannst dir gar nicht vorstellen, wie lecker der ist!«

»Ljussenka!« Aljona, deren Nerven allmählich am Ende waren, war auf einmal so gerührt, daß sie aufsprang und die Dicke umarmte. »Vielen herzlichen Dank, aber mach dir um mich keine Sorgen. Ich brauche nichts.«

»Verstehe«, sagte Ljussenka gedehnt und kniff die Lippen mißbilligend zusammen. »Du ißt natürlich keinen Speck und keine Wurst, stimmt's? Du achtest selbstverständlich auf deine Figur, hab ich recht? Na, dann achte mal schön weiter darauf, guck dir doch an, was das für Folgen hat, das geht ja sogar so weit, daß du Weihnachten bei deiner Freundin feierst. Wahrscheinlich hast du gar keine eigene Familie. Ich zum Beispiel esse zum Frühstück Speck und zum Abendessen Pelmeni, und mittags esse ich Blutwurst! Deshalb ist meine Haut auch so schön glatt, und ich habe einen Mann, der mir gehört.

Sie zerrte ihren Lebensgefährten von seinem Sitz und plazierte ihn ganz oben auf die Barrikade aus Taschen, wie um zu zeigen, daß er die Krönung all dessen sei, was sie im Leben erreicht hatte.

Aljona nickte schweigend, zum Eingeständnis ihrer Niederlage. Und wirklich, was konnte man dem entgegenhalten?

Ljussenka brauchte eine halbe Ewigkeit, um ihre ganze bewegliche und unbewegliche Habe ins Freie zu schaffen. Aljona zerkratzte sich die Handflächen mit den Fingernägeln, während sie darauf wartete, zum Ausgang vorzudringen. Endlich war der Weg frei, und sie stürzte nach draußen. Genießerisch atmete sie die frostige Luft ein.

Der Schneesturm hatte sich gelegt, und es schien, als hätte sich mit einem Schlag ein Vorhang aufgetan vor all der irdischen und himmlischen Schönheit. Ein festliches, weihnachtliches Muster aus Sternen überzog den Himmel über ihnen, auf der Erde jedoch strahlten die Laternen und erhellten den kleinen gemütlichen Platz vor dem Einkaufsladen des Dorfes. Aljona ließ ihren Blick über den Platz schweifen und atmete erleichtert auf, denn sie erblickte ganz in der Nähe unter einer Laterne genau das, worauf sie gehofft hatte – obwohl sie zugleich große Angst gehabt hatte, sich zu irren.

Geraume Zeit stand sie da und beobachtete gerührt ihren Reisegefährten aus dem Zug, der einen etwa zwölfjährigen Jungen in einer schmutzigen Jeansjacke an sich drückte, während er in der anderen Hand linkisch seinen anthrazitfarbenen Rucksack hielt. Dann gab sie sich einen Ruck und ging langsam auf die beiden zu. Aus den Augenwinkeln bemerkte sie, daß der untersetzte Mann, der nervös neben der gelben »Kopeke« stand und rauchte, sich gespannt aufrichtete und seine Zigarette wegwarf.

Aljona lächelte ihn beruhigend an, berührte ihren Reisegefährten aus dem Zug behutsam an der Schulter und sagte leise zu ihm:

»Entschuldigen Sie, Valentin Michailowitsch ... Es ist mir sehr unangenehm, Sie in diesem Augenblick zu belästigen ...

Aber ... wenn Sie meinen Rucksack jetzt nicht mehr brauchen, könnten Sie ihn mir dann vielleicht zurückgeben?«

Er drehte sich um und starrte Aljona mit großen, gequälten Augen an. Der Junge löste sich aus dem Arm des Vaters. Sein Gesicht war müde und verweint, aber in seinen Augen leuchtete Neugier.

»Papa, wer ist das?«

»Entschuldigen Sie, Valentin Michailowitsch«, sagte Aljona noch einmal. »Meine Freundin wartet auf mich ...«

»Sie kennen mich?« fragte der Mann.

»Ich habe vor einiger Zeit einen Artikel in der Zeitung über Sie gelesen, aber gesehen habe ich Sie noch nie. Und heute hörte ich im Radio von der Entführung Ihres Sohnes. Aber hinter die Lösung des Falles bin ich genaugenommen gerade eben erst gekommen, als ich Sie mit dem Jungen sah.«

»Die Lösung des Falles?« fragte Fjodorow. »Wie haben Sie das gemacht?«

»Das spielt doch keine Rolle.« Aljona lächelte. »Ihnen ist jetzt bestimmt nicht nach kriminalistischer Logik zumute, habe ich recht? Ihr Sohn ...«

»Mir geht's gut«, sagte der Junge stolz.

Fjodorow drückte ihn noch fester an sich.

»Uns beiden geht's gut, stimmt's, Wanka? Sie haben ihm nichts getan, nur ein bißchen Angst gemacht. Das waren keine Killer, sondern eigentlich nur ein paar ... gemeine kleine Diebe. Wegen lumpiger zweitausend Dollar haben sie sich einen solchen Mist eingebrockt, daß sie sich lange nicht davon erholen werden.«

»Dann hatte ich also recht: in dem Rucksack war das Geld, ja?« fragte Aljona lebhaft.

»Ah, jetzt verstehe ich: Der Rucksack hat mich verraten!« Fjodorow lächelte.

»Unter anderem.« Aljona nickte. »Zuerst habe ich mich eigentlich nur ein bißchen gewundert, sonst gar nichts: Der Rucksack paßte einfach nicht zu Ihrer übrigen Erscheinung.«

»Diese Leute, ich meine die Entführer, haben mich angewiesen, mich möglichst unauffällig zu kleiden, damit ich unter den gewöhnlichen Fahrgästen im Zug nicht auffalle«, erklärte Fjodorow. »Irgendein ganz normaler Mann mit einem Rucksack, weiter nichts. Ich habe meine ›Garderobe‹ mit großer Sorgfalt zusammengestellt, die Jacke und die Stiefel habe ich sogar extra auf dem Zentralmarkt besorgt, wissen Sie, da wo man alle möglichen Lumpen kaufen kann. Die Hose hat mir ein Nachbar geliehen, er benutzt sie für die Gartenarbeit. Und den Rucksack ... Nun das ist Wanjas Rucksack. Es war mir irgendwie leichter damit.«

Fjodorow schaute Aljona entschuldigend an.

»Easy way«, sagte sie. »Ich verstehe.«

»Mir war allerdings schon klar, daß er ziemlich in die Augen fällt, deshalb habe ich ihn die ganze Zeit immer unter dem Sitz versteckt gehalten. Und was hat sonst noch Ihren Verdacht erregt, außer dem Rucksack?« fragte er dann neugierig.

»Eigentlich war es gar keine bewußte Überlegung, sondern nur so eine Art Intuition.« Aljona nickte. »Mir sind Ihre Hände aufgefallen. Diese ungewöhnlich langen, empfindsamen Finger mit den gepflegten Nägeln, wie bei einem Pianisten. In dem Artikel, den ich über Sie gelesen habe, stand, daß Sie auf dem Konservatorium waren und daß Ihr Sohn die Musikschule besucht.«

Vater und Sohn streckten wie auf Absprache die Hände aus

und zeigten Aljona ihre kräftigen, schmalen Handflächen mit den langen, geschmeidigen Fingern.

»Das liegt bei uns in der Familie«, sagte Fjodorow stolz. »Mein Großvater war Lehrer am Konservatorium und ein berühmter Pianist. Was meinen Sie, mit wem der alles schon gespielt hat! Auch mein Vater spielte Klavier, er war Mitglied des Opernorchesters in Nishni-Nowgorod. Wir haben alle die gleichen Hände! Aber ich habe Sie schon wieder unterbrochen.«

»Macht nichts«, sagte Aljona und zuckte gleichmütig die Achseln. »Und dann war da noch die Sache mit dem Handy ... Ich hatte gefragt, ob nicht einer der Fahrgäste vielleicht ein Telefon dabei habe, erinnern Sie sich? Alle haben mich angesehen, als sei ich nicht ganz richtig im Kopf, und Sie haben, vermutlich aus reiner Gewohnheit, in Ihre Jackentasche gefaßt, in der Sie Ihr Telefon haben, und dann die Hand gleich wieder zurückgezogen. Doch auch das habe ich, wie gesagt, anfangs gar nicht so bewußt wahrgenommen. Bloß am Ende waren es dann einfach zu viele Merkwürdigkeiten für eine einzige Reise. Richtig stutzig bin ich aber erst geworden, als Sie so nachdrücklich verlangten, den Kerl zu suchen, der meinen Rucksack gestohlen hatte. Das war doch nicht normal, das war einfach übertrieben edelmütig. Für einen wildfremden Menschen gab es keinen vernünftigen Grund, sich so aufzuregen. Aber Sie waren ja regelrecht verzweifelt! Dabei war mir nicht einmal etwas besonders Wertvolles gestohlen worden. Und dann fiel mir ein, wie verzagt Sie auf einmal ausgesehen hatten, als ich meinen Rucksack beschrieb, der dem Ihren wie ein Ei dem anderen glich. Als hätten Sie gerade begriffen, daß man versehentlich meinen Rucksack genommen hatte statt dem

Ihren! Jetzt ist mir natürlich klar, daß dieses ganze Theater mit dem verschwundenen Busfahrer nur veranstaltet wurde, damit man unbemerkt Ihren Rucksack holen konnte! Aber zu dem Zeitpunkt konnte ich das ja noch nicht wissen. Als dann allerdings der Fahrer wieder zurückkam und sich so künstlich aufregte und verlangte, daß man diesen Kerl suchen müsse, da wurde mir schon einiges klarer. Zumindest stand für mich jetzt außer Zweifel, daß der Fahrer bei dem schmutzigen Spiel mitmischte. Er war wenigstens zwanzig Minuten da draußen in der tobenden Schneehölle gewesen, und als er wiederkam, hatte er bloß ein paar mickrige Schneeflocken im Haar. Dabei hätte er doch eigentlich aussehen müssen wie ein Schneemann. Folglich mußte er sich die ganze Zeit irgendwo an einem geschützten Ort aufgehalten haben. Und was für ein Ort sollte das gewesen sein? Am wahrscheinlichsten doch wohl ein Auto. Kurz zuvor war ja ein Wagen an unserem Bus vorbeigekommen ... Dann fielen mir noch die nassen Stellen auf seiner Biberjacke auf, und außerdem waren seine Haare ganz feucht. Daraus schloß ich, daß er offensichtlich wirklich voller Schnee gewesen war, später aber im Warmen gesessen hatte, so daß der Schnee getaut war. Anschließend war er durch den Schnee wieder zum Bus gerannt. Ich erinnerte mich, daß das Auto etwa fünf Minuten, nachdem der Fahrer verschwunden war, an uns vorbeifuhr. Anscheinend hatte irgend etwas in der zeitlichen Koordination der Gauner nicht ganz geklappt. Und als der Fahrer uns dann immer noch hinhielt und forderte, daß wir den Dieb unbedingt suchen müßten, da wurde mein Verdacht erst richtig geweckt. Er wußte natürlich, daß der Kerl ganz in der Nähe war, vermutlich in genau dem Auto, in dem er selber gerade noch gesessen hatte, und daß man dort in diesem Moment den Rucksack öffnen und bemerken würde, daß nicht das Geld drin war, sondern irgendwelcher Krimskrams, und daß seine Komplizen alles daran setzen würden, den richtigen Rucksack in die Finger zu kriegen. Deshalb spielte der Busfahrer auf Zeit und tat, als habe der Bus eine Panne, und Sie standen auf dem Trittbrett und hielten Ihren Rucksack nach draußen! Schließlich haben die Entführer Ihren Rucksack genommen und meinen zurückgegeben. Übrigens sind die Komplizen von dem Fahrer und dem Dieb dabei ein ziemliches Risiko eingegangen«, fuhr sie fort. »Denn wenn dieser Typ gleich den richtigen Rucksack erwischt hätte, hätte er sich damit ja auch einfach aus dem Staub machen können.«

»Dieser Typ war der Organisator des Ganzen«, sagte Fjodorow und strich seinem Sohn behutsam über den Kopf. »Und in dem Auto waren seine Erfüllungsgehilfen.«

»Was?« Aljona staunte. »Der? Wie kann das denn sein … Das war doch viel zu riskant, sich Ihnen offen zu zeigen. Denn das war doch Ihr Stellvertreter, oder? Pjotr Perfiljew heißt er, richtig?«

Fjodorow starrte sie mit großen Augen an.

»Woher wissen Sie das nun wieder?«

»Entschuldigen Sie, könnte ich vielleicht einmal Ihren Ausweis sehen, junge Frau?« hörte Aljona plötzlich eine Stimme hinter sich. Sie drehte sich um und sah den untersetzten Mann, der vorhin neben der gelben »Kopeke« gestanden und nervös geraucht hatte.

»Könnte ich vielleicht erst mal Ihren Ausweis sehen?« fragte sie zurück, ohne auch nur ein Sekunde daran zu zweifeln, daß man ihr postwendend einen Milizausweis unter die Nase halten würde.

Sie lag haarscharf daneben. Major Konstantinow war nicht Angehöriger der Miliz, sondern des FSB, des Geheimdienstes.

Aljona zeigte ihren Ausweis vor und konnte sich dabei die spöttische Bemerkung nicht verkneifen: »Keine Angst, ich bin keine Verbrecherin, ich schreibe bloß Kriminalromane.«

»Fragt sich, was schlimmer ist«, brummte Major Konstantinow.

»Sie schreiben Krimis?« rief Wanja begeistert.

»Perfiljew ist also ein Bekannter von Ihnen?« erkundigte sich gleichzeitig der Major in strengem Ton.

»Nein, ich habe ihn noch nie im Leben gesehen. Aber der schwarze BMW mit der Nummer W 888 MN, der die ganze Zeit unseren Bus umkreist hat, ist doch ganz bestimmt auf seinen Namen zugelassen, richtig?«

»Toll!« ächzte Wanja.

»Und woher kennen Sie Perfiljews Auto?« hakte der Major nach. »Aber vielleicht sollten wir uns in meinen Wagen setzen, hier zieht es ein wenig.« Er deutete auf die »Kopeke«.

»Wirf mich nicht in den Dornbusch.« Die Schriftstellerin lachte.

»Wie bitte?« fragte der Major mißtrauisch.

»Das ist aus dem Märchen von Onkel Remus; das sagt Bruder Hase zu Bruder Fuchs«, erklärte Wanja.

Gott sei Dank, daß es noch ein paar Kinder gab, die sich nicht nur mit Computerspielen beschäftigten!

»Nein, ich möchte mich nicht in Ihr Auto setzen, und ich finde, das Wetter ist ganz wunderbar. Und was meine Informiertheit betrifft, so bin ich nur zufällig auf das Auto und auf dieses Kennzeichnen aufmerksam geworden. Und dann erschien es mir merkwürdig, daß der BMW so oft in der Nähe des Busses auftauchte. Ihre »Kopeke« dagegen fiel mir viel später auf, als alles schon mehr oder weniger vorbei war. Daß Sie auch etwas damit zu tun haben, wurde mir erst klar, als ich Sie hier in Malenkaja wiedersah.«

»Der Major wollte mich vor unnötigen Risiken schützen«, sagte Fjodorow. »Deshalb spielte er in Linda auch den Taxifahrer. Aber davon wußte ich nichts, ich hielt mich die ganze Zeit über streng an die Anweisungen der Entführer: Ich sollte in den dritten Waggon des Zuges steigen, dann mit dem Bus nach Malenkaja, und zwar unbedingt mit dem Bus, auf keinen Fall mit dem Auto! Unterwegs würde man einen Weg finden, mir den Rucksack abzunehmen. Ich hatte den Entführern natürlich eine genaue Beschreibung des Rucksacks gegeben. Außerdem haben sie mir eingeschärft, daß sie mit Wanja sofort kurzen Prozeß machen würden, wenn sich auch nur der Schatten eines Milizionärs blicken ließe … Was ich nicht wußte, war, daß man den Jungen inzwischen längst gefunden und befreit hatte. Ich hätte diese Warterei in dem Bus und das ganze Theater mit dem Rucksack natürlich viel leichter ertragen, wenn ich gewußt hätte, daß mein Sohn wohlauf ist. Dafür hat man allerdings die Gauner auf frischer Tat ertappt.«

»Aber mir ist immer noch nicht klar, wie Sie auf Perfiljew kommen«, sagte Major Konstantinow.

»Was ist Ihnen denn dabei nicht klar?« fragte Aljona und zuckte ungeduldig mit den Achseln. »Ich habe mir das Autokennzeichen gemerkt, und als meine Freundin mich später anrief, bat ich sie, herauszufinden, wem dieser BMW gehört und ob der Halter des Wagens nicht zufällig etwas mit Fjodorow zu tun hat. Das war einfach nur ein zufälliger Gedankenblitz, aber wie sich inzwischen herausgestellt hat, hat der Blitz ja eingeschlagen.«

»Irrtum«, entgegnete der Major spöttisch. »Perfiljew hat nämlich seinen Wagen vor drei Tagen als gestohlen gemeldet. Die Gauner wollten eine falsche Spur legen, aber das Gegenteil ist eingetreten – es hat uns der Lösung eher näher gebracht. Das zum ersten. Und zweitens ...«

»Verraten Sie mir lieber, wer Wanja nun eigentlich entführt hat«, bat die Schriftstellerin. »Sofern es kein Staatsgeheimnis ist!«

»Solange die Untersuchung noch nicht abgeschlossen ist – kein Kommentar«, sagte der Major mit unverhohlenem sadistischen Vergnügen und breitete in gespieltem Bedauern die Arme aus.

Aber Fjodorow war ihr freundlicher gesonnen. »Ein entfernter Vetter meiner Exfrau ist in die Sache verwickelt«, warf er ein. »Er wohnt in Saransk, ich habe ihn heute zum erstenmal gesehen. Deshalb habe ich ihn auch nicht erkannt, als er in den Bus stieg. Durch ihn hat meine Frau ihren jetzigen Mann kennengelernt, er war sein Geschäftspartner, wissen Sie, die beiden handelten mit Billigwaren aus der Türkei. Nachdem Nelja – meine Exfrau – umgezogen war, wurde diese Freundschaft zunächst noch enger, bis jener Vetter seinem Kompagnon eine gewisse Summe Geld nicht zurückzahlen konnte, die er von ihm geliehen hatte. Tja, und als der ihm auf einmal die Daumenschrauben anlegte, da hat mein werter Verwandter beschlossen, sich auf diese saubere Art zu sanieren. Ich nehme an, Nelja hatte ihm irgendwann mal von Perfiljew erzählt, und nun faßte er den Plan, dessen Auto zu stehlen, um eine falsche Spur zu legen.«

»Sieh mal an, die haben ja eine ganze Bande gegründet!« sagte Aljona kopfschüttelnd. »Dieser Vetter, der Fahrer, dann die Schneekönigin, die mit uns im selben Abteil war und deren Aufgabe darin bestand, Sie im Auge zu behalten, verstehe ich das richtig? Und dazu noch der Liebhaber, der sie auf dem Bahnhof in Empfang nahm– die saßen doch in dem BMW, oder?«

»Richtig.« Fjodorow nickte. »Der Liebhaber war eben der Vetter meiner Frau, er hat später auch den Fahrgast von der Tankstelle gespielt. Dem Busfahrer hatten sie einfach gutes Geld versprochen, wenn er sich an ihre Anweisungen hielt. Außerdem war noch die Freundin meines entfernten Verwandten dabei. Sie saß am Steuer des BMW. Die Szene auf dem Bahnsteig war natürlich gestellt.«

»Aber mir ist immer noch nicht klar ...« Major Konstantinow blieb hartnäckig.

»Woher ich von Perfiljew wußte«, unterbrach ihn Aljona. »Das habe ich doch schon gesagt, meine Freundin hat mir geholfen. Sie ist Vorsitzende des Anwaltskollegiums. Außerdem ist ein guter Bekannter von mir, Lew Murawjow, Leiter der Ermittlungsabteilung der hiesigen Verwaltung für Innere Angelegenheiten. Er hat mir im letzten Sommer sogar, wie man ohne Übertreibung sagen kann, das Leben gerettet. Aber das ist eine andere Geschichte. Er kennt auch meine Freundin Inna sehr gut.«

»Ich kenne Inna Viktorowna ebenfalls.« Major Konstantinow nickte. »Und Murawjow kenne ich auch. Ich werde mich bei den beiden nach Ihnen erkundigen ...«

»Aber bitte, tun Sie sich keinen Zwang an«, erwiderte Aljona fröhlich. »Wenn Sie wollen, können Sie Inna sogar jetzt gleich befragen, ob sie mich für vertrauenswürdig hält. Sie hat hier ein Haus. Sie und Ihr Mann erwarten mich.« Sie sah auf die Uhr und stieß einen leisen Schrei aus. »Um Gottes willen! Es ist schon elf! In einer Stunde ist Weihnachten! Nein, wirklich, wollen Sie nicht alle mitkommen zu meiner Freundin? Mit dieser morschen Klapperkiste sind Sie doch im Leben nicht vor Mitternacht in Nishni-Nowgorod!« Sie wies geringschätzig zu der gelben »Kopeke« hinüber.

Der Major grinste verächtlich:

»Es ist nicht alles Gold, was glänzt!«

»Was denn?!« flüsterte Wanja dramatisch. »Sie schreiben Krimis und wissen nicht, daß alle Polizeiautos Mercedesmotoren haben?«

Der Major nickte wichtig.

»Vielen Dank für die Einladung«, sagte Fjodorow. »Ich würde gern annehmen, aber ...«

Er zögerte, und Aljona spürte plötzlich, daß er die Wahrheit sagte! Er wäre tatsächlich gern geblieben!

»Ich würde sehr gern annehmen«, wiederholte Fjodorow und räusperte sich. »Aber meine Mutter wartet auf uns, Wanjas Großmutter. Sie können sich ja vorstellen, welche Sorgen sie sich die ganze Zeit gemacht hat. Wir haben sie natürlich angerufen, daß alles in Ordnung ist, aber jetzt wartet sie auf uns und hat schon den Tisch gedeckt. Somit ...« Er reichte Aljona linkisch den Rucksack. »Leider müssen wir auf Wiedersehen sagen.«

»Na, macht ja nichts«, brummte der Major. »Wir werden Sie als Zeugin vorladen. Dann treffen Sie sich wieder.«

»Fahren wir schnell los!« rief Wanja und hüpfte ungeduldig. »Die Oma wartet! Und ich hab auf einmal so einen

Hunger! Wir haben Wurst aus der Ukraine bekommen!« berichtete er Aljona. »Hausgemachte Blutwurst mit Buchweizen! Die ist irre lecker, vor allem gebraten aus der Pfanne …« Er schluckte laut. »Da könnte ich mich reinlegen. Und Sie?«

Aljona schob sich den Rucksack mit der Ananas auf den Rücken.

»Ich auch«, sagte sie. Und das war die reine Wahrheit.

Darja Donzowa
Eine echte Weihnachtsgeschichte

Wenn du nicht willst, daß man dir Böses tu,
füg niemandem was Gutes zu.

Etwas an dieser Redensart kommt mir verkehrt vor. Ich habe immer gedacht, wenn man Güte ausstrahlt, wirkt man selbst anziehend auf alles Gute und Schöne. Böses dagegen zieht das Dunkle und Widerwärtige an. Als ich klein war, hörte ich ständig von meiner Großmutter: »Sei nie böse oder häßlich zu den Leuten. Hat dich einer gekränkt, dann geh einfach weg und ignoriere ihn. Wenn du meinem Rat folgst, wirst du mit dreißig wahre Freunde haben und verstehen, daß es auf der Welt viel mehr gute und anständige Menschen gibt als schlechte und böse.«

Da ich meine Großmutter sehr liebhatte, glaubte ich ihr. Allerdings scheint diese Volksweisheit bei meiner Freundin Anja Wikulowa vollständig zu versagen.

Wir lernten uns an der Universität kennen. Es fing damit an, daß Anja meine Hausaufgaben in Französisch abschrieb. Anfangs bat sie mich, so freundlich sie konnte: »Darja, laß doch mal sehen, wie du die Übung gemacht hast. Ich bin nicht dazu gekommen. Ich war im Kino.«

Drei Monate später klang das schon anders.

»Wo sind die Hausaufgaben? Und wieso kommst du erst jetzt? Nur noch fünf Minuten bis zum Klingelzeichen!«

Als ich schließlich vor der Prüfung am Ende des Sommersemesters die Hausarbeit zum ewigen Thema »Mein Zimmer« nicht rechtzeitig fertig hatte, geriet Anja vollends aus dem Häuschen:

»Was erlaubst du dir?« schrie sie mich an. »Jetzt kriege ich wegen dir eine Fünf!«

Ich hätte mich wehren müssen, aber aus unerfindlichem Grunde stammelte ich nur: »Sei nicht böse, morgen hast du sie.«

Unsere Freundschaft hielt auch noch, als wir das Diplom in der Tasche hatten. Nur war sie, wie mein erster Mann Kostja sich ausdrückte, eine Einbahnstraße. Ich spielte den Babysitter für Anjas Tochter, kaufte ein und führte ihre Hunde aus, die sie abgöttisch liebte. Wenn es mir einmal zu viel wurde und ich ihr eine Bitte abschlagen wollte, erklärte Anja im Brustton der Überzeugung: »Wir sind doch Freundinnen! Wir müssen uns in schweren Zeiten gegenseitig unterstützen!« Als ich endlich begriff, daß ich nur noch Anjas unbezahlte Hausangestellte war, und schon den Aufstand plante, brach die Perestroika über uns herein. Anjas Mann Senja wurde über Nacht vom unbekannten Ingenieur zum Unternehmer und häufte in kürzester Zeit märchenhafte Reichtümer an. Anja zog in eine Villa am Stadtrand, legte sich Zimmermädchen, Masseur, Friseur und Chauffeur zu. Meiner Dienste bedurfte sie nicht mehr. Doch ganz wollte sie auf mich auch jetzt nicht verzichten. Anja mochte keine Psychotherapeuten. Diese Rolle blieb weiterhin mir vorbehalten. Sie hatte keine Hemmungen, nachts um drei bei mir anzurufen und in den Hörer zu stöhnen: »Komm sofort her, mit mir geht es zu Ende.«

Anfangs erschreckten mich solche Anrufe. Aber meist

war nichts weiter Schlimmes passiert. Anja mußte sich einfach wieder einmal über ihren Senja ausheulen, der sie inzwischen kaum noch beachtete, sie grob und abschätzig behandelte. In ihrem sechzig Quadratmeter großen Schlafzimmer voller antiker Möbel vergoß Anja bittere Tränen. Sie tupfte sich mit einem Taschentüchlein die Augen, das so viel kostete wie ein neuer Lada. An den Fingern, die sie verzweifelt an die Schläfen preßte, trug sie Ringe, mit deren Wert man alle Hungrigen in Afrika hätte satt machen können. Sie tat mir nicht mehr leid, aber ich hörte mir ihr Gejammere an und suchte ihr den einfachen Gedanken nahezubringen: »Wenn du weiter sinnlos zu Hause herumsitzt, drehst du noch durch. Geh raus und such dir eine Arbeit.«

Verstehen Sie nun, warum ich heute, als mein Telefon die bekannte Nummer anzeigte, überhaupt keine Lust hatte, den Hörer abzunehmen? Schließlich habe ich auch meine Probleme und bin nicht verpflichtet, zu Anja zu eilen, für die hysterische Szenen inzwischen zum liebsten Zeitvertreib geworden sind.

Aber das Klingeln hörte nicht auf. Meine Großmutter fiel mir ein. Also nahm ich den Hörer ab und sagte lustlos: »Hallo.«

»Darja, endlich!« hörte ich die Stimme von Katja, Anjas Tochter. »Bei uns ist was furchtbar Schlimmes passiert!«

»Was denn?« fragte ich erschrocken.

Mir fielen sofort eine Menge Unannehmlichkeiten für Anjas Familie ein. Vielleicht war Senja, der beim Ausfüllen seiner Steuererklärung den Staat ständig betrog, in die Fänge der Justiz geraten und saß nun hinter Gittern? Oder er hatte einen Herzinfarkt erlitten …

»Mussik ist weg«, schluchzte Katja statt dessen.

Jetzt war ich ehrlich erschrocken. Mussik ist ein Mops, ein Sprößling meines Huutsch, sozusagen mein Hundeenkel. Ein lieber, netter Kerl, der sich an Rinderfilet und Krabben kugelrund gefressen hat. Mussik ist ein guter Hund, auch wenn er tut, was ihm gefällt und seine Herrschaft ihm erlaubt – auf dem Kopfkissen seines Frauchens mit gesticktem Bezug für 1000 Dollar zu schlafen, das neue Jackett seines Herrchens aus der jüngsten Armani-Kollektion durchzukauen, wofür er dann mit einem Kuß »bestraft« wird. Er ist zu allen freundlich, mag Kinder, kommt mit Katzen aus, macht brav sein Geschäft in der dafür vorgesehenen Ecke im Garten, bringt die Hauspantoffeln angeschleppt und verbreitet ständig gute Laune. Daß er sich ausgerechnet eine sündhaft teure Pelzdecke aussucht, um darauf Plätzchen zu knabbern, kann man nicht ihm zum Vorwurf machen. Dem Mops hat einfach keiner gesagt, daß er das nicht darf.

»Wie ist denn das passiert?« rief ich aufgeregt.

»Er ist einfach nicht da«, stöhnte Katja. »Mama hat sich hingelegt, und Papa hat Baldrian genommen. Komm, so schnell du kannst!«

Ich sprang in mein Auto und raste zu Anja. Es war wenige Tage vor Weihnachten und bitterkalt. Ringsum dichtes Schneegestöber. Vor Anjas hell erleuchteter Villa türmten sich die Schneewehen. Das Märchen von Frau Holle fiel mir ein. Marie schüttelt die Betten, und die Erde versinkt in flaumigem Weiß.

Katja öffnete mir mit rotgeweinten Augen. Hinter ihr tauchte Senja im Trainingsanzug auf. Er war völlig durcheinander. In der Diele roch es nach Baldrian.

Ich trat ein und sah mich um. Der liebe Mussik hat eine etwas unangenehme Angewohnheit. Sobald jemand das Haus betritt, stürzt er, so schnell ihn seine kurzen Beinchen tragen, nach unten. Er spürt jede Bewegung an der Haustür, und sollte er im dritten Stock im Bett seines Frauchens unter fünf Federbetten liegen. Jeder, der kommt, wird ordentlich verbellt. Das bedeutet nicht, daß Mussik besonders wütend ist oder gar zupacken will. Nein, das ist einfach seine Art, unbändige Freude zu zeigen. Meist kann er sich lange nicht beruhigen.

Senja nennt den Mops einen gemeinen Verräter. Wenn er spätnachts nach Hause kommt, schläft Anja in der Regel bereits in ihrem Boudoir. Ihr Mann hat absolut keine Lust, ihr zu erklären, warum er erst so spät auftaucht. Aber Mussik empfängt ihn jedes Mal in seiner lautstarken Art. Davon wird Anja wach, schaut auf die Uhr und macht ihrem liederlichen Mann regelmäßig eine Szene. Seit einiger Zeit hat Senja allerdings ein Mittel gefunden. Wenn der kugelrunde Kerl die Treppe herunterstürzt, schnauft er nur vor Anstrengung. Das fröhliche Gebell erschallt erst, wenn sein Sturmlauf ein Ende gefunden hat. Senja kommt jetzt mit einem riesigen Stück von Mussiks Lieblingskäse nach Hause. Den stopft er dem Hund rasch ins Maul und schließt ihn dann in der Toilette im Erdgeschoß ein. Wenn Mussik den Käse hinuntergewürgt hat, kann er dort kläffen, so lange er will. Schon im ersten Stock ist kein Ton mehr zu hören. Senja ist eben erfinderisch wie die meisten russischen Männer.

Aber diesmal sprang mir kein Mussik entgegen.

»Bleib ruhig«, ermahnte ich Katja. »Tränen helfen auch nicht weiter. Wir müssen das ganze Haus gründlich durchsuchen.

Vielleicht ist Mussik ja in einen Winkel gekrochen, wo er allein nicht wieder herauskommt.«

»Dann würde er winseln und jaulen«, schluchzte nun auch Anja, die in der Diele aufgetaucht war.

»Vielleicht kann er das aus irgendeinem Grunde nicht«, gab ich zurück und legte meine Jacke ab. »Im Ankleidezimmer habt Ihr schon nachgesehen? Und im Heizungskeller auch? Dort zischen die Kessel, vielleicht hören wir ihn deshalb nicht!«

»Wir haben doch schon alles abgesucht«, seufzte Katja.

»Dann fangen wir eben noch mal von vorne an«, beharrte ich.

»Genau«, mischte sich das Zimmermädchen Lessja in unser Gespräch. »Vielleicht finden wir ihn ja tot und können ihn dann wenigstens begraben, wie es sich gehört.«

Bei diesen Worten heulte Katja erneut auf. Anja ließ sich verzweifelt auf eine Couch fallen, und Senja entfuhr ein saftiger Fluch.

»Lessja«, befahl ich, »gehen Sie in die Küche und kümmern Sie sich um Ihre Arbeit! Und ihr hört auf zu heulen und kommt mit mir suchen.«

Vier Stunden lang krochen wir in alle Ecken des riesigen Hauses. Wir öffneten Schränke, schauten auf Regalen nach, prüften auch den letzten Winkel. Dabei fand sich eine Menge von Dingen wieder ein, die lange verschwunden waren. Wir kamen an Orte, die seit dem Bau nie eines Menschen Fuß betreten hatte. Aber Mussik blieb wie vom Erdboden verschluckt.

»Vielleicht hat ihn jemand gestohlen?« murmelte Senja ratlos.

»Wer tut denn so was?« fragte Anja matt.

»Zum Beispiel Lena«, sagte Senja aufs Geratewohl, »deine Freundin, die jeden Tag hier aufkreuzt.«

Ich wollte schon einwenden, daß Lena Rjabzewa Tiere nicht ausstehen kann, aber da hatte Anja bereits die Fäuste in die Seiten gestemmt und schrie ihren Mann an: »Meine Freundin paßt dir nicht? Sie besucht mich zu oft! Und was hat deine Mutter hier ständig zu suchen?«

»Laß meine Mutter aus dem Spiel!« gab Senja scharf zurück.

Da ging es los! Ich konnte nur noch den Kopf einziehen. Weder Anja noch Senja nahmen ein Blatt vor den Mund. Hätte mir einer meiner Ex-Männer auch nur ein Zehntel dessen an den Kopf geworfen, was Senja seiner Frau zumutete – ich wäre auf der Stelle gegangen und nie zu ihm zurückgekehrt.

»Du Dreckstück! Mir reicht's! So geht das nicht weiter! Man könnte sich glatt vergiften! Oder erschießen!«

Mir wurde angst und bange. Ich kannte Senja seit Jahren, aber so hatte ich ihn noch nie erlebt. Seine Lippen zitterten, die Hände bebten, er war hochrot im Gesicht. Katja hielt im Schluchzen inne, Lessja, die bisher mit offenem Munde zugehört hatte, verschwand plötzlich in der Speisekammer. Nur Anja schien ungerührt.

»Probst du wieder deine Rolle?« warf sie ihm finsteren Blickes zu. »Treib es nicht zu weit!«

Senja lief noch dunkler an. Eine Sekunde lang fixierte er seine Frau mit wildem Blick, dann versetzte er in seiner Rage der zierlichen Couch auf geschwungenen Beinchen einen mächtigen Fußtritt. Die brach ächzend zusammen. Übrig blieb ein Haufen hölzerner Einzelteile verschiedener Größe. Senja lief die Treppe hinauf in sein Arbeitszimmer. Anja verschwand wutschnaubend im Salon.

»Was für eine Rolle hat deine Mutter gemeint?« fragte ich Katja verwundert.

Die erwiderte bereits wieder ganz ruhig: »Papa will einen Film produzieren, eine Krimiserie. Er hat uns alle in sein Arbeitszimmer gerufen und erklärt: ›Ich wollte schon immer Schauspieler werden. Jetzt habe ich meine Chance!‹«

»Er spielt in dem Film selber mit?« erkundigte ich mich vorsichtig.

Katja nickte.

»Nur – er kann sein Talent nicht so richtig ausleben. Sein Held stirbt bereits am Anfang der zweiten Folge. Er erschießt sich in seinem Arbeitszimmer! Eine kleine Rolle also, aber Papa bringt uns damit noch zur Weißglut! Kaum taucht er zu Hause auf, schon heißt es: ›Hört mal alle her! Klingt das so gut?‹ Und dann kommt ein ganzer Monolog. Wir halten das nicht mehr aus! Nur Sweta ist von ihm immer noch hin und weg.«

Ich konnte nur den Kopf schütteln. Sweta, die Schwester seiner Frau, mochte Senja sehr. Schon mehrmals hatte er versucht, sie mit einem seiner Freunde zu verkuppeln. Aber ohne Erfolg. Sweta wurde von Senja ausgehalten wie ein Familienmitglied, worüber er aber nie ein Wort verlor.

Noch ganz unter dem Eindruck dessen, was ich soeben gesehen und gehört hatte, verabschiedete ich mich von Katja und ging zu meinem Wagen, den ich vor dem Zaun des Anwesens hatte stehenlassen. Ringsum lag tiefer, frisch gefallener Schnee. Er türmte sich längs der Wege, die vom Haus zur

Garage und zum Tor führten. Genußvoll sog ich die frische Winterluft ein. Der Schnee knirschte unter meinen Füßen. Der Himmel war von riesengroßen, strahlenden Sternen übersät. In den letzten Jahren war es in Rußland Ende Dezember meist mild und regnerisch. Man konnte fast vergessen, wie eine weiße Weihnacht war.

In der Stille der Nacht kamen die Erinnerungen. Ich sehe mich als achtjähriges Mädchen am Tisch in der riesigen Küche unserer Gemeinschaftswohnung. Die Uhr zeigt fast Mitternacht. Ich müßte längst schlafen. Aber meine Großmutter hat Nachtschicht, und wie immer hat sie unsere Nachbarin, Tante Rosa Müller, gebeten, sich um mich zu kümmern. Tante Rosa ist die Witwe eines deutschen Antifaschisten, der in Stalins Lagern umgekommen ist. Daß ihr Mann verhaftet wurde, sie aber aus unerfindlichen Gründen immer noch in Freiheit ist, macht ihr eine Riesenangst. Sie wagt sich nicht mehr vor die Tür. Außerdem spricht sie schlecht Russisch. Großmutter kauft für sie ein, und sie nimmt mich dafür zu sich, wenn Großmutter nicht da ist. Tante Rosa singt mir so fremde Lieder vor: »Ich weiß nicht, was soll es bedeuten, daß ich so traurig bin …«

Sonst ist sie immer sehr streng mit mir, aber heute läßt sie mich lange in der Küche malen, während sie sich am Herd zu schaffen macht. Schließlich schlägt die Uhr in gemessenem Tempo Zwölf. Mit zitternder Stimme singt Tante Rosa ein Lied, das ich noch nie von ihr gehört habe: »Stille Nacht, heilige Nacht …« Dann hebt sie mich auf das Fensterbrett und sagt: »Siehst du den Stern dort oben? Der hat den weisen Männern den Weg gezeigt. Heute ist Weihnachten. Hast du schon einmal vom Christuskind gehört?«

»Nein«, antworte ich und schüttle den Kopf.

Tante Rosa streicht mir übers Haar und murmelt leise: »O Gott! Welches Unrecht! Wie kann man nur ohne Jesus leben! Hör mal, Dascha, ich erzähle dir jetzt eine Geschichte. Aber du darfst sie niemandem weitersagen. Sie soll unser Geheimnis bleiben. ›Es war einmal der Zimmermann Josef ...‹«

»Zu Weihnachten geschehen immer Wunder?« frage ich, als Tante Rosa geendet hat. »Und was ist mit den Geschenken?«

Tante Rosa nickt.

«Mach die Augen zu.«

Ich tue, wie mir geheißen.

»Jetzt kannst du sie wieder aufmachen«, sagt Tante Rosa wenig später.

Auf dem Tisch steht der Kuchen, den Tante Rosa soeben gebacken hat. Daneben sitzt eine wunderschöne Puppe mit langem glänzendem Haar. Wo Tante Rosa, die nie das Haus verläßt, sie her hat, kümmert mich in diesem Moment überhaupt nicht.

»Meine Kleine« – die Deutsche lächelt –, »merke dir: Zu Weihnachten geschehen immer Wunder.«

Seitdem sind viele Jahre vergangen. Tante Rosa ist längst nicht mehr auf der Welt, und auch meine Großmutter nicht. Die beiden blieben bis zum Ende ihrer Tage eng befreundet. Als wir endlich eine eigene Wohnung bekamen, nahmen wir Rosa Müller mit. Wie alle Menschen, die die Stalinschen Repressalien überlebt haben, hatten Großmutter und Rosa ständig vor irgend etwas Angst. Den Nachbarn im neuen Haus sagten sie, Rosa sei aus Estland; daher der starke Akzent. Großmutter und Rosa Müller liegen zusammen in einem

Grab. Auf dem Stein steht geschrieben: »Hier ruhen Afanassja Wassiljewa und Rosa Müller – Freundinnen im Leben und im Tod.« Der Abend, an dem ich die Geschichte vom Christuskind zum erstenmal hörte, ist lange her. Aber noch heute warte ich an jedem Weihnachtsabend auf ein Wunder.

Ich suchte die Erinnerungen abzuschütteln, ging schneller. Der Frost kroch mir unter die warme Jacke. Da fiel mein Blick auf etwas Gelbes, das auf dem Weg lag. Ich beugte mich hinunter und hob es auf. Ein Stück Käse!

Wäre jetzt Sommer gewesen, hätte mich das nicht verwundert. Anja liebte Picknicks im Freien. Aber jetzt herrschte bitterkalter Winter. An ein Picknick war nicht zu denken!

Ich schaute mich aufmerksam um. Bald fand ich ein weiteres Stückchen Käse und einige Schritte entfernt noch eins. Da dämmerte es mir. Jemand, der Mussiks Gewohnheiten gut kannte, hatte dem Mops mit einem großen Stück Käse buchstäblich das Maul gestopft, ihn dann auf den Arm genommen und fortgetragen. Während der Hund kaute, waren einige Stückchen zu Boden gefallen … Aber wer mochte den Liebling der Familie entführt haben, und wohin? Ich suchte mit meinen Augen die Umgebung ab. Nicht weit entfernt fiel mir ein Holzhäuschen auf, genauer gesagt, ein Wohnwagen.

Anfang Dezember war es in Moskau noch recht mild gewesen. Das Thermometer sank kaum bis Null Grad. Niemand glaubte, daß in kurzer Zeit so starker Frost kommen könnte. Senja hatte eine Brigade angeheuert, die einen neuen Zaun setzen sollte.

Aber die Arbeiter hatten den Wohnwagen kaum bezogen, als der Frosteinbruch kam. Wohl oder übel mußte Senja sein Vorhaben auf das Frühjahr verschieben.

Ich stürzte zu dem Wagen, riß die unverschlossene Tür auf und stieß einen leisen Überraschungsschrei aus. Auf dem nackten Boden, nachlässig mit rohen Brettern bedeckt, lag da ein kleiner, runder beigefarbener Körper.

Vor Schreck versagten mir die Beine, und ich sank neben Mussik nieder. Aber bald stellte ich fest: Der Mops war am Leben. Ohren, Bauch und Pfoten waren kalt, doch der Hund schnaufte noch schwach durch die feuchte Nase. Ich wollte ihn schon hochheben, da sah ich, daß von seinem Halsband ein langer Strick zu einem eisernen Bolzen lief, der aus der Wand ragte.

Im Alltag bin ich eine ziemlich zerstreute Person, verliere Schlüssel, lasse Schirme und Handschuhe liegen, verlege wichtige Papiere. Außerdem bin ich reichlich unentschlossen. Wenn ich in einem Geschäft auf zwei Paar Schuhe stoße, die mir gefallen, komme ich allein nie zu einem Entschluß. Aber in der Not beobachte ich an mir eine Kaltblütigkeit und Entschlossenheit, die ich selber nicht für möglich halte.

Mit einem Griff hatte ich Mussiks Halsband geöffnet, Jacke und Pullover ausgezogen, den reglosen, völlig durchnäßten Körper darin eingehüllt und lief zu meinem Wagen. Ich spürte, wie mir der Frost in die Glieder fuhr.

Ich legte den Mops auf den Rücksitz und schaltete die Standheizung auf die höchste Stufe. Dann fuhr ich los, die eine Hand am Lenkrad, die andere am Telefon. Der Sohn einer guten Freundin ist Tierarzt und besitzt eine der besten Kliniken in Moskau. Wenn Mussik die Fahrt überlebte, brauchte er dringend ärztliche Hilfe.

Als ich das um sein Leben ringende Tier den Ärzten übergeben hatte, ließ ich mich in einen Sessel fallen und suchte mich zu sammeln. Meine Gedanken liefen durcheinander wie Ameisen auf einem sonnigen Waldweg. Anjas Familie sage ich vorerst nichts. Das erscheint Ihnen merkwürdig? Sie hätten erst einmal den Leuten Erleichterung verschafft, die um ihren geliebten Mops trauerten? Ich tat es nicht, weil mich die einfache Frage quälte: Wer hatte Mussik dorthin gebracht? Es mußte jemand sein, der in der Lage war, das fröhliche, harmlose Tier anzulocken und dann in dem eisigen Wagen seinem Schicksal zu überlassen. Mussik mußte geheult, gewinselt und an dem Strick gezerrt haben. Schließlich hatte sich der kleine unglückliche Kerl wohl in sein Schicksal ergeben, ohne zu begreifen, warum man ihm das antat … Und weshalb das alles? Wem war so etwas zuzutrauen? In Anjas Traumvilla kamen so gut wie keine fremden Menschen. Die wenigen, die dort ein und aus gingen, konnte man an den Fingern abzählen. Fast alle gehörten zur Familie. Wer von ihnen konnte Mussik beseitigen wollen? Senja? Anja? Katja? Das Zimmermädchen Lessja? Sweta? Der Chauffeur Kolja? Blödsinn. Sie alle liebten den Mops abgöttisch und verwöhnten ihn, daß es kaum mit anzusehen war. Aber wenn ich mir das auch nicht vorstellen konnte, jemand aus diesem Kreis hatte das Tier ohne Erbarmen in diesen Wagen gesperrt, wo es unweigerlich erfrieren mußte. Man hätte Mussik garantiert nicht vor dem Frühjahr gefunden. Möglicherweise hätte der Mörder nach einer Woche den Wagen noch einmal aufgesucht, den Strick losgebunden und wäre damit fortgegangen. Später würde man denken, es sei ein Unglücksfall gewesen. Mussik war hinausgelaufen, um sein Geschäft zu machen, hatte aus Neugier die Tür des Wagens aufgestoßen, war hineingekrochen, die Tür war zugefallen, und er hatte sie von innen nicht öffnen können.

Ich beschloß, erst einmal niemandem etwas zu sagen. Ich wollte nach Hause gehen, die Sache überschlafen und am Morgen entscheiden, was zu tun war.

Aber am nächsten Tag packte mich ein Anfall von Migräne. Wer diesen Zustand kennt, wird Nachsicht mit mir haben. Glühende Eisen bohrten sich in meinen Kopf, Übelkeit stieg in mir auf, und Schüttelfrost erfaßte mich. Drei Tage lag ich da wie tot und konnte kaum die Augenlider heben. Dann ging der Anfall so plötzlich vorüber, wie er gekommen war.

Als erstes rief ich in der Tierklinik an. Voller Freude erfuhr ich, daß Mussik wieder auf den Beinen war. Seinem Appetit jedenfalls schien das Abenteuer nichts ausgemacht zu haben. Er fraß alles, was er bekommen konnte, sauste durch die ganze Klinik und war bereits der Liebling aller Anwesenden. Ich erinnerte Chefarzt Dennis an sein Versprechen, niemandem etwas von Mussiks Verbleib zu sagen. Gerade wollte ich mich an einer Tasse Kaffee gütlich tun, als mein Handy klingelte.

»Darja«, hörte ich Katjas Stimme, die in tragischem Ton flehte:

»Komm bitte sofort! Heute wird Papas Testament eröffnet.«

»Waaas?« stieß ich hervor. »Was für ein Testament? Wessen Testament?«

»Das von Papa«, sagte Katja leise.

»Wieso wird sein Testament eröffnet? Er ist doch quicklebendig!«

»Darja ... Papa ist gestorben.«

»Das kann nicht sein!« rief ich. »Wann ist denn das passiert?«

»In der Nacht, als wir Mussik gesucht haben.«

»Unmöglich! Warum weiß ich bis heute nichts davon?« murmelte ich verwirrt. Natürlich! Ich hatte drei Tage lang wie tot im Bett gelegen und das Handy abgeschaltet. Ans Telefon hatte ich gar nicht gehen können. »Ist er schon beerdigt?«

»Der Leichnam ist noch nicht freigegeben«, antwortete Katja schluchzend. »Ich weiß nicht, warum. Die Miliz redet von irgendwelchen Formalitäten ... Ich flehe dich an, komm, so schnell du kannst. Bei uns passieren Dinge ...«

»Ich komme«, rief ich und stürzte schon die Treppe hinunter.

Als ich in Anjas Villa eintraf, roch es wieder nach Baldrian.

»Komm rein.« Katja nickte mir zu. »Wir gehen ins Arbeitszimmer.«

»Aber ...«, wollte ich widersprechen.

»Komm, komm«, sagte Katja bestimmt, »es sind schon alle da.«

»Wer?«

Senjas Tochter antwortete nicht auf meine Frage, sondern schob mich schweigend die Treppe hinauf. Ich ging in den ersten Stock und schaute mich um. In dem großen Raum saßen mehrere Personen um einen großen ovalen Tisch. Die meisten kannte ich seit langem. Anja ganz in Schwarz, ihre Schwester Sweta ebenfalls in Trauer, das Zimmermädchen Lessja und der Chauffeur Kolja. Dazu ein Paar, das ich zum erstenmal sah. Der Mann war etwa sechzig Jahre alt, und das Mädchen mochte eine Studentin sein.

»Sind jetzt alle da?« fragte der Mann.

»Ja«, flüsterte Sweta. »Aber wir verstehen nicht ...«

»Erlauben Sie bitte, daß ich von vorn beginne«, unterbrach sie der Unbekannte. »Mein Name ist Andrej Iljin, ich bin Anwalt. Bei mir hat der Verstorbene sein Vermächtnis hinterlegt.«

Anja hob den Blick, und ich sah die dunklen Ringe unter ihren Augen.

»Senjas Anwalt heißt Iwan Judin.«

»Das ist richtig«, nickte Iljin, »aber er hat nicht das Testament.«

»Das stimmt«, ließ sich Sweta hören. »Er hat uns angerufen und gesagt, er hätte Senja mehrfach aufgefordert, für alle Fälle seinen Letzten Willen niederzuschreiben. Aber der hat immer nur gelacht ... Wer konnte denn glauben, daß er so etwas tut!«

Swetas Stimme zitterte leicht.

»Hör auf damit!« fiel ihr Katja ins Wort.

»Was hat er sich nur dabei gedacht?« jammerte Sweta weiter, »sich zu erschießen! Uns allein zu lassen!«

Lessja lief zur Tür, und ich ihr nach.

»Einen Moment!«

Das Mädchen blieb stehen.

»Was ist? Ich möchte nur etwas Wasser holen.«

»Senja hat sich selber umgebracht?«

»Ja. Wußten Sie das nicht?«

»Nein.«

»Schrecklich«, stammelte Lessja und zog fröstelnd die Schultern zusammen. »Es ist in der Nacht passiert, als wir den armen Mussik gesucht haben. Als Sie weg waren, ist Katja schlafen gegangen. Aber meine Herrschaft hat wieder zu streiten angefangen. Ich wollte mir das nicht anhören und verschwand in meinem Zimmer. Sie haben sich in der letzten Zeit oft gestritten, und ich hatte immer Angst, daß ich mal dazwischen gerate. Sie haben sich noch eine Weile angebrüllt, dann wurde es still. Ich habe mir einen Tee gegönnt. Nach all der Aufregung habe ich geschlafen wie ein Stein und bin morgens nicht rechtzeitig aufgewacht. Kolja hat mich geweckt, der Chauffeur. ›Was ist mit unserem Chef los?‹ hat er mich gefragt. ›Ich sollte um neun mit dem Mercedes draußen stehen. Ich stehe und stehe, es ist schon elf, und er kommt nicht. Er geht nicht ans Handy, das Telefon nimmt keiner ab, und die Schlafzimmertür ist zu. Ob er verschlafen hat?‹«

Lessja erschrak, lief in den zweiten Stock und klopfte bei Senja an. Keine Antwort. Das Mädchen lief zu Anja, die noch fest schlief. Lessja glaubte, die hätte nach dem Streit mit ihrem Mann ein Schlafmittel genommen, und stürzte daher in Katjas Zimmer. Aber auch die schlief zu ihrer Verwunderung noch ganz fest und hatte die Decke über den Kopf gezogen.

Lessja traute sich nicht, ihre Herrschaft zu wecken. Daher trommelte sie wieder an Senjas Tür. Da sich gar nichts tat, warf sich der starke Kolja dagegen und verschaffte sich Zutritt. Als Lessja sah, was geschehen war, fiel sie in Ohnmacht. Mit blutüberströmtem Gesicht saß der Hausherr in seinem Sessel. Neben dem leblos herabhängenden Arm lag eine Pistole.

»Wo hatte er die Waffe her?« flüsterte ich.

»Die Pistole lag immer im Nachtschrank«, erklärte Lessja. Legal gekauft. Er hatte einen Waffenschein. Wir wohnen zwar in einem bewachten Viertel, aber gleich hinter dem Haus beginnt der Wald. Da kann schon mal was passieren.«

Warum sollte Senja sich umbringen? ging es mir durch den Kopf. »Hat er einen Abschiedsbrief hinterlassen?«

»Nein«, antwortete Lessja.

»Wie kommen Sie dann darauf, daß er sich selber erschossen hat?«

Das Mädchen fuhr sich mit dem Ärmel über das Gesicht. »Er hat alles auf eine Kassette gesprochen. Als die Bullen kamen, haben sie eine Taste gedrückt, und sofort war seine Stimme zu hören. Ich mußte als Zeugin dabei sein. Er hat etwa folgendes gesagt: ›Mein Leben ist unerträglich geworden. Ein einziger Skandal. Ich bin es müde. Ich kann nicht mehr! Lebt wohl! Mein Testament soll vor euch allen verlesen werden. Es wird euch seltsam vorkommen, aber das geschieht euch recht! Ich habe immer für euch alle gesorgt. Jetzt bin ich mit meiner Kraft am Ende. Nur zwei Wesen haben mich wirklich geliebt: Mein Hund, der mit mir diese Welt verläßt, und meine leibliche Tochter.‹ ... Ich habe überhaupt nichts begriffen«, erklärte Lessja und zog die Nase hoch. »Seine leibliche Tochter. Und der Hund! Das heißt, er hat Mussik umgebracht? Aber er hat ihn doch zusammen mit uns gesucht!«

Ich packte Lessja am Arm.

»Erzähl mir noch mal ganz genau, wie die Miliz Senjas Arbeitszimmer durchsucht, wie sie das Tonbandgerät eingeschaltet hat, und so weiter ...«

Lessja tat, wie ihr geheißen. Ich hörte ihr aufmerksam zu, bemüht, sie nicht spüren zu lassen, wie erregt ich war. Dann sagte ich: »Wir müssen zurück, sie warten auf uns.«

»Und was ist mit dem Wasser?« erinnerte mich Lessja.

»Na gut, hol eine Flasche und komm gleich nach«, lenkte ich ein.

Eine halbe Stunde später sahen wir uns alle ratlos an. Senja hatte in der Tat ein sehr merkwürdiges Testament hinterlassen. Er hatte es diesem Andrej Iljin übergeben, den niemand in der Familie kannte. Zur Begründung hieß es, er vertraue nur Iljin. Hätte er das Testament dem Familienanwalt ausgehändigt, dann wären Anja und Katja bemüht gewesen, die Dinge allein in ihrem Sinne zu regeln. Iwan Judin, der sie bestens kannte, hätte ihnen zweifellos geholfen und dabei das Recht und die Würde seines Berufsstandes glatt vergessen. Immerhin ging er seit Jahren in der Familie ein und aus.

Und so wollte Senja sein Vermögen verteilt wissen:

Die riesige Wohnung, in der die Familie vor dem Umzug in die Villa am Stadtrand gewohnt hatte, hinterließ er Anja. Katja bekam eine Zweizimmerwohnung, die einmal Senjas Mutter gehört hatte. Sweta wurde mit einer goldenen Schatulle, einer ziemlich teuren Sache, abgefunden. Alles andere: das riesige Haus, das Grundstück von einem Hektar Größe, sämtliche Aktien, Wertpapiere und Bargeld, ja selbst der protzige Jeep, mit dem Senja durch Moskau zu kutschieren pflegte, fielen an … Nina Wikulowa, das junge Mädchen, das neben dem Anwalt Platz genommen hatte.

Als es heraus war, blieb Anja der Mund offen stehen, Sweta stieß einen spitzen Schrei aus, und Katja fragte entgeistert: »Wer ist denn das? Wir sehen sie zum erstenmal! Ich dachte, sie wäre Ihre Sekretärin.«

»Nina ist Ihre Halbschwester«, erklärte Iljin. »Hier ist die Geburtsurkunde.«

Ich beäugte das zerschlissene grüne Blatt Papier. Einfach unglaublich: »Mutter: Angelina Prichodko. Vater: Semjon Wikulow.«

Anja und Katja, die bleich geworden waren wie fettarmer Kefir, starrten die angebliche Verwandte an, die vom Himmel gefallen zu sein schien.

»Entschuldigen Sie schon«, warf diese achselzuckend ein. »Ich war selber völlig baff, als mich Anwalt Iljin angerufen hat. Meine Mutter hat mir immer gesagt, mein Vater sei lange tot. Und plötzlich diese Wendung. Nicht mal auf dem Totenbett hat sie mir die Wahrheit gesagt.«

»Angelina Prichodko, Angelina …«, wiederholte Sweta immer wieder. »Woher kenne ich bloß diesen Namen? Jetzt fällt es mir wieder ein! Die war doch mal bei uns Hausangestellte!«

»Stimmt«, stammelte meine Freundin Anja, »wir haben sie Aschka gerufen. Sie hat bei uns Geld unterschlagen! Wir haben sie rausgeworfen, weil sie Rechnungen manipuliert hat.«

»Sie war also nicht nur hinter deinem Geld her«, erklärte Sweta zornig, »sondern auch hinter deinem Mann!«

»Achten Sie auf Ihre Worte!« kam es drohend von Nina.

»Aber wieso wissen wir nichts von dieser Tochter?« stammelte Katja, »und auch sie nichts von ihrem Vater, wenn ich sie richtig verstehe?«

Der Anwalt nickte zustimmend.

»Mein Mandant hat mir die Sache erklärt. Er hat in letzter Zeit bei seinen Familienangehörigen schreienden Undank festgestellt. Frau und Tochter haben ihn schlecht behandelt. Ständig gab es Streit.«

»Ja, wir haben uns gestritten«, antwortete Anja verwirrt, »aber das passiert doch in den besten Familien.«

»Ich bin Papa nie frech gekommen«, widersprach Katja. »Papa und Mama haben sich angeschrien, aber wir beide nie.«

Andrej Iljin runzelte die Brauen.

»Es liegt mir fern, Ihnen Vorhaltungen zu machen. Aber meinen Mandanten hat vieles gekränkt, zum Beispiel, daß Sie immer alle schon schliefen, wenn er heimkam.«

»Aber Papa ist doch meist erst nach Mitternacht nach Hause gekommen!« rief Katja aus.

»Und in die Türkei sind Sie auch nicht mit ihm gefahren.«

»Mir hat der Arzt verboten, mich lange in der Sonne aufzuhalten«, kam es von Anja. »Senja wußte das.«

»Von seinem Schreibtisch verschwanden ständig die Stifte«, fuhr der Anwalt fort.

»Herr im Himmel!« rief Katja, jetzt ernsthaft böse. »Das ist wohl wahr! Ich hab mir manchmal einen Kugelschreiber für ein paar Kopeken genommen! Und deswegen hat er sich umgebracht?«

»Seine Frau hat ständig vergessen, für ihn Zitronen zu kaufen«, fuhr der Anwalt ungerührt fort. »Sie mögen Zitrusfrüchte nicht, aber Ihr Mann aß gern Saures.«

»Was für ein Blödsinn«, flüsterte Anja.

»Das mag ja sein«, stimmte ihr Iljin zu, »doch steter Tropfen höhlt den Stein. Irgendwann läuft jedes Faß über. Wissen Sie, was er mir gesagt hat, als er das Testament unterschrieb?«

»Sie können sich gar nicht vorstellen, wie ich diese Blutsauger satt habe. Achten Sie darauf, daß sie Nina nichts antun. Ihr gegenüber fühle ich mich schuldig. Jetzt will ich es wiedergutmachen.«

Anja legte die Hand über die Augen.

Iljin blickte zu mir.

»Sie sind Darja Wassiljewa?«

Ich nickte.

»Das bin ich.«

»Ihnen hat mein Mandant das Bild hinterlassen, das in der Diele hängt: Drei Karten spielende Möpse.«

Mir verschlug es die Sprache. Das mußte ich erst einmal verdauen.

Senja schwärmte für Möpse. Auch ich habe ein Faible für diese Hunde. In meinem Haus lebt Mussiks Vater Huutsch. Vor einigen Jahren habe ich angefangen, Möpse zu sammeln. Natürlich keine echten, sondern Figuren und Figürchen aus Porzellan, Ton, Eisen, Holz und anderem Material. Dann kamen Kissen mit gestickten Möpsen an die Reihe, nach ihnen Handtücher und Decken, die mit den Schnäuzchen dieser zauberhaften Tiere geschmückt waren. Die Krone sind die Vorhänge in meinem Schlafzimmer: Von grünem Grund grinsen mich unzählige Mopsgesichter an. Was ein richtiger Sammler ist, der verliert über seiner Leidenschaft eben jedes Maß.

Bald hatte ich mit meinem Sammelfieber auch Senja angesteckt. Wenn wir uns gegenseitig unsere Schätze vorführten, wurde ich grün vor Neid. Zwar war ich stolz auf meinen Vorhang, aber er besaß einen Sessel, von dessen Bezugsstoff Möpse lachten. Auf meinem Bett türmten sich Kissen in Mopsform, aber Senja hatte einen Teekessel in Gestalt eines sitzenden Mopses. Als er dann noch das riesige Ölgemälde auftrieb, auf dem im Stil der alten Holländer drei Exemplare meiner Lieblingsrasse beim Bridge hockten, war es mit meinem Seelenfrieden vorbei. Was habe ich nicht alles versucht, um ihm dieses herrliche Bild abzuschwatzen! Ich schlug ihm einen Tauschhandel vor. Dann wollte ich ihm das Bild abkaufen. Aber er lachte nur und sagte:

»Ich finde es selber ganz toll.«

Und jetzt sollte dieses Objekt der Begierde einfach so an Frau Wassiljewa fallen.

»Was soll das heißen?« platzte ich plötzlich heraus. »Sie, Herr Iljin, wußten also, daß Senja sich erschießen wollte? Und haben seiner Frau nichts davon gesagt? Haben keine Psychotherapeuten auf ihn angesetzt? Haben Ihren Mandanten, der so fertig war, daß er offenbar an geistiger Verwirrung litt, sein Testament unterschreiben und einfach seiner Wege gehen lassen? Sie haben ihn geradewegs in den Tod geschickt!«

Iljin zog überrascht die Brauen hoch.

»Wie kommen Sie denn auf diesen Unsinn? Mein Mandant machte einen völlig normalen Eindruck.«

»Ach, tun Sie doch nicht so!« Ich wurde jetzt ernsthaft böse. »Sie verstehen mich ganz genau! Von wegen – der Mann kam, um sein Testament zu unterschreiben! Weshalb hätte er das tun sollen? Senja war kerngesund und kein bißchen alt!«

Iljin runzelte die Stirn.

»Wissen Sie, meine Liebe«, hob er an, »viele Menschen schreiben ein Testament, wenn sie ihre fünf Sinne noch beisammen haben. Wir sind doch alle in Gottes Hand, und wie schnell passiert etwas. Der Faden, der den Menschen mit dieser Welt verbindet, ist sehr dünn ... Ihn zu zerreißen bedarf es nicht viel, das wissen Sie doch. Heute rot, morgen tot! Man geht Brot kaufen und kommt unter ein Auto. Man setzt sich in die Metro, und nebenan geht eine Bombe hoch. Selbst ein ganz gewöhnlicher Ziegelstein kann einem auf den Kopf fallen. Das hatte ich erst neulich. Eine Frau ging von der Arbeit nach Hause. Als sie an einem Haus vorbeikam, fiel ihr ein Topf mit Suppe auf den Kopf. Keiner war schuld. Eine Katze war das Fensterbrett entlanggelaufen und hatte den Topf hinuntergeworfen, der zum Auskühlen dort stand. Sollte man die Katze in Untersuchungshaft nehmen? Und was ist geschehen? Die Frau liegt inzwischen unter der Erde, und die Familie haut sich um das Erbe. Die Kinder aus der ersten Ehe gegen den Sohn aus der zweiten. Der Mann will die Wohnung nicht seiner Tochter lassen … Die reine Katastrophe. Hätte die Frau ein Testament verfaßt, wäre all das nicht geschehen. Kluge Leute machen es wie Semjon Wikulow. Es sind die anderen, die unklug handeln. Wenn mir was passiert? Dann bin ich eben tot. Meine Kinder lieben sich und werden sich schon nicht streiten. Wenn diese Bürger wüßten, wie viele Verwandte sich wegen ein paar Rubel den Schädel eingeschlagen haben, dann wären die Anwaltskanzleien brechend voll. Als Semjon Wikulow sein Testament unterzeichnete, war er im vollen Besitz seiner geistigen Kräfte. Die Gründe, weshalb er sich entschlossen hat, sein Vermögen der außerehelichen Tochter zu vermachen, habe ich Ihnen genannt. Im übrigen sind sie nicht von Belang. Jeder Bürger hat das Recht, mit seinem Besitz zu tun, was er will.«

»Der reine Wahnsinn«, flüsterte Sweta.

»Ihnen mag dieser Vorgang unsinnig erscheinen.« Der Anwalt seufzte. »Aber Herr Wikulow hat das eben anders gesehen. Im übrigen steht es Ihnen frei, den Rechtsweg zu beschreiten.«

»Das wollen wir nun auch wieder nicht.« Sweta schüttelte heftig den Kopf. »Wenn das Senjas Letzter Wille war – was können wir dagegen tun? Er hat uns eben nicht geliebt … Wann müssen wir ausziehen? Anja braucht dafür etwas Zeit!

Das Haus ist voller Sachen! Allein die Bibliothek umfaßt einige tausend Bände.«

»Ich möchte Sie daran erinnern, daß Nina das Gebäude mit dem gesamten Inventar erbt«, erklärte Iljin mit strenger Miene, »also samt Porzellan, Möbeln, Büchern, Bildern, Elektrogeräten, Töpfen …«

Sweta sprang auf und schrie: »Was für eine bodenlose Gemeinheit! Wenn das so ist, dann ziehe ich mit meiner Schwester sofort aus! Darf sie wenigstens ihre Unterwäsche mitnehmen? Oder wird die auch dieses Miststück auftragen? Ach, egal, wir brauchen nichts von denen! Los, Anja, Katja, ihr kommt mit, so wie ihr seid! Auf, in den Wagen!«

»Niemand verlangt von Ihnen, daß Sie sofort ausziehen«, warf Iljin erschreckt ein. Da meldete sich unvermittelt Anja zu Wort.

»Sweta, wie kommst du dazu, für mich zu entscheiden?« fragte sie ihre Schwester böse. »Ich denke überhaupt nicht daran, mich von der Stelle zu rühren. Das Testament ist noch nicht rechtskräftig und wird es hoffentlich nie sein! Ich gehe vor Gericht! Ich nehme mir die besten Anwälte!«

»Das Recht haben Sie«, erwiderte Iljin achselzuckend. »Ich will Sie nur warnen: Ihre Chancen sind gleich Null.«

»Das werden wir ja sehen!« erklärte Anja entschlossen.

Ich erkannte meine Freundin nicht wieder. Die ewig jammernde und klagende Anja, diese Egoistin, die allein nicht einmal das Licht ein- und ausschalten konnte, wollte plötzlich um ihr Vermögen kämpfen?

»Anja!« stieß Sweta entgeistert hervor. »Das hätte ich nicht von dir gedacht! Du wirst dich doch nicht so erniedrigen! Komm mit zu mir. Wir werden schon nicht verhungern!«

»Von was für einer Erniedrigung redest du?« gab Anja ruhig zurück.

Sweta stürzte auf ihre Schwester zu.

»Ach, meine Liebe! Senja hat doch in der letzten Zeit kaum noch verhehlt, daß er dich nicht mehr leiden konnte. Über jede Kleinigkeit habt ihr euch gestritten! Wenn er so über sein Vermögen verfügt hat, dann laß ihn doch. Ziehst du erst vor Gericht, wirst du die Presse nicht mehr los. Ganz Moskau wird sich über dich das Maul zerreißen. Und all die falschen Freunde, die anrufen und Mitgefühl heucheln!«

»Das ist mir egal!« erklärte Anja in entschiedenem Ton. »Ich laß mir nicht wegnehmen, was mir gehört! Wie kommt die dazu, sich ins gemachte Nest zu setzen?«

»Das Vermögen hat mein Mandant verdient«, erinnerte sie Iljin.

»Und wer hat ihm dabei geholfen?« empörte sich Anja. »Na? Ich habe das Haus geführt! Und alles lief gut zwischen uns, bis Senja die Schnapsidee hatte, einen Film zu drehen!«

Plötzlich klickte es bei mir. Die Teilchen des Puzzles rückten zusammen und ergaben ein Bild. Film ... Selbstmord ... Nein! Senja war ermordet worden! Das wußte ich jetzt ganz genau. Nur merkwürdig, daß die Miliz am Tatort Dinge übersehen hatte, die so offensichtlich waren ...

»Anja«, flehte Sweta, »pack endlich deine Sachen! Du hast immer gesagt, du liebst Senja! Dann achte jetzt auch seinen Letzten Willen! Vielleicht setzt dir Nina ja später eine Rente aus!«

»Wieso denn das?« kam es empört von der glücklichen Erbin.

»Ja, wirklich, wieso?« wiederholte Anja und wandte sich

zu Iljin um. »Na los, sag schon, wem gehört das Geld, wenn ein Ehemann plötzlich stirbt?«

»Wenn nichts anderes verfügt ist, dann der Frau und den Kindern«, verkündete der Anwalt in aller Ruhe.

»Na bitte«, erklärte Anja triumphierend. »Das hat man mir auch gesagt.«

Sweta schaute sie erschrocken an und schlug die Hände vors Gesicht. Katja wurde bleich.

»Mama«, fragte sie leise, »was hast du da eben gesagt?«

Anja blickte unsicher von einem zum anderen.

»Ach ..., nichts von Bedeutung ... Ich habe einen Fachmann konsultiert, was passiert, wenn Senja plötzlich stirbt. Nur so ... aus Neugier ...«

»Sehr interessant«, stieß Iljin hervor. »Jetzt kommen ja tolle Sachen ans Licht.«

Ich bekam einen Hustenanfall und lief aus dem Arbeitszimmer. Der Korridor war leer. Ich zückte rasch mein Handy und wählte die Nummer meines guten Freundes Degtarjow, eines Obersten der Miliz. Gewöhnlich war Alexander schwer zu erreichen, aber diesmal nahm er sofort ab.

»Hallo!«

»Grüß dich, Alexander.«

»Worum geht es?« brummte der Oberst.

»Bist du sehr beschäftigt?«

»Nein.«

»Kannst du rasch ins Haus von Anja kommen? Mir scheint, hier läuft ein schlimmes Ding«, sagte ich und machte mich auf ein langes Gespräch gefaßt.

Degtarjow hat es nämlich gar nicht gern, wenn jemand seine Kreise stört. Meistens fragt er in solchen Fällen: »Was ist passiert? Geht mich das überhaupt etwas an? Für welche Sünden hat mich Gott mit dieser Klette Darja Wassiljewa gestraft?« Aber Alexander setzte mich nun schon zum zweitenmal in Erstaunen. Zuerst hatte er sofort abgenommen, und jetzt warf er nur kurz hin: »Bin schon unterwegs! Bleib, wo du bist.«

Noch immer grübelnd, wie wohl Alexanders merkwürdiges Verhalten zu erklären war, trat ich wieder in Senjas Arbeitszimmer. Hier hatten die Leidenschaften während meiner Abwesenheit offenbar den Höhepunkt erreicht.

Anja stand puterrot und schweißgebadet am Fenster. Sweta, leichenblaß, rang die Hände. Katja hatte sich in einem Sessel verkrochen und schluchzte. Das Zimmermädchen Lessja und der Chauffeur Kolja zitterten wie zwei Hundejunge, die ein böses Herrchen im Regen hatte stehenlassen. Andrej Iljin biß sich auf die Lippen. Allein Nina hatte es sich in aller Ruhe in einem Sessel bequem gemacht und maß die anderen mit gleichmütigem Blick.

»Anja«, flehte Sweta noch einmal, »bei unserer verstorbenen Mutter, laß uns jetzt bitte gehen.«

»Nein«, gab ihre Schwester trotzig zurück, »ich ziehe vor Gericht!«

»Komm zur Besinnung! Pfeif auf das Geld!«

»Nein!«

»Anja«, rief Sweta nun völlig verzweifelt, »sei endlich vernünftig! Die wissen doch alles, was auch ich weiß.«

»So ist es.« Iljin nickte. »Sehen Sie mal, hier!«

»Was denn?« schrie Anja hysterisch.

Da zog Sweta unter Schluchzen einen Ring mit einem großen Brillanten aus der Tasche und warf ihn auf den Tisch. Er sprang mitten hinein in den großen Aschenbecher aus Kristall.

»Erkennst du ihn?« fragte Sweta.

»Ja«, antwortete Anja verwirrt, »das ist mein Ring. Ich habe ihn vor ein paar Tagen verloren. Danke, daß du ihn gefunden hast.«

»Und du fragst mich gar nicht, wo?« flüsterte Sweta.

»Wo denn?« sprach Anja ihr mechanisch nach.

Sweta mußte sich setzen.

»Als Lessja Alarm schlug, bin ich als erste in Senjas Zimmer gelaufen und wußte sofort, daß ihm nicht mehr zu helfen ist. Er war tot. Ich weiß selber nicht, wie ich einen kühlen Kopf bewahrt und euch nicht hereingelassen habe. Ich habe die Tür von draußen zugeschlossen und die Miliz gerufen.«

»Die Bullen habe ich gerufen«, erklärte der Chauffeur Kolja, »und auch die Tür habe ich selber abgeschlossen.«

»Das ist doch jetzt egal!« heulte Sweta auf. »Bevor ich die Miliz rief, ist mir etwas aufgefallen. Senjas linke Hand war zur Faust geballt. Die Leichenstarre war noch nicht eingetreten, und so konnte ich seine Finger aufbiegen. Da sah ich deinen Ring. Ich habe sofort verstanden, was vorgefallen war! Du und Senja, ihr habt euch doch in der letzten Zeit nur noch angeblafft! Du hattest ihn einfach satt und wolltest ihn loswerden!«

»Das nenne ich Leidenschaft!« bemerkte Nina kühl. »Warum hat sie sich nicht einfach scheiden lassen?«

»Weil sie dann kein Geld gekriegt hätte!« erklärte Sweta. »Sie wußte doch nichts von der unehelichen Tochter und dem Testament. Ich habe den Ring an mich genommen, und die Miliz hat das Ganze zum Selbstmord erklärt. Aber Iljin hat die Sache durchschaut …«

»Genauso war es.« Der Anwalt nickte.

Mir drehte sich alles im Kopf. Anja sollte Senja ermordet haben? Hunderte Frauen zanken mit ihren Männern. Aber den Mann anschreien ist etwas anderes, als ihn erschießen!

»Anja«, beschwor Sweta weiter ihre Schwester, »begreif doch, du hast verloren! Laß uns rasch fortgehen. Sollen die doch das Vermögen haben! Dafür werden sie schweigen, nicht wahr?«

»Wie das Grab.« Iljin grinste. »Wenn Sie aber vor Gericht ziehen und das Testament anfechten ..., dann werden Sie wohl im Zuchthaus enden.«

»Nein!« kreischte Sweta. »Das lasse ich nicht zu! Nehmen Sie auch noch die Wohnung, die Senja seiner Frau vermacht hat! Hauptsache, meine Schwester ist in Freiheit!«

»Heilige Maria, Mutter Gottes«, murmelte Lessja und bekreuzigte sich.

Katja in ihrem Sessel gab keinen Ton mehr von sich. Das Ganze war offenbar zuviel für sie. Anja umklammerte die Sessellehne.

»Das ist doch alles nicht wahr! ... Was ist los mit dir, Sweta, bist du verrückt geworden?«

Sweta versuchte, ihre Schwester zu umarmen.

»Komm mit und rette dich! Jeder Ermittler wird dir sofort alles beweisen!«

Ich schaute unruhig zur Tür. Wo Degtarjow nur blieb! Ich allein war dem Täter nicht gewachsen! Anja tat einen Schritt nach vorn. Sweta umklammerte sie. Auf Iljins Gesicht malte sich Genugtuung. Ich holte tief Luft und wollte gerade eingreifen, da sprang die Tür auf, Alexander trat ein und rief: »Miliz! Keiner rührt sich von der Stelle!«

Alle Anwesenden erstarrten. Ich aber konnte mich vor Freude kaum fassen, sprang zu den Schwestern, packte Sweta bei der Strickjacke und schrie:

»Nimm sie fest! Sie hat Senja ermordet!«

Andrej Iljin und Nina schnellten wie auf Kommando hoch und stürzten zur anderen Tür, die in Senjas Schlafzimmer führte. Die ging auf, und zwei kräftige Männergestalten versperrten ihnen den Weg.

»Finita la commedia!« verkündete Degtarjow zufrieden. «Ich bitte alle in die Wagen. Besonderen Komfort kann ich nicht anbieten, aber Sie werden rasch an ihren künftigen Aufenthaltsort gebracht, das verspreche ich.«

Ich war mächtig stolz auf meinen Freund. Sogar in Fremdsprachen kannte er sich aus! Das erstaunte mich, ehrlich gesagt, mehr als alles andere.

Eine Stunde vor Anbruch der Heiligen Nacht saßen wir wieder in Anjas Wohnzimmer. Nur Sweta fehlte, sie mußte die Feiertage nun wohl im Gefängnis verbringen.

»Warum hat Sweta so etwas Schreckliches getan?« fragte Katja.

Degtarjow seufzte auf.

»Sie hat ihre Schwester ein Leben lang beneidet. Keine eigene Familie, kein Glück und kaum Geld.«

»Papa ist für ihren Unterhalt aufgekommen«, erklärte Katja.

»Das stimmt.« Der Oberst nickte. »Aber Sweta wollte mehr. So ging sie diesem Betrügerpärchen Andrej und Nina Iljin auf den Leim. Vater und Tochter sind seit langem in dunkle Geschäfte verwickelt, gerieten aber bisher erstaunlicherweise nie ins Blickfeld der Miliz. Iljin begriff schnell, daß er mit Swetas Hilfe an das große Geld kommen konnte. Es fiel ihm nicht schwer, ihr den Kopf zu verdrehen. Alles Weitere wissen Sie. Die Geburtsurkunde war gefälscht, das Testament ebenfalls, und die außereheliche Tochter frei erfunden.«

»Er ist also gar kein Anwalt?« wollte ich wissen.

»Warum?« wunderte sich Degtarjow. »Ein Jurastudium bewahrt einen noch lange nicht vor Betrug. Sweta hatte die Aufgabe, Anja zum sofortigen Nachgeben zu bewegen, damit den Banditen das Vermögen zufiel. Sie hat ihrem Geliebten übrigens erklärt, Anja sei träge und willensschwach ... Sie würde sicher keinen Widerstand leisten und sich mit der Stadtwohnung zufriedengeben. Iljin wollte das illegal erworbene Vermögen dann rasch verkaufen und sich ins Ausland absetzen. Sweta hat er die Ehe versprochen. Aber daraus wäre wohl nichts geworden. Iljin ist ein raffinierter Bursche. Anja mit ihrem Ring zu erschrecken, den Sweta angeblich in der Faust ihres toten Mannes gefunden hatte, war die Ersatzvariante.«

»Das stimmte also gar nicht?« fragte Lessja erstaunt.

»Natürlich nicht. Aber das war nur der letzte Trumpf, sollte alles andere schiefgehen. Eigentlich rechneten sie damit, daß Anja wie alle anderen glauben würde, ihr Mann hätte sich selbst das Leben genommen.«

»Und woher kam die Tonbandaufnahme mit Senjas Stimme«, wollte Lessja wissen.

»Ich weiß es!« rief ich aus.

»Senja hat seine Rolle geprobt! Er hat sich selber aufgenommen, um sich dann korrigieren zu können.«

Der Oberst nickte.

»So ist es gewesen! Auf die Idee mit der falschen Tochter und dem Selbstmord kam Iljin, als Sweta sich bei ihm beklagte, Senja gehe allen mit seinen Proben auf die Nerven. Sie brachte Iljin eine der Kassetten, und der baute sie in seinen Plan ein. Sag mal, Darja, wann ist dir aufgegangen, daß es Mord war?«

Ich mußte lächeln.

»Schon als ich mit Lessja gesprochen hatte. Sie sagte, die Polizisten hätten sie sofort verstanden. Sie führten sie ins Arbeitszimmer, drückten die Taste des Kassettenrecorders, und sofort war Senjas Abschiedsrede zu hören. Aber der Mann, der die Rede aufgezeichnet hatte, beging anschließend Selbstmord. Er hätte wohl kaum den Nerv gehabt, die Kassette vorher zurückzuspulen. Wenn er das nicht getan hatte, konnte auch nichts aus dem Gerät kommen, als man es einschaltete. Wer also hatte die Kassette auf den Anfang zurücklaufen lassen? Und warum?

Zweitens: Wer hatte Rechtsanwalt Iljin von Senjas Tod informiert? In der Familie wußte niemand von seiner Existenz. Und drittens: Sweta behauptete, sie habe den Ring gefunden und keinem etwas davon gesagt. Gleich darauf wies sie aber auf den Anwalt und erklärte: »Die wissen doch alles.« Wieso? Wenn Sweta wirklich den Ring allein entdeckt und niemandem etwas davon gesagt hatte, woher wußte Iljin davon? Ihn aber erstaunten Swetas Worte überhaupt nicht. Er war über alles auf dem laufenden! Ich begreife nicht, wieso den Profis, die den Tatort untersuchten, nicht auffiel, daß mit dem Kassettenrecorder etwas nicht stimmte. Na und dann, entschuldige schon, Degtarjow, aber was habt ihr nur für Experten bei eurer Spurensicherung? Sogar ich weiß, daß man nach bestimmten Methoden mit fast hundertprozentiger Sicherheit sagen kann, ob einer sich selber erschossen hat oder erschossen wurde. Die Lage der Leiche, der Pistole, die ihm aus der Hand gefallen war ... Aber ich werde hier nicht das ganze ABC herbeten!«

»Du bist eben eine ganz Schlaue«, meinte der Oberst stirnrunzelnd. »Wir Bullen sind alle dumm, faul und wollen uns nur nicht zuviel Arbeit machen. Nicht wahr? Selbstmord ist so schön bequem, da gibt's nichts zu untersuchen ...«

»Hört endlich auf damit«, bat Anja flehend. »Es reicht, ich kann das nicht mehr hören! Nehmt wenigstens Rücksicht auf mich! Davon wird Senja nicht wieder lebendig.«

»Und Mussik auch nicht«, flüsterte Katja.

Degtarjow und ich wechselten einen verstohlenen Blick.

»Heute ist der Weihnachtsabend«, hob der Oberst feierlich an. »In dieser Nacht kann alles geschehen. Die größten Wünsche gehen in Erfüllung.«

Anja fuhr hoch.

»Ich hätte nicht gedacht, daß ihr so grausam sein könnt! Für meine besten Freunde habe ich euch gehalten!«

»Mama«, rief Katja und wollte sie umarmen. Da plötzlich ertönte im Korridor ein fröhliches Kläffen.

Anja und Katja erstarrten zur Salzsäule.

»Was ist denn das?« flüsterten beide im Chor.

»Also dann!« rief Degtarjow und stieß die schwere eichene Tür auf.

»Seht her! Eine echte Weihnachtsgeschichte!«

Die Türflügel öffneten sich, und auf der Schwelle erschien ein Schattenriß, den alle nur zu gut kannten. Der Mann trug Mussik auf dem Arm, der vor Glück laut jaulte.

»Papa«, schrie Katja auf und stürzte zu Boden.

»Senja!« hauchte Anja und sank neben ihrer Tochter nieder.

»Das kann nicht sein!« rief ich. »Degtarjow! Das war doch nur Mussiks Auftritt! Wir haben ihn zusammen hergebracht. Wo kommt denn mit einemmal Senja her? Und noch dazu lebendig!«

Als sich alle vom ersten Schreck erholt hatten, gab es endlose Umarmungen und heiße Küsse.

»Aber ... ich verstehe überhaupt nichts«, murmelte Anja. »Er lebt, er ist am Leben, er ist lebendig und gesund ...«

»Lebendiger als je zuvor!« bestätigte Senja. »Sweta und Iljin suchten einen Killer. Irgendwer mußte mich ja erschießen. Sie selber trauten sich das nicht. Der beste Kandidat schien ihnen unser Chauffeur Kolja zu sein. Sie wußten, daß er von einer eigenen Wohnung träumte. Also suchten sie ihn mit Geld zu ködern. Kolja spielte mit und forderte eine hohe Summe. Aber er hatte mir längst alles erzählt. Ich setzte mich sofort mit Degtarjow in Verbindung. Wir beschlossen, ein Kriminalstück zu inszenieren. Natürlich mußten wir die Mitarbeiter der Miliz einweihen, die die ›Leiche‹ abtransportieren sollten. Am schwersten fiel mir, reglos dazusitzen, als Lessja mich ›tot‹ auffand. Kolja gab ihr einige Sekunden, um den ›Selbstmörder‹ zu betrachten, verschloß dann die Tür und ließ niemanden mehr hinein, bis die Miliz kam. Dann wurde ich in einen Plastiksack gesteckt und fortgeschafft. Sweta, Iljin und Nina begannen ihr Rollenspiel.«

»Und mir hast du nichts gesagt!« empörte sich Anja.

Senja brummte verlegen: »Wir mußten doch die Gangster hinters Licht führen. Hätte ich auch nur angedeutet, Sweta trachte mir nach dem Leben, wie hättest du wohl reagiert?«

Anja biß sich auf die Unterlippe.

»Aber Mussik!« rief Lessja plötzlich. »Was hatte der damit zu tun?«

Senja kratzte sich am Kopf.

»Versteht doch, Kolja mußte nachts heimlich ins Haus kommen und mich ›ermorden‹. Damit ihn niemand dabei störte, mischte Sweta allen Schlafmittel in den Tee. Aber Mussik hört jeden Schritt, auch wenn er schläft. Sweta fürchtete, der Mops könnte Kolja bemerken und zu kläffen anfangen ... Trotz der Schlafmittel hätte jemand aufwachen können, und der ganze schöne Plan wäre futsch gewesen. Daher beschloß sie, Mussik zu beseitigen. Sweta hatte Schlüssel von der Villa. Sie kam früh am Morgen, als alle noch schliefen, öffnete vorsichtig die Tür, stopfte Mussik ein Stück Käse ins Maul und schleppte ihn dann in den Wohnwagen der Arbeiter. Zwar plante sie ein Verbrechen, aber den Mops einfach zu töten brachte sie nicht übers Herz. Daher beschloß sie, ihn zu ›schonen‹ und nur in den Wagen zu sperren, wo sich die Sache von selbst erledigt hätte. Dann fuhr sie davon. Abends erschien sie im Hause, als wäre nichts gewesen. Als alle eingeschlafen waren, ließ sie Kolja herein.«

»Und die Wache des Viertels hat nicht bemerkt, daß Sweta morgens schon einmal gekommen war?« fragte ich verwundert.

Senja seufzte auf.

»Sie hat ihren Wagen im Wald stehenlassen und ist durch eine Lücke im Zaun gekrochen. Sie war der Meinung, sie hätten einen perfekten Plan und alle Einzelheiten bedacht. So sollte Darja zum Beispiel unbedingt das Bild bekommen. Dann hätte sie an der Echtheit des Testaments keinen Zweifel mehr gehabt. Ich wußte ja, wie sehr sie sich die ›Drei Bridge spielenden Möpse‹ wünschte.«

»So eine Gemeinheit!« entfuhr es mir.

»Ich hatte mich schon gewundert, daß der Hund nicht bellt«, mischte sich plötzlich Kolja ein, der bisher geschwiegen hatte. »Aber ich dachte, Sweta hätte ihn im Bad eingesperrt. Nie wäre ich auf den eisigen Wohnwagen gekommen. Warum mußte sie eigentlich unbedingt den Hund töten?«

Im Zimmer wurde es ganz still. Dann sagte Senja leise:

»Offensichtlich haßt sie uns so, daß sie zu allem bereit war.«

»Aber warum?« wollte Katja wissen. »Was haben wir Sweta denn getan? Sie hat von unserem Geld gelebt, mit uns gegessen, mit uns getrunken, sich Kleider gekauft und Reisen gemacht …«

»Wenn du nicht willst, daß man dir Böses tu, füg niemandem was Gutes zu«, schmetterte Senja.

Ich wollte einwenden, daß mir dieses Sprichwort überhaupt nicht gefällt, daß meine Großmutter … Aber das behielt ich für mich. Offenbar gibt es Menschen, die andere hassen, wenn sie ihnen helfen und sie unterstützen.

Die Uhr schlug zwölf.

»Weihnachten!« rief Anja aus. »Mögen sich alle Wünsche erfüllen, möge überall Frieden sein, mögen Verwandte einander lieben und mögen wir viele gute Freunde haben, die uns im Unglück zu Hilfe eilen und sich über unser Glück freuen!«

»Was für ein Toast!« rief Senja.

Katja fiel ihrem Vater um den Hals. Lessja streichelte Mussik.

»Mein Kleiner«, flötete sie und stopfte ihm sein Lieblingsgebäck ins Maul, das ihm eigentlich verboten war. »Iß, mein Süßer. Hast genug gelitten!«

»Kolja, setz dich zu uns«, rief Senja, »steh nicht abseits! Ich weiß doch, daß du und Katja euch mögt und nur Angst vor mir habt. Ich habe überhaupt nichts dagegen. Werdet glücklich!«

Katja wurde rot bis in die Haarspitzen. Kolja räusperte sich verlegen. Ich jubelte vor Freude. So mußte es sein! Alle waren glücklich – eine echte Weihnachtsgeschichte. Wer hätte das nach all dem Schlimmen noch glauben mögen! Aber ich weiß genau: Das Leben hält viel größere Wunder bereit als jedes Märchen.

Valeri Ronschin

Ein Weihnachtstraum

Gegen Morgen hatte ich einen sonderbaren Traum: Ich gehe die Straße entlang und sehe das Schaufenster eines Juweliergeschäfts. Ich betrete den Laden. Direkt vor mir steht ein Weihnachtsbaum. Er glänzt und funkelt in reichem Schmuck. Aber es ist kein gewöhnlicher Christbaumschmuck. An den Zweigen hängen Kolliers, Armreifen, Halsketten, Anhänger und Ringe ... Sie schaukeln, schillern und schimmern und werfen kleine bunte Lichtflecken an die Wände, auf die Fußbodenkacheln und auf meine Kleidung. Ich sehe, wie sich meine Hand dem Christbaumzweig entgegenstreckt. Sekundenlang erstarrt sie vor einem Kollier aus durchsichtigen roten Steinen ... Dann berührt sie einen wundervollen sternförmigen Anhänger ... Doch was geschieht mit mir? Der Nacken beginnt zu schmerzen, die Hand brennt. Ich weiß, ich muß etwas auswählen. Ich weiß es. Aber warum fällt mir das so schwer?! Ich weine. Will weg. Doch da erlischt das Licht, und aus der Dunkelheit bewegt sich etwas Grauenvolles auf mich zu. Ich wi-i-ill nicht!

Im selben Moment erwachte ich. Die Wangen waren tränennaß, die Hand krampfhaft zusammengepreßt. Mühsam wühlte ich mich aus der zusammengeknüllten Bettdecke heraus, zündete mir eine Zigarette an und trat ans Fenster. Draußen war es kalt und finster. Nur in der Ferne, auf dem Marktplatz, leuchteten die Lichter des Weihnachtsbaums.

Augenblicklich fiel mir mein Traum wieder ein. Ich zuckte zusammen. Unsinn – ein Traum in der Vorweihnachtsnacht! Ich ging ins Bad und wusch mich mit kaltem Wasser. Aus dem Spiegel schaute mich mein Abbild an.

Ich erblickte ein längliches, hageres Gesicht, eine lange spitze Nase, viel zu dichte Augenbrauen und um so spärlichere Wimpern. Die blonden Haare standen, so sehr man sie auch kämmte, nach allen Seiten ab. Besonders aufmerksam betrachtete ich meine Augen. Ich drückte meine Nase beinahe am Spiegel platt, um in meiner Iris einen blauen oder wenigstens einen grünlichen Schimmer zu entdecken. Vergebens – die Augen schauten mich grau und sogar irgendwie stumpfsinnig an.

Und wenn schon – es ist, wie es ist. Kein Grund zur Panik.

Aufmunternd zwinkerte ich meinem Spiegelbild zu, begann Grimassen zu schneiden, und auf meinem Gesicht wechselten rasch überschwengliche Freude mit leichter Verwunderung und schließlich mit einer romantischen Wehmut …

Da fiel mir ein, daß ich heute zu meiner Mutter ins Krankenhaus fahren mußte. Meine Munterkeit war wie weggeblasen. Ich seufzte und machte mich fertig.

In der Vorortbahn lag auf dem Sitzplatz eine vergessene Zeitung. Ich schlug sie auf.

»… Präsident … Krise … Delegierte … Krieg … Mode … Katastrophen … Terroristen … Sex … Psychopath …«

Ein Psychopath?

Ich überflog die Meldung:

»Ein weiteres Opfer des Psychopathen. Erneut wurde die Leiche eines erwürgten Mädchens am Stadtrand gefunden. Es handelt sich um die dreiundzwanzigjährige L. Allem Anschein nach bevorzugt der perverse Mörder dreiundzwanzigjährige Blondinen mit einem Muttermal am Hals.«

Ich legte die Zeitung beiseite.

Ich war dreiundzwanzig ... blond ... Und am Hals hatte ich ein kleines schwarzes Muttermal, das wie eine angeklebte Rosine aussah.

Der Zug setzte sich in Bewegung. Tu-duch, tu-duch ratterten die Räder über die Gleisfugen. Ich drehte mich zum Fenster und malte auf die angelaufene Scheibe mein Auge. Das Auge begann zu weinen ...

Das Krankenhaus war nicht sehr weit von der Haltestelle entfernt. Meine Mutter schlug die Augen auf und sagte: »Du hast mich nicht geliebt.«

Genau so. In der Vergangenheitsform. Und ich mußte ein erstauntes Gesicht machen und in munterem Ton erwidern: »Was sagst du da, Mama?! Wie kannst du nur so etwas behaupten, Mama?!«

Der Doktor war ein imposanter Mann um die Vierzig, mit kurzen, leicht ergrauten Haaren. Ohne Eile zündete er sich eine Zigarette an. Das schwarze Seidentuch, das er um seinen Hals geschlungen hatte, bildete einen eigenartigen Kontrast zu dem weißen Arztkittel.

»Ihre Mutter hat sich mir gegenüber beschwert, daß Sie sie nicht lieben«, sagte der Doktor, während er den Rauch in kleinen Ringen ausstieß, und musterte mich neugierig.

»Ja, ich liebe sie nicht«, bestätigte ich. »Na und?«

»Nichts«, antwortete er. »Ü-ber-haupt nichts.«

»Mich dagegen würde interessieren«, sagte ich, »wenn bei Ihnen ein Patient stirbt ... und Sie gehen, sagen wir, ins Theater, kaufen Ihrer Frau Blumen ... Was ruft das alles ...«

»Nichts«, unterbrach er mich. »Absolut keinerlei Emotionen. Schon seit meiner Studienzeit. Erstaunt Sie das?«

»Allerdings.« Ich nickte. »Sie haben wahrscheinlich noch niemanden von Ihren Angehörigen verloren.«

Er zuckte sichtlich zusammen. Eine Aschesäule löste sich von der Zigarette, fiel auf die Tischoberfläche und zerstob.

Ich begriff, daß ich etwas Unpassendes gesagt hatte.

»Habe ich etwas Unrechtes gesagt?« fragte ich vorsichtig.

Statt einer Antwort schlug mir der Doktor wie zum Spaß vor: »Möchten Sie vielleicht mit mir in ein Restaurant gehen? ... Heute ist Weihnachten. Ich lade Sie ein.«

»Oh, mit Vergnügen«, antwortete ich in demselben Tonfall. »Doch ich habe kein Abendkleid.«

Der Doktor lachte.

»Aber ich ...«

Er sprang auf, und mit der Geste eines Zauberers holte er aus dem Wandschrank ... ein Abendkleid. Und was für ein wunderschönes!

»Probieren Sie es an!«

Ich schaute mich um. Hier steht der Schreibtisch. An den Wänden hängen irgendwelche Diagramme. Hinter der Tür rechts in dem Krankenzimmer liegt meine Mutter im Sterben.

Aber neben mir steht der furchteinflößende Gebieter dieser Klinik und streckt mir das Abendkleid entgegen. Tiefschwarz und glänzend – ein echtes Wunder!

»Wissen Sie, was am sonderbarsten ist?« fragte ich.

»Daß Sie meine Einladung annehmen.«

»Nein, daß dieses Kleid meine Größe hat.«

Der Doktor drehte sich um und zündete sich eine neue Zigarette an. In Windeseile entledigte ich mich des Pullovers und der Jeans, die mir plötzlich recht schäbig vorkamen. Natürlich bemerkte ich, wie mich die Blicke des Doktors begehrlich verfolgten, aber das kratzte mich nicht. Und überhaupt war mir auf einmal so leicht zumute, als wäre ich am Morgen erwacht und neben mir auf dem Kopfkissen läge ein riesiges Geschenkpaket mit einer scharlachroten Schleife.

Dann zog ich das Kleid an.

Einfach umwerfend! In so einem Kleid konnte man überall hingehen, in ein Restaurant ebenso wie aufs Schafott!

»Ich möchte Sie in das Restaurant einladen, in dem ich mit meiner Frau vor genau einem Jahr gewesen bin. Am Weihnachtstag. Stellen Sie sich vor, sie hat am Weihnachtstag Geburtstag.«

»Was für ein Zufall!« Verblüfft schlug ich die Hände zusammen. »Ich wurde ebenfalls in der Weihnachtsnacht geboren.«

Der Doktor erstarrte. Dann fragte er, wobei er nervös am Zipfel seines schwarzen Halstuchs herumnestelte: »Sie wurden ebenfalls in der Weihnachtsnacht geboren?«

»Allerdings. Was haben Sie?«

»Nichts«, antwortete er, »ü-ber-haupt nichts.«

Zu meiner Verwunderung erwies sich das Restaurant als eine ganz gewöhnliche Kaschemme. Wir setzten uns an ein Tischchen am Fenster. Eine Kellnerin erschien und reichte dem Doktor die Speisekarte.

Dieser begann laut zu lesen: »Schweinesteak mit Ananas, Geflügel in Biersauce, Lachs nach Art des Hauses …«

Die Kellnerin gähnte.

»Das ist alles nicht mehr da.«

»Und was ist noch da?« fragte der Doktor.

»Buletten und Fisch.«

Der Doktor bestellte sich Buletten, ich mir Fisch.

»Sie scheinen Ihre Frau nicht zu lieben«, sagte ich. »Wenn man jemanden liebt, dann geht man mit ihm nicht in so eine Kaschemme.«

»Ja, ich liebe sie nicht«, antwortete er ruhig. »Na und?«

»Nichts«, sagte ich, »ü-ber-haupt nichts.«

Die Kellnerin erschien.

»Fisch gibt's nicht mehr«, sagte sie zu mir.

»Und Musik? Gibt's wenigstens Musik?« fragte ich.

»Die Jungs verdienen sich im Kirchenchor was dazu. Heute ist schließlich Weihnachten. Sie müßten aber bald da sein.«

»Ich glaube manchmal«, sagte der Doktor, als die Kellnerin gegangen war, »daß ich einmal völlig betrunken am Gartenzaun sterben werde. Wie Tschechow.«

»Oh«, sagte ich gedehnt, »ich dagegen stelle mir meinen Tod ausgesprochen romantisch vor.«

»Sooo?« sagte auch er gedehnt. »Und wie?«

»Also, erstens will ich jung sterben. Sich in ein uraltes Weib zu verwandeln – ein gräßlicher Gedanke. Stellen Sie sich dagegen folgendes Bild vor: Ich liege im Sarg, jung und schön! In einem knöchellangen roten Samtkleid, mit eleganten Pumps an den Füßen, ein schmales schwarzes Band um die bleiche Stirn geschlungen. Sonst nichts! Nichts Überflüssiges! Keinerlei Schmuck. Alles muß schlicht, aber originell sein. Ein gläserner Sarg, der wie ein Boot auf einem Meer roter und weißer Rosen schwimmt. Und ringsum Menschen über Menschen! Und alle, ohne Ausnahme, weinen. Viele schluchzen laut. Zwischen den Schluchzern flüstern sie leise etwas. Aber nicht so leise, daß ich es in meinem Sarg nicht hören kann: ›Wie jung sie ist … und wie schön! Wie gut ihr das Kleid steht. Sie soll angeblich sehr klug gewesen sein? Ja, ein ungemein talentiertes Mädchen …‹« Ich seufzte genüßlich. »Nun, wie finden Sie das?«

»Toll!« sagte der Doktor.

»Wie alt ist eigentlich Ihre Frau?« fragte ich.

»Dreiundzwanzig. So alt wie Sie. Stimmt's?«

»Stimmt«, nickte ich und fuhr neugierig fort: »Und sie will nicht zufällig auch jung sterben?«

Der Doktor faßte schnell nach seinem schwarzen Halstuch und lockerte es ein wenig, als würde es ihm die Kehle zuschnüren. Dann antwortete er mit Grabesstimme: »Sie ist jung gestorben. Genau vor einem Jahr. In der Weihnachtsnacht.«

Wir verstummten. Schweigen hing in der Luft.

»Erzählen Sie mir von ihr«, bat ich schließlich.

»Sie hatte blondes Haar und ein schwarzes Muttermal am Hals«, sagte der Doktor und fügte, auf meinen Hals blikkend, hinzu: »Genau wie Sie.«

Unwillkürlich faßte ich mit der Hand nach meinem Muttermal. Der Doktor rutschte auf seinem Stuhl hin und her. Etwas Sonderbares und Unbegreifliches schwebte über uns.

Blondes Haar … Ein Muttermal am Hals … Der Psychopath?! Was sollte ich tun? Um Hilfe rufen? Und wenn er nicht der Psychopath war? Aufspringen und wegrennen – das wäre einfach idiotisch.

»Herr Doktor«, sagte ich mit zitternder Stimme.

»Ja bitte?« Er zupfte sich nervös am Ohrläppchen.

»Soll *ich* Ihnen erzählen, was weiter geschah?«

Er schwieg. Nur seine Augen wanderten unruhig umher.

»Vor einem Jahr, genau am Weihnachtsabend, kam es zwischen Ihnen und Ihrer Frau zu einem Streit. Ihrer Frau hat es hier nicht gefallen. Und das ist auch kein Wunder. Sie, eine junge Frau, hatte erwartet, daß man sie am Weihnachtstag, der außerdem ihr Geburtstag ist, in ein nobles Restaurant einlädt und nicht in diese Kaschemme. Natürlich empfand sie Ihr Verhalten als eine bewußte Beleidigung. Sie saß stumm auf demselben Platz, auf dem ich jetzt sitze, ging im Geiste noch einmal alle Ihre zahlreichen Reibereien durch und überlegte, für welche davon Sie sie wohl auf diese Weise bestrafen wollten. Der Abend war hoffnungslos verdorben. Doch aus irgendeinem Grunde blieben Sie beide sitzen und verlängerten die schmerzhafte Quälerei durch Ihr Schweigen.«

Ich holte Luft. Die Hände des Doktors waren ununterbrochen in Bewegung. Er zupfte sich am Kinn, strich sich übers Haar, verschränkte die Finger und löste sie wieder. Ich fuhr fort: »Aber früher oder später hat alles ein Ende. Mit einemmal stand Ihre Frau entschlossen auf und lief, ohne ein Wort zu sagen, in Richtung Tür. Sie folgten ihr, halfen ihr in den Mantel, zogen sich ebenfalls an und gingen auf die Straße ...«

»Ja«, sagte der Doktor so unvermittelt, daß ich zusammenzuckte. »Ich ging hinter Alina hinaus. Auf dem Marktplatz leuchtete die Weihnachtsillumination. Die Menschen waren vergnügt. Musik ertönte. Wir setzten uns ins Auto und fuhren nach Hause.«

»Ihr Zorn auf Ihre Frau begann sich langsam zu legen«, fuhr ich fort. »Und Sie wußten auch schon, wie Sie die Situation retten konnten. Sie hatten längst ein Geburtstagsgeschenk vorbereitet, ein sehr wertvolles und schönes Kollier ... aus ... aus ...« Plötzlich begann ich zu stottern und schaute entsetzt auf den Doktor.

»Ja, ja.« Er nickte, ohne sich im geringsten zu wundern. »Es war ein sehr wertvolles und schönes Kollier aus Bergkristall. Alina schämte sich, genau wie Sie, wegen Ihres Muttermals und wollte es immer irgendwie verstecken.«

Unwillkürlich bedeckte ich mein Muttermal mit der Hand.

»Genau so, genau so.« Der Doktor wiegte den Kopf.

Und dann brach es gleichsam aus ihm heraus. Überstürzt, sich verhaspelnd und überschlagend und ohne auf die Logik seiner Worte zu achten, sprudelte er los: »Manchmal war sie einfach unausstehlich! Einfach unausstehlich! Doch an diesem Abend ... An diesem Abend überschritt sie die Grenzen des Erlaubten. Sie schrie mich an und versuchte sogar, mein Gesicht zu zerkratzen. Es war grauenvoll. Dann ergriff sie ein Weinglas, zerbrach es und zerschnitt mir mit einer Scherbe den Hals. Ich konnte nicht schnell genug ausweichen, und das Blut spritzte auf mein Hemd.« Von Erinnerungen gequält, verzog er das Gesicht und faßte sich immer wieder an das schwarze Halstuch. »Ich bat Alina, sich zu beruhigen. Ich flehte sie an ... Alles vergebens ... Ich schwor ihr, daß ich selbst nicht wüßte, was mit mir los sei, und sagte ihr, daß alles meine Schuld sei ... Dann ... Dann holte ich das Kollier hervor und fiel vor Alina auf die Knie. Es muß ein überwältigender Anblick gewesen sein: mit der Wunde am Hals und den Blutflecken auf dem weißen Hemd strecke ich ihr ... kniend ... mit zitternden Händen das Kollier entgegen.« Er atmete schwer. Ich lauschte gespannt. »Ich muß dazu sagen, daß Alina eine Schwäche für Schmuck hatte. Wie übrigens alle Frauen. Und Sie werden es nicht glauben – aber ihr Zorn war wie verraucht. Sie beruhigte sich augenblicklich. Wo war ich doch gleich? Ach ja ... Also hören Sie ... Wir versöhnten uns. Auf rührende Weise baten wir uns gegenseitig um Verzeihung und schworen einander, daß so etwas nie wieder geschehen sollte! Niemals mehr ... Und dann ... dann ging ich hinaus, eine Zigarette rauchen. Und als ich ins Schlafzimmer zurückkam ... war Alina ... tot ...« Mit bebenden Fingern zündete er sich eine Zigarette an und zog krampfhaft den Rauch ein. »Sie ... lag auf dem Fußboden, das Kollier um den Hals. Ihre Augen waren weit aufgerissen und versteinert vor Entsetzen. Ich habe niemals ... niemals solche Augen gesehen ... Allmächtiger Gott ...« Gierig zog er den Rauch ein. »Den Kopf zurückgeworfen, war ihr Gesicht der Zimmerdecke zugewandt, die Haare waren zerzaust, und die Steine des Kolliers hatten sich aus schneeweißen in blutigrote verwandelt.« Der Doktor verstummte, er war mit einemmal auf dem Stuhl zusammengesunken, das Gesicht in den Händen vergraben.

Entsetzt starrte ich auf ihn. Neben mir saß ein Mörder. Oder doch kein Mörder?

»Und was war dann?« fragte ich gehorsam.

»Dann fing es an zu schneien«, antwortete er müde. »Und es schneite die ganze Weihnachtsnacht.«

Ich schüttelte heftig den Kopf, um die Truggebilde zu vertreiben.

»Hirngespinste«, sagte ich voller Überzeugung. »Erstens gibt es keine roten Kristalle in der Natur. Höchstens mit einem rötlichen Schimmer. Und zweitens ...«

»Die gibt es nicht.« Der Doktor nickte müde und zog aus seiner Tasche ein Kollier aus roten Kristallen hervor. »Und was sagen Sie dazu?«

»Nichts«, sagte ich, »ü-ber-haupt nichts.«

Wir traten hinaus auf den Marktplatz. An der riesigen Tanne brannten die Lichter. Musik erklang. Es fiel flockiger weißer Schnee.

»Wie sonderbar«, sagte ich, »es schneit, aber irgendwo dort oben scheint trotzdem der Mond und die Sterne leuchten.«

»Alina«, sagte er leise mit bebender Stimme.

Ich schrie auf und wollte weglaufen. Der Doktor holte mich ein und bedeckte mein Gesicht mit gierigen Küssen.

»Lassen Sie mich los! Lassen Sie mich los!« bat ich mit eindringlichem Flüstern, erlaubte ihm aber gleichzeitig, daß er mich immer stärker an sich preßte. Was mache ich nur? Ich muß fliehen, muß mich retten! Um Hilfe rufen! Oder nicht?

Plötzlich ließ er von mir ab.

»Gehen wir«, sagte er. Nein, er sagte es nicht, er befahl es.

Gehorsam folgte ich ihm.

»Wohin gehen wir?«

»Zu mir nach Hause«, warf er hin, ohne sich umzudrehen.

In der geräumigen Diele stand mit Lippenstift auf dem Spiegel geschrieben: »Der Geist des Spiegels freut sich, Ihr Bild wiederzugeben.«

»Zieh dich aus«, sagte der Doktor abgehackt. Und nun klangen seine Worte wie ein Befehl.

Die Türöffnung war von einem Fischernetz verhängt.

»Sieh zu, daß du dich nicht darin verfängst«, sagte er warnend, ohne eine Spur von Humor in der Stimme.

»Ich bin ein zu kleiner Fisch für so ein Netz«, versuchte ich zu scherzen und verhedderte mich sogleich. Nur mit Mühe löste ich mich aus dem Netz und betrat das Zimmer.

Hier war ebenfalls alles sehr sonderbar. Der ganze Fußboden war mit weißen und braunen Bärenfellen bedeckt. Von irgendwoher kam leise getragene Musik. Die Luft war von eigenartigen, offenbar narkotischen Gerüchen durchtränkt.

Meine Sinne begannen sich zu trüben.

Der Doktor schob das Netz beiseite und trat ins Zimmer: in einem drachenbestickten Seidenkimono, das schwarze Tuch war immer noch um seinen Hals geschlungen.

Mich überfiel schläfrige Müdigkeit, ich konnte mich nicht mehr auf den Beinen halten und ließ mich langsam auf die Bärenfelle gleiten. Plötzlich stieß meine Hand auf ein kleines Büchlein. Ich hielt es dicht an die Augen und erkannte auf dem Umschlag mühevoll rote und schwarze Hieroglyphen.

»Sie können japanisch lesen?« fragte ich, mit aller Kraft gegen die zunehmende Schläfrigkeit ankämpfend.

Statt einer Antwort ließ sich der Doktor neben mir auf den Boden nieder, öffnete das Büchlein und las: »Dem altchinesischen Weisen Tschuan Tsi träumte eines Morgens, er sei ein Schmetterling. Als er erwacht war, wußte der Weise nicht: hatte er von einem Schmetterling geträumt, oder träumte ein Schmetterling gerade von Tschuan Tsi.«

Der süßliche Geruch wurde stärker. Ich spürte, daß ich allmählich gar nichts mehr begriff.

»Faß dein Muttermal an!« befahl der Doktor barsch.

»Das Muttermal?« wiederholte ich und fragte dann höchst albern: »Hör mal, du bist doch nicht zufällig der Psychopath?«

»Zufällig bin ich es.«

Ich begann zu lachen, so schallend, wie ich noch nie gelacht hatte. Ich lachte und lachte und konnte gar nicht wieder aufhören.

Der Doktor warf das Büchlein weg und näherte sein Gesicht dem meinen.

»Faß das Muttermal an, bitte …«, bat er inständig, »faß es an …«

Automatisch führte ich den Finger an den Hals, ertastete das Muttermal und befühlte es. Der Doktor begann schwer zu atmen. Auf seiner Stirn traten Schweißtropfen hervor.

»Fahr darüber … fahr darüber … streichle es …«, flüsterte er flehentlich. Seine Zungenspitze, die schneeweiß war, glitt gierig über die trockenen Lippen. »Wie alt bist du?«

»Das hast du mich schon einmal gefragt«, erinnerte ich ihn. »Dreiundzwanzig. Genau das von dir bevorzugte Alter.«

Er lächelte krampfhaft. Sein Lächeln ähnelte einer Grimasse.

»Dreiundzwanzig«, wiederholte er. »Sieh an! Auch ich war einmal dreiundzwanzig. Vor langer Zeit. Vor sehr langer Zeit. Was war ich damals für ein Dummkopf!«

»Du bist auch heute noch ein Dummkopf«, sagte ich mit schwacher Stimme.

»Was für schöne Hände du hast …«, murmelte er wie im Fieber.

Und dann geschah folgendes. Mit unterdrücktem Stöhnen warf er sich auf mich, umklammerte mit eisernen Fingern meinen Hals und preßte ihn mit aller Kraft zusammen. Ich krallte mich krampfhaft an seinem schwarzen Tuch fest und zerrte ebenfalls mit aller Kraft daran. Das Letzte, was sich meinem schwindenden Bewußtsein einprägte, war ein zimtbraunes Muttermal an seinem Hals …

»Wachen Sie auf, Viktor Petrowisch, wachen Sie auf …«

»Ah!« Der Doktor schreckte hoch.

Neben ihm stand eine Krankenschwester.

»Entschuldigen Sie, Viktor Petrowitsch«, sagte das Mädchen. »Telefon für Sie …«

»Wer ist es?«

»Ihre Frau.«

»Hallo, mein Schatz«, vernahm der Doktor die Stimme seiner Frau im Hörer. »Ich hab dich auf deinem Handy angerufen, aber du antwortest nicht. Da mußte ich die diensthabende Schwester anrufen.«

»Stell dir vor, Alina, ich bin eingeschlafen und …«

»Du willst mir doch jetzt hoffentlich nicht deinen Weihnachtstraum erzählen? Hast du vergessen, daß wir heute auf den Weihnachtsball gehen?«

»Nein, mein Schatz, hab ich nicht. In fünf Minuten fahre ich los.«

Viktor Petrowitsch legte den Hörer auf und ließ sich kraftlos in die ledernen Sofakissen zurücksinken. Er war noch völlig im Banne seiner sonderbaren Träume: zuerst das Juweliergeschäft; dann die Wohnung mit den Bärenfellen, der betäubende Geruch und die schweißnassen Hände an seinem Hals … Oder seine eigenen Hände an einem fremden Hals? Viktor Petrowitsch starrte voll Schrecken auf seine Hände. Was war geschehen?

Er ging zum Waschbecken, drehte den Hahn auf und hielt seinen Kopf unter den eiskalten Wasserstrahl. Dann zog er den weißen Kittel aus, tastete nach dem schwarzen Halstuch und nahm es ebenfalls rasch ab. Sein Blick glitt über den Schreibtisch, auf dem ein kleines Kästchen stand. Viktor Petrowitsch stürzte darauf zu, ergriff es, und als habe er sich verbrannt, ließ er es fallen. Dann zog er die Brauen finster zusammen, nahm das Kästchen entschlossen in die Hand, öffnete es hastig und lachte erleichtert auf. In dem Kästchen lag ein erlesenes Schmuckstück – ein Anhänger in Form eines leuchtenden Sterns.

Viktor Petrowitsch verwahrte das Geschenk behutsam in der Brusttasche seines Jacketts und trat ans Fenster. Draußen, irgendwo in der dunklen Ferne, erklangen die Weihnachtsglocken. Rasch drehte er sich um und rannte fast zur Tür. Etwas Schwarz-Rotes fiel ihm ins Auge: ein Büchlein mit Hieroglyphen auf dem Umschlag. Viktor Petrowitsch hob es auf.

Wie sonderbar ist doch alles in dieser von uns unerkannten Welt. Wir sehen im Traum unsere Seele. Und unsere Seele sieht im Traum uns. Vielleicht hilft uns jemand, uns selbst zu verstehen und uns von den Truggebilden zu befreien?

Viktor Petrowitsch verließ das Krankenhaus. Auf dem Vorplatz hatte man vor ein paar Tagen eine riesige Tanne aufgestellt und sie mit einer Girlande aus bunten Lämpchen geschmückt. An der Spitze des Baums strahlte der Weihnachtsstern.

Jelena Chorwatowa

Entweihte Weihnachten

Mein Name ist Antti Matikainen, aber wenn Sie wollen, können Sie auch Anton Sacharowitsch Matikainen zu mir sagen, so wie man mich in Petersburg nennt. Meine Mutter starb an dem Tag, an dem ich geboren wurde. Schon bald nach ihrem Tod zog mein Vater nach Petersburg, wo er sich mit Bauverträgen beschäftigte und ein kleineres Kapital anhäufte.

Ich wuchs auf dem Gut meines Großvaters in Finnland auf. Der alte Matikainen hielt seinen Sohn Sakeri, meinen Vater, für einen Abtrünnigen und wollte mich zu seinem Erben heranziehen, dem er mit der Zeit ruhigen Gewissens seinen Besitz vermachen konnte. Aber mein Vater hatte die Idee, daß sein Sohn unbedingt in Petersburg seine Bildung erhalten müsse. Das war das Ende meiner sorglosen Kindheit! Leicht gesagt – in Petersburg Bildung erhalten! Ich sprach schließlich nur Finnisch und ein bißchen Schwedisch, und mein Repertoire an russischen Worten aus der finnischen Schule reichte noch nicht einmal, um ein Stück Kuchen in einer Petersburger Konditorei zu bestellen.

Papa Sakeri fand eine einfache Lösung – er brachte mich bei einer befreundeten Familie mit zwei ungefähr gleichaltrigen Jungs unter. Einerseits sollte mein Leben unter russischen Menschen mir helfen, schnell die fremde Sprache zu erlernen, andererseits schien ihm ein Haus, in dem es Kinder gab und in dem man wußte, wie man sie erzieht, geeigneter für mich als das Haus eines einsamen Witwers.

Die Familie der Dwojekurows – alter, aber verarmter Adel mit Beziehungen in der Gesellschaft – konnte ihm diese von ganzem Herzen kommende und außerdem großzügig bezahlte Bitte nicht abschlagen und nahm mich wie einen Verwandten auf.

In den vier Jahren, die ich bei den Dwojekurows lebte, lernte ich so gut Russisch, daß ich alles verstand, was die Lehrer in den Unterrichtsstunden sagten, und die besten Noten erhielt. Die Unterrichtserfolge ließen die ehrgeizigsten Pläne entstehen, und ich erklärte meinen Verwandten, daß ich beabsichtige, das Nikolai-Kavallerie-Institut zu besuchen. Vater war unzufrieden. Er erwartete, daß ich später in seiner Baufirma arbeiten würde, Großvater Antti aber nahm meine Entscheidung voller Verständnis auf. In seiner Jugend war er selbst Offizier gewesen und wußte, daß Militärs (wenn sie es nicht bis zum General bringen, was äußerst selten ist) früh pensioniert werden, ich also die Möglichkeit haben würde, auf das Gut Murtosalo zurückzukehren und mich endlich mit etwas Vernünftigem zu befassen.

Gleich nach dem Studium zog ich in den Russisch-Japanischen Krieg, um das Kriegshandwerk in der Schlacht zu erproben. Die Offensive von Sandepu (nie werde ich den Sechzig-Werst-Marsch bei grimmigem Frost vergessen), dann die schmähliche Niederlage und der Rückzug unserer Armee bei Mukden, das Feldlazarett, der Angriff auf das feindliche Hinterland – ich habe viele Gesichter des Krieges gesehen und eine gewisse Kampferfahrung erworben.

Nach dem Friedensabkommen im Herbst 1905 kehrte ich

nach Petersburg zurück, inzwischen im Rang eines Rittmeisters. Mir wurde eine Stelle als Kommandeur einer Musterschwadron angeboten. Mehr hätte ich mir schwerlich wünschen können. Die Familie Dwojekurow empfing mich mit offenen Armen.

Die Brüder Dwojekurow waren in dieser Zeit erwachsen geworden. Der ältere, Boris, hatte die Universität bereits abgeschlossen und befaßte sich mit freiem Unternehmertum. Gott allein weiß, was er darunter verstand. Aber er hatte Geld und Freizeit en gros. Der jüngere, Wladimir, studierte Medizin und sollte in anderthalb Jahren seinen Doktor machen. Als ich den schlanken jungen Mann im eleganten Studentengehrock sah, habe ich nicht gleich den dicken, sommersprossigen, kindlich-schmuddligen Wladimir in ihm erkannt. Er war jetzt sehr auf sein Äußeres bedacht, benutzte teures Eau de Cologne, hatte sich seinen eigenen Coiffeur zugelegt und schnarrte das R ein bißchen. Offenbar glaubte er, daß dies seiner Sprache einen gewissen Charme verleihen würde.

Doch trotz aller Gepflegtheit kam Wladimir nie an seinen älteren Bruder heran, der sich ein nachlässiges Äußeres und freche Manieren erlaubte, aber dennoch als unwiderstehlich schön galt. Wladimir gelang es lediglich, wie ein smarter junger Mann von einem Werbeplakat für Haarbrillantine auszusehen. Man muß sagen, daß Boris in seiner Eigenschaft als Everybody's Darling eine besondere Position in der Familie innehatte. Wladimir war es nie gelungen, aus den elterlichen Herzen soviel Liebe herauszupressen, und er war eifersüchtig auf seinen älteren Bruder.

Die Rivalität zwischen den Brüdern wurde auch noch

durch Boris' unglaublichen Erfolg bei den Damen angefacht. Ich gestehe, insgeheim war ich davon überzeugt, daß die Damen umsonst um seine Liebe wetteiferten und umsonst litten. Boris liebte vor allem sich selbst, und gegen diese Tatsache kam niemand an.

Obwohl Wladimir nie diesen einschlagenden Erfolg bei den jungen Damen hatte, lächelte ihm am Ende doch noch Fortuna in Person der schönen Braut Olga Antonowitsch. Gerüchten zufolge hatte sie lange zwischen Boris und Wladimir geschwankt und sich schließlich für Wladimir entschieden, den sie damit in für ihn ungeahnte Höhen hob. Gleichzeitig versetzte sie der Eigenliebe des älteren Bruders einen empfindlichen Schlag. Als ich Olga das erste Mal sah, begriff ich endlich, was die Dichter aller Zeiten und Völker meinten. Zu sagen, sie sei eine Schönheit, hieß nichts zu sagen, aber ich bin kein Meister im Beschreiben schöner Damen, denn ich bin ja kein Dichter.

Doch kommen wir zu jenem Weihnachtsfest in Murtosalo. Schon lange hatte ich meine Freunde auf das Gut einladen wollen. Als dann alle über das bevorstehende Weihnachtsfest sprachen, schlug ich vor, nach Finnland in das Haus meines Großvaters zu fahren.

Meine Idee wurde begeistert aufgenommen. Außer Boris, Wladimir und seiner Braut waren mit von der Partie: zwei junge Fräulein, die Schwestern Nadja Woitowskaja und Vera Woitowskaja mit ihrer alten Tante als Begleitung, ein junges Ehepaar (ein Kommilitone von Boris, Iwan Timaschow mit seiner hübschen Frau Katja), mein Regimentskamerad Leutnant Tomasz Przybyszewski, Susanna Radezkaja, eine junge

Sängerin und äußerst extravagante Person, und ein reicher Unternehmer aus der Provinz namens Fjodor Rasuwajew, der sich erst vor nicht allzu langer Zeit im Haus der Dwojekurows eingeschlichen hatte, aber bereits dazu gehörte. Und natürlich meine Wenigkeit …

Unsere Gesellschaft reiste in einem Eisenbahnwagen; die Herren waren in Form und unterhielten die Damen. Das Lachen nahm kein Ende, und die vier Stunden Fahrt vergingen wie im Fluge. Die feierliche Hochstimmung wurde lediglich von der Tante der Schwestern Nadja und Vera getrübt, einer ehrwürdigen Dame mit faltigem Gesicht, das an einen Nußknacker erinnerte.

Zur Begrüßung der Gäste waren alle auf Großvaters Gut vorhandenen Reisepferde zum Zug geschickt worden. In einem riesigen Schlittentroß jagten wir auf dem knirschenden weißen Schnee durch die Dunkelheit. Nach vierzig Minuten sah ich die Lichter des großen, einsamen Guts vor mir, in dem uns warme Zimmer, heiße Öfen, ein gutes Mahl und der alte Antti Matikainen erwarteten, dem die Freunde seines Enkels willkommene Gäste waren. Während sich die Gäste einrichteten, von der Reise erholten und zum Abendessen umzogen, nutzte ich die Zeit, um mit Großvater zu reden.

Es tat wohl, den Alten bei guter Gesundheit vorzufinden. Von der vielen frischen Luft hatte sein Gesicht mit den Jahren eine fast ziegelrote Farbe angenommen, um seine Augen und den Mund zogen sich tiefe Falten. Großvaters Leben war einfach und unkompliziert, wie auch sein Gut. Ein sicheres Dach unter den Tannen von Murtosalo, ein Feuer im Ofen, reichhaltiges Essen und angenehme Gesellschaft bei Tisch waren alles, was sein Herz begehrte.

»Was macht dein Dienst, Antti?« fragte der alte Matikainen.

»Ich befehlige eine Schwadron, Großvater.«

Der Alte schwieg und sog an seiner Pfeife. Er verstand meine Situation durchaus, hätte es aber vorgezogen, wenn ich den Dienst bei der Kavallerie quittiert und nach Murtosalo zurückgekehrt wäre. Es fiel ihm bereits schwer, die ganze Wirtschaft zu allein ewältigen.

»Und bei mir haben vor kurzem fünf schwarze Kühe gekalbt«, erklärte er nach einigem Schweigen. Das war ein kleiner diplomatischer Wink, der besagte, daß Großvater einen Helfer auf dem Gut dringender benötigte als einen Kavalleristen in Petersburg.

Es war deutlich, daß der Alte etwas auf dem Herzen hatte. »Sag mal, Antti, ist unter all den schönen Mädchen, die mit dir aus Petersburg gekommen sind, deine Braut?« Darauf also wollte der Alte hinaus! Er wollte mich schon seit langem verheiraten, denn er ging davon aus, daß es angenehmer ist, mit einer Familie auf dem Gut zu leben, und daß ich dann der Landwirtschaft nicht mehr den Rücken kehren könnte.

»Ich habe keine Braut«, sagte ich zu seiner Enttäuschung.

»Ich war letzten Monat auf dem Gut der Kinnunens«, fuhr Großvater nachdenklich und wie nebenbei fort. »Kinnunen hätte nichts dagegen, wenn du Brautwerber in sein Haus schicken würdest. Er will seine Anna-Kaisa verheiraten ...«

Ehrlich gesagt, wenn ich schon eine der Töchter des rothaarigen Jussi Kinnunen heiraten sollte, dann die ältere Anna-Lisa. Großvater konnte offenbar meine Gedanken lesen.

»Ich weiß, daß dir Anna-Lisa besser gefällt, aber die ist bereits mit Doktor Lumperi verheiratet. Nur Anna-Kaisa ist noch zu haben ...«

Eigentlich wollte ich ja ein Mädchen wie Olga zum Altar führen, aber die hatte ihr Wort schon Wladimir Dwojekurow gegeben, und eine zweite wie sie würde ich wohl nicht finden …

»Was soll's«, antwortete ich Großvater nach einigem Nachdenken. »Dann eben Anna-Kaisa. Aber immer mit der Ruhe, Großvater.«

»Immer mit der Ruhe«, stimmte er zu. »Obwohl wir bei Anna-Lisa schon zu spät gekommen sind …«

Morgens nach dem Frühstück zeigte ich den Gästen das Gut. An sich waren die Gebäude nicht bemerkenswert – gediegen, geräumig, aus hundertjährigen Tannenbalken, die der Zeit und dem Wetter trotzten. Wir besichtigten auch gleich noch die Umgebung. Im Winter kam diese Gegend einem Außenstehenden vermutlich etwas trostlos vor, aber für mich gab es hier herrliche Plätze. Die Gäste lobten sie beinahe aufrichtig und baten sogar, die Pferde für eine Schlittenpartie anzuspannen.

An der Schlittenpartie nahmen alle teil, bis auf die Tante der beiden Schwestern Nadja und Vera. Sie war viel zu begeistert von der Unterhaltung mit unserer alten Wirtschafterin, um diese für eine so zweifelhafte Unternehmung wie eine Schlittenpartie zu unterbrechen. Die ehrwürdige Dame erzählte nur gar zu gern Geschichten von unheilbaren Krankheiten und plötzlichen Todesfällen, und die Wirtschafterin, die Schwedin Miina, erwies sich als ideale Zuhörerin. Sie verstand schlecht Russisch und war fast taub, aber im Gespräch mit der Tante wahrte sie einen ernsten Gesichtsausdruck, nickte bedeutsam und, was die Hauptsache war, versuchte nicht, sie zu unterbrechen.

Als es sich unsere ganze Gesellschaft in den Schlitten bequem machte, kam ich aus irgendeinem Grund neben der Sängerin Susanna Radezkaja zu sitzen. Offenbar bildeten sich meine Freunde ein, ich würde mich für die Dame interessieren und ihr den Hof machen wollen. Susanna war zweifelsohne eine bildschöne Frau, aber schöne Frauen gab es doch jede Menge auf der Welt! Man muß sich nicht gleich jeder an den Hals werfen ...

»Was für eine schreckliche Einöde!« rief sie und hüllte sich kokett in ihren Pelz.

»Es ist wirklich eine öde Gegend, Mademoiselle«, stimmte ihr der zu Galanterien aufgelegte Unternehmer Rasuwajew beflissen zu. »Ich habe auf die Karte geschaut. Von hier bis nach Ioki gibt es nicht eine Ortschaft ...«

Was reden die für einen Schwachsinn? Bis zum Gut der Kinnunens waren es nur sieben Werst. Die konnte man zu Fuß gehen. Aber lohnte es sich überhaupt, mit Leuten zu streiten, für die nur die Nachbarn sind, die mit ihnen auf einer Etage in einem sechsstöckigen Haus wohnen?

Am nächsten Tag war der russisch-orthodoxe Heilige Abend. Als ich morgens aufstand, stellte ich fest, daß alle Gäste tief und fest schliefen und Großvater Mattikainen wie immer schon aus dem Haus war. Weder die Winterzeit noch die Gäste konnten ihn von seinem gewohnten Tagwerk abhalten. Zumal unser Pastor Pekuri seinen Schäfchen empfohlen hatte, Weihnachten auf europäische Art zu feiern. Großvater hatte daher beschlossen, daß das Fest anläßlich der Geburt des Jesus-Kindes sowieso bereits vorbei war und es Zeit sei, sich mit der Arbeit zu befassen. Er hatte jedoch nichts dagegen, daß meine russischen Freunde nun endlich auch diesen bedeutenden Tag feierten, wenn auch mit Verspätung.

Anfang Januar wird es so früh dunkel, daß der erste Stern, der es den Christen gestattet, sich an die Festtafel zu setzen, nicht lange auf sich warten ließ. Unsere alte Miina hatte sich selbst übertroffen: Putenbraten, geräucherter Schinken, Lachs, Spanferkel in Sahne. Alles duftete herrlich und zerging auf der Zunge. Nach dem Essen waren alle schwerfällig und wollten schlafen. Daher beschlossen wir einstimmig, uns am morgigen Tag auf ein leichtes Abendessen zu beschränken, dafür aber ein Kostümfest zu veranstalten und bis zum Umfallen zu tanzen. Himmel, wenn ich gewußt hätte, wohin unser unschuldiger Wunsch, uns zu amüsieren, führen würde, ich hätte alle Gäste auch gegen ihren Willen dazu gezwungen, den Abend des ersten Weihnachtsfeiertags mit Bibellektüre zu verbringen. Und alle wären am Leben geblieben!

Am nächsten Morgen sprach der russisch-orthodoxe Teil unserer Gesellschaft gemeinsam ein kleines Gebet zu Ehren des Weihnachtsfests. Eine russische Kirche gab es nicht in der Nähe, außerdem hatte es in der Nacht stark zu schneien angefangen und immer noch nicht aufgehört. Der Weg zum Gut war zugeschneit. Aber keiner nahm davon Notiz, die Vorbereitungen für den abendlichen Maskenball liefen auf Hochtouren. Wladimir Dwojekurow hatte einen Karton mit einem Dutzend schwarzer Seidenmasken aus Petersburg mitgebracht, aber nur die Sängerin Susanna und Olga hatten Kostüme mit. Die übrigen Gäste baten um die Erlaubnis, in den Truhen mit den alten Sachen herumstöbern und mit den gefundenen Dingen improvisieren zu dürfen.

Ohne groß nachzudenken, hatte ich beschlossen, mich als

Neandertaler zu verkleiden, und zu diesem Zweck ein Wolfsfell, eine uralte Jagdtrophäe meines Vaters, von der Wand genommen. Die Dwojekurows verwandelten sich in Räuberbrüder, deren Kostüme aufgrund des harten Räuberalltags nicht besonders originell ausfielen. Sie banden sich grellfarbene Gürtel über die Seidenhemden, steckten sich Messer in die Gürtel, um den Kopf wanden sie sich Tücher, die sie wie die Piraten im Nacken zusammenbanden. Tomasz, der eine Katzenmaske in seinem Reisegepäck mitführte, zog Stiefel an, setzte einen Jägerhut auf und befestigte hinten an seiner Jacke einen von Motten zerfressenen Pelzkragen, den er auf dem Dachboden aufgestöbert hatte, und war so der gestiefelte Kater. Vera Woitowskaja und Nadja Woitowskaja hatten in einer Truhe Seidendecken gefunden, dank derer die eine im Sari als Inderin und die andere als verschleierte Haremsdame ging. Die anderen Gäste dachten sich ebenfalls irgendwas aus. Rasuwajew zum Beispiel fertigte sich einen Indianerkopfschmuck aus den Federn der für das Essen gerupften Hühner.

Der im Salon angerichtete Tisch war voll mit kalten Vorspeisen, Spirituosen und Süßigkeiten. Außerdem thronte darauf ein eigens aus der Abstellkammer geholter Samowar.

Es wurde beschlossen, daß wir uns zum Essen nicht an den Tisch setzen würden, vielmehr jeder, wann immer er es wollte, hingehen und sich stärken konnte. Besonders die Damen bestanden darauf, denn gestern beim Festmahl waren wir dreizehn am Tisch gewesen, und das war, wie alle einstimmig feststellten, ein schlechtes Omen.

Susanna nahm am Klavier Platz und spielte eine einfache, fröhliche Melodie. Boris forderte auf der Stelle Olga zum

Tanzen auf, woraufhin Wladimir verärgert zu Katja Timaschowa stürzte. Przybyszewski und Rasuwajew schnappten sich die Schwestern Nadja und Vera. Iwan und ich, die wir keine Tanzpartnerin abbekommen hatten, gingen zum Fenster, eine rauchen.

Iwan Timaschow hatte lange als literarisches Talent gegolten, dessen vielversprechende Werke man aber nirgendwo lesen konnte. Unlängst hatte er endlich sein erstes Buch veröffentlicht, das überaus wohlwollend von der Kritik aufgenommen worden war. Zu Ehren dieses Ereignisses hatte er sich einen Bart wachsen lassen, sich eine goldene Uhrkette zugelegt sowie einen Spazierstock mit einem silbernen Knauf. Er rauchte jetzt ausschließlich teure Havanna-Zigarren, von denen er sich einen Vorrat aus Petersburg mitgebracht hatte.

Draußen fielen, von dem durch das Fenster dringenden Licht erhellt, schwere Schneeflocken. Vor dem schwarzen Winterhimmel wirkten sie wie große, weiche Gänsedaunen. Die Schneewehen reichten schon bis ans Fensterbrett. Bei einem solchen Wetter tut es wohl, sich im Warmen mit Freunden zu amüsieren!

Die Alten, die uns zu Beginn Gesellschaft leisteten, nickten bald ein. Als erster verschwand Großvater Mattikainen. Die Tante, die tapfer fünf Tänze mit uns durchgesessen hatte, begab sich schließlich auch zur Ruhe, allerdings nicht ohne sich von ihren Nichten versprechen zu lassen, sich anständig zu benehmen. Im Salon waren nur noch junge Leute, und das Fest wurde nun deutlich ausgelassener. Der galante Tomasz nahm Susannas Platz am Klavier ein. Offenbar in Erwartung einer Aufforderung zum Tanz knüpfte sie jetzt mit mir ein Gespräch an. Es war nicht sehr höflich, aber ich hatte keine

Lust zu tanzen, und schon gar nicht mit Susanna. Um nicht den Eindruck eines ungehobelten Dummkopfs zu erwecken, interessierte ich mich für ihr Maskenkostüm.

»Das ist doch offensichtlich.« Sie zuckte mit den Achseln. »Das ist der Vogel Sirin ...«

Na so was! Nie im Leben wäre ich darauf gekommen, daß Vögel derartig komplizierte Aufbauten auf ihrem Kopf tragen!

»Der Vogel Sirin, Anton Sacharowitsch, ist ein geheimnisvolles Wesen aus den russischen Märchen.«

»Oh!« bemerkte ich tiefsinnig, in der Hoffnung, den richtigen Ton getroffen zu haben.

Bald baten die Schwestern Nadja und Vera darum, das große Licht auszumachen. Um eine »festliche Atmosphäre« zu schaffen, ließen sie in dem geräumigen Salon nur drei Kerzen brennen. Im flackernden Licht dieser Kerzen wurde weitergetanzt. Die Gäste wechselten sich am Klavier ab, damit jeder die Möglichkeit hatte, zu tanzen oder etwas zu essen. Ich saß in meiner Ecke, beobachtete die Feiernden und rauchte eine Pfeife. Mein Gott, schon lange war es nicht mehr so lustig gewesen ...

Boris, der mit einer Tasse Kaffee am Kopfende des Tisches saß, war heute merkwürdig schweigsam. Gewöhnlich stand er im Mittelpunkt jeder Gesellschaft – tanzte mehr als alle, lachte lauter als alle, veranstaltete Spiele ... Heute hatte er zu Anfang ein bißchen den großen Max markiert, sich dann aber hingesetzt und war verstummt. Mir kam es sogar so vor, als ob er, den Kopf auf der Brust, eingedöst wäre. Vielleicht hatte er zuviel getrunken, das tat er gelegentlich ...

»Boris, wenn du dich bei der Kuchenschüssel häuslich eingerichtet hast, übertreib es nicht!« schrie ihm sein Bruder quer durchs Zimmer zu. »Als Mediziner mache ich mir Sorgen um deine Figur, du könntest deine natürliche Eleganz verlieren. Komm lieber tanzen!«

Wladimir hämmerte einen rasenden Galopp in die Tasten des Klaviers, zu dem einige Paare in wildem Tempo durch den Salon jagten und sich dabei von Zeit zu Zeit gegenseitig anrempelten. Als Tomasz und Olga versuchten, einem Zusammenstoß mit dem Indianer Rasuwajew auszuweichen, der mit leichter Hand Susanna, den Vogel Sirin, führte, flogen sie mit Schwung gegen den Stuhl von Boris. Der Stuhl schwankte, und Boris fiel zu Boden. Unter der tief herunterhängenden Tischdecke guckten nun seine »Räuber«-Stiefel und die umgekippten Stuhlbeine hervor.

»Boris, es gehört sich nicht, sich derartig zu betrinken, wenn man zu Besuch ist!« rief Rasuwajew.

Boris rührte sich nicht. Den Damen war die Situation peinlich, sie traten zur Seite und drehten sich diskret weg. Wladimir hörte auf zu spielen und rannte zum Tisch.

»Ist Boris schlecht?« fragte Olga vorsichtig von weitem.

»Ich komm schon klar«, antwortete Wladimir. »Ich bin schließlich fast Arzt ...«

Er quetschte sich in den Spalt zwischen Tisch und Wand, und bald darauf hörte man so etwas wie einen Seufzer oder einen leisen Aufschrei ...

»Ich begreife gar nichts«, sagte Wladimir stockend, »begreife einfach nichts ...«

»Hat unser ehrwürdiger Mediziner etwa kein Diagnose-Lehrbuch dabei?« fragte Tomasz skeptisch.

»Haut ab!« schrie Wladimir unter dem Tisch hervor. »Seht ihr denn nicht, daß jetzt nicht die Zeit zum Witzereißen ist!«

»Was ist denn eigentlich los?« kreischte Nadja Woitowskaja.

Wladimir erhob sich und ließ seinen Blick lange auf uns allen ruhen.

»Ich weiß nicht, wie ich es erklären soll, meine Herrschaften, aber Boris ist tot ...«

Und streckte die rechte Hand mit der Handfläche nach oben vor. Sie war voller Blut ... Im Salon trat für kurze Zeit Stille ein, die bald von einem durchdringenden Frauenschrei unterbrochen wurde.

»Meint ihr das ernst? Wie – tot?« fragte Rasuwajew unter seinen Hühnerfedern.

Ohne zu antworten, griff sich Wladimir eine Flasche, goß Wodka auf seine Hand, wischte das Blut ab und nahm dann gierig ein paar Schlucke direkt aus der Flasche.

»Vielleicht ist er verletzt und braucht Hilfe?« erkundigte ich mich, da es mir schwerfiel, an Boris' Tod zu glauben.

Wladimir faßte seinen Bruder am Handgelenk.

»Kein Puls! Kein Puls! Anton, was soll das denn sonst sein? Das ist doch Mord, guck! Siehst du – ein Blutfleck auf seiner Brust! Man hat ihm ins Herz gestochen.«

Wladimir stützte sich mit den Ellbogen auf den Tischrand und heulte jämmerlich los. Olga rannte zu ihm, umarmte ihn wie ein Kind und führte ihn zum Diwan.

Schlagartig war das Maskenfest zu Ende. Vera und Nadja weinten, einander fest umschlungen haltend, und Susanna schluchzte an der Brust von Rasuwajew. Nur Katja Timaschowa vergoß keine Träne, im Gegenteil, ihre grell geschminkten Lippen waren von einem rätselhaften und ausgesprochen unangenehmen Lächeln verzerrt.

»Heilige Muttergottes, so eine Geschichte! Noch dazu zu

Weihnachten«, flüsterte mir Tomasz ins Ohr. »Anton, entschuldige, wir müssen die Polizei rufen!«

»Ja«, antwortete ich, ohne mich auf lange Erklärungen einzulassen. Der Schnee konnte inzwischen die Wege so zugeweht haben, daß man auf die Polizei wohl ein wenig würde warten müssen. Ich mußte die Dinge erst mal selbst in die Hand nehmen.

»Jesus Maria, so ein Unglück. Ich kann mir vorstellen, wie unangenehm das für dich sein muß!« jammerte Przybyszewski weiter. Ich antwortete nichts darauf. Unangenehm ist ein vollkommen unpassendes Wort, um die Situation eines Menschen zu beschreiben, der vor der Leiche seines Freundes steht …

»Herrschaften!« wandte ich mich an die Gäste. »Ich bitte Sie, sich ins Nachbarzimmer zu begeben. Hier im Salon darf bis zur Ankunft der Polizei nichts mehr berührt werden.«

Alle standen auf und bewegten sich niedergeschlagen zur Tür. Nur Nadja Woitowskaja schrie plötzlich: »Laßt mich durch, ich muß ihn sehen!« Sie beugte sich über den Tisch und zerschlug dabei die Tasse, aus der Boris vor seinem Tod getrunken hatte.

»Ich bitte darum, nichts anzufassen!« sagte ich streng. »Nichts, auch das Geschirr nicht, das der Verstorbene benutzt hat.«

»Was sind Sie für ein hartherziger, kalter, widerlicher Mensch!« Nadja brach in Tränen aus. »Mit Boris ist eine Tragödie geschehen, und Sie erlauben sich, seine Freunde wegen einer dummen Tasse zu tadeln!«

Nachdem ich die Tür zum Zimmer mit dem toten Boris zugeschlossen hatte, warf ich mir meine Jacke über, nahm eine Lampe und ging auf den Hof, um nachzusehen, in welchem

Zustand die Wege waren. Leider hatte mich meine Ahnung nicht getrogen – der Schnee reichte bis zum Gürtel, der Weg war völlig zugeschneit, und vor morgen konnten wir die Polizei nicht nach Murtosalo rufen. Mein Gesicht brannte, und ich nahm eine Handvoll Schnee, um meine Stirn abzureiben. Mein Gott, ich hätte alles dafür gegeben, daß der heutige Abend nur ein Traum gewesen wäre!

Es blieb für mich absolut unerklärlich, wie jemand Boris hatte umbringen können. Aus meiner Ecke hatte ich alles im Zimmer beobachtet (zugegebenermaßen, nicht sonderlich aufmerksam), aber ich hatte nicht gesehen, daß jemand zu Boris getreten und ihm ein Messer ins Herz gestoßen hatte.

Übrigens befand sich kein Messer mehr in seinem Körper, es gab nur die tödliche Wunde. Das heißt, das Messer mußte herausgezogen und versteckt worden sein. Auch wenn es im Zimmer halbdunkel war, hätte ich das doch bemerkt …

Meine Gäste hatten sich im Eßzimmer niedergelassen, ihre Masken abgenommen und wechselten nun, sich gegenüber sitzend, nervöse Bemerkungen.

»Ich möchte auf der Stelle diesen Krähwinkel verlassen«, sagte Susanna weinend. »Mir scheint, der Tod klopft ans Fenster …«

»Der Verstorbene, Mademoiselle, wird Ihnen kaum noch Schaden zufügen können«, antwortete ihr Rasuwajew. »Mich beunruhigt eher der Gedanke, die Nacht neben einem Mörder verbringen zu müssen. Vielleicht hat derjenige oder diejenige – denn wir haben ja nicht die geringste Ahnung, wer es sein könnte, klar ist nur, daß es einer von uns ist – Probleme mit dem Kopf und schlachtet uns in der Nacht in einem Anfall von Wahnsinn alle wie die Schweine ab?«

»Was reden Sie da!« rief Olga aus.

»Die Wahrheit, liebes Fräulein, und nichts als die Wahrheit. Ich bin älter als Sie, und dergleichen Abenteuer und Spiele mit dem Tod bereiten mir kein Vergnügen mehr. Auch ich würde dieses düstere Haus am liebsten schnell verlassen.«

»Es ist unmöglich, werte Anwesende, dieses Haus zu verlassen«, erklärte ich und stellte mich in die Tür.

»Warum?« schrien mehrere Stimmen gleichzeitig.

»Erstens ist der Weg zugeschneit. Ich kann nicht mal einen Arbeiter zur Polizei in die Stadt schicken. Er müßte zwölf Werst auf Skiern zurücklegen. Man kann nicht jetzt in der Nacht einen Menschen in den Schneesturm hinausjagen, sonst haben wir morgen früh zwei Leichen. Im Morgengrauen, wenn sich der Schneesturm gelegt hat, schicke ich jemanden in die Stadt, und die übrigen Männer auf dem Gut, wir hier eingeschlossen, werden den Weg freiräumen, damit die Polizei, der Untersuchungsführer, der Arzt und alle, die dazu verpflichtet sind, nach Murtosalo durchkommen. Und zweitens, wenn die Polizei hier ist, wird der Ermittler mit allen Anwesenden sprechen wollen. Solange wir nicht ausgesagt haben, verläßt niemand das Haus.«

»Das ist vernünftig«, sagte Tomasz vorsichtig und ließ seinen Blick von einem Gesicht zum anderen gleiten.

»Ein idiotischerer Vorschlag ist undenkbar!« erklärte Susanna. »Ich möchte nicht an diesem verfluchten Ort unter Mördern bleiben!«

»Susanna, reißen Sie sich zusammen!« sagte Olga streng. »Niemand hat sie mit Gewalt hierhergeschleift. Erinnern Sie sich, Anton Sacharowitsch hat uns eingeladen und uns seine Gastfreundschaft angeboten, und die Idee, Weihnachten in

Finnland zu feiern, schien uns allen verlockend. Sie haben keinerlei Grund, sich beleidigende Äußerungen zu erlauben ...«

»Lassen Sie, Olga! Mademoiselle Susanna beruhigt sich schon wieder. Das sind nur die Nerven. Nicht weiter verwunderlich angesichts der Umstände«, bemerkte Rasuwajew.

»Das, was Sie so freundlich als *Nerven* bezeichnen, ist meines Erachtens lediglich schlechtes Benehmen und Launenhaftigkeit«, entgegnete ihm Vera brüsk, die es geschafft hatte, die unlängst vergossenen Tränen zu trocknen. »Und erlauben Sie die Frage: Ist es vernünftig, sich in der augenblicklichen Situation so zu verhalten?«

Ihre Worte riefen einen neuerlichen Heulanfall bei der gekränkten Sängerin hervor. Die Schwestern Nadja und Vera schauten voller Abscheu auf die *Ärmste*.

»Wie praktisch, sich selbst als Berühmtheit darzustellen«, bemerkte Nadja giftig. »Alle wollen einem einen Gefallen tun, und einen schlechten Charakter bezeichnet man als empfindliche Nerven ...«

»Als Mediziner kann ich nur bestätigen, daß starke Emotionen für empfindliche Nerven gefährlich sind«, sagte Wladimir, während er sich die Tränen aus den Augen wischte.

»Anton Sacharowitsch«, wandte sich Rasuwajew an mich, »mein Lieber, vielleicht finden sich noch irgendwelche aufmunternden Getränke. Ein Glas Kognak hilft immer, und alles Aufregende ist schließlich dort.« Er nickte in Richtung der verschlossenen Salontür.

Ich wußte, daß Miina im Büfett ein paar Flaschen Alkohol für den Hausgebrauch versteckt hielt. Aber das Büfett wird nachts abgeschlossen, und ich wollte weder die Wirtschafterin noch Großvater Mattikainen wecken.

»Ich hole den Kognak. Es macht nur etwas Mühe, das Schloß des Büfetts muß aufgebrochen werden«, sagte ich und erhob mich.

»Anton Sacharowitsch, mein Lieber, weshalb wollen Sie das Schloß aufbrechen? Kommen Sie, schauen wir uns Ihr Schloß an, ich bin überzeugt, daß man es mit dem Fingernagel öffnen kann. Ich habe da einige Erfahrungen ...«

Wir machten uns auf den Weg. Beim Gehen dachte ich über die Art der Umstände nach, die einen Menschen dazu befähigen, *einige Erfahrungen* im Öffnen von Schlössern mit dem Fingernagel zu sammeln. Noch bevor ich mit meinen Überlegungen zu einem Ergebnis gekommen war, hatte ich Rasuwajew zum alten, einem gotischen Dom ähnlichen, geschnitzten riesigen Büfett geführt. Hier verwahrte die alte Miina hinter einem Schloß ihre Schätze – Muskatnuß, Mandeln, Zimtstangen, verschiedene Sorten Pfeffer sowie Flaschen mit Weinessig und Spirituosen.

»So hab ich mir das gedacht«, stieß Rasuwajew geringschätzig hervor, nachdem er das Schloß begutachtet hatte. Nachdem er einige Schubladen aufgerissen hatte, zog er eine lange dünne Stricknadel heraus, die Miina gewöhnlich benutzte, um den Zustand des Bratens zu prüfen. Er bohrte die Nadel ins Schloß, bewegte ein wenig die Finger, und die Türen des Büfetts öffneten sich. Wir erbeuteten zwei Flaschen Kognak, eine halbe Flasche Rum und irgendeinen selbstgemachten Likör.

Mit den Spirituosen, einem Krug Wasser für die Damen und einem Riegel Schokoladenkuvertüre kehrten wir zu den anderen zurück. Die alte Wanduhr schlug heiser zwölfmal.

»Also Herrschaften«, Rasuwajew schlug einen geschäftsmäßigen Ton an, nachdem sich alle etwas beruhigt hatten. »Wir müssen eine Entscheidung treffen, was jetzt zu tun ist …«

»Haben Sie nicht den Eindruck, daß bereits alles *getan* wurde?« erkundigte sich Vera. »Wir können nur noch auf die Polizei warten …«

»Sie meinen, Mademoiselle, daß unsere Sorgen mit dem Erscheinen der Polizei von selbst verschwinden? Mord ist eine schwierige Angelegenheit«, gab Rasuwajew zu bedenken. »Polizeiliche Ermittlungen, gerichtliche Untersuchungen, erniedrigende Verhöre, Gegenüberstellungen … Die Geschworenen bei Gericht fangen an, tückische Fragen zu stellen, ja, und der Staatsanwalt gibt sich Mühe, uns alle in den Dreck zu ziehen … Und dann kann es noch passieren, daß unsere nette Gesellschaft mit Ketten an den Füßen nach Sibirien verfrachtet wird …«

»Sie haben einen selten optimistischen Blick auf die Dinge, Herr Rasuwajew«, stellte Nadja fest.

»Herrschaften, lassen Sie uns ernsthaft reden«, forderte Olga die Anwesenden auf. »Vergessen Sie nicht, daß sich im Nebenzimmer ein Verstorbener befindet.«

»Als vordringliche Maßnahme«, fing Wladimir mit zitternder Stimme an zu sprechen, »würde ich vorschlagen, die Fenster im Salon zu öffnen, um die Lufttemperatur zu senken. Der Salon ist überheizt. Verzeihen Sie, daß ich so prosaisch denke, aber ich muß für eine würdige Beerdigung sorgen … Als zukünftiger Arzt weiß ich sehr genau, was mit einer Leiche geschieht, die lange Zeit im Warmen liegt. Denken Sie an unsere Mutter. Meinen Sie, es wird ihr leichtfallen, ihren Erstgeborenen in einem geschlossenen Sarg unter die Erde zu bringen?«

»Wahrscheinlich fällt es ihr leichter, Boris im offenen Sarg zu beerdigen«, bemerkte Iwan ironisch.

»Iwan, um Gottes willen«, flüsterte Katja ihrem Mann ins Ohr, aber so laut, daß es alle hören konnten, »du bist manchmal so taktlos ...«

Nach einigem Nachdenken entschied ich, daß Wladimir recht hatte, die Fenster im Salon mußten geöffnet werden.

»Ich gehe die Fenster öffnen«, sagte ich und stand auf. »Aber ich bitte darum, daß mich jemand begleitet. Im Zimmer befinden sich ein Toter und die Spuren eines Verbrechens ... Um übles Gerede zu vermeiden ...«

»Sie haben vollkommen recht, man muß zu zweit oder zu dritt hineingehen«, meldete sich Rasuwajew wieder zu Wort. »Sonst sagt nachher irgendwer, daß Sie die Mordwaffe versteckt hätten. Ich komme mit Ihnen!«

»Ich auch.« Wladimir sprang von seinem Platz auf.

»Wladimir, es ist doch sicher schwer für dich, den toten Boris zu sehen. Geh lieber nicht mit.« Olga faßte ihren Bräutigam an der Hand und schaute ihm bittend ins Gesicht.

»Du brauchst mir nicht zu erklären, was ich zu tun habe«, antwortete Wladimir brüsk und zog seine Hand aus der ihren. »Ich komme schon klar. Ich muß dorthin! Ich möchte mich von meinem Bruder verabschieden ...«

Zugeben, Wladimir hatte von allen Anwesenden am meisten Grund zur Verzweiflung, und seine Unbeherrschtheit war zu entschuldigen. Aber da ich bemerkte, wie Olga unter seinen Worten zusammenzuckte, schämte ich mich für ihn.

Der Salon mit dem toten Boris unter dem Tisch machte einen fürchterlichen Eindruck. Die drei vergessenen Kerzen erfüllten den Raum mit schwachem, flackerndem Licht. Die

Gegenstände warfen drohende Schatten. Auf dem Fußboden lagen die Scherben der von Nadja zerbrochenen Tasse.

»Meine Herren, laufen Sie nicht unnütz im Salon umher«, wandte ich mich an meine Begleiter. »Je mehr wir hier umherlaufen, desto weniger Spuren des Verbrechens und mögliche Indizien bleiben erhalten. Ich bitte Sie, an der Tür zu warten.«

Ich ging zu einem Fenster, das für den Winter zugeklebt worden war. Beim Öffnen hörte ich, wie das Papier abriß. Durch das Fenster drang nun vom Hof eisiger Wind, vermischt mit Schnee.

»Der Gummibaum wird eingehen von der Kälte«, sagte Wladimir plötzlich, als er auf den Kübel mit der riesigen Pflanze zwischen den Fenstern guckte. »Sieh mal, der Schnee fällt direkt auf die Blätter, und ein Gummibaum liebt doch die Wärme …«

Um den Gummibaum war es wirklich schade. Großvater Mattikainen hatte ihn besonders gern.

»Anton, komm, wir stellen ihn woanders hin!« fuhr Wladimir fort.

»Aber wir wollten doch nichts anfassen«, bemerkte Rasuwajew.

»Ach, laßt doch!« antwortete Wladimir brüsk. »So ein Quatsch! Ist das etwa ein Indiz? Eine Mordwaffe? Das ist doch nur eine Zimmerpflanze, die keine Kälte verträgt. Hier wurde schon Boris umgebracht, wozu auch den Gummibaum umbringen?«

Die menschliche Seele ist ein großes Rätsel. Noch vor wenigen Augenblicken hatte Wladimir neben dem Körper seines Bruders geweint, und jetzt rettete er Gummibäume …

Man kann Gott nur dankbar sein, daß er uns sogar im Moment der Verzweiflung nicht die menschlichen Gefühle nimmt.

»Wenn wir schon diesen riesigen Kübel aus dem Salon tragen, meine Herren, erlauben Sie mir vielleicht auch, meine Aktentasche mitzunehmen?« fragte Rasuwajew plötzlich. »Ich gebe mein Ehrenwort, daß sich die Mordwaffe nicht darin befindet, sondern nur ein paar für mich wichtige Dinge.«

Wie kam Rasuwajews Aktentasche in den Salon? Ich hätte schwören können, daß er als Indianerhäuptling keine Aktentasche bei sich gehabt hatte.

»Sie entschuldigen, aber es ist besser, alle Gegenstände außer dem Gummibaum an ihrem Platz zu belassen«, antwortete ich höflich. »Falls Ihnen etwas fehlen sollte, sagen Sie es mir. Ich werde versuchen, Ihnen behilflich zu sein ...«

Der Pflanzkübel wurde in die Ecke des Zimmers gestellt, in dem sich unsere Gesellschaft aufhielt.

»Werte Anwesende«, verkündete ich, nachdem wir zurück am Tisch waren. »Ich bitte Sie, meine Fragen zu beantworten. Wir müssen herausfinden, wer zum Tisch gegangen ist und die Möglichkeit hatte, den Mord zu verüben, und wer ein Motiv für den Mord hatte. Eine Gegenüberstellung dieser Angaben kann den Kreis der Verdächtigen einengen.«

»Und warum müssen wir ausgerechnet auf Ihre Fragen antworten?«, erkundigte sich Susanna aufgebracht.

»Erstens bin ich Offizier, Mademoiselle, und zweitens ist dies mein Haus, und ich trage die Verantwortung für das Vorgefallene.«

»Na hören Sie, Sie schleppen die Leute in die Einöde, wo man sie umbringt und man noch nicht mal die Polizei rufen kann! Und Ihre ganze Verantwortung zeigt sich einzig darin, daß Sie uns, aus welchen Gründen auch immer, mit taktlosen Fragen belästigen wollen!«

»Susanna, nun hören Sie endlich auf, sich derart aufzuspielen!« rief Olga wütend. »Herr Matikainen ist vernünftiger als die meisten von uns.« Mir wurde ganz warm von ihren Worten. »Außerdem hat Anton Sacharowitsch noch einen weiteren Vorzug: Er hatte es sich mit seiner Pfeife am Fenster gemütlich gemacht, als Boris noch lebte, und hat sich von dort nicht wegbewegt bis zu dem Zeitpunkt, als Boris tot am Boden lag. Wir alle haben das gesehen, und im Unterschied zu uns gehört Anton Sacharowitsch also nicht zu den Verdächtigen.«

Ich nahm ein Blatt Papier und schrieb in einer Spalte die Namen aller Eingeladenen untereinander, meinen eingeschlossen, obwohl, wie Olga richtig bemerkte, ich einen kleinen Vorteil hatte, der im Juristenjargon *Alibi* genannt wird:

Anton Matikainen
Wladimir Dwojekurow
Olga Antonowitsch
Iwan Timaschow
Katja Timaschowa
Vera Woitowskaja
Nadja Woitowskaja
Susanna Radezkaja
Fjodor Rasuwajew
Tomasz Przybyszewski

Neben die Namen malte ich zwei weitere Spalten – eine schmale und eine breite. Die schmale überschrieb ich mit *Möglichkeiten*. Hier wollte ich festhalten, ob die Anwesenden zu Boris getreten waren und somit Gelegenheit gehabt hatten, ihn zu erstechen. Die breite Spalte beschriftete ich mit *Motive*. Hier Notizen zu machen würde erheblich schwerer werden, da dies voraussetzte, daß jeder offen und ehrlich erzählte, ob er Boris aus irgendeinem Grund hatte umbringen wollen.

»Sehr anschaulich«, billigte Rasuwajew meine Tabelle. »Sie sind der geborene Untersuchungsführer, Anton Sacharowitsch. Schade, daß Sie Ihr Talent nicht in die Bahnen der Jurisprudenz gelenkt haben.« Rasuwajew wirkte völlig entspannt, aber seine kleinen aufmerksamen Augen durchbohrten einen. »So, meine Herrschaften, beginnen wir mit der Beichte!« verkündete er. »Alle sind gebeten, ehrliche Erklärungen abzugeben.«

»Ich persönlich glaube keinem ein einziges Wort!« rief Susanna, bereit, jede Intrige aufzudecken. »Mir ist nur eines klar: Ich habe niemanden umgebracht, befinde mich aber in der Gesellschaft eines oder möglicherweise mehrerer Mörder!«

»Meine Liebe, so begreifen Sie doch endlich, daß nicht alle hier Mörder sind. Unter uns sind auch Ihre Freunde, auf die Sie sich voll und ganz verlassen können.« Rasuwajew stellte ihr galant ein Glas Wasser hin.

»Ich hoffe, das Wasser ist nicht vergiftet«, fuhr Susanna fort und nahm das Glas.

»Meine Herrschaften, lassen Sie uns zumindest versuchen, den ungefähren Todeszeitpunkt von Boris herauszufinden«, schlug Rasuwajew vor. »Wladimir, Anton, Sie haben die Leiche begutachtet. Was können Sie sagen?«

Wladimir begann erneut zu schluchzen und bedeckte sein Gesicht mit einem Taschentuch. Um ihm die Möglichkeit zu geben, zu sich zu kommen, fing ich als erster an zu reden.

»Er wurde fünfundzwanzig oder dreißig Minuten, bevor wir entdeckten, daß er tot ist, umgebracht. Aber ich will mich nicht darauf festlegen, daß es genau dreißig Minuten waren, vielleicht waren es auch nur zwei, aber daß es keine Stunde war, da bin ich mir sicher.«

»Du bist zu schnell, Anton.« Wladimir hatte endlich seine Tränen unter Kontrolle. »Ich als Mediziner ... Richtig, es ist unmöglich, zu behaupten, daß alles innerhalb der letzten halben Stunde passiert sein soll. Man konnte zwar noch keine Symptome von rigor mortis, das heißt von Leichenstarre, feststellen, aber die Leichenstarre tritt nicht immer nach der gleichen Zeit ein, das hängt von individuellen Besonderheiten ab. Vom Zustand der tödlichen Wunde oder davon, ob der Verstorbene vorher physische Arbeit verrichtet hat ...«

»Gilt Tanzen als physische Arbeit?« erkundigte sich Nadja, aber niemand antwortete ihr.

»Anton Sacharowitsch.« Olga richtete ihre Augen auf mich, und in der Tiefe meines Herzens bebte es süß. »Wie kommen Sie auf diese Zeit?«

»Etwa eine halbe Stunde, bevor wir seinen Tod entdeckten, ging Boris lebendig und gesund zum Tisch, setzte sich und trank Kaffee. Ungefähr fünf Minuten lang führte er die Tasse langsam immer wieder zum Mund, dann stellte er sie ab und nickte ein, wie mir schien ...«

»Mein Gott, und in Wirklichkeit starb er«, flüsterte Katja kaum hörbar. Nadja Woitowskaja bekam plötzlich Schüttelfrost, obwohl es nicht kalt im Zimmer war.

»Wladimir hat übrigens auch ein Alibi, genau wie Anton«, erklärte Olga plötzlich. »Als Wladimir sich ans Klavier setzte, lebte Boris noch. Wladimir machte sogar einen Scherz in Boris' Richtung. Er spielte so lange, bis Boris vom Stuhl fiel, erst dann ging er zu seinem Bruder, um ihm zu helfen, mußte jedoch leider seinen Tod feststellen.«

Wladimir küßte Olga dankbar die Hand.

»Also, meine Herrschaften«, sagte Rasuwajew zufrieden, »statt zehn Verdächtige haben wir nur noch acht.«

Ich nahm meine Tabelle und machte in der Spalte *Möglichkeiten* bei Wladimir und mir jeweils einen Strich.

»Bei mir können Sie auch einen Strich machen«, sagte Susanna. »Ich bin nicht zum Tisch gegangen und hatte ebenfalls keine Gelegenheit, Boris umzubringen.«

»Und genau das stimmt nicht!« rief plötzlich Nadja Woitowskaja. »Genau Sie hatten diese Gelegenheit ...«

Alle starrten voller Entsetzen auf die Sängerin.

»Sie beschuldigen mich? Wie können Sie das tun!« schrie die Sängerin und bekam lauter rote Flecken im Gesicht.

»Ich kann, und wie ich kann. Sie sind zum Tisch getreten, um bei Boris eine Zigarette anzurauchen. Sie beugten sich so intim zu ihm, daß Ihr Kostüm ihn einen Moment verdeckte. Vielleicht haben Sie ihm in diesem Moment das Messer ins Herz gestoßen?«

»Was reden Sie für einen Schwachsinn? Wenn ich ihn umgebracht hätte, hätte er geschrien!«

»Aber er hat nicht geschrien, er ist einfach plötzlich zu Boden gefallen und hatte eine Wunde in der Brust. Warum also sollte man nicht davon ausgehen, daß sie ihm diese Wunde zugefügt haben?«

»Womit sollte ich das denn getan haben? Mit einem Zigarettenmundstück? Mehr hatte ich nicht in der Hand!«

»Dafür hatte Boris eine ganze Kollektion von Messern an

seinem Gürtel. Sie hätten leicht eines davon nehmen können, oder?« mischte sich Vera in das Gespräch ein.

»Und wo hätte ich es nach dem Mord hintun sollen, so vor aller Augen?«

»Sie könnten es irgendwo versteckt haben. Wir haben den Salon nicht durchsucht, aber ich denke mal, daß die Polizei das Messer findet. Vielleicht steckt es in den Falten Ihres gräßlichen Kostüms?« fuhr Vera fort.

»Aber nachdem ich meine Zigarette bei Boris angeraucht hatte, lebte er noch!«

»Und wer kann das bestätigen?« fragten die Schwestern gleichzeitig.

Susanna schwieg verwirrt. Langsam malte ich ein Plus neben den Namen Radezkaja in die Spalte *Möglichkeiten*. Bei Gott, es ist peinlich, das zuzugeben, aber ich wäre sogar froh gewesen, wenn sich herausgestellt hätte, daß gerade sie die Mörderin war. Von allen Gästen war Susanna mir am unsympathischsten.

»Ich habe Boris nicht umgebracht!« kreischte die Sängerin. »Ich habe doch gar kein Motiv...«

»Das ist nicht wahr!« meldete sich plötzlich Katja zu Wort, die bis dahin geschwiegen hatte. »Ich weiß viel mehr von Ihnen als Sie denken!«

Ich muß zugeben, ich hörte Katja das erste Mal so aufgebracht reden. Sie machte immer einen so ruhigen und ausgeglichenen Eindruck.

»Was könnten Sie schon von mir wissen, meine Liebe?« fragte Susanna müde.

»Vieles. Zum Beispiel, was Sie so hysterisch geschrien haben, als Sie in das von Boris gemietete Hotelzimmer am Sagorodni Prospekt eindrangen.«

»Ja, ich war außer mir und hatte die Kontrolle über mich verloren. Boris ging mir aus dem Weg, wollte kein offenes Gespräch und drückte sich ständig vor einem Treffen. An diesem Tag war ich zufällig auf dem Sagorodni Prospekt und sah, wie Boris in ein Hotel ging. Ich begriff, daß er sich dort nicht vor Erklärungen drücken konnte. Also bin ich ihm hinterhergeschlichen. Ich will nicht streiten, möglicherweise habe ich mich nicht korrekt verhalten, aber er hat mich selbst dahin gebracht.«

Susanna stieß all diese Worte in einem Atemzug aus und schwieg dann. Auf ihrem Gesicht machte sich plötzlich Verwirrung breit. »Moment mal, woher wissen Sie das denn alles?«

Erneut lächelte Katja unangenehm.

»Ich war dort, als Sie in das Zimmer eindrangen«, erklärte sie. »Ich hatte mich hinter dem Paravent versteckt. Sie waren viel zu erregt, um das mitzubekommen.«

»Ich wußte, daß das nicht vorbei ist! Wie konntest du nur, Katja!« murmelte Timaschow, sprang auf und begann auf und ab zu laufen.

Alle schwiegen. Katja und Susanna maßen sich mit herausfordernden Blicken.

»Ich weiß nicht, was Sie gehört haben, als Sie, aus welchen Gründen auch immer, im Zimmer eines alleinstehenden jungen Mannes waren«, fing Susanna endlich wieder an zu sprechen.

»Ich war aus dem gleichen Grund dort, aus dem Sie davon träumten, dort zu sein. Und ich habe mit meinen eigenen Ohren gehört, wie Sie Boris gedroht haben, ihn umzubringen, wenn er Sie nicht heiratet!«

Oje, was Katja sagte, schien der Wahrheit nahezukommen. Boris hatte immer zwei Probleme mit Frauen gehabt: Erstens – wie sie verführen, und zweitens – wie sie wieder loswerden …

»Ich habe gedroht, daß ich Boris umbringe?« fragte Susanna verwundert. »So ein Blödsinn! Das ist mir im Eifer des Gefechts einfach so rausgerutscht.«

»Nein, nicht einfach so! Sie haben durchaus überzeugend beschrieben, wie Sie ihm Schwefelsäure ins Gesicht schütten oder ein Messer in sein falsches Herz stechen würden.«

»Sie haben das alles mißverstanden. Ich muß mein Leben ordnen, und ich habe nach einer Möglichkeit gesucht, daß Boris bei mir bleibt! Ich wollte ihn nicht wirklich umbringen …«

Ich nahm mir wieder meine Tabelle und schrieb in die Spalte *Motive* bei Susanna: *Liebe, Verhältnis, Verrat, Eifersucht, Boris wollte sie nicht heiraten.*

»Dann haben wir uns versöhnt und vereinbart, daß Boris mich mit einem wohlhabenden, guten Menschen verheiratet«, redete Susanna zögernd weiter. »Boris hat mir gesagt, daß Sie, Anton Sacharowitsch, ein einsamer, wohlhabender Mensch seien und froh wären, wenn Sie sich mit mir verbinden könnten«, wandte sie sich mit zärtlicher Stimme an mich.

Ich war wie gelähmt vor Überraschung.

»Aber entschuldigen Sie, ich kann Sie nicht heiraten«, fuhr Susanna fort. Bei diesen Worten atmete ich unwillkürlich auf. »Kann sein, daß dieser Krähwinkel für irgend jemanden eine Entdeckung ist, ich aber könnte nie hier leben.«

»Doch das beweist nicht, daß Sie Boris nicht umgebracht haben.« Vera lenkte das Gespräch wieder auf den Mord. »Und ein Motiv hatten Sie durchaus. Verschmähte Liebe, verletzter Stolz, Eifersucht ...«

»Dieses Motiv hatte nicht nur ich. Katja zum Beispiel hat selbst zugegeben, daß sie ein Verhältnis mit Boris hatte. Wieso meinen Sie, daß ich, eine freie Frau, auf einmal, warum auch immer, meinen Liebhaber umbringen sollte? Und diese verheiratete, verlogene Dame soll unschuldig sein?«

Rasuwajew, der eindeutig Sympathie für die Sängerin empfand, beschloß, ihre Partei zu ergreifen.

»Madame, pardon, daß ich Sie daran erinnere, aber Sie sind zum Tisch gegangen, um sich eine Tasse Tee einzuschenken, und haben dabei ein paar Worte mit Boris gewechselt«, sagte er zu Katja. »Daraus folgt, Sie hatten nicht nur ein Motiv, sondern auch die Möglichkeit, dem Unglücklichen das Messer ins Herz zu stoßen.«

Ich befand diese Argumente für gerechtfertigt und schrieb bei Katja in die Spalte *Motive*: *Liebe, Verhältnis, Eifersucht.* In die Spalte *Möglichkeiten* mußte ich nun auch ein Kreuzchen setzen.

»Nichts ist so, wie Sie denken«, sagte Katja traurig. »Unsere Beziehung könnte man eher als freundschaftlich bezeichnen. Ich hatte ein Verhältnis mit Boris, aber das ist lange her. Seit dieser Zeit bin ich erwachsener und klüger geworden. Boris ist natürlich ... war der schönste Mann von Petersburg, aber nicht eine kluge Frau hätte für ihn auch nur einen roten Heller gegeben.«

»Nichtsdestotrotz warst du in seinem Hotelzimmer«, bemerkte Vera.

»Alte Gewohnheiten legt man nur schwer ab. Außerdem, wenn man ihn nicht auf den Sockel eines über alles Geliebten hebt, sondern als Freund für angenehmen Müßiggang betrachtet, dann ist Boris ein sehr ... war Boris ein sehr netter Kerl.«

»Aber du bist doch verheiratet!«

»Ja, leider. Eine Frau kann nie das ganze Glück auskosten, solange sie nicht verheiratet ist. Und wenn du erst verheiratet bist, ist es schon zu spät, um glücklich zu sein. Leider ... Genau deswegen war mir Boris so wichtig. Trotz seines Egoismus war er ein feiner Kenner der menschlichen Seele, und ich konnte mich immer an seiner Brust ausweinen und mich über meinen Mann und das Schicksal beklagen. Wir gingen sogar so weit, uns gegenseitig unsere Liebesgeschichten zu erzählen. Wozu hätte ich Boris umbringen sollen? Um mich von der Brust zu befreien, an der ich geheult habe?«

»Du redest, als sei ich eine Ausgeburt der Hölle.« Iwan Timaschow bekam endlich seine ausgetrockneten Lippen auseinander.

»Du bist keine Ausgeburt der Hölle, du bist eher ein dummes Kalb, und nur Kühe können Kälber lieben.«

»Katja, Sie sind ungerecht. Iwan gilt als ein vielversprechender Schriftsteller, und Genies verzeiht man kleinere Unzulänglichkeiten.« Rasuwajew trat als Friedensstifter auf den Plan. »Im übrigen ist die Belletristik nicht mein Gebiet. Von allen Büchern ist mir das Scheckbuch das liebste ...«

»Das merkt man an Ihren Manieren. Und was die Genialität von Iwan angeht, da haben Sie leicht übertrieben«, antwortete Katja mit Entschiedenheit. »Ja, diejenigen, die Timaschows Werke nicht gelesen haben, finden sie meist hervorragend. Aber kaum jemand hat es geschafft, sie ganz zu lesen.«

»Du warst immer ungerecht zu mir!« rief Iwan mit tragischer Stimme.

»Bemitleiden Sie ihn, meine Herrschaften! Er ist nur glücklich, wenn man ihn bemitleidet«, wandte sich Katja an uns.

Ich hatte in der Tat Mitleid mit dem gebeutelten Literaten, aber das zu zeigen, wäre im Augenblick erniedrigend gewesen und hätte dem Genie den Rest gegeben.

»Also, meine Herrschaften«, fing Katja wieder an zu reden. »Überlegen Sie noch mal, ob ich es nötig hatte, Boris umzubringen! Ich habe mit ihm die einzige mir verwandte Seele auf dieser sündigen Welt verloren außer meinem Mann, der ständig beweihräuchert werden muß und der nicht einschlafen kann, wenn er nicht in streng festgelegter Ordnung seine Uhr, seine Brille, seine Manschettenknöpfe und sein Notizbuch zum Aufschreiben kluger Gedanken auf dem Nachttisch aufgereiht hat. Wie hat mich in diesen Momenten der Gedanke an Boris getröstet, der seine Uhr und seine Manschettenknöpfe dorthin schmiß, wo sie gerade hinfielen! Ich weiß nicht, ob Sie mich verstehen ...«

»O ja, Madame!« antwortete Rasuwajew galant und küßte Katja die Hand. Die übrigen Damen schauten zur Seite.

Katjas Argumente schienen überzeugend und entbehrten nicht einer gewissen Logik. So nahm ich wiederum die Tabelle und setzte bei Katja neben die Notiz *Liebe, Verhältnis, Eifersucht* ein dickes Fragezeichen.

»Meine Herrschaften, ich hätte wahnsinnig gern einen Tee!« ertönte Rasuwajews Stimme in der eingetretenen Stille.

Als Hausherr verspürte ich Gewissensbisse, denn der Samowar war im Salon geblieben.

»Darf ich Ihnen vielleicht Kaffee anbieten?« wandte ich mich hoffnungsvoll an meine Gäste.

»Was soll's. Kaffee ist auch nicht schlecht«, antwortete der anpassungsfähige Rasuwajew. »Kaffee wird uns aufmuntern.«

»Anton Sacharowitsch, lassen Sie uns doch du zueinander sagen«, schlug Rasuwajew vor, während er sich kurze Zeit später in der Küche am Herd mit der Kaffeekanne zu schaffen machte.

Ich hatte nichts gegen seinen Vorschlag einzuwenden.

»Wunderbar.« Er reichte mir die Hand. »Wir werden Freunde sein, Anton. Nenn mich Fjodor. Hör mal, Anton, was ich gerade für eine Idee hatte. Meinst du nicht, daß Iwan einen Grund für den Mord gehabt haben könnte? Ich glaube, er war schrecklich eifersüchtig auf Boris wegen seiner Frau. Schriftsteller sind romantische Menschen ...«

»Ich denke, das sollte man besser Iwan selbst fragen.«

»Niemand gesteht einfach so einen Mord, um nichts in der Welt. Das habe ich schon gesagt und bleibe dabei.« Fjodor seufzte. »Hör mal, vielleicht sollten wir zumindest ein Körbchen Gebäck aus dem Salon holen?«

Doch so, wie ich unsere Miina kannte, war längst nicht alles am Vorabend Gebackene auf dem Tisch im Salon gelandet. Nach einigem Suchen in den Fächern des Büfetts fand ich die entsprechenden Blechbüchsen. Ich füllte ein Körbchen mit Gebäck und stellte es auf das Tablett.

»Das nenne ich eine ordentliche Wirtschaft.« Rasuwajew stieß einen Pfiff aus. »Mein Gott, wie herrlich lebt es sich hier, überall Wohlstand und Ruhe. Ich weiß nicht, Anton, was du im hektischen, maroden Petersburg verloren hast. Ich an deiner Stelle würde keinen Fuß aus diesem Murtosalo setzen. Außerdem, wenn auf eurem Gut nicht gerade Petersburger logieren, wird wahrscheinlich auch niemand umgebracht ...«

»Ja.« Das mußte ich zugeben. »So etwas ist in unserem Haus noch nie vorgekommen.«

»Was ich dir sage! Das reinste Paradies. Hör mal, Anton, laß mich endlich meine Aktentasche aus dem Salon holen. Verstehst du, ich habe da ein paar Flaschen erstklassigen französischen Kognak drin.«

»Ich bedaure, aber vorerst mußt du mit dem zufrieden sein, was da ist. Ich nehme an, die Polizei wird dir nach dem Aufsetzen des Protokolls deinen Besitz zurückgeben, einschließlich des Kognaks.«

Vielleicht war es Nervosität oder Müdigkeit, aber ungeachtet der Tragödie aßen wir mit Bärenappetit.

»Wunderbare Kekse«, lobte Susanna Miinas Gebäck. »Apropos, warum sind Sie, meine Herrschaften, mit Ihren Verdächtigungen nur über mich und Madame Timaschowa hergefallen? Geben Sie mir bitte die Zuckerdose! Und Sie selbst?«

Katja nickte zustimmend. Seltsam, noch vor kurzem hatte ich den Eindruck gehabt, die beiden Damen würden einander an die Gurgel gehen. Damen sind rätselhafte Wesen.

»Also nein, meine lieben Damen, wie können Sie so etwas nur denken?« entgegnete Rasuwajew galant. »Unsere private Untersuchung ist keineswegs abgeschlossen. Es ist Zeit, dem nächsten ein paar Fragen zu stellen ...«

Ich begriff, daß nun Iwan Timaschow an der Reihe war. Rasuwajew hatte nicht ohne Grund mit mir über seine Verdächtigungen gesprochen.

»Herr Timaschow, was haben Sie uns zu sagen? Sie hatten schließlich einige Motive für einen Mord an Boris.«

Iwans Gesicht nahm einen seltsamen Ausdruck an, er wirkte abwesend und konzentriert zugleich. Er blickte unverwandt in den Raum und sagte nachdenklich: »Ich versinke im Strudel trauriger Gedanken über das Scheitern idealistischer Ansichten, die Vergeblichkeit menschlicher Wünsche und die irrige Vorstellung von Willensfreiheit ...«

»Heb dir solche Formulierungen lieber für einen Essay auf. Im Moment wäre es ganz gut, sich irdischen Themen zuzuwenden«, stellte Katja fest.

Iwan hob seinen Kopf wie ein stolzer Patrizier.

»Es ist möglich, werte Anwesende, daß Sie einen falschen Eindruck vom Vorhandensein eines Mordmotivs meinerseits haben. Es ist für Sie schwer, das tief verborgene Wesen meines Handelns zu erfassen ...«

»Meiner Meinung nach liegt alles ganz offen zutage«, mischte sich Wladimir ein, der lange geschwiegen hatte. »Du, Iwan, hast Boris immer beneidet. Und Katja hast du nur geheiratet, weil du sie Boris abspenstig machen wolltest ...«

»Ja, ich wußte von Katjas und Boris' Verhältnis«, antwortete Iwan hochmütig. »Als naher Freund wußte ich weit mehr von der Affäre als andere.«

Katja wurde rot bei diesen Worten.

»Ich will nicht verhehlen, daß ich mir zeitweise wünschte, Boris' Platz einzunehmen. Ich weiß nicht, was uns mehr an den Frauen anzieht – ihre Würde oder ihre hinreißenden Laster? Ich wollte Boris' Platz an Katjas Seite! Das wollte ich! Aber nicht so sehr, daß ich Boris deshalb umgebracht hätte ...«

»Damals hast du noch nicht an Mord gedacht, aber dann?« fragte Wladimir interessiert.

»Dann habe ich Katja geheiratet. Ich habe immer gewußt, daß es so kommen würde. Ihre Affäre mit Boris hätte nicht mehr lange gedauert. Boris war nicht fähig zu starken Gefühlen. Er beobachtete das Leben von der Seite, begeisterte sich kurze Zeit für etwas und verlor schnell wieder das Interesse daran. Und ich kann warten. Als Boris erfuhr, daß ich Katja einen Antrag machen wollte, hat er voller Freude die Chance ergriffen, sich von seiner früheren Geliebten zu trennen, weil er einfach nicht wußte, wohin mit ihr ...«

Plötzlich fing Katja an zu lachen, aber ihr Lachen klang für mich ein wenig hysterisch.

»Ich habe heute ein paar sehr unangenehme Augenblicke durchlebt, als ich erfuhr, daß Katja weiterhin bei Boris Trost suchte, doch ich verzeihe meiner Frau auch diese Dummheit. Ich will nur sagen, daß sich mit unserer Hochzeit die Dinge für Boris so entwickelten, wie es besser nicht hätte sein können. Statt sich mit einer Dame abzuplagen, der er überdrüssig war, drehte er alles so, daß sie selbst beschloß, ihn zu verlassen und seinen besten Freund zu heiraten. Worauf er berechtigt war, *freundschaftliche* Beziehungen zu ihr zu unterhalten ...«

»Hör auf mit diesen Abgeschmacktheiten«, rief nun Katja.

Über ihre Wangen liefen bereits Tränen, und sie war offenbar kurz vor einem hysterischen Anfall. Ohne ein Wort zu sagen, schob ich ihr ein Glas Wasser hin. Ja, es ist nicht leicht, wenn fremde Leute voller Neugier deine schmutzige Wäsche waschen.

»Danke, Anton«, sagte sie leise, nachdem sie ein paar Schluck getrunken hatte. »Es sieht so aus, als ob Sie hier der einzige richtige Mann wären.«

»Wenn Sie der Meinung sind, daß ich ein Motiv hatte, so bleiben Sie ruhig dabei«, fuhr Iwan fort. »Es ist Ihnen dennoch nicht gegeben, zum Wesen der Sache vorzudringen, und nicht Sie, meine Herrschaften, haben über diese äußerst delikate Angelegenheit ein Urteil zu fällen.«

In der Spalte *Motive* notierte ich neben dem Namen des Schriftstellers *Neid, Eifersucht.* Nun wollte ich noch herausfinden, ob er zum Tisch gegangen war und wann, aber ich kam nicht dazu. Katjas Kompliment blieb nicht ohne Folgen – die meisten Männer betrachteten mich jetzt mit einer gewissen Feindseligkeit.

»Und was können Sie uns über Ihre Motive sagen, Anton?« erkundigte sich Timaschow interessiert.

»Wovon redest du, Iwan?« fragte Katja ihren Mann. »Anton Sacharowitsch ist der einzige von uns, der ein Alibi hat.«

»Soweit ich mich erinnere, sind in Kriminalromanen immer diejenigen die Mörder, die man am wenigsten verdächtigt.«

»Sie haben vollkommen recht! Warum soll dieser Matikainen hier den Untersuchungsführer spielen und selbst frei von allen Verdächtigungen sein?« unterstützte ihn Susanna.

»Giftschlange«, konstatierte Katja. »Anton, häufig werden die anständigsten Menschen ungerechterweise verdächtigt, und ich fürchte, Sie sind da keine Ausnahme.«

Während meine Gäste geistreiche Repliken austauschten, versuchte ich herauszufinden, was mich zum Mord an Boris hätten verleiten können. Mir fiel nichts Bemerkenswertes ein. Doch da fing Iwan schon an zu sprechen: »Anton Sacharowitsch, ich möchte Sie nicht kränken, doch unter diesen außergewöhnlichen Umständen wäre vornehme Zurückhaltung wohl fehl am Platz. Wir alle wissen genau, daß Boris manchmal äußerst taktlos war. Hatten Sie nie den Eindruck, daß er sich über Sie lustig machte?«

Ich suchte in meinem Herzen nach einer Kränkung, fand aber nichts. Boris' Art, seine Umgebung zu verspotten, hatte mich nie geärgert. Nur krankhafter Ehrgeiz kann einen Menschen dazu bringen, sich einzubilden, ein ungeeignetes Objekt für Scherze zu sein.

»Nein, hatte ich nicht«, antwortete ich möglichst sachlich. »Ich war nie böse auf Boris wegen solchen Unsinns.«

»Von wegen!« mischte sich Wladimir ein. »Seit der Kindheit habt ihr euch geprügelt, weil Boris dich gehänselt hat.«

Ja, irgendwann waren Boris und ich mit Fäusten aufeinander losgegangen, das ist doch normal bei Jungs.

»Hast du etwa nicht begriffen, daß Boris dich bewußt erniedrigt hat? Wenn ihr zum Beispiel Reiter und Pferd gespielt habt, warst du immer das Pferd und Boris der Reiter!«

»Aber ich war doch schwerer«, antwortete ich. Mir war das vollkommen logisch erschienen.

Mein Gott, was würde ich darum geben, wieder ein kleiner Junge zu sein und mit Boris auf den Schultern und einem Holzsäbel in der Hand durch die Zimmer der Dwojekurow-Villa zu reiten. Und jetzt liegt Boris tot im Salon und wird mich nie mehr so veralbern, daß sich alle vor Lachen biegen ... Unwillkürlich wischte ich mir eine Träne aus dem Auge.

»Sehen Sie, Anton Sacharowitsch, Ihnen kommen sogar die Tränen! Kränkungen aus der Kindheit vergißt man nicht! Wenn das kein Motiv ist – seit der Kindheit die Kränkungen herunterschlucken und sich dann endlich rächen.« Iwan rieb sich zufrieden die Hände. »Dürfte ich Ihre Tabelle haben, ich werde selbst notieren.«

Und voller Vergnügen setzte er in die Spalte *Motive* neben meinen Namen: *Alte Kränkungen.*

Ich konnte nur die Schultern zucken. Gott weiß, daß ich Boris nie ernsthaft etwas übelgenommen habe. Ohne Zweifel hatte Boris seine Fehler: Er war ein bißchen zu sehr von sich selbst überzeugt und hielt es nicht immer für notwendig, fremden Seelennöten Gehör zu schenken, aber die meisten von uns leiden mehr oder weniger an dieser Schwäche. Doch er verlieh unserem Leben Farbe, und wenn solche Menschen auf einmal von der Erdoberfläche verschwänden, wäre das ein großer Verlust.

»Also Boris hat Sie seit der Kindheit gekränkt und gehänselt, Anton Sacharowitsch. Aber das ist nur *eins* der möglichen Motive.« Iwan quälte mich weiter. »Er hat Sie vielleicht manchmal unbewußt in Ihrer nationalen Würde gekränkt.«

»Wirklich?« fragte ich verwundert.

»Wer hat Sie denn finnischer Tolpatsch genannt?«

»Ist das eine Beleidigung?«

»Anton, Sie müssen sich nicht verstellen. Wir alle wissen, daß es in unserem Land jede Menge Nationalitätenprobleme gibt, besonders mit den Finnen und den Polen, nach den Juden natürlich. Die finnischen Separatisten reagieren empfindlich auf einige Maßnahmen, ich gebe zu, unkluge Maßnahmen zur Russifizierung angestammter finnischer Gebiete. Außerdem agiert bei Ihnen die Partei des Aktiven Widerstands, und es gab schon Terrorakte aus nationalen Motiven. Denken Sie nur an die Ermordung des Generalgouverneurs Bobrikow.«

»Mein Lieber, was schwafeln Sie da für einen Unfug zusammen«, unterbrach ihn Fjodor. »Man kann Anton Sacharowitsch aller möglichen Dinge verdächtigen, aber bestimmt nicht der Zugehörigkeit zu terroristischen Kreisen.«

»Lassen Sie mich reden, meine Freunde«, unterbrach ich die

Streitenden. »Erstens gehöre ich keiner politischen Partei an. Meine Familie steht dem Hause Romanow loyal gegenüber. Zweitens: Boris war großrussischer Chauvinismus stets fremd, und ich sehe keinerlei Grund für einen Mord an ihm aus nationalistischen Motiven.«

»Ja, Sie haben vollkommen recht«, stimmte mir Iwan zu. Es schien, als schämte er sich ein bißchen. »Wirklich, Boris und Nationalismus – das paßt nicht zusammen!«

»Erlauben Sie, in diesem Punkt bin ich anderer Meinung!« erklärte plötzlich Przybyszewski.

»Was meinen Sie, Herr Leutnant?« fragte Timaschow interessiert.

»Ich meine, daß der Verstorbene durchaus fähig war, den Nationalstolz eines anderen Menschen zu verletzen«, antwortete Przybyszewski mit verhaltener Würde.

»Aber woher wissen Sie denn das? Sie kannten ihn doch kaum«, rief Timaschow. »Anton Sacharowitsch und ich kennen Boris schon viele Jahre. Wir waren Freunde, fast Brüder, und wir sind überzeugt, daß Boris Chauvinismus fremd war. Wenn man natürlich absieht von einigen leichtsinnig in die Runde geworfenen, taktlosen Witzen. Aber wen konnte Boris damit ernsthaft beleidigen?«

»Einen kleinen polnischen Jungen, dessen Eltern leider nach Petersburg gezogen waren.«

»Gnädiger Herr, Sie behaupten doch nicht etwa, daß Boris sich über ein Kind lustig gemacht hat?« Timaschow sprang mit funkelnden Augen auf. Sein Stuhl fiel mit Gepolter um.

»Genau das behaupte ich«, antwortete Tomasz mit tönender Stimme und erbleichte. »Leider kenne ich den verstorbenen Herrn Dwojekurow auch schon lange, denn der kleine polnische Junge war ich. An dem Tag, als ich Boris das erste Mal traf, wollten mein Bruder und ich in einen Spielzeugladen gehen. Aber mein Bruder wurde im Gymnasium aufgehalten. Also beschloß ich, auf dem Hof des Gymnasiums auf ihn zu warten.

Eine Gruppe Gymnasiasten aus den oberen Klassen bemerkte mich dort. Der Anführer der Clique war ein hübscher Junge mit einem frechen Gesicht. Er fragte mich irgendwas, und ich antwortete ihm höflich. Mein Akzent, den ich bis heute nicht losgeworden bin, verriet mich als Polen. ›Oh, der Polacke hat was an der Backe‹, schrie der Hübsche. Sie begannen an mir zu zerren, mich zu stoßen, mich zu kneifen. Dabei machten meine Peiniger Gesichter, daß ich Angst bekam und anfing zu schreien. ›Klein ist er, aber schreien kann er. Wollen wir ihm das Maul stopfen?‹ schlug der Anführer vor.

Sie hoben mich hoch und steckten mich kopfüber in einen Schneehaufen. Ich hatte das Gefühl, ich ersticke, und verlor das Bewußtsein. Zum Glück kam im rechten Augenblick der alte Portier zum Ort meiner Hinrichtung. Er verjagte die Bande, zog mich aus dem Schneehaufen und brachte mich wieder zu Bewußtsein. Mein Bruder Castus trug mich auf seinen Armen nach Hause. In den Spielzeugladen gingen wir an diesem Tag natürlich nicht mehr, abends wurde ich krank – vom Schock. Eine Woche lag ich im Fieber, aber auch nachher, als es mir wieder besser ging, wurde ich nachts von Alpträumen geplagt – ich hatte immer das Gefühl, in einem Schneehaufen zu ersticken. Damals, wenn ich nachts nicht schlafen konnte, schwor ich mir, mich an meinen Beleidigern zu rächen. Ich lernte kämpfen, schießen, fechten. Und siehe da, im

Hause meines Freundes, des Rittmeisters Matikainen, begegnete ich einem Menschen, der mir irgendwie bekannt vorkam. Nachdem ich mich ein paar Tage damit herumgequält hatte, begriff ich, daß es jener hübsche Gymnasiast war.«

Tomasz sprang von seinem Platz auf und lief nervös von einer Ecke des Zimmers in die andere. Der alte Pelzkragen, der einen Katzenschwanz darstellen sollte, hing nach wie vor hinten an seiner Jacke und schaukelte wie ein Pendel hin und her. Der Leutnant setzte seine Rede im Laufen fort.

»Diese zufällige Begegnung hat alles wieder aufgewühlt. Mit neuer Kraft entbrannten in mir die Rachepläne, die ich in meiner Kindheit geschmiedet hatte. Ich habe keine Angst, darüber zu sprechen, obwohl Sie mir meine Worte verkehrt auslegen können. Auf jeden Fall hatte ich einen Grund, Boris Dwojekurow den Tod zu wünschen. Aber ihn einfach im Haus von Herrn Matikainen umbringen, das konnte ich nicht. Anton ist mein bester Freund, und Boris war fast wie ein Bruder für ihn.«

Schweigend drückte ich Tomasz die Hand.

»Das heißt, Sie haben ihn also doch nicht umgebracht, Herr Leutnant?« sagte Nadja langsam und enttäuscht.

»Falls Sie erwartet haben, daß ich jetzt die Mordtat gestehe, muß ich Sie leider enttäuschen. Ich wollte lediglich sagen, daß Boris zu chauvinistischen Taten fähig war.«

»Allmächtiger Herr! Warum sind Russen und Polen, zwei slawische Völker, dazu verdammt, sich gegenseitig mit Vorwürfen zu überschütten?« fragte Timaschow pathetisch. »Dwojekurow wollte bestimmt nicht Ihren Nationalstolz verletzten. Glauben Sie mir, es war einfach ein Dummerjungenstreich. Sie konnten doch deshalb nicht Ihr ganzes Leben lang Haß in ihrer Brust nähren?«

»Könnten Sie denn eine derartige Erniedrigung verzeihen? Ach ja, Sie können das…«, bemerkte Tomasz taktlos in die Richtung des Schriftstellers.

»Herrschaften, ich möchte niemandes Gefühle verletzen, aber fassen wir zusammen«, sagte Wladimir nun. »Welche Schlüsse können wir aus der Erzählung von Leutnant Przybyszewski ziehen? Angenommen, Pan Przybyszewski hatte alte Rechnungen mit Boris zu begleichen, hatte er aber auch die Möglichkeit und den Wunsch, ihm ein Messer ins Herz zu jagen?«

»Denken Sie, was Sie wollen, Herr Dwojekurow. Ja, ich hegte Rachepläne, doch man ist mir zuvorgekommen. Ich wäre glücklich gewesen, Ihren Bruder zum Duell zu fordern, aber jetzt liegt mein Feind tot unter der Festtafel, und ich bin alles andere als froh darüber.«

»Ach was, Sie haben uns etwas vorgemacht, als Sie neben seiner Leiche jammerten: ›Was für ein Unglück!‹ Erzählen Sie uns doch nicht, daß sein Tod Sie nicht freut.« Nadja konnte sich diese giftige Bemerkung nicht verkneifen.

Widerwillig machte ich entsprechende Notizen in Przybyszewskis Spalte.

»Meine Lieben, wir haben das Pferd am Schwanz aufgezäumt«, sagte Rasuwajew nachdenklich. »Die Hauptsache vergessen wir wie immer. Je länger wir uns den Erinnerungen hingeben, desto mehr alte Kränkungen werden in uns wach und desto mehr Verdächtige gibt es an diesem Tisch. Aber ein Mörder ist nur einer von uns. Wir müssen versuchen, uns daran zu erinnern, wer unmittelbar vor Boris' Tod zum Tisch getreten ist und wer ihn als letzter lebend gesehen hat. Wer hat ihm schließlich den Todesstoß versetzt?«

Sofort fingen alle an zu reden und sich gegenseitig zu überschreien.

»Ich erinnere mich!« rief Susanna. »Zuerst bin ich zu Boris gegangen, um die Zigarette anzurauchen, und dann hat sich Madame Timaschowa am Tisch Tee eingeschenkt.«

»Das ist nicht wahr!« erwiderte Katja sofort. »Ich trank meinen Tee bereits, als Sie unter dem Vorwand, kein Feuer zu haben, mit Boris zu flirten anfingen! Und übrigens hat Olga die ganze Zeit getanzt, also haben weder sie noch ich etwas mit dieser Sache zu tun.«

Nach den letzten Worten von Katja machte ich reinen Herzens in der Spalte *Möglichkeiten* bei Olgas Namen einen Strich.

»Warum reden wir die ganze Zeit nur über die Frauen? Die Männer sind doch auch zum Tisch getreten!« kreischte Susanna nun.

»Ich habe am Klavier gesessen«, erwiderte Wladimir empört.

»Sie ja. Aber zum Beispiel Herr Rasuwajew und der Leutnant … Noch dazu hatte Przybyszewski, wie sich herausgestellt hat, ein Motiv …«

»Wir haben ein Glas getrunken und sind wieder vom Tisch weggegangen«, antwortete Rasuwajew schnell. »Dabei konnte einer den anderen sehen, und wir können bestätigen, daß keiner von uns Boris ein Messer in die Brust gestoßen hat! Ich bürge für den Leutnant und hoffe, er auch für mich!«

»Und warum sollten wir Ihnen und dem Leutnant glauben? Vielleicht haben Sie sich abgesprochen.«

»Niemand deckt hier jemanden! Außerdem ist der Schriftsteller noch zu uns getreten, und dann sind wir zu den Tanzenden zurückgekehrt. Nicht wahr, Herr Timaschow?«

»Ich habe mich nicht am Tisch aufgehalten! Boris schlürfte mißgelaunt seinen Kaffee, und das Gespräch mit ihm bereitete mir kein Vergnügen. Er war völlig unkonzentriert…«

»Apropos, wer hat ihm den Kaffee eingeschenkt?«

»Den Kaffee habe ich ihm eingeschenkt«, antwortete Nadja in beleidigtem Tonfall. »Aber Boris hat den Kaffee schließlich getrunken, war also noch einige Zeit am Leben. Es ist doch dumm, anzunehmen, ich hätte ihm mit der einen Hand Kaffee eingegossen und ihm mit der anderen die tödliche Wunde zugefügt! Ein Sterbender hätte nicht Kaffee trinken und müde auf Iwans Fragen antworten können.«

»O Gott!« schrie Katja auf einmal mit schrecklicher Stimme. »Ich erinnere mich! Ich hatte mich über etwas gewundert, bin dann aber abgelenkt worden. Jetzt fällt es mir wieder ein! Mein Gott!«

»Liebling, woran erinnerst du dich?« fragte Iwan zärtlich. Ungeachtet der kürzlichen Eröffnungen und unangenehmen Entdeckungen konnte offenbar nichts das Eheglück der Timaschows trüben.

»Nadja hat heimlich etwas in Boris' Tasse getan. Ich habe ein kleines Fläschchen in ihrer Hand gesehen, aus dem sie einige Tropfen in den Kaffee tat…«

Die jüngere Woitowskaja wurde kreidebleich. Vera sah ihre Schwester verwundert an.

»Das ist nicht wahr! Ich habe nichts gemacht!« schrie Nadja.

Rasuwajew räusperte sich.

»Ich nehme an, daß sich Mademoiselle Nadja *irrt*, wenn sie behauptet, nichts in Boris' Tasse getan zu haben. Auch ich habe ihr Hantieren mit einem Flakon bemerkt, dem aber – ich weiß nicht warum – keine Bedeutung beigemessen.«

»Gott allmächtiger, im Salon war es so dunkel! Von uns hat noch nicht mal jemand mitbekommen, wie Boris umgebracht wurde. Und irgendeinen Flakon in der Hand meiner Schwester wollen auf einmal alle gesehen haben«, stellte Vera verwundert fest. Nadja sah sich zu einer Erklärung genötigt.

»Herrschaften, das, das ... Das war ein Kräuterextrakt! Und ich habe ihn auch in meine Tasse gegossen, damit der Kaffee ein besseres Aroma bekommt, und nicht nur in die von Boris! Sie haben da was verwechselt!«

»Bemühen Sie sich nicht, Phantasie ist nicht Ihre Stärke«, wies Rasuwajew sie zurecht. »Sie haben irgendein Gemisch in die Tasse mit dem Goldrand getan, aus der Boris getrunken hat. Ihre Tasse hatte einen Kranz aus grünen Blättern.«

»Wagen Sie nicht, in so unverschämtem Ton mit mir zu reden!« Nadja fing an zu schluchzen. »Denken Sie etwa, ich wäre eine Verbrecherin?«

»Und was schlagen Sie vor, was wir denken sollen, Mademoiselle?« fragte Rasuwajew interessiert. »Die Logik ist das, worauf wir uns stützen müssen. Andere Untersuchungsmethoden sind uns bislang noch nicht zugänglich.«

»Wir wollen hier nicht um des Kaisers Bart streiten«, unterbrach ihn Vera. »Nadja, wenn das wahr ist, dann sag uns, was du Boris in den Kaffee getan hast.«

»Ein Schlafmittel«, flüsterte Nadja und schluckte ihre Tränen herunter.

»Um Gottes willen, warum? Warum hast du das gemacht?«

»Ich wollte nichts Böses! Ich wollte einfach, daß Boris nach der Feier fest schläft. Aber offenbar habe ich ihm aus Versehen zuviel hineingeträufelt ...«

»Bist du verrückt? Was redest du da?«

»Wenn Boris tief und fest geschlafen hätte, wäre ich leise in sein Zimmer gegangen und hätte mich neben ihn gelegt. Und morgens hätte ich es so eingerichtet, daß alle hätten denken müssen, Boris und ich hätten die Nacht in einem Bett verbracht. Ich wollte einen Skandal. Dann wäre er gezwungen gewesen, mich zu heiraten! Ich war in Boris verliebt und wollte ihn heiraten! Du weißt doch, wenn ich etwas unbedingt haben will, bekomme ich es auch!«

»Bist du dämlich!« Vera stöhnte auf. »Es geht doch nicht um eine Schachtel Konfekt! Du bist kein Kind mehr. Du solltest endlich begreifen, daß der Satz ›Ich will!‹ kein Argument ist. Der Mensch bekommt weiß Gott nicht immer das, was er will!«

»Ach, laßt die arme Nadja in Ruhe!« mischte sich Katja ein. »Sie gehört zu den romantischen Personen, die ständig alles ausschmücken, was mit ihnen passiert. Wenn Sie ein paar banale Worte mit einem Mann austauscht, glaubt sie sofort, sie hätte eine leidenschaftliche Affäre mit ihm.«

»Nein, Boris hat mich geliebt, geliebt! Und jetzt seid ihr alle gegen mich, aus Neid.«

»Ist sie so blöd auf die Welt gekommen, oder hat sie noch Unterricht dafür genommen?« wandte sich Susanna an Vera. »Sie begreift überhaupt nichts. Sie kommt nicht einmal auf die Idee, daß sie faktisch schuld an Boris' Tod ist.«

»Aber ich habe ihn nicht umgebracht!« kreischte Nadja.

»Aber Sie haben aus ihm ein schutzloses Opfer für den Mörder gemacht! Es ist so einfach, einem betäubten Mann ein Messer ins Herz zu stoßen, nicht wahr? Sie haben Boris ins Verderben gestürzt, Sie unglückliches Dummchen!«

»Hören Sie auf, um Gottes willen!« Vera explodierte. »Macht es Ihnen Spaß, alle zu quälen?«

Ich dachte währenddessen darüber nach, wie ich die neuen Informationen in die Tabelle eintragen sollte: Für die Spalte *Möglichkeiten* war nur ein Plus oder ein Minus vorgesehen. Da war kein Platz für lange Erklärungen wie: *Tat dem Verstorbenen ein Schlafmittel in den Kaffee, um ihn wehrlos zu machen.* Und was ich in die Spalte *Motive* schreiben sollte, war ebenso unklar. Ist der dringende Wunsch, jemanden zu heiraten, ein Mordmotiv oder nicht? Immerhin braucht man bei der Trauung einen lebendigen Bräutigam.

»Ja, Leute, in was für ein Knäuel von Leidenschaften Boris doch verstrickt war.« Rasuwajew seufzte. »Mit gutem Recht kann man den Verstorbenen einen zweiten Byron nennen. Beneidenswert!«

»Warum?« fragte Iwan sarkastisch. »Wegen des Erfolgs bei den Damen oder wegen des Zustands, in dem er sich jetzt befindet und den er seinem Erfolg bei den Damen zu verdanken hat?«

»Nein, im Moment möchte ich nicht mit Boris tauschen«, meinte Rasuwajew. »Hol sie der Teufel, die Liebe. Mir ist das Leben wichtiger! Anton, können wir noch Kaffe bekommen? Draußen ist tiefe Nacht. Wir müssen doch wach bleiben …«

»Gern, ich werde Kaffee kochen.« Erleichtert legte ich meine Tabelle zur Seite. Noch nicht mal bei Stabsmanövern mußte ich mich derart mit dem Verfassen von Papieren rumquälen.

»Lassen Sie uns doch alle zusammen in die Küche gehen und Anton Sacharowitsch helfen«, schlug Olga vor. »Es ist unhöflich, immer den Hausherrn um alles zu bitten. Er macht so schon genug durch mit seinen Gästen ...«

»Anton Sacharowitsch, Sie haben im Moment keinen Mangel an Helfern und Helferinnen. Ich denke, ich bin diesmal überflüssig?« erkundigte sich Rasuwajew. »Kann ich nicht auf den Hof gehen? Ich würde schrecklich gern ein wenig frische Luft schnappen, mir tut der Kopf weh. Unsere Feier ist ja ganz nett, sie zieht sich nur beträchtlich in die Länge.«

Niemand hatte etwas dagegen einzuwenden. Vera, Olga und Wladimir begaben sich mit mir in die Küche. Die unkomplizierten Arbeiten, die hier zu erledigen waren, übernahmen Wladimir und ich; die Damen schmückten mit ihrer Anwesenheit den Raum. Während Wladimir die Kurbel der Kaffeemühle drehte, dachte er laut: »Dieser Rasuwajew gefällt mir nicht. Gerade haben wir von sämtlichen Anwesenden allen möglichen Kleinkram erfahren, haben die unangenehmsten Geheimnisse gelüftet, und Rasuwajew hält sich stets raus? Mal denkt er sich aus, daß man herausfinden muß, wer zu Boris an den Tisch gegangen ist, dann will er Kaffee trinken oder frische Luft schnappen, und schon reden wir wieder über jemand anderen. Bist du auch meiner Ansicht?« fragte er mich.

»Ja.«

»Du bist wie immer etwas wortkarg, aber ich sehe, daß du meine Gedanken teilst. Ich werde Rasuwajew vor allen fragen, ob er nicht ein Mordmotiv hatte. Er und Boris hatten irgendwelche komplizierten Geldangelegenheiten miteinander. Vielleicht war es günstig für ihn, meinen Bruder aus dem Weg zu räumen, um sich an dem gemeinsam angelegten Kapital zu bereichern.«

Als wir mit den Tabletts und der Kaffeekanne ins Zimmer zurückkehrten, war Rasuwajew noch nicht wieder da.

»Wir hätten ihm nicht erlauben sollen, das Haus zu verlassen«, sagte Wladimir zu mir. Vielleicht versteckt er die Mordwaffe im Schnee? Dann wird bis zum Frühling niemand das Messer finden ...«

Alle hatten ihren Kaffee schon fast ausgetrunken, als Rasuwajew zurückkam. Er war ziemlich durchgefroren.

»Wunderbare Luft hier«, erklärte er und setzte sich an den Tisch. »Frostig, aber erfrischend. Ich fühle mich wie neugeboren. Mein Kopf ist auch klarer.«

»Das paßt gut«, bemerkte Wladimir. »Ich wollte Ihnen gerade ein paar Fragen stellen. Sagen Sie, Herr Rasuwajew, was für Beziehungen unterhielten Sie zu meinem Bruder? Hatten Sie nicht ein Interesse an seinem vorzeitigen Tod?«

»Ja, ich verstehe, ein klarer Kopf wird mir jetzt von Nutzen sein!« Rasuwajew füllte ohne Hast seine Tasse. »Sehr guter Kaffee«, lobte er. »Anton Sacharowitsch, falls sich unser Gespräch noch weiter in die Länge ziehen sollte, werden Sie am Ende so perfekt in der Zubereitung dieses göttlichen Getränks sein, daß Sie in Petersburg ein Kaffeehaus aufmachen können. Ich verspreche, Ihr Stammgast zu werden.«

»Für irgendeinen von uns lohnt es sich nicht, solche langfristigen Pläne zu schmieden. Noch ist nicht raus, wer in Zukunft Stammgast in Petersburger Kaffeehäusern sein und wer in Sibirien Strafarbeit verrichten wird«, stellte Wladimir fest.

»Ja, wie sagt man so schön: Gegen Unglück und Elend ist niemand gefeit«, stimmte Rasuwajew zu. »Aber ich habe keine Eile, in die Verbannung zu kommen.«

»Herr Rasuwajew, Sie reden ständig um den heißen Brei herum«, meldete sich die allgegenwärtige Susanna zu Wort. »Ihnen wurden konkrete Fragen gestellt, und wir alle würden gern konkrete Antworten darauf hören. Und ob Sie in die Verbannung geschickt werden oder nicht ... Wie heißt es so schön in der Bibel: ›Gib ihnen nach ihrer Tat.‹«

»Es tut wohl, einem Menschen zu begegnen, der sich von der Heiligen Schrift leiten läßt. Von Ihnen hätte ich das allerdings nicht vermutet, Mademoiselle, aber desto angenehmer bin ich überrascht. Sie erwarten also konkrete Antworten auf konkrete Fragen. Gern. Mit Boris verbanden mich erstens Geldangelegenheiten und zweitens kameradschaftliche Beziehungen. Und ich hatte keinerlei Interesse an seinem Tod. Im Gegenteil – Boris hatte jede Menge Schulden bei mir, und dieses Problem nimmt jetzt für mich ausgesprochen brisante Formen an.«

»Ihre Rechnerei ist äußerst verwerflich«, warf Vera Rasuwajew vor. »In so einem Moment sorgen Sie sich um Ihr Geld. Sie sind ein Unmensch!«

»Warum ein Unmensch? Ich bin Pragmatiker. Boris war Meister im Schuldenmachen. Er hatte eine reiche Phantasie und dementsprechend viele unglaubliche Finanzprojekte, manchmal durchaus vielversprechende. Hin und wieder habe ich Geld in Boris' Projekte investiert. Es konnte passieren, daß mir das nichts als Verluste einbrachte, aber es kam auch vor, daß die Sache für mich und Boris einen guten Gewinn abwarf. Doch was er mit seinem Anteil machte, bei Gott, das verstand ich nicht. Das Geld rann ihm wie Wasser zwischen den Fingern hindurch.«

Wladimir fuhr hoch.

»Aus Achtung vor dem Verstorbenen möchte ich Sie bitten, solche Anspielungen zu unterlassen! Sie, Herr Rasuwajew, wissen ganz genau, wenn Boris Ihnen irgend etwas schuldet, werden unsere Eltern sich ein Bein ausreißen, Ihnen diese Schulden zurückzuzahlen.«

»Das ehrt Ihren Vater«, antwortete Rasuwajew mißmutig. »Aber aus Erfahrung kann ich sagen, daß die Leute sehr vergeßlich werden, wenn es ums Geld geht. Geld ist das beste Mittel, um sein Gedächtnis für immer zu verlieren.«

»Warum reden Sie die ganze Zeit nur vom Geld?« fragte Nadja interessiert.

»Weil ich, junges Fräulein, Ihre Fragen beantworte. Welche Beziehungen ich zu Boris hatte – vor allem finanzielle und dann erst freundschaftliche. Boris war mir außerordentlich nützlich als *Fenster zur Welt*, wenn Sie verstehen, was ich meine.«

Ich weiß nicht, wie es den anderen ging, aber ich verstand Rasuwajew sehr gut. Auch für mich war Boris in gewissem Sinne ein Fenster zur Welt gewesen, denn er hatte mir neue, unbekannte und unzugängliche Seiten des Lebens eröffnet, die ich aufgrund der Scheuklappen meines Offiziersdienstes nie erblickt hätte. Aber offenbar erfüllte dieses Fenster für Rasuwajew einen eher praktischen Zweck.

»Sehen Sie, meine Herrschaften, Boris verfügte über weitreichende Beziehungen in den verschiedensten Kreisen, außerdem konnte er würdig wie ein König auftreten, und auch in höchsten Kreisen war er gern gesehen. Sie fragen, ob mir sein Tod etwas nützt – nein, ich kann viel zuviel durch ihn verlieren und stehe jetzt leider ohne Kompagnon da.«

»Man hat mir erzählt, daß Sie in Petersburg als der zynischste, prinzipienloseste und widerlichste aller Raffer bekannt sind«, sagte Wladimir verächtlich.

»Wirklich!« erwiderte Rasuwajew verwundert. »Wenn das so ist, ich kenne einen Politiker, noch recht jung, aber sehr gefährlich. Die Regierung hat bereits Angst vor ihm, und die Agenten der Geheimpolizei kriegen das Zittern, wenn allein sein Name fällt. Sie wissen nicht, von wem ich rede?« Der Kaufmann blinzelte dem jüngeren Dwojekurow zu.

Wladimir blieben die Worte im Halse stecken.

»Werte Anwesende, spielen wir mit offenen Karten«, verkündete Rasuwajew nun. »Unter uns befindet sich ein bekannter Sozialist, der von der Idee besessen ist, die Welt zu verändern, und außerdem, wenn ich mich nicht irre, betätigt er sich als Fälscher.«

»Wladimir, was erzählt er da?« flüsterte Olga erbleichend.

»Hab keine Angst, meine Liebe! Ich werde offen reden. Ich hoffe, Olga, du gehörst nicht zu den Leuten, die einen Menschen fallenlassen, nur weil er über die Unvollkommenheit der russischen Staatsordnung nachdenkt?«

Olga schwieg.

»Bah, also haben Sie sogar ihrer Braut nichts verraten?« giftete Rasuwajew. »Die Aussicht auf Gefängnishaft oder Zwangsarbeit für Sie dürfte für Ihre geliebte Braut nicht die angenehmste Überraschung sein!«

»Warum sind Sie, Herr *Kapitalist*, so überzeugt, daß ich unbedingt im Lager landen werde?« fragte Wladimir in seiner Aufregung mit tönender Stimme.

»Lebenserfahrung. Alle *Idealisten* landen früher oder später im Lager.«

»Wladimir, warum hat dich dieser Mensch einen Fälscher

genannt?« unterbrach ihn Olga, die es gerade geschafft hatte, die letzte Neuigkeit zu verdauen.

»Vergiß es. Ich mußte einmal meinen Freunden zu neuen Dokumenten verhelfen. Das hat nichts mit Falschgeld zu tun.«

Rasuwajew schwieg, aber um seine Lippen spielte ein feines, mephistophelisches Lächeln.

»Was heißt, zu neuen Dokumenten verhelfen?« fragte Katja interessiert.

»Es geht um falsche Pässe, denke ich«, erklärte Iwan seiner Frau.

Katja stieß einen Pfiff aus. »Wer hätte gedacht, daß Wladimir ein solches Steckenpferd hat! Wahrhaftig, stille Wasser sind tief.«

»Herr Dwojekurow junior ist ein guter Verschwörer, er wird uns noch einige Überraschungen bereiten. Warten Sie nur ab«, bemerkte Rasuwajew.

»Die größte Überraschung für Sie, Herr Rasuwajew, wird sein, daß wir die Gesellschaft bald von solchen Parasiten wie Ihnen befreien werden«, entgegnete Wladimir pathetisch.

»Ich fürchte, das wird nicht ohne eine blutige Revolution abgehen«, stellte Iwan mißmutig fest.

»Na und? Um so besser! Nur ein revolutionärer Orkan öffnet die verkrusteten Eitergeschwüre der Gesellschaft!«

»Gestatten Sie, daran zu erinnern, daß beim Öffnen von Eitergeschwüren rundum alles mit Eiter bespritzt wird«, entgegnete ihm Rasuwajew.

»Für den Organismus ist das von Nutzen, sage ich als Mediziner.« Wladimir versuchte, das letzte Wort zu behalten, aber ihm widersprachen gleich mehrere. Unsere laienhaften

Ermittlungen glitten fließend in einen laienhaften politischen Disput über. In letzter Zeit ist es in Rußland so: Egal wovon man redet, früher oder später kommt es zu politischen Erklärungen. »Von solchen Subjekten wie Ihnen muß sich die Gesellschaft befreien«, antwortete Wladimir scharf.

»Apropos, hielten Sie, Herr Sozialist, es eventuell für nötig, aufgrund irgendwelcher Ziele Ihren Bruder zu liquidieren?« Rasuwajew streifte die Asche von seiner Zigarre und fuhr fort: »All diese revolutionären Doktrinen erziehen zur Mißachtung des menschlichen Lebens.«

Wladimir war sprachlos vor Entrüstung, und Olga fragte nervös: »Wie können Sie mit solchen Beschuldigungen um sich werfen? Was veranlaßt Sie zu derartigen Vermutungen?«

»Mehreres.« Rasuwajew sah Wladimir mit ungutem Blick in die Augen. »Haben Sie nicht den Eindruck, daß ich mehr wissen könnte, als Sie denken?«

Er sprach in einem solchen Ton, daß ich Gänsehaut davon bekam.

»Ich wollte die Geschichte nicht publik machen, aber wie es aussieht, muß ich wohl.«

Rasuwajew griff in die Innentasche seines Jacketts und holte eine pralle Brieftasche hervor. Wladimir wurde bleich. Auf seine Stirn traten Schweißtropfen. Inzwischen tauchten auf dem Tisch Wechsel aus Rasuwajews Brieftasche auf.

»Herr Dwojekurow, kennen Sie diese Papiere mit der Unterschrift Ihres Bruders Boris?« fragte Rasuwajew streng.

»Ich sehe sie zum erstenmal!« antwortete Wladimir empört.

»Sie als Sozialist lieben es, das Offensichtliche zu leugnen. Trotzdem habe ich schwerwiegende Beweise dafür, daß Sie die Unterschrift Ihres Bruders gefälscht und sich dann Geld auf diese Wechsel haben auszahlen lassen.«

»Sind Sie überzeugt, daß es eine Fälschung ist? Die Unterschrift sieht doch sehr nach der von Boris aus«, bemerkte Iwan Timaschow, während er einen der Wechsel betrachtete.

»Gott sei Dank habe ich einige Erfahrungen mit Wechseln, Schecks und Geldquittungen«, antwortete Rasuwajew. »Solche dem Original *ähnlichen* Unterschriften sind leicht anzufertigen: Der Wechsel mit der echten Unterschrift wird auf Glas gelegt und obendrauf jener Wechsel, der unterschrieben werden soll. Das Glas läßt Licht hindurch, das Blatt mit der Unterschrift scheint von der anderen Seite durch, und die Buchstaben sind gut durch das Papier des Wechsels zu sehen. Man muß sie nur noch nachziehen … Aber dabei gibt es ein Problem: Man muß sich diese Unterschrift nur mit einer starken Lupe anschauen, und sofort wird deutlich, daß es sich um eine Fälschung handelt.«

»Wie geht das, gestatten Sie die Frage?« Iwan schlug sein Notizbuch auf.

»Wenn jemand fremde Buchstaben nachzieht, sich bemüht, sie zu kopieren, bemerkt man unter der Lupe, daß die Linien unterbrochen und nicht ganz gerade sind.«

»Wie interessant!« Iwan schrieb eifrig in sein Notizbuch.

»Was diese Wechsel angeht, so haben Boris und ich ein wenig nachgeforscht, und jetzt weiß ich zuverlässig, wer sie gefälscht und wer das Geld kassiert hat.«

»Wladimir, wenn du schuld bist, gestehe es lieber. Laß mich nicht endgültig an dir zweifeln«, sagte Olga trocken.

»Gut, wenn es denn sein muß«, erwiderte Wladimir. »Ich gebe es zu. Ich brauchte damals dringend Geld. Aber warum machen Sie soviel Lärm um solche Nichtigkeiten? Boris hatte immer ein solches Chaos in seinen Angelegenheiten – ein Wechsel mehr, ein Wechsel weniger –, durch seine Hände flossen beträchtliche Summen, und so eine Kleinigkeit wäre ihm wahrscheinlich gar nicht aufgefallen.«

Dennoch trug ich in die Spalte *Motive: gefälschte Wechsel* ein.

»Das Chaos war, wenn Sie gestatten, nur scheinbar«, ergriff Rasuwajew erneut das Wort. »Wenn der Verstorbene auch wenig akkurat und liederlich war, dann jedoch nicht dort, wo es um Finanzen ging. Boris hatte nicht die Angewohnheit, in Umlauf gebrachte Wechsel zu vergessen. Er wollte damals keinen Skandal daraus machen und sagte mir, daß ihm sein kleiner Bruder mehr wert sei als Geld. Auf seine Bitte hin kaufte ich heimlich die falschen Wechsel. Man muß hinzufügen, daß dies die Summe von Boris' Schulden bei mir beträchtlich erhöhte. Ich sollte sie vernichten ...«

»Aber Sie haben sie nicht vernichtet? Man sieht gleich, daß Sie keinen wahren Edelmut besitzen.«

»Ich beanspruche für mich keinerlei Edelmut. Ich bin Kaufmann. Mein Großvater hütete die Herde des Gutsherrn und bekam für geringfügige Vergehen Prügel im Pferdestall. Nachdem er aus der Leibeigenschaft entlassen worden war, handelte er in der Stadt als Straßenverkäufer mit Lutschbonbons. Doch wir sind wieder vom Thema abgekommen. Es existieren also Wechsel, auf denen Wladimir die Unterschrift seines unter rätselhaften Umständen gestorbenen Bruders gefälscht hat.«

»Aber Sie selbst, Herr Rasuwajew, bestätigen, daß mein Bruder keinen Skandal wollte, mir verziehen und Sie gebeten hatte, die unglückseligen Wechsel zu vernichten«, sagte Wladimir hastig. »Warum sollte ich da meinem Bruder den Tod wünschen?«

»Daß Boris darum gebeten hatte, die Wechsel zu vernichten, ist zweifellos richtig«, stimmte Rasuwajew zu. »Ob er Ihnen jedoch verziehen hat, weiß ich nicht. Vielleicht hatte er einfach nur Mitleid mit Ihrer unglücklichen Mutter?«

»Meine Mutter war ungerechtfertigt streng zu mir. Boris ließ sie immer alles durchgehen. Ständig hatte er irgendwas ausgefressen, vor allem, als er noch jünger war. Und? Mama sagte stets: »Unsinn. Das sind die üblichen Dummejungenstreiche. Mit der Zeit wird er schon zur Vernunft kommen!« Ich dagegen mußte ununterbrochen beweisen, daß ich kein ausgemachter Schurke bin, und bekam dabei noch zu hören: Boris an deiner Stelle hätte das nicht getan! Dabei war andauernd was mit ihm ...«

»Übrigens, meine Lieben«, unterbrach ihn Nadja Woitowskaja, »was Boris' Streiche angeht ... Ich werde Ihnen ein interessantes Gerücht über Boris erzählen, das ich von einer Bekannten gehört habe. Ich weiß nicht, ob diese Geschichte etwas mit der Sache hier zu tun hat. Ich erzähle einfach, und Sie urteilen am besten selbst, ob wir das bei unseren Ermittlungen verwenden können.«

Nun wurde Vera sichtlich nervös. Das war verständlich. Ist es etwa leicht, die Schwester eines unausgeglichenen Geschöpfs zu sein, das sonstwas in die Welt setzen konnte?

»Mußt du denn unbedingt irgendwelche unbestätigten Gerüchte ausposaunen, meine Liebe?« fragte Vera ihre Schwester. »Gerüchte sind stets eine zweifelhafte Angelegenheit.«

»Ich halte es für meine Pflicht, das zu erzählen. Wir sind

hier unter uns und führen ein offenes Gespräch. Eine ehrwürdige Dame, deren Worten man Glauben schenken kann, hatte bemerkt, daß ich mich für Boris interessiere, und verriet mir, daß er ein uneheliches Kind hat ...«

»Das kann nicht sein!« rief Wladimir aus.

»Wieso nicht?« bemerkte Iwan philosophisch. »Eine ganz alltägliche Sache ...«

»Auch mir ist bereits seit langer Zeit bekannt, daß Boris ein uneheliches Kind hat, aber ich habe dieses Geheimnis bis jetzt für mich behalten«, warf Susanna ein.

Vera öffnete den Mund, um etwas zu sagen, machte ihn aber sofort wieder zu, ohne ein Wort gesprochen zu haben. Dann wiederholte sie das. Sie erinnerte mich an einen ans Ufer geworfenen Fisch, der nach Luft schnappt.

»Jene Dame nahm an, daß solche Mitteilungen meine Liebe zu Boris abkühlen würden, aber so etwas konnte mich nicht zurückhalten«, fuhr Nadja fort. »Viele Männer verhalten sich so, doch wenn sie erst verheiratet sind, können sie durchaus zur Vernunft kommen ...«

»Wenn dich meine Mutter hören könnte!« brummte Wladimir. »Ihr beide singt die gleichen Lobeshymnen auf Boris.«

»Also, werte Anwesende, ich kenne den Namen der Person nicht, die die ›geheime Frucht unglücklicher Liebe‹ ausgetragen hat, aber sie müßte auf jeden Fall einen Grund zur Rache haben. Vielleicht ist es eine von Boris' intimen Freundinnen, die hier bereits ihre Beziehungen zu ihm eingestanden hat. Eine verführte und verlassene Frau ist zu vielem fähig ...«

Die Sängerin und Madame Timaschowa boten ein Bild gekränkten Stolzes.

»Offenbar gibt es in unserer Familie einen Überschuß an dummen Puten«, flüsterte Vera bitter, ohne ihre Schwester anzusehen.

»Jetzt begreife ich!« schrie Katja plötzlich. »Damit wollten Sie Boris damals im Hotelzimmer erpressen – mit dem Kind!«

Susanna lachte höhnisch.

»Sie sind so weit von der Wahrheit entfernt, Madame, wie noch nie! Ich habe kein Kind von Boris. Ich gestehe aber, nachdem ich von dieser Geschichte erfahren hatte, habe ich sie benutzt, um auf Boris einen gewissen Druck auszuüben.«

»Einen gewissen Druck?« fragte Katja sarkastisch. »Sie haben ihm gedroht, *entehrende Geheimnisse* an die Öffentlichkeit zu bringen, haben vulgär Geld von ihm erpreßt und verlangt, daß er sie heiraten solle! Sie mieses, habsüchtiges Miststück!«

»Und wie haben Sie von all dem erfahren?« fragte Rasuwajew Susanna.

»Weibliche Intuition ließ mich ein paar private Nachforschungen anstellen.«

»Wer hat denn nun ein Kind von Boris? Katja, sag, du etwa?« erkundigte sich Iwan Timaschow, den die Sache sichtlich erregte. »O Gott, o Gott! Und du hast mir das die ganze Zeit verschwiegen?«

Es war furchtbar, Iwan anzuschauen. Er lief derart rot an, daß man den Eindruck hatte, er würde gleich vor Empörung platzen. Katja beeilte sich, ihn zu beruhigen.

»Hör auf, Iwan, ich habe kein Kind von Boris. Ich kann mir vorstellen, daß unsere Sängerin mit ihrem liberalen Lebensstil durchaus ein uneheliches Kind haben könnte, obwohl sie dies bestreitet. Aber kann man ihr glauben? Ich möchte wetten, daß Susanna uns nicht ein Zehntel von sich verraten hat!«

»Warum sollte ich Ihnen mein Herz ausschütten?« fragte Susanna. »Ich weiß, wer die Mutter dieses Kindes ist, und wenn Sie darauf bestehen, nenne ich ihren Namen. Obwohl dies die Interessen eines bestimmten Menschen verletzt … Aber ich bemühe mich, rücksichtsvoll zu sein!«

Bei diesen Worten ließ Susanna einen bedeutungsvollen Blick über die Anwesenden schweifen.

»Die Umstände haben eine solche Wendung genommen, daß es keinerlei Geheimnisse mehr geben darf«, rief nun Iwan, dessen Gesicht immer noch krebsrot war. »Ich bitte Sie, den Namen der Frau zu nennen …«

»Ach, lassen Sie.« Susanna wich der Antwort aus. »Die Sache ist heikel. Wenn diese Dame, oder eher das junge Mädchen, selbst den Wunsch verspüren würde, sich zu melden …«

Vera goß sich den restlichen Kognak ins Glas und leerte es wie ein Mann in einem Zug. Alle, auch die wütende Katja schwiegen und starrten sie verwundert an. So ein Benehmen paßte schlecht zum Bild eines wohlerzogenen jungen Mädchens aus gutem Hause.

»Frau Radezkaja, hören Sie endlich auf, uns auf die Folter zu spannen, und nennen Sie den Namen«, brach Rasuwajew das Schweigen. »Es gibt jetzt keinen anderen Ausweg mehr. Wir sind hier unter uns, kein Grund, sich zu genieren …«

»Ach, das ist so unfair«, murmelte Susanna. »Von Kindheit an hat man mir beigebracht, zurückhaltend zu sein …«

»Damit hatten Ihre Erzieher aber keinen großen Erfolg«, sagte Vera nun laut. »Sie müssen die heikle Frage nicht selbst beantworten. Ich werde es Ihnen sagen. Meine Herrschaften, Boris hat in der Tat eine Tochter. Das Mädchen ist zweieinhalb Jahre alt … Ich bin die Mutter dieses Kindes.«

Für kurze Zeit herrschte Stille im Zimmer.

»Und wo ist das Mädchen?« erkundigte sich Wladimir mit zitternder Stimme bei Vera.

Sein Interesse war verständlich. Hatte er doch gerade erfahren, daß er eine Nichte hatte, die, ihres Vaters beraubt, nun zur Waise geworden war.

»Sie lebt auf dem Gut bei meiner Patentante, die sie auch erzieht. Ihr fehlt es an nichts. Ich besuche sie oft …«

»Deshalb also fährst du ständig zur Patentante? Und ich überlege die ganze Zeit, wieso du die Alte auf einmal so liebst«, schrie Nadja ihre Schwester an. »Und als die Eltern mit dir zur Kur gefahren sind und es kategorisch ablehnten, mich mitzunehmen, warst du schwanger? Und hast heimlich dort das Kind zur Welt gebracht?«

Vera nickte schweigend.

»Das heißt, sie hatten beschlossen, es auch vor mir zu verheimlichen? Und haben mich die ganze Zeit angelogen?« fuhr Nadja mit ihrem Verhör fort. »Erst jetzt begreife ich, daß ich wegen ihr, wegen dieser liederlichen Hexe, Boris verloren habe. Klar, wie hätte er mir nach dieser Geschichte einen Heiratsantrag machen können?«

»Wann kapierst du endlich, daß er nicht einmal daran dachte, einer von uns einen Heiratsantrag zu machen, weder dir noch mir … Die Eltern wissen nicht, daß er der Vater des Kindes ist. Übrigens hat er der Patentante heimlich Geld für den Unterhalt des Mädchens geschickt.«

»Na, jetzt ist klar, wohin ein Teil seines Gewinns ging«, erklärte Rasuwajew. »Gott sei Dank, daß er wenigstens etwas nicht einfach durchgebracht hat. Machen Sie sich keine Sorgen, Vera, solange ich nicht pleite bin, werde ich Boris' Tochter nicht mittellos dastehen lassen.«

»Von dem Geld, das Sie meinem Bruder abgeknöpft haben, werden Sie ein paar Kopeken für die Waise abzwacken?« fragte Wladimir skeptisch.

»Ich verstehe immer noch nicht ganz, wie du dich auf so was einlassen konntest. Du bist doch sonst so zurückhaltend?« fuhr Nadja fort, ihre Schwester zu quälen. »Sich ein Kind anschaffen, also so was ...«

»Bisweilen kommen Kinder auf die Welt, ohne das wir es wollen«, antwortete ihr Vera leise. »Es gab eine Zeit, da war Boris wie ein Gott für mich, und ich war für ihn zu allem bereit. Ich nehme an, er war auch sehr in mich verliebt. Wir haben einfach einen Moment lang den Kopf verloren, und als wir wieder zu uns kamen, war ich schon schwanger. Und da war Boris wie ausgewechselt ... Vor mir stand ein Fremder, der nur aussah wie er. Ich fürchte, tief in seinem Inneren war er immer der Meinung, daß ich in der Lage bin, mich um mich selbst zu kümmern. Er war sehr empört darüber, daß ich Hilfe von ihm erwartete. Aber das Schlimmste für mich war, daß mein Gott in den Staub stürzte. Man darf einen Menschen nicht zu hoch erheben. Doch ich will nicht allein Boris die Schuld geben. Wahrscheinlich habe auch ich etwas nicht ganz richtig gemacht ...«

»Vera, sag ehrlich«, unterbrach sie Wladimir, »vielleicht wolltest du dich für alles an ihm rächen?«

Vera schüttelte schweigend den Kopf.

»Wladimir, hör auf, um Gottes willen!« mischte sich Iwan

ein. »Es ist doch völlig offensichtlich, daß Vera so etwas nicht tun konnte. Sie ist Mutter, und die Mutterschaft ist etwas Heiliges. Vera verdient aufrichtigste Hochachtung.«

»Also, wir haben alle Anwesenden überprüft. Wir müssen feststellen, daß jeder der Mörder hätte sein können und wir wieder am Anfang stehen«, sagte Katja traurig. »Was für eine schwere, endlose Nacht ...«

»Übrigens haben wir, wie Sie es ausdrücken, nicht alle überprüft«, bemerkte Susanna. »Eine einzige Person ist übrig, die uns ihre Beziehungen zu Boris noch nicht erklärt hat.«

»Wen meinen Sie?« fragte Wladimir interessiert.

»Ihre Braut Olga. Erzählen Sie uns, Mademoiselle, was Sie mit Boris verbunden hat!«

»Nichts.«

Ich fühlte, daß das Gespräch eine für Olga unangenehme Wendung nahm, und zerbrach mir den Kopf, wie ich die Aufmerksamkeit der Sängerin auf etwas anderes lenken konnte, aber mir fiel nichts ein.

»Wirklich, gar nichts?« Susanna bieb beharrlich.

»Nichts, mit Ausnahme dessen, daß ich seinen Bruder heiraten wollte und er mein Schwager hätte werden können, wenn er es erlebt hätte.«

Ich weiß nicht, wie es den anderen ging, aber mir fiel sofort auf, daß Olga von ihren Absichten, Wladimir zu heiraten, in der Vergangenheit sprach ... Doch Susanna interessierte etwas anderes.

»Genau, wenn er es erlebt hätte! Vielleicht hat er Sie bei Ihrem Vorhaben, seinen Bruder zu heiraten, behindert?«

Diese Idee mißfiel Wladimir außerordentlich.

»Gott allein weiß, was Sie da reden, Frau Radezkaja! Wie sollte Boris Olga und mich daran hindern, zu heiraten?«

»Aber alle wissen doch, daß Ihre Braut sich zunächst von Ihrem Bruder hofieren ließ, um dann auf einmal in Leidenschaft für Sie zu entbrennen. Sie müssen zugeben, das ist recht merkwürdig. Niemand wagt zu bestreiten, daß Boris bei all seinen Fehlern äußerst attraktiv für Frauen war.«

In mir krampfte sich alles zusammen. Offenbar war nun Olga an der Reihe, loszuheulen.

»Spielen Sie darauf an, daß ich in Boris verliebt war?« fragte Olga die Sängerin direkt.

»Ich weiß nicht, ich weiß nicht«, antwortete diese vielsagend. »Vielleicht waren Sie gar nicht in ihn verliebt. Aber Sie bewunderten ihn. Und dann wurde Ihnen das lästig. Manche Leute werden für weniger umgebracht. Sie hatten irgendwas mit Boris. Es gab viel Gerede darum ...«

»Sie sind krankhaft versessen auf Gerede, Frau Radezkaja. Boris und mich verbanden rein freundschaftliche Beziehungen, vielleicht haben wir ein bißchen geflirtet, aber das ist doch verzeihlich. Ich muß zugeben, wenn ich damals all das über Boris gewußt hätte, was ich nach seinem Tod erfahren habe, so hätte ich auch auf seine Freundschaft verzichtet.«

»Mich haben Sie nicht überzeugt«, antwortete Susanna unerbittlich. »Waren Sie wirklich nicht Boris' Charme erlegen und haben bewußt den Bruder gewählt? Entschuldigen Sie, Wladimir, ich sage es offen – Sie reichen an Ihren älteren Bruder einfach nicht heran. Manchmal bin ich erstaunt, daß Eltern zwei so unterschiedliche Kinder haben können.«

»Und ich bin erstaunt über Ihre Boshaftigkeit!« parierte Wladimir.

»Sie sollten Boris' Charme nicht überbewerten«, sagte nun seine Braut. Vielleicht schon seine gewesene Braut?

Dann richtete Olga ihre Augen aus irgendeinem Grund auf mich. Suchte sie Unterstützung? Ich verstand, daß es Zeit war, sich einzumischen. Das Gespräch über Olgas Angelegenheiten hätte zu weit führen können, und das wollte ich nicht.

»Meine Freunde, wir haben mehrere Stunden mit zermürbenden Gesprächen zugebracht, haben unseren Scharfsinn und unsere Logik unter Beweis gestellt, dennoch konnten wir das Wichtigste nicht herausfinden: Wer ist der Mörder? Ich fürchte, wir sind in eine Sackgasse geraten. Ich schlage allen vor, sich auf ihre Zimmer zu begeben und sich ein wenig auszuruhen. In jedem Fall muß man in ein paar Stunden Leute zur Polizei schicken. Sollen sich doch diejenigen mit dem Vorfall beschäftigen, deren Aufgabe es ist.«

»Anton Sacharowitsch hat vollkommen recht.« Katja Timaschowa unterstützte mich.

»Außerdem werden wir am Morgen alle den Arbeitern helfen, den Weg freizuräumen«, fügte Wladimir hinzu. »Über Nacht ist der Schnee schließlich nicht weggetaut.«

Die Gäste verließen langsam den Raum. Olga begab sich schweigend, ohne ihren Bräutigam auch nur anzusehen, auf ihr Zimmer. Die Schwestern Nadja und Vera entfernten sich dagegen untergehakt und zärtlich aufeinander einredend. Ich hatte den Eindruck, daß es noch etwas dauern würde, bis sie sich verziehen hatten, aber die Familienbande trugen offenbar den Sieg davon. Iwan und Katja gingen nebeneinander die Treppe nach oben, wie Fremde. Susanna erklärte lang und breit, daß sie unfähig sei, nach all der Aufregung zu schlafen, aber da ihr niemand zuhörte, begab sie sich schließlich auch zur Ruhe.

Ich blieb allein zurück. Ich wollte mich ebenfalls gern hinlegen, mußte aber auf Großvater warten. Der alte Matikainen und die Wirtschafterin Miina würden jeden Moment aufstehen ... Es würde nicht gut sein, wenn sie im Salon eine Leiche entdeckten, ohne eine Erklärung von mir zu bekommen.

Während ich das Zimmer aufräumte, in dem wir getagt hatten, kehrten meine Gedanken wieder zu Boris zurück. Auf einmal überfiel mich echter Kummer. Boris ist nicht mehr ... Bald werden wir die Polizei rufen, fremde Leute werden hierherkommen und mit Sachkenntnis in unserer dreckigen Wäsche wühlen. Dann muß man den Eltern von Boris mitteilen, was passiert ist, sich mit der Organisation des Begräbnisses befassen, über das Schicksal von Boris' Tochter nachdenken. Währenddessen werden sich die Ermittlungen hinziehen, wir werden verschiedene Amtsstuben aufsuchen, Aussagen machen, an Gegenüberstellungen teilnehmen müssen. Und am Ende dann der Prozeß, und einer von uns wird in die Verbannung wandern. Und dabei die bittere Erkenntnis, daß Boris nie wieder im ungünstigsten Moment mit einer Flasche Sekt in der Hand in meine Wohnung stürmen und schreien würde: »Anton, steh sofort auf, du finnischer Tolpatsch! Du hast fünf Minuten, dann gehen wir auf ein Fest ...«

Ich sah dieses Bild deutlich vor meinen Augen: Boris im offenen Pelz, die Pelzmütze in den Nacken gerutscht, blaß vom langen Feiern, aber fröhlich, lachend, mit abenteuerlustig blitzenden Augen ... Ich konnte die Tränen nicht zurückhalten. Boris war nicht mehr!

Plötzlich streichelte jemand schweigend meine Hand. Ich

war so in Gedanken versunken gewesen, daß ich nicht bemerkt hatte, wie Olga zu mir getreten war. Auch in ihren Augen standen Tränen.

»Weinen Sie nur, Anton Sacharowitsch, genieren Sie sich nicht vor mir. Ich verstehe, Sie haben einen guten Freund verloren.«

»Männer weinen nicht.«

»Unsinn. Sie sind hier der einzige, der sich wie ein Mann benimmt. Die anderen Herren wirken eher wie ein aufgescheuchter Krähenschwarm. Der Tod von Boris hat bei ihnen die verschiedensten Gefühle hervorgerufen, von der Angst bis hin zur Schadenfreude ... Nur keinen aufrichtigen Kummer. Bei niemandem ...«

Mir war das Thema unangenehm, und ich beschloß, das Gespräch lieber auf ein anderes zu lenken.

»Olga, warum schlafen Sie nicht? Wir müssen uns alle etwas erholen.«

»Ich hatte mich hingelegt, konnte aber nicht einschlafen. Sobald ich die Augen schließe, kommt der ganze Schrecken wieder hoch – die blutbefleckte Tischdecke, der tote Boris, die Schreie, die Hysterie ...«

Ich hatte das vage Gefühl, daß ihre Worte zur Lösung des Rätsels führen würden.

Man mußte alles gründlich durchdenken, doch in diesem Moment hörte ich die schweren Schritte von Großvater, der die Treppe hinunterkam.

»Entschuldigen Sie mich, Olga. Ich muß Anton Sacharowitsch senior erzählen, was passiert ist.«

»Ja, ja, ich verstehe. Ich werde in mein Zimmer gehen, um Sie nicht zu stören.«

Ach, wenn Olga doch von ihrem Bräutigam enttäuscht wäre und aus freien Stücken ihre Verlobung auflösen würde!

Großvater hatte schon Wasser aufs Feuer gesetzt, um sich seine übliche erste Tasse Kaffee zu kochen. Bald würde auch Miina aufstehen, und in etwa anderthalb Stunden stand das Frühstück auf dem Tisch. Bis dahin konnten wir in Ruhe reden.

»Guten Morgen, Antti. Na, habt ihr euch gestern abend gut amüsiert?«

»Ich kann nicht behaupten, daß das Fest ein Erfolg war. Ich habe schlechte Neuigkeiten, Großvater.«

»So.« Großvater verfinsterte sich. »Ich hoffe, daß niemand umgebracht wurde?«

Ich glaube, ich zuckte zusammen. Großvater hatte immer die Fähigkeit besessen, nach dem Wesentlichen zu fragen, und meine Verwirrung blieb ihm nicht verborgen. Er blickte noch finsterer.

»Erzähl schon, Antti.«

»Boris Dwojekurow wurde umgebracht. Er liegt im Salon. Bis zum Eintreffen der Polizei wollten wir nichts anrühren, wir haben nur die Fenster geöffnet, damit es kühl im Raum ist.«

»Wir müssen in die Stadt nach der Polizei schicken.«

»Ich habe schon daran gedacht, aber in der Nacht ist der Weg zugeschneit.«

»Sollen Tahvo Partanen und sein Sohn auf Skiern hinlaufen. Die kommen schon zurecht. Und wir werden in dieser Zeit den Weg vom Gut bis zur Landstraße freiräumen.«

»Ich habe den Gästen bereits gesagt, daß die Männer am Morgen Schippen in die Hand nehmen müssen.«

»Geh, erzähl den Partanens, was sie wissen müssen. Sie sollen den Assistenten des Reviervorstehers nach Murtosalo schicken.«

»Meinst du den kahlen Kolistai, Großvater?«

»Kolistai ist schon lange Reviervorsteher. Und sein Assistent ist jetzt der junge Malberg, der Sohn vom Bürgermeister.«

»Karl-Gustav?« Ich wunderte mich, als ich den Namen meines ehemaligen Klassenkameraden hörte.

»Genau der. Karl-Gustav war schon immer ein kluger Junge.«

Nach dem Frühstück machten Wladimir Dowjekurow, Fjodor, Iwan und Katja, Tomasz, Großvater und ich sowie drei Arbeiter sich daran, den verschneiten Weg freizuschaufeln.

Wir Hausherren des Gutes waren solche Arbeit gewohnt. Rasuwajew, Przybyszewski und seltsamerweise auch Katja kamen ebenfalls gut zurecht. Iwan hantierte, so mühevoll er konnte, mit der Schippe herum, damit alle seine unerträglichen Leiden sahen und sich schämten, einen begabten Schriftsteller für solche groben Arbeiten zu mißbrauchen. Dann ächzte er, stellte die Schippe beiseite, holte einen Notizblock heraus und fing an, diesen mit Zeilen zu füllen.

»Ist ein genialer Gedanke vom Himmel gefallen?« fragte Rasuwajew interessiert, der sich die ganze Zeit bemühte, möglichst nah bei Katja zu schippen.

»Nur ein paar Verse«, antwortete Iwan wie nebenbei.

»Sie schreiben auch Gedichte?« fragte Rasuwajew verwundert.

»Wer schreibt die nicht?« erwiderte Iwan.

Ich hätte viele Menschen aufzählen können, die das nicht taten, aber Rasuwajew kam mir zuvor.

»Ich, zum Beispiel.«

»Schade. Es ist so eine Erleichterung, wenn düstere Gedanken, die einem wie Steine auf der Seele liegen, sich in Gedichtzeilen ergießen. Aber dafür benötigt man natürlich Inspiration ...«

»Iwan, wenn du dich nicht um deine Inspiration kümmerst, läßt sie dich auch in Ruhe«, riet Katja ihrem Mann.

Iwan war beleidigt.

»Meine Damen und Herren, bitte entschuldigen Sie. Starke Rückenschmerzen gestatten es mir nicht, mit vollem Einsatz zu arbeiten.«

Als Iwan, der bei allen nur Gereiztheit hervorgerufen hatte, sich ins Haus verzogen hatte, ging uns das Schneeschippen fröhlicher von der Hand. Wieder dachte ich an den Mord. Irgend etwas an Olgas Worten hatte bei mir das vage Gefühl geweckt, daß wir einer Lösung nahe waren ... Was hatte sie gesagt? Ungefähr folgendes: »Sobald ich die Augen schließe, kommt der ganze Schrecken wieder hoch – die blutbefleckte Tischdecke, der tote Boris, die Schreie, die Hysterie ...«

Ja, ja, genau so – die blutbefleckte Tischdecke, der tote Boris ... Himmel, wie einfach das war! Wieso war ich nicht gleich darauf gekommen?

Als wir ins Haus zurückkehrten, fielen mir als erste Iwan und Vera auf, die auf dem Diwan miteinander gurrten. Ich gebe zu, ich hatte Iwan bereits verdächtigt, nicht zufällig unerträgliche Rückenschmerzen bekommen zu haben. Katja war in ein Gespräch mit Rasuwajew vertieft. Susanna saß in stolzer Einsamkeit da. In ihrem stahlgrauen Seidenkleid erinnerte sie an einen uneinnehmbaren Panzerkreuzer.

Nach der Arbeit an der frischen Luft hatten alle einen ausgezeichneten Appetit. Das einzige, wozu unsere gute Erziehung reichte, war, bei Tisch mit entsprechend trauervollen Mienen trauernde Stille zu wahren. Bevor die Polizei eintraf, wollte ich noch einmal selbst mit meinen Gästen sprechen. Die soeben entdeckte Wahrheit brannte mir auf der Zunge. Als wir das Dessert beendet hatten, hielt ich es nicht mehr aus.

»Herrschaften! Heute morgen hatte ich ein kleines Gespräch mit Mademoiselle Olga und das, was sie sagte, brachte mich auf einen Gedanken bezüglich des Mordes … Ich weiß jetzt, wie Boris ermordet wurde und wer es getan hat …«

Im Zimmer hing bleierne Stille.

»Sprich, Antti«, ermunterte mich Großvater. »Wenn du einmal angefangen hast, mußt du auch weiterreden.«

»Olga gestand mir, daß sie nicht einschlafen könne, weil ihr immer wieder die blutbefleckte Tischdecke und der tote Boris vor Augen stünden«, fuhr ich fort.

»Ja und?« mischte sich Susanna wieder einmal ein. »Wir hatten alle Alpträume. Wenn sich Olga an etwas erinnerte, was sie im Moment des Mordes gesehen hat …«

»Mademoiselle Olga erinnerte sich an etwas, was sie *nicht gesehen* hatte.« Ich versuchte, die Dinge der Reihe nach zu erklären. Doch diesmal unterbrach mich Olga: »Anton, wollen Sie sagen, daß ich Sie angelogen habe?«

Vorsichtig tätschelte ich ihr die Hand, um sie zu beruhigen.

»Wenn jemand mit einer Wunde in der Brust am Tisch

sitzt und dann vornüber auf den Tisch sinkt, müssen unweigerlich Flecken auf der Tischdecke entstehen. Aber da waren keine! Ich weiß es noch sehr genau, obwohl ich dem keine Bedeutung beigemessen habe.«

»Mein Gott, Anton, fassen Sie sich kürzer, Sie sind doch sonst so wortkarg«, fuhr Iwan dazwischen.

»Als Boris am Tisch saß, hatte er noch keine Wunde, er war also bis zum letzten Moment am Leben«, schloß ich.

»War am Leben bis zum Tod. Gut beobachtet«, bemerkte Susanna mit allem ihr zur Verfügung stehenden Sarkasmus.

»Ich wiederhole, als er am Tisch saß, war Boris noch am Leben. Und als er zu Boden fiel, lebte er auch noch. Er stand lediglich unter der Wirkung eines Schlafmittels, das ihm völlig unüberlegt von Nadjas großzügiger Hand in die Tasse getan worden war.«

»Wieder ich!« schrie Nadja. »Wieder soll ich an allem schuld sein.«

»Nein, Mademoiselle, aber einen kleinen Anteil an Boris' Tod haben Sie. Sie haben aus ihm ein willenloses Opfer gemacht, dank der verfluchten Tropfen.«

Nadja gebärdete sich erneut hysterisch, aber niemand machte sich die Mühe, ihr zu Hilfe zu kommen. Alle sahen mich voller Spannung an und warteten auf die Fortsetzung.

»Wer hat ihn nun umgebracht?« flüsterte Katja.

»Derjenige, der als erster zum unter den Tisch gesunkenen Boris getreten ist und uns fast sofort mit *großer Verwunderung* seine blutigen Handflächen demonstrierte und uns mitteilte, daß Boris tot sei.« Nachdem ich dies gesagt hatte, mußte ich eine Pause machen, um Mut zu schöpfen und meine Anklagerede zu beenden. »Wladimir hat Boris umgebracht.«

Es trat Stille ein, sogar die bitterlich weinende Nadja verstummte.

»Ihr seid alle verrückt!« jaulte Wladimir auf. »Wie kann man mir, der seinen Bruder verloren hat, so etwas sagen? Was für ein hanebüchener Unsinn! Ich hatte gar nicht die Möglichkeit, Boris vor aller Augen umzubringen. Anton, du warst noch nie besonders helle, aber jetzt übertriffst du dich selbst!«

»Sie sollten unseren liebenswürdigen Hausherrn nicht beleidigen, er hat schon so genug mit seinen Gästen durchgemacht«, unterbrach ihn Rasuwajew. »Und was die Möglichkeit betrifft, so sind Sie hier, Herr Dwojekurow, nicht ganz aufrichtig. In dem Moment, als Sie sich über den vom Stuhl gefallenen Boris beugten, verdeckte der Tisch mit der tief herabhängenden Tischdecke Sie und Ihren Bruder vor den anderen. Um ihm ein Messer ins Herz zu stoßen, brauchten Sie lediglich ein paar Sekunden, nicht wahr? Sie sind schließlich Mediziner, und man sollte meinen, daß man Ihnen in Anatomie beigebracht hat, wo beim Menschen das Herz sitzt.«

»Und Messer hatten Sie mehr als genug an Ihrem Gürtel, erinnern Sie sich, Wladimir?« Susanna sprach wieder dazwischen. »Niemand ist übrigens auf die Idee gekommen, die Messer zu zählen, die Sie sich hinter den Gürtel Ihres Kostüms gesteckt hatten. Wie viele waren es – vier, fünf, sechs? Und wie viele waren es, nachdem Sie Boris *geholfen* hatten? Das Kostüm eines Straßenräubers paßt sehr gut zu einem Mörder.«

Es war schrecklich, Dwojekurow anzuschauen. Er war nicht nur blaß geworden, sein Gesicht sah aus wie altes Pergament. Nur die krampfhaft an seiner Schläfe zuckende

Ader zeugte davon, daß er noch lebte. Die zerbissenen Lippen leuchteten rot und verliehen Wladimir das Aussehen eines Vampirs.

»Das ist alles völlig aus der Luft gegriffen«, sagte er endlich mit dumpfer Stimme. »Wohin sollte ich denn die blutige Mordwaffe getan habe? Hätte ich sie mir wieder in den Gürtel stecken sollen? Sie hätte auf meiner Kleidung einen Fleck hinterlassen.«

»Du hast eine klügere Lösung gefunden«, sagte ich zu ihm. »Erst jetzt begreife ich deine rührende Fürsorge für den Gummibaum. Ich hoffe, das Messer steckt noch immer im Kübel. Du warst schließlich nicht lange allein mit der bedauernswerten Zimmerpflanze.«

»Wladimir, wie konntest du nur?« fragte Olga mit zitternder Stimme. »Wie kann man seinen eigenen Bruder umbringen?«

»Was gackerst du da?« antwortete er grob. »Wie konntest du, wie konntest du? Ganz einfach. Aber du Kleinbürgerin mit deinem Hühnerverstand bist nicht in der Lage, einen Menschen mit starken Leidenschaften zu verstehen. Ich dachte, du wärst eine sensible, ungewöhnliche Frau, die Verständnis hat für fremde Gefühlsausbrüche …«

Ich konnte nicht mehr an mich halten.

»Achte auf deine Worte, Wladimir!«

Mehr brachte ich nicht heraus, aber offenbar wußte Dwojekurow, was ich meinte.

»Was guckt ihr mich alle an wie eine Ausgeburt der Hölle? Aus unseren Gesprächen ist doch klar geworden, daß der liebe Boris bei niemandem auf besondere Sympathie stieß und der eine oder andere von euch, ihr meine lieben Moralapostel, ihm mit größtem Vergnügen ein Messer in die Brust gestoßen hätte. Oder habe ich etwa nicht recht? Warum sagt ihr nichts, entehrte Jungfrauen, betrogene Geliebte, gehörnte Ehemänner, im Nationalstolz gekränkte polnische Patrioten, ihr dickhäutigen Finnen, mit denen Boris so gern Schlitten fuhr ... Ja, ihr solltet mir alle dankbar sein, daß ich euch von meinem Bruder befreit habe. Oder seid ihr so barmherzige Christen, daß ihr bereit wart, ihm alles zu verzeihen? Ich persönlich hatte nicht die Absicht!«

»Mein Gott, was hat Boris denn getan?« erkundigte sich Susanna. »Er hat Sie doch so geliebt!«

»Frau Radezkaja, woher wollen Sie das wissen? Mit manischer Hartnäckigkeit hat Boris mein Leben zerstört. Er hat mir alles genommen ...«

»Was kann man Ihnen schon wegnehmen?« fragte Rasuwajew interessiert.

»Die elterliche Liebe, die Frauen, die mir gefielen, und in der Perspektive das Erbe. Laut Testament meiner Eltern soll das Beste an Boris gehen, und mir wird der ganze Müll, zum Beispiel die heruntergewirtschafteten Güter, vermacht ...«

»Sie sind doch Sozialist! Wozu soviel Verlangen nach irdischen Gütern?« Rasuwajew mußte weiter sticheln.

»Deshalb bin ich ja Sozialist, weil ich als Proletarier nichts außer meinen Ketten zu verlieren habe. Sogar das Haus meiner Eltern in Petersburg ist Boris versprochen. Das Haus in der Fuhrstadtstraße, in dem ich geboren wurde, aufgewachsen bin und bis heute lebe ... Wo mein geliebtes Zimmer, meine Bücher, mein Schreibtisch und mein Sekretär aus Großvaters Nußbaumgarnitur sind ... Und der Kamin, an dem ich abends so gern sitze. Dieses Haus geht an Boris, sobald die Eltern das Zeitliche segnen. Und mein Anteil sind irgendwelche verlassenen Bruchbuden in Peski. Maman behauptet, wenn man dort ordentlich umbaut, wird alles sehr schön! Seit meiner Kindheit bekomme ich das, was Boris verschmäht: das alte Fahrrad, nachdem mein Bruder es nicht mehr wollte, die Schlittschuhe, als sie ihm nicht mehr paßten, die Farben, nachdem die Hälfte der Tuben schon ausgedrückt waren ...«

»Wladimir, du bist ungerecht zu deinen Eltern. Wegen so einem Quatsch wie halbleere Farbtuben haßt man doch seinen Bruder nicht.« Ich hielt es für notwendig, mich für die alten Dwojekurows einzusetzen.

»Du kannst mich nicht verstehen! Deine Einkäufe hat Papa Matikainen bezahlt, Boris wurde von unserer Mutter verwöhnt. Und ich? Als ich darum bat, mir Farben zum Malen zu kaufen, wurde das zusammengesammelt, was von euch übrig war. Weißt du, wie weh es einem Kind tut, nur zweitrangig zu sein?«

Ich hatte keine Ahnung, was ich ihm antworten sollte.

»Ihr Schmerz wegen des Erbes, das Ihnen durch die Lappen geht, ist verständlich.« Rasuwajew nutzte die Pause. »Das ist gemein, doch durchaus erklärlich und zum Teil sogar natürlich. Aber eine Farbtube als Grund für einen Mord!«

»Wieso eine Farbtube? Das ist nur ein winziges Beispiel, davon gibt es jede Menge! Warum waren alle immer davon überzeugt, daß Boris der Vorrang gebührt? Seit der Kindheit bekam er alle Preise, die irgendwo verliehen wurden. Und wie hat er sich seinen Mitmenschen gegenüber verhalten? Ihr wißt ganz genau, daß Boris die Gewohnheit hatte, alles zu nehmen, was er brauchte. Auch von mir hat er oft etwas genommen, ohne mich um mein Einverständnis zu bitten.«

»Sie haben ja Ihren Bruder auch nicht extra um Erlaubnis gebeten, als Sie seine Unterschrift auf den Wechseln fälschten.« Rasuwajew gab nicht nach.

»Das ist eine kleine Rache, die außerdem von der Sache und dem Wunsch, den Genossen zu helfen, diktiert war. Ich gebe zu, daß ich seit langem im tiefsten Innern nichts als Haß für Boris empfand. Vor kurzem hatte ich ein Stadium erreicht, in dem allein der Klang von Boris' Stimme mich so aufregte, daß ich auf der Hut sein mußte. Wißt ihr, plötzlich ertappt man sich bei dem Gedanken, wie schön es doch wäre, diesen Menschen umzubringen! Dann schiebt man den Gedanken wieder fort: Die moralischen Grundsätze, die Erziehung lassen einen diese Grenze nicht überschreiten. Aber der Gedanke an Mord kommt wieder, und allmählich bemächtigt er sich deiner. Und auf einmal liegt dein Bruder hilflos vor deinen Füßen ... Noch ehe ich darüber nachdenken konnte, hatte ich bereits das Messer gezogen und ihm ins Herz gestochen. Wenn ich auch nur einen Moment überlegt hätte, hätte ich mich vielleicht nie dazu entschlossen. Aber was für eine Freude ich empfunden habe, als mir bewußt wurde, daß Boris nicht mehr auf der Welt ist! Doch ihr armseligen Wichte mit eurer oberflächlichen, auf zehn überlebten Dogmen gegründeten Lebenseinstellung werdet nie die ganze Tiefe meiner Gefühle verstehen!«

»Schluß mit den Offenbarungen dieses Schuftes!« unterbrach Katja Wladimir. »Von mir aus kann er sonst was für Illusionen in bezug auf seinen eigenen Tiefgang hegen, ich persönlich muß sagen, daß mir sein Gerede bis hier steht.«

»Noch dazu, wo er gerade vor Zeugen den Mord gestanden hat und wir jetzt alle dies vor Gericht unter Eid aussagen können«, fügte Rasuwajew hinzu. »Anton, wo können wir dieses Schmuckstück unterbringen, bis die Vertreter der Obrigkeit eintreffen?«

»Schließen wir ihn im Schlafzimmer ein.«

»Gestatten Sie, Herr Sozialist. Erlauben Sie mir, Sie zu Ihrem ersten Haftort zu führen. Ich versichere Ihnen, die kommenden werden nicht so komfortabel sein.«

Wladimir stand auf und sagte theatralisch: »Wie widerwärtig ihr mir alle seid!« Langsam ging er die Treppe hinauf.

»Und wenn er ausreißt?« fragte mich Rasuwajew. »Sollen wir ihn festbinden, oder was?«

»Nehmt ihm seine Oberbekleidung ab«, riet ich. »Dann brauchen wir ihn nicht festzubinden. Wladimir hat keine Chance, zu Fuß im Unterhemd durch den Winterwald zu kommen.«

Auf die Polizei warteten wir schweigend. Wahrscheinlich war schon zuviel gesagt worden, und es fehlte uns die Kraft, noch zu reden. Jeder dachte im stillen über die Ereignisse nach.

Als ich sah, daß zwei Schlittengespanne in den Gutshof einfuhren, ging ich ihnen entgegen. Wäre ich nicht auf sein Erscheinen vorbereitet gewesen, hätte ich in dem schneidigen Polizeioffizier kaum Karl-Gustav wiedererkannt. Ich war etwas unsicher, da ich nicht wußte, wie ich meinen Schulkameraden unter den gegebenen Umständen anreden sollte – Herr Malberg oder doch Karl-Gustav, wie früher. Es war doch seltsam, den Karl-Gustav, mit dem ich zusammen hinter der Scheune Pfeiferauchen gelernt hatte, mit dem ich den Unterricht geschwänzt hatte, weil wir uns lieber in einer Konditorei mit Kuchen vollstopften, Herrn Malberg zu nennen … Karl-Gustav hatte offenbar ähnliche Zweifel.

»Guten Tag«, begrüßte er mich, jegliche Anrede vermeidend. Ich antwortete genau so, obwohl, was soll schon Gutes an einem Tag sein, an dem ein Mord zu untersuchen ist?

»Du hast dich kaum verändert, Antti, obwohl du erwachsen geworden bist«, sagte Karl-Gustav nach einiger Überwindung. Dennoch konnte er sich nicht dazu durchringen, einem Subjekt die Hand zu geben, das des Mordes verdächtig war. »Ich habe gehört, du hast im Russisch-Japanischen Krieg gekämpft?«

»Ja, ich mußte.«

»Ich hoffe, du erzählst mir später davon.«

Ich führte Karl-Gustav und die mit ihm zusammen eingetroffenen Herren ins Haus und schloß den Salon auf. In dem über Nacht ausgekühlten Zimmer war es kalt. Als ich den auf dem Fußboden liegenden Boris erblickte, traten mir wieder Tränen in die Augen. Karl-Gustav übersah sie taktvoll. Während der Polizeiarzt und die anderen Vertreter der Obrigkeit ihrer Arbeit nachgingen, indem sie die Leiche und das Zimmer untersuchten, erzählte ich Karl-Gustav ausführlich, was passiert war, zeigte ihm die Scherben der zerbrochenen Tasse, in der noch die letzten Kaffeetropfen mit dem Schlafmittel waren, dann den unglückseligen Gummibaum, meine Tabelle …

Nachdem Karl-Gustav mit mir, Großvater und jedem der Gäste gesprochen hatte, bat er darum, ihn in das Zimmer zu führen, wo sich der von uns des Brudermordes verdächtige Wladimir Dwojekurow aufhielt. Zusammen gingen wir die Treppe in den ersten Stock hoch. Rasuwajew folgte uns in einigem Abstand. Ich drehte den Schlüssel im Schloß herum und öffnete die Tür. Kalter Wind schlug uns entgegen. Das Fenster stand sperrangelweit offen. Wladimir war nicht im

Zimmer. Karl-Gustav schaute hinaus. Vom Fenster führten tiefe Spuren im Schnee zum Wald.

»Ich habe doch gesagt, daß er abhaut!« krächzte Rasuwajew ärgerlich hinter uns.

»Der haut nicht ab«, antwortete Malberg ruhig. »Metsän Isäntä läßt ihn nicht durch.«

»Wer läßt ihn nicht durch?« fragte mich Fjodor leise.

»Der Herr des Waldes«, erklärte ich ihm.

»Der Waldgeist also. Na, na«, brummte Rasuwajew und ging nach unten.

»Antti, hast du Skier für mich?« fragte Karl-Gustav.

»Natürlich. Ich komme mit.«

Wir folgten Wladimirs Spuren, und nach nicht mal einer Werst entdeckten wir unseren Flüchtling. Völlig steif, bis zum Kopf in eine Decke gewickelt, saß er unter einer Tanne.

»Dwojekurow! Ich bin der Assistent des Polizeivorstehers, Malberg. Sie werden des Mordes an Ihrem Bruder verdächtigt«, wandte sich Karl-Gustav an ihn.

»Gib dir keine Mühe, er versteht jetzt schlecht, wovon du redest.«

Ich öffnete Wladimirs blaugefrorene Lippen und goß ihm Kognak aus einem Flachmann in den Mund.

Am nächsten Tag wurden wir alle aufgefordert, auf dem Polizeirevier zu erscheinen, um Aussagen zum Mord am Adligen Boris Dwojekurow zu machen. Nachdem die Protokolle der Zeugenverhörung aufgesetzt waren, erteilte man meinen Gästen die Erlaubnis, nach Petersburg heimzukehren, unter der Bedingung, daß sie ihren Wohnort angaben und sich weiterhin zur Verfügung hielten. Der Abend in Murtosalo vor der Abreise in die Stadt verlief ziemlich trostlos. Kein Kartenspiel klappte, keine gemeinsamen Gesprächsthemen wurden gefunden. Am Ende blieben nur Rasuwajew und ich am Tisch zurück.

»Ja, Anton, traurig ist das alles ... Doch andererseits ist es nicht sinnlos, sich die Menschen anzuschauen, wenn sie ihre Masken abnehmen. Über mich denkt man zum Beispiel folgendes: nicht sehr gebildet, unbeherrscht im Gespräch, nicht wählerisch in seinen Mitteln und sieht außerdem nicht besonders gut aus ... Doch in aller Bescheidenheit muß man sagen, daß ich bei dieser Geschichte besser als viele andere ausgesehen habe ...«

Ich hörte schweigend zu.

»Aber von Wladimir hätte ich so etwas nicht erwartet. Ich wußte, daß er ein Egoist ist und überhaupt ein Weichei, aber seinen Bruder umbringen ... Nicht einmal Tiere töten ihre Artgenossen. Man muß sich den Gesetzen der Herde beugen.«

»Aber wir sind keine Tiere, sondern Menschen.«

»Auch die Menschen müssen die Gesetze ihrer Gattung einhalten. In Kleinigkeiten kann man sie übertreten, einem Menschen Geld abzuknöpfen ist keine große Sünde. Soll er das nächste Mal besser aufpassen. Doch jemandem das Leben nehmen ist eine Todsünde. Niemand hat das Recht dazu.«

Ich befürchtete schon, daß Rasuwajews philosophische Ergüsse kein Ende nehmen würden, aber er wünschte mir eine gute Nacht und ging schlafen. Ich rauchte meine letzte Pfeife und beschloß, einen Hausrundgang zu machen, um zu überprüfen, ob nicht jemand eine Kerze hatte brennen lassen.

Im Salon, in dem vor kurzem noch Boris gelegen hatte, brannte wirklich noch eine Kerze. Hier erinnerte bereits nichts mehr an die Tragödie. Sogar der Gummibaum, aus dessen Kübel die Polizisten tatsächlich das Messer gezogen hatten, stand an seinem Platz. Auf der Couch bemerkte ich eine weibliche, in ein Tuch gehüllte Gestalt. Dort saß Olga und weinte still.

Ich wollte sie trösten, wußte aber nicht, was ich sagen sollte.

»Bitte, weinen Sie nicht«, brachte ich endlich vor. Das waren nicht die geeignetsten Worte, aber andere fand ich nicht.

»Anton Sacharowitsch, mein Lieber, Sie sind so gut zu mir. Ich muß weinen. Hier in diesem Zimmer wurde nicht nur Boris umgebracht, sondern auch mein Leben zerstört.«

Ich verstand sehr gut, was Olga sagte. Sich in einem nahen Menschen zu täuschen ist furchtbar. Mit so etwas wird man nicht so leicht fertig. Und Olga? Sie war so zart, so vertrauensselig. Sie hatte einen Bräutigam gehabt, Hoffnung auf Glück, und plötzlich stellte sich heraus, daß er ein herzloses Scheusal ist.

»Sie können so aufmerksam zuhören wie sonst niemand«, flüsterte Olga. »Sie unterbrechen niemanden, um die nächste Banalität zu erzählen.«

Ich wurde verlegen. Ich war es nicht gewohnt, Komplimente zu hören. Olga bemerkte es nicht und fuhr fort: »Wenn ich mich in Wladimir geirrt habe, wem kann ich dann noch glauben?«

Mit Vergnügen hätte ich ihr mich selbst vorgeschlagen, aber unter den gegebenen Umständen wäre das nicht anständig gewesen.

»Ich komme mir vor, als wäre mein Haus abgebrannt.«

»Seien Sie nicht traurig, Olga. Sie sind jung und schön. In Ihrer Seele wird noch eine andere Liebe erblühen ...«

»Wie schön Sie das gesagt haben. Ich wußte immer, daß Sie ein Poet sind. Aber was ist schon verwunderlich daran? Wenn ein Mensch an einem so wundervollen Ort wie Ihrem Murtosalo aufwächst, muß er früher oder später poetische Neigungen entwickeln. Sogar im Winter ist es hier paradiesisch, ein verschneiter Garten Eden ...«

»Sie haben Murtosalo noch nicht im Herbst gesehen, wenn die Blätter der Bäume in allen Farben spielen, von Gold über Purpur bis hin zu Fuchsrot. Und wie diese Farben leuchten vor dem Hintergrund der alten dunkelgrünen Tannen! Und am kalten klaren Himmel ziehen Wildgänse gen Süden ...«

»Wie schön! Ich wäre gern im Herbst hier.«

Ich fühlte, daß es Zeit war, all meinen Mut zusammenzunehmen. Ich hatte mich schließlich schon mehrmals in eine Kavallerieattacke gestürzt! Nachdem ich tief Luft geholt hatte, platzte ich heraus: »Olga, ich wäre glücklich, wenn Sie sich einverstanden erklären würden, die Hausherrin dieses Gutes zu werden, und alle Schönheiten des Waldes, die Wildgänse und alten Tannen ständen stets zu Ihrer Verfügung ...«

»Machen Sie mir einen Antrag?«

»Ja. Vielleicht fällt es Ihnen momentan schwer, ihn anzunehmen, aber später, wenn der Schmerz der Kränkung und Enttäuschung verflogen ist ...«

»Mir scheint aus irgendeinem Grund, wenn Sie an meiner Seite wären, würde der Schmerz viel schneller verfliegen. Nur die Leute werden schlecht über mich reden: Kaum hat sie sich von dem einen Bräutigam getrennt, hat sie schon einen neuen.«

»Das heißt, Sie nehmen meinen Antrag an?«

»Ich nehme ihn an. Sie werden ein hervorragender Ehemann sein: gut, tolerant, stark wie ein Bär und schweigsam.«

In dem Moment ertönten schwere Schritte hinter der Tür, und Großvater kam mit einer Kerze in der Hand in den Salon.

»Hier brennt tatsächlich noch eine Kerze«, sagte er, um seine Verwirrung zu verbergen, als er mich neben Olga auf der Couch sah. »Und ich dachte, es wäre mir nur so vorgekommen.«

»Großvater, wir haben eine Neuigkeit für dich.«

»Noch eine Neuigkeit?« fragte Großvater erstaunt. »Ist wieder jemand umgebracht worden?«

»Diesmal ist es eine angenehme Neuigkeit. Gestatte, dir meine Braut vorzustellen.«

Großvater verbeugte sich so galant vor Olga, daß sofort zu sehen war – er hatte seine Jugend in einem Garderegiment verbracht.

»Antti, warst du denn schon bei den Eltern der jungen Dame und hast um ihre Hand angehalten?«

»Nein, das habe ich noch nicht geschafft.«

»Dann ist es noch zu früh, sich Braut und Bräutigam zu nennen. Ich werde wohl nach Petersburg fahren und mit dem Vater der netten jungen Dame reden müssen.«

Viktoria Platowa

Bye-Bye, Baby

Um singend durch den Regen zu laufen, braucht man nicht viel Hirn. Das ist meine feste Überzeugung.

Es gibt auch noch eine Reihe anderer Tätigkeiten, die den Kopf nicht allzusehr belasten, zum Beispiel: anhand von Wäscheetiketten Italienisch lernen, Abschminken, Shopping am Wochenende, Schuhe zum Besohlen geben, den Soundtrack von »Kill Bill« anhören und Sex mit dem Klempner haben. Selbst Onanieren unter der Dusche erfordert ein Erhebliches mehr an Phantasie als Sex mit dem Klempner, aber dafür ist *dieses Aas* schlicht und einfach zu blöde.

Sie ist zu blöde:

– ein Auto mit Gangschaltung zu fahren,

– Drachen steigen zu lassen,

– Lückenrätsel zu lösen (wer erinnert sich noch daran?),

– Zwergkiefern zu pflegen,

– Kaffee auf türkische Art zu kochen,

– für den Film »Celine und Julie haben sich um Kopf und Kragen gelogen«.

Sie ist auch noch für tausend andere Sachen zu blöde, eigentlich für alles, aber das tröstet mich kein Stück. Es gibt keinen Trost für mich. Dabei habe ich sie nie im Leben gesehen, ich weiß nicht einmal, wie sie heißt. Doch ich weiß genau, wie sie riecht.

Nach dem Parfüm »Angel« von Thierry Mugler.

Dieser Geruch läßt mir keine Ruhe, er ist viel zu frech, viel zu provozierend, viel zu selbstbewußt, viel zu schwer für eine Zwanzigjährige. Ja, genau – sie ist *zwanzig*.

Und ich bin vierzig. Ich sehe zwar aus wie dreißig, aber in einem kann ich niemandem etwas vormachen – ich bin keine zwanzig mehr. »Zwanzig« – das ist das Zauberwort. Alles andere kann man daneben vergessen: mein Geschäft, das mir mein Ex-Mann hinterlassen hat (ein Glamour-Magazin und eine dazugehörige Modelagentur), mein Bankkonto, drei Fremdsprachen, ein Tauchzertifikat, Reisen nach Afrika (zur Safari) und nach Mailand (zur Modenschau), meine exklusive Skiausrüstung, die soviel kostet wie ein mittelgroßes Passagierflugzeug, BHs, die soviel kosten wie ein ausgewachsener Gabelstapler, mein Weinlager, meine Kollektion primitiver südamerikanischer Skulpturen ... Vor einer Woche habe ich einen winzigen Pigmentfleck entdeckt – zwischen dem Daumen und dem Zeigefinger meiner linken Hand. Das ist allerdings nicht weiter verwunderlich, ich bin immerhin schon vierzig. Und Vlad liebt mich nicht mehr.

Auch als ich noch fünfunddreißig war, hat er mich bestimmt nicht gerade leidenschaftlich geliebt. Aber damals ist er wenigstens nicht fremdgegangen. Mit fünfunddreißig sah ich ganz genauso aus wie heute, nämlich wie dreißig, ohne daß ich mir dafür besondere Mühe geben mußte, ohne ein einziges Lifting, und das, obwohl ich am Tag zwei Schachteln Zigaretten rauchte, morgens unmäßig Kaffee trank, abends unmäßig Whisky soff, nachts unmäßig flirtete. Aber als ich Vlad traf, wußte ich, er wird mein Ruin.

Das war genau vor fünf Jahren.

Vor einer Woche war unser Jahrestag, am selben Tag, als ich den Pigmentfleck entdeckte. Und zum erstenmal seit fünf Jahren hat Vlad unseren Tag vergessen. Dieser Mittwoch war mein Verhängnis. Vor diesem Mittwoch hatte ich noch die Hoffnung gehegt, seine Affäre mit diesem zwanzigjährigen Aas könne nichts Ernstes sein. Ich versuchte mir einzureden, daß sie meinem BH, der soviel gekostet hat wie ein Gabelstapler, nichts entgegenzusetzen hätte. Aber trägt sie überhaupt einen BH? Mit zwanzig braucht man weder BH, noch Weinlager, noch Tauchzertifikat. Wenn du zwanzig bist, liebt man dich, einfach weil du zwanzig bist. Aus keinem anderen Grund.

Es liegt nur am Blick, sagt Schamarina – meine beste und, genaugenommen, einzige wirkliche Freundin. Wir kennen uns schon seit der Schule. Schamarina ist im Laufe der Jahre immer weiter aus dem Leim gegangen, sie hat sich kontinuierlich ausgedehnt, bis sie Konfektionsgröße fünfzig erreicht hatte. Außerdem ist sie Mutter zweier Kinder und ein notorischer Unglücksrabe. Schamarina arbeitet als Buchhalterin in einem kleinen Reisebüro, das nur deshalb nicht pleite geht, weil alle meine Jungs vom Magazin und alle Mädchen aus meiner Agentur dort Exklusivkunden sind. Ich natürlich auch. Aber das ist schon alles, was ich für sie tun kann. Seit zehn Jahren hat Schamarina keine Kopeke von mir angenommen, weder geliehen noch geschenkt, da ist sie eisern. »Laß uns unsere Freundschaft nicht durch materielle Dinge belasten«, sagt Schamarina, und: »Bestechlich bin ich allenfalls bei jungen Hunden.« Ein Mastino-Welpe, das ist das einzige, was ich Schamarina in diesen zehn Jahren zukommen lassen durfte. Jetzt ist er natürlich längst kein Welpe mehr, sondern eher ein »belgisches Pferd«, wie Schamarina das nennt. Das Pferd hört auf den Namen Trischka und wäre sicherlich aufs höchste erstaunt, wenn es wüßte, daß es bei seiner Geburt noch einen ganz anderen Namen trug, mit diversen »vons« davor und so lang, daß er nicht einmal ganz in die drei Zeilen seines Hundepasses hineinging. Aber nein, jetzt heißt der Hund Trischka, einfach Trischka – so ist Schamarina eben. Außerdem hat sie noch zwei Kater, Kuska und Waska, und genauso heißen auch ihre Kinder.

Es liegt nur an den Augen, sagt Schamarina. Eine Zwanzigjährige hat den Blick einer Zwanzigjährigen. Naiv, frech, heiß, schimmernd, gierig, abenteuerlustig und suchend – nach Liebe oder nach was zu fressen ...

Den Blick einer Zwanzigjährigen kann man nicht nachmachen, sagt Schamarina. Selbst wenn man erst fünfundzwanzig ist.

Ich bin vierzig.

Und Vlad liebt mich nicht mehr.

Du hättest damit rechnen müssen, sagt Schamarina. Jeder, der das Risiko eingeht, sich einen dreizehn Jahre jüngeren Liebhaber zu nehmen, muß mit so etwas rechnen.

Aber ich hatte offensichtlich nicht damit gerechnet.

Es ist nicht etwa so, daß ich diese Möglichkeit vollkommen ausgeschlossen hätte, keineswegs. Obwohl ich immer noch aussehe wie dreißig. Vlad aber ist genauso alt, wie er ist, nämlich verdammte siebenundzwanzig Jahre, so daß sich der Unterschied optisch auf drei Jahre reduziert. Ich habe umgehend radikale Maßnahmen ergriffen. Zwei Tage, nachdem ich Vlad kennengelernt hatte, gab ich das Rauchen auf, vier Tage danach wurde ich Mitglied in einem Fitneß-Club, und noch zwei Wochen später erstand ich eine Dauerkarte fürs Schwimmbad. Ich trat meiner Liebe bis an die Zähne bewaffnet entgegen, ausgerüstet mit allen Arten von Hieb-, Stich- und Feuerwaffen sowie taktischen und strategischen Systemen; in punkto Wettrüsten konnte niemand mit mir mithalten.

Widerstand war zwecklos. Und er leistete keinen Widerstand.

Ein Junge aus der Provinz, mit ungeraden Zähnen und dem wunderbaren Körper eines Gigolo, ein braunhaariger Schuft, ein Mann von der Art, die den Frauen nichts außer Leid beschert, sagt Schamarina. Ich habe mich auf der Stelle in ihn verliebt, ich war bereit zu leiden.

Und er … Er gab sich nicht einmal die Mühe, so zu tun, als sei er verliebt. Er schlief mit mir, weiter nichts – am zweiten Tag, nachdem wir uns kennengelernt hatten. Am vierten Tag kam er mit einer kleinen Sporttasche, in der sich seine gesamte Habe befand, und zog bei mir ein (ich fragte nicht, wo er vorher gewohnt hatte). Und wieder zwei Wochen später tauschte er die Sporttasche gegen einen Sportwagen ein, und ich machte ihn zum stellvertretenden Chefredakteur.

Eines muß man Vlad lassen: er verlangte nichts; weder den Sportwagen noch den Posten bei meiner Zeitschrift. Und er spielte auch nicht den Entrüsteten, als er beides bekam – allein schon dafür war ich ihm dankbar. Er war kein Dummkopf. Er war zwar nicht klug genug, um allein auf sich gestellt, ohne jede fremde Unterstützung, Karriere zu machen, das nicht – aber ein Dummkopf war er nicht. Er war natürlich, und seine Natürlichkeit war absolut unwiderstehlich, sie war seine strategische Waffe. Er war aufmerksam, aber nicht penetrant, zärtlich, aber nicht geschmacklos, und er besaß einen Charakterzug, der bei einem Mann äußerst selten ist: Er war immer dann da, wenn ich ihn am nötigsten brauchte, nicht früher und nicht später, sondern immer genau im richtigen Moment. Und außerdem … Außerdem war er ein fantastischer Liebhaber. Das hatte ich mir übrigens sofort gedacht, schon als ich ihn zum erstenmal sah. Obwohl, »sehen« ist eigentlich nicht das richtige Wort. Ich habe mich in den Klang seiner Stimme verliebt, noch bevor ich ihn zu Gesicht bekam. Er erschien eines Tages in meiner Agentur und fragte die Sekretärin, ob er die Chefin sprechen könne, mehr nicht. Die Tür zu meinem Büro stand offen, und in diesem Moment fing alles an. Eine Meeresbrise wehte mir ins Gesicht, und der heiße Wind der Wüste, und der kalte Wind der Vorgebirge, und eine Menge anderer Winde mit zärtlich klingenden Namen, die man immer vergißt, deren Atem man aber immerzu spüren möchte.

Immer wieder und wieder.

Da fühlte ich, daß ich lebte. Daß ich erquickend lebendig war: die Schuhe voller Sand, die Haut salzig, mein Knie aufgeschürft, ein Kratzer am Handgelenk, ein Bonbon im Mund, eine Spieluhr im Herzen. Alle meine Kinderträume steckten in dieser Spieluhr, und jetzt, nach so vielen Jahren, hatte ich sie endlich bekommen.

Wäre da nicht die Sekretärin gewesen, hätte ich sofort mit ihm geschlafen, auf der Stelle hätte ich Liebe mit ihm gemacht, dort in meinem Büro, auf dem Tisch oder auf dem Fußboden – wäre da nicht die Sekretärin gewesen …

Am nächsten Tag habe ich sie entlassen.

Ich hätte notfalls die gesamte Belegschaft der Agentur auf

die Straße gesetzt, um mein Glück nicht zu gefährden, ich war bereit, alle diese Model-Schönheiten zu guillotinieren, um jedes, auch das geringste Hindernis auf dem Weg zu Vlad beiseite zu räumen. Aber es waren keine drastischen Maßnahmen erforderlich. Er wurde kein Model. Nicht etwa, weil er es nicht gewollt hätte. Doch gleich das erste Shooting mit Vlad, für das ich Shenja, unseren besten Photographen, abstellte, erwies sich als totaler Reinfall. Shenja, ein wahrer Fanatiker seiner Kunst, war dermaßen enttäuscht, daß er sich daraufhin nach Strich und Faden besoff und anschließend drei Tage lang nicht einsatzfähig war. Ich fand ihn in einem irischen Pub mit einer Flasche russischem Wodka. Shenja war den Tränen nahe und schwor, es liege nicht an ihm, auch nicht an den Objektiven, Filtern oder sonst irgendwelchen technischen Gründen, auch nicht am Licht, nein, das sei alles in Ordnung gewesen, alles très bien. Es liege am Fleisch. »Fleisch« nannte Shenja die Models, die er ablichten mußte, alle diese vagen Objekte der Begierde, mit ihren fragilen Knöcheln und Schlüsselbeinen, die es eigentlich in der Natur gar nicht geben konnte, mit den Mündern von Göttern und den Augen von Porzellankatzen; es liegt alles nur am Fleisch, sagte Shenja.

Es liegt alles am Fleisch, und das Fleisch ist faul. Sogar Gilles Bensimon müßte in dem Fall passen (der Modephotograph Gilles Bensimon war Shenjas großes Idol). Dabei sah Vlad auf den Fotos gar nicht schlecht aus, sein wunderbarer Körper kam voll zur Geltung, aber – verdammt noch mal! – er wirkte einfach nur obszön. Und es war nicht die Obszönität der Pornographie, die man dort sah, es war … Es war die Obszönität des Todes. Wodurch dieser Eindruck ausgelöst wurde, blieb vollkommen unerklärlich, aber man konnte sich ihm nicht entziehen, man fühlte sich, als kröchen einem widerliche Insekten über den Körper, als dränge einem feuchte schwarze Erde in die Nasenlöcher, als sprössen einem kleine blasse Wurzeln durch die Augenlider, und im Mund hatte man den Geschmack von modrigem Wasser.

Ich entließ Shenja eine Woche nach der Sekretärin und versuchte, ihn so schnell wie möglich zu vergessen. Mitsamt seinen Photographien. Und ich vergaß beide. Die Kamera liebte Vlad nicht, na gut, meinetwegen. Aber ich liebte ihn, und das war mir genug. In den ganzen fünf Jahren unseres Zusammenseins verspürte ich nicht ein einziges Mal Reue, fünf Jahre lang umwehten mich unzählige Winde, und alle waren wunderschön. Und der Kratzer am Handgelenk blieb, der Bonbon in meinem Mund löste sich nicht auf, und die Spieluhr spielte und spielte. Und wir waren immer noch ein Liebespaar, wir waren immer noch in der allerersten Phase unserer Beziehung, wenn die Begierde dich an allen möglichen und unmöglichen Orten packt, und du bist vollkommen machtlos dagegen. Im Chill-out-Room irgendeines Clubs, auf dem Rücksitz eines Autos, im Fahrstuhl, im Kino, auf der Plattform zwischen zwei Zugwaggons, auf der Flugzeugtoilette, wir haben alles ausprobiert – auch so exotische Orte wie einen Museumssaal (Meister der frühen Renaissance des Nordens), oder so exotische Gelegenheiten wie eine wichtige geschäftliche Konferenz, während der wir kurzerhand ins Nebenzimmer verschwanden, um es dort zu treiben.

Fünf lange Jahre war ich absolut glücklich.

Und jetzt ist alles kaputt.

Wegen so eines zwanzigjährigen Luders, das mir meinen Vlad weggenommen hat. Seit einer Woche amüsiere ich mich damit, mir immer neue liebevolle Titulierungen auszudenken: Dreckstück, Klette, Schlampe, billige Nutte, Quicki-Tusse und noch einige mehr, die für den Druck nicht geeignet sind.

Der frisch gepreßte Orangensaft, die Zahnbürsten, die Türklinken, der Toaster, die Klobürste, sechs von sieben südamerikanischen Skulpturen, die Kaffeebohnen, der Epilator, das Laufband, das Massagegerät gegen Zellulitis – alles im Haus ist durchdrungen von diesem verdammten Parfüm – »Angel« von Thierry Mugler. Ich könnte schwören, daß sogar Vlads Sperma nach »Angel« riecht; er war es ja schließlich auch, der mir diesen Geruch ins Haus geschleppt hat.

Und jetzt kriecht dieser Geruch aus allen Ritzen, daß mir übel davon wird.

Nichts kann ihn überdecken.

Das Groteske an der Situation ist, daß ich selbst dieses Parfüm vor einigen Jahren, noch bevor es Vlad gab, Schamarina geschenkt habe, zum Jahrestag der Erstürmung der Bastille. Ich erinnere mich noch gut an den sternförmigen hellblauen Flakon (so wie Kinder und Blinde Sterne zeichnen), mit zwei langen Zacken. Schamarina fand, der Geruch passe nicht zu ihrer Konfektionsgröße und gab das Parfüm an ihren Sohn Waska weiter, mit der Auflage, es seiner Freundin Daschka zu schenken, die Schamarina sehr mochte. Aber Waska schenkte es dann seiner zweiten Freundin Simka, die Schamarina wiederum gar nicht leiden konnte.

Danach verflüchtigte sich »Angel« in den grenzenlosen Weiten von Raum und Zeit, und ich hätte niemals geahnt, daß es mir irgendwann einmal wiederbegegnen könnte.

Es half mir jetzt auch nichts, daß ich, fluchend und schimpfend auf mich selbst, eine Parfümerie aufsuchte, um dem Feind noch einmal ins Auge zu sehen. Die »Engel« (immer noch in den gleichen Flakons) standen zwischen »Magie Noire« und irgendeinem üppig blumigen Zeug, das sich »Diorissimo« oder so ähnlich nannte. Da hockten sie friedlich nebeneinander im Regal, alle die gefallenen Engel, mit verräterisch angelegten Flügeln, und ihre Namen waren Legion.

Ich erwarb zwei dieser Legionäre, um ihnen auf der Stelle an der Wand des nächsten Hauses die Köpfe einzuschlagen: Die Glassplitter spritzten nach allen Seiten, und für eine kleine Sekunde wurde mir leichter. Gerade hatte ich mir überlegt, Nachschub zu besorgen, als Schamarina anrief. Ich hatte sie schon immer für ihre Ehrlichkeit geschätzt, und ehrlich war sie auch jetzt.

»Ich habe gerade deinen Typen gesehen«, berichtete Schamarina. »In einem mexikanischen Schuppen an der Fontanka.«

»Na und?«

»Er war nicht allein.«

»Na und?«

»Willst du Einzelheiten hören?« Schamarinas mitleidloser Ton verhieß nichts Gutes.

»Spuck's schon aus.«

»Sie ist höchstens zwanzig. Sieht nicht schlecht aus. Willst du noch mehr wissen?«

»Mach schon.«

»Sie haben geknutscht. Willst du noch mehr wissen?«

»Ja.« Spätestens an dieser pikanten Stelle hätte ich Schamarina stoppen sollen, aber ich tat es nicht. Es schien mir ein geradezu teuflisches Vergnügen zu bereiten, mich ins Verderben zu stürzen.

»Sie haben geknutscht wie die Geisteskranken. Sie fraß

ihm aus der Hand. Überhaupt, sie haben fast den Tisch umgeschmissen … Na, du weißt ja selbst, wie das so geht.«

O ja, ich wußte, wie das geht. Ich wußte, was es heißt, zu fliegen, dahinzuschweben über Thai-Suppe mit Crevetten, über Couscous, Huhn in Teriyaki-Soße, über Paella und Manchego-Käse; ich wußte, wie es sich anfühlte, aus seiner Hand zu essen.

»Und, wie geht's dir jetzt?« Schamarina sorgte sich etwas verspätet.

»Gut.«

»Gott sei Dank! Ich habe dich ja gewarnt, mein Herzchen: Wer sich einen dreizehn Jahre jüngeren Liebhaber nimmt, muß auf alles gefaßt sein.«

»Das ist mir völlig klar.« War das etwa meine Stimme? Leer wie eine hohle Nuß, farblos wie der Nagellack, den meine Sekretärin benutzt hatte.

»Komm, scheiß drauf. Ich hab es dir vorausgesagt, mein Herzchen: Solche Männer bescheren uns Frauen nichts außer Leid.«

»Du kannst mich mal«, knurrte ich träge.

»Ich sehe, dir geht's tatsächlich gut.« Schamarina freute sich. »Ich hielt es einfach für besser, daß du es von mir erfährst und nicht von jemand anderem. Wer gewarnt ist, ist gewappnet. Übrigens, solche Scheißkerle muß man sich mit dem Messer aus dem Leibe schneiden, so hab ich's immer gehalten. Zack – und fertig.«

Aber Schamarina war ein schlechter Chirurg. Ein lausiger sogar. Sie hatte mir mit einem einzigen groben Schnitt die Brust aufgetrennt und das Herz herausgerissen. Und auch die Spieluhr war herausgefallen und zerbrochen. Die ganzen fünf Jahre lang hatte ich nicht gewußt, was sie überhaupt spielte. Jetzt vernahm ich aus ihren Scherben die Melodie »You don't know how much you can suffer«.

»Du weißt nicht, wie sehr du leiden kannst«, Solo für Saxophon von Jan Morks.

Vor Schamarinas Anruf war die Existenz des kleinen Luders, das nach »Angel« duftete, eine rein subjektive Angelegenheit gewesen, man hatte sie als Erscheinungsform meiner Hypochondrie betrachten können, als prämenstruelles Syndrom oder als Folge der ununterbrochenen Schufterei in der Zeitschrift und in der Agentur. Jetzt aber stand ich der Realität Auge in Auge gegenüber. Die zerbrochene Spieluhr mauserte sich zur Büchse der Pandora, und die Dämonen, die sich so lange darin verborgen hatten, entwischten in die Freiheit.

»Bist du mit dem Auto unterwegs?« Schamarina dachte gar nicht daran, den Hörer aufzulegen.

»Was?«

»Ich habe dich gefragt, ob du mit dem Auto unterwegs bist?«

»Nein, natürlich mit dem Hundeschlitten ... Warum?«

»Ich meine nur ... Du könntest ja mal auf einen Sprung in diesem Scheißladen vorbeisehen. Solange das Vögelchen noch im Nest ist.«

»Ja, vielleicht ... Tja ... Was hast du eigentlich da gemacht?«

»Wie meinst du das?«

»Ich meine, was wolltest du überhaupt in diesem Scheißladen?« Ich war nahe daran, die arme Schamarina zu hassen.

»Was ich da wollte? Ich wollte was futtern. Was soll man da sonst machen?«

»Stimmt. Was soll man in so einem Laden sonst noch machen …«

»Fährst du hin?«

»Ich weiß nicht. Ja … Ich glaube, nicht. Nein.«

»Soll ich zu dir kommen?« Schamarina war eben doch eine echte Freundin.

»Ich weiß nicht. Ja … Ich glaube, nicht. Nein.«

»Entscheide dich, mein Herzchen.«

»Hör mal … Ich habe wahnsinnig viel zu tun. Ich rufe dich an, wenn ich mich freigeschaufelt habe.«

Ich wollte mir das ganze mitleidige Gequassel von Schamarina nicht länger anhören. Ich schaltete ab – das heißt, ich machte das Handy aus.

Kurze Zeit danach fand ich mich in einem Stau auf der Fontanka wieder. Bis zu dem Lokal, von dem Schamarina berichtet hatte, war es nur noch ein Katzensprung, und wenn ich gewollte hätte, hätte ich trotz des Staus innerhalb von zehn, fünfzehn Minuten dort sein können. Aber man konnte sich ohne große Schwierigkeiten vorstellen, was dann passiert wäre: Eine rasende Furie undefinierbaren Alters erwischt ihren jungen Liebhaber in flagranti. Eine göttliche Szene!

Nein, dieses Vergnügen gönnte ich niemandem. Weder den Kellnern noch Vlad selbst.

Sein Auto stand auf einem Parkplatz vor dem Lokal, ich erkannte es sofort. Aber was heißt seins, der Schlitten gehörte mir, immer noch mir! Vlad gehörte gar nichts außer seiner Sporttasche, nicht einmal er selbst, er war mein ureigenstes Produkt. Dieser Blödmann. Blödmann. Blödmann.

Doch meine Wut verflog genauso plötzlich, wie sie aufgetaucht war.

Ich bin einfach nicht dazu imstande, Vlad zu hassen.

Alles kann ich hassen, ohne Probleme: den zu frühen Winter, den zu späten Frühling, Rosinen, Schuhe mit Pfennigabsätzen, indische Düfte, Milchschaum, Schamarinas Angewohnheit, mit Streichhölzern in den Ohren zu bohren, Pekinesen, Julia Roberts, die Girl-Band »Atomic Kids«, gepiercte Bauchnabel, schottische Dudelsäcke, Performances und Installationen; aber Vlad kann ich nicht hassen.

Wenn er mich nur nicht sieht.

Wenn sie mich nur nicht sehen.

Wenn ich sie bloß nicht sehe.

Wie sie gerade aus der Kneipe kommen, händchenhaltend, jung, wunderschön und wild knutschend ... Lieber nicht daran denken.

Ich sah sie nicht. Ich kam wohlbehalten an dem Lokal vorbei.

Nein, ich sah sie nicht, aber ich sah Scharen anderer junger und schöner Menschen. Die Stadt schien überfüllt von lauter blutjungen Menschen, die sie im Handstreich erobert, okkupiert, in Besitz genommen hatten. Und sie hatte einfach die weiße Flagge gehißt und sich der Gnade der Sieger überantwortet. Ich hatte keine Ahnung davon gehabt, daß es in Petersburg so viele junge Leute gab. Und alle trugen sie Jacken in den absurdesten Farben, tranken Bier aus den absurdesten Dosen, und alle hatten wunderschöne, absurd lange Beine. Ihre Rastalocken würgten meinen Hals, ihre Tattoos brannten mir auf dem Körper, ihre Jeans und Tücher waren mein Tod; nur die Jugend hat ein Recht auf Existenz, sagt Schamarina.

Und das ist die Wahrheit.

Allerdings ist an dieser Offenbarung Schamarinas nichts Neues, die Redaktionspolitik meines Magazins richtet sich schon lange nach dieser Maxime. Aber mir können sie gestohlen bleiben, diese bonbonfarbenen Dolce&Gabbana-Prinzipien. Sie können mich mal kreuzweise, von heute an, von dieser Minute an.

Du darfst die Jugend nicht bloß deshalb hassen, weil sie nach »Angel« riecht, versuchte ich mir zuzureden.

Du darfst die Jugend nicht bloß deshalb hassen, weil der Mann, den du liebst, dir eine Zwanzigjährige vorzieht.

Das alles klang wie ein Mantra, wie die Beschwörungsformel eines Schamanen, wie autogenes Training, das keinen Pfifferling wert ist. Die Mantras brachten mir keine Erleichterung. In meinem Inneren wuchs der Schmerz, und ich war unfähig, damit umzugehen. Die kleinste Drehung des Kopfes, die leichteste Handbewegung – alles verursachte mir Qual. Halt durch, beiß die Zähne zusammen und halt durch, du bist nicht die erste, und du wirst nicht die letzte sein. Der Schmerz kann doch nicht ewig andauern, irgendwann einmal wird er dich loslassen, und du wirst wieder atmen können, wieder gehen und wieder lächeln können. Ach, vergeblich, ein Geschwür zerfraß mein Gehirn, aber noch blieb da die vage Hoffnung, daß Vlad mich retten würde. Ich mußte nur mit ihm reden, und er würde mich retten. Denn ein wenig Gefühl mußte doch noch in ihm sein, es war einfach nicht möglich, daß da gar nichts mehr war, und sei es auch nur ein ganz, ganz bißchen, tief unten auf dem Boden des Glases; das würde mir reichen. Es würde reichen für eine kleine, schmerzlindernde Dosis. Ich fühlte beinahe physisch, wie mir die Spritze, gefüllt mit dem Rest von Vlads Gefühl, in die Ader drang, glückselige Ruhe durchströmte meinen Körper, und der Schmerz wich allmählich …

»Liebst du mich noch?« fragte ich am Morgen nach unserem Jahrestag, den er vergessen hatte.

»Was meinst du?« Ich hatte Vlad wohl auf dem falschen Fuß erwischt.

»Ob du mich noch liebst?«

»Natürlich liebe ich dich.« In diesem Ton hätte er vielleicht sagen können: »Mach die Tür zu« oder: »Das war ein blöder Film«. Aber er sagte: »Natürlich liebe ich dich.«

»Hast du eine andere, Liebster?«

»Wie kommst du darauf? Rede keinen Unsinn.«

»Wir haben seit einem Monat nicht mehr miteinander geschlafen.«

Vlad grinste. Er lächelte nicht, nein, er grinste; seine Oberlippe zog sich wölfisch nach oben, und dahinter schimmerte für einen Augenblick die weiße Reihe seiner Zähne. Aber seine Zähne standen schief.

»Ich habe da mal was von der gesteigerten Libido vierzigjähriger Frauen gehört.«

»Untersteh dich, über mein Alter zu sprechen! Hörst du? Untersteh dich!!«

»Entschuldige«, sagte Vlad erschrocken. »Das war doch nur ein schlechter Witz, beruhige dich … Ich habe zwei schwere Monate hinter mir … Dieses Jazz-Club-Projekt … Das weißt du doch, Mädchen …«

»Untersteh dich, mich Mädchen zu nennen!«

Mädchen. Irgendwann einmal hatte mich das sehr gerührt und mich allerlei Dummheiten tun lassen. Vor ein paar Jahren habe ich, angeheizt von seinem »Mädchen«, in dem Lissabonner Hotel »Marques De Pombal« zwei Gläser und ein Handtuch gestohlen. »Mädchen«, so ist das also. Besser, er hätte mir ins Gesicht geschlagen.

»Was ist denn mit dir los?«

»Ich bin kein Mädchen, mein Lieber. Ich bin ein vierzigjähriges Weib.«

»Was soll das denn jetzt?«

»Was das soll? Daß du dir eine kleine Schlampe zugelegt hast, eine dreckige kleine Hure, das soll das!«

»Blödsinn.«

»Also stimmt es nicht? Also hast du keine andere, keine außer mir?«

Die Rettung war ganz nah. Vlad brauchte nur ein Wort, ein einziges Wort zu sagen, und alles wäre wieder in Ordnung, alles käme wieder an seinen Platz, und ich würde wieder schweben, hoch über der Stadt, in einem Himmel voller Drachen und Manchego, und ich würde Vlad lieben wie immer, in Fahrstühlen, auf Fensterbrettern, auf zerknitterten Laken, und ich hätte wieder ein Lutschbonbon im Mund – nur vielleicht eine andere Geschmackssorte, grüner Apfel statt Erdbeer. Los, rette mich, mein Junge!

»Also, hast du nun eine andere, oder nicht?«

»Nein.« Vlad zögerte nur eine Sekunde, aber diese Sekunde entschied alles. Ich wußte, daß er log. Seine bernsteinfarbenen Augen und sein starkes Kinn logen, jedes Stoppelhaar auf seinem Kinn, jede einzelne Pore in seinem Gesicht log. Eine halbe Stunde später log er noch einmal – als er mich vögelte. Niemals zuvor war mir Sex mit ihm so widerlich gewesen, genausogut hätte er eine Gummipuppe vögeln können oder eine der südamerikanischen Skulpturen, die in meiner Wohnung herumstanden, genausogut hätte er einen Nagel in die Wand schlagen oder Eis im Shaker zerstoßen können, genausogut hätte er ein Rad an dem Auto wechseln können, das ich ihm geschenkt habe. Und doch war das nicht einmal das Schlimmste.

Kaum waren seine Schultern, war sein Körperhaar feucht von seinem Schweiß geworden, drang das verdammte »Angel« aus ihm hervor, und in seinen Pupillen spiegelte sich die Silhouette einer Frau. Und diese Frau war nicht ich. Außerdem kam er nicht, und nach zwanzig Minuten demütigenden Gewürges und Gewälzes gab er es endlich auf.

»Du bist nicht gerade gut in Form.« Noch nie hatte ich Vlad so geliebt.

»Entschuldige ... Irgendwas stimmt in letzter Zeit nicht mit mir.«

»Tja.«

»Es war ein schweres Jahr. Wir sind beide erschöpft ... Schatz.«

»Macht ja nichts.«

Damit gab ich den Widerstand auf, suchte Ruhe unter dem Grabstein meiner verflossenen und einzigen Liebe.

»Macht nichts, mein Lieber ... Bald ist Weihnachten, wir können irgendwo hinfahren und mal alles hinter uns lassen ...«

»Hör mal ...« Vlad stockte, begann zu schnaufen und zog sich nervös das Hemd an, als würde sein nackter Körper meinen Körper beschämen, der genauso nackt war. »Hör mal ... Ich müßte mal wieder nach Hause fahren.«

»Ich dachte, du bist hier zu Hause?« sagte ich mit erstorbener Stimme.

»Ja, aber ... Nach Hause, das heißt zu meiner Familie, in

meine Heimat. Ich war schon seit fünf Jahren nicht mehr dort.«

Über Vlads früheres Leben wußte ich absolut nichts, er hatte nie ein Wort davon erzählt.

»Ja, seine Familie darf man natürlich nicht vergessen, das ist das Allerletzte. Möchtest du, daß ich mitkomme?«

Ich hatte das einfach so gesagt, ohne eine bestimmte Absicht, aber Vlads Gesicht verzerrte sich, erstarrte, und ein verräterischer Schweißtropfen lief an seiner Schläfe herab. Und ich liebte auch diesen Tropfen, diesen winzigen Tropfen, in dem sich im Augenblick meine ganze Welt konzentrierte. Mein ganzes Leben hing von diesem Tropfen ab.

»Ich halte das für keine so gute Idee.« Er schnippte den Tropfen mit dem Finger von seiner Haut, und meine ganze Welt stürzte mit ihm in den Abgrund.

»Aber warum denn? Schämst du dich etwa für mich? Nach Amsterdam oder Lissabon kannst du mit einer vierzigjährigen Frau fahren, aber nach Hause zu deiner Familie nicht? Was wächst denn da Interessantes? Stachelbeeren?«

»Was denn für Stachelbeeren? Und was soll das immer mit deinen vierzig Jahren? Du siehst nicht aus wie vierzig.«

»Reizendes Kompliment.«

»Laß uns nicht streiten, Schatz.«

»Ich streite nicht, ich bin stinksauer«, sagte ich ohne jede Beschönigung.

»Es gibt keinen Grund, sich so aufzuregen. Ich bin ja nicht lange weg. Höchstens zehn Tage. Es haben sich dort ein paar Probleme ergeben«, ergänzte Vlad nebulös. »Und überhaupt ... Ich muß ein wenig nachdenken, ein bißchen allein sein ... Ein bißchen Abstand zu mir selber finden.«

Bisher hatte er nur Abstand von mir gefunden. Hart und brutal, genau nach Art der jungen langarmigen Halbgötter, deren einzige Leidenschaft Streetball ist. Außerdem verzog sich Vlad ja nicht allein aus seinem halbzerstörten Termitenbau, er hatte eine chitingepanzerte Begleiterin bei sich, und zusammen fraßen sie jetzt, in meinen schlaflosen Nächten, mein Fleisch und schwirrten in meinem Kopf herum. Und auch Vlads Reise in seine Heimat ... Sie war, wie sich bald herausstellte, nur eine Fiktion.

Das bekam ich drei Tage später durch einen Zufall heraus. Auf dem Gang in meiner Redaktion begegnete ich Timur, der bei mir den halsbrecherischen Posten eines Musikexperten bekleidete. »Vlad hat einen Ordner in meinem Zimmer liegengelassen (bedächtiges Spiel der Kaumuskeln). Ich glaube aber nicht, daß es sich um etwas Dringendes handelt (bedächtiges Kratzen am Kinn). Könnten Sie ihm den mitnehmen, Boss? (verhaltenes Lächeln) Dieses verhaltene Lächeln bedeutete nichts anderes als: Wir wissen alle, daß Sie mit diesem Playboy eine heiße Affäre haben, aber wenn Sie schon im Büro mit ihm vögeln, sollten Sie doch besser die Tür vorher abschließen.

Noch vor gar nicht langer Zeit, in meinem ehemaligen Leben, waren wir ein paarmal in heikle Situationen geraten, weil wir nie die Tür abschlossen – jetzt verstärkte die Erinnerung daran nur den Schmerz.

Ich nahm den Ordner an mich, zumal Vlad unten am Fahrstuhl auf mich wartete (wir wollten zusammen essen gehen). Es trennten uns nur dreizehn Stockwerke. Zwischen dem zwölften und dem elften Stock öffnete ich den Ordner. Zwischen dem elften und dem zehnten Stock überflog ich die Überschrift eines Artikels über den Club »Gravizapa«, und zwischen dem neunten und achten Stock sah ich es.

Zwei Tickets nach Teberda, in den Skiort NN. Dieser Ort war mir sehr gut bekannt, Vlad und ich hatten unseren ersten gemeinsamen Urlaub dort verbracht. Ich hätte irgendeinen anderen Ort wählen können, in Österreich oder Frankreich, ganz egal, aber ich fuhr mit ihm nach Teberda. Vielleicht, weil ich schon seit Jahren im Winterurlaub immer wieder dorthin fuhr, mal allein, mal in Begleitung, und weil ich die Berge dort um vieles malerischer, die Gletscher überwältigender fand als die sämtlicher Alpen. Und die Skipisten waren einfach atemberaubend und nicht übermäßig ausgebaut, sie trieben einem den Adrenalinspiegel regelmäßig bis zum kritischen Limit hoch. Die Reise damals war in jeder Hinsicht erfolgreich: Vlad verstauchte sich den Fuß, ich zerbrach mein Snowboard, wir küßten uns die Lippen wund. Was könnte schöner sein? Höchstens, mit einer blutjungen Schlampe dorthin zu fahren. Mit einem schamlosen Luder, mit einer billigen, penetranten Nutte.

Es war der Gipfel des Zynismus.

Ich hätte die Fahrstuhlkabine kurz und klein schlagen sollen oder Vlad den Schädel zertrümmern – das wäre eine angemessene und vollkommen verständliche emotionale Reaktion gewesen, aber ich tat nichts dergleichen. Im Gegenteil, als ich aus dem Fahrstuhl trat, schenkte ich ihm mein strahlendstes Lächeln.

»Ich hatte Sehnsucht nach dir, mein Schatz …«

»Aber wir haben uns doch vor einer Viertelstunde erst gesehen.« Vlad zuckte mit den Achseln. Noch vor einem Monat wäre seine Antwort vollkommen anders ausgefallen!

Ich darf nicht mehr mit ihm essen gehen, wenn er mich nicht mehr liebt. Ich darf nicht mehr in einem Bett mit ihm schlafen, wenn er mich nicht mehr liebt. Ich darf nicht mehr leben, wenn er mich nicht mehr liebt.

Nicht mehr leben.

Großartiger Gedanke. Einfach großartig.

»Fährst du jetzt doch?« fragte ich, als wir den Kaffee bestellt hatten.

»Ja.«

»In die Heimat?«

»Ja.«

Wäre hätte gedacht, daß die Heimat dieser räudigen Promenadenmischung namens Vlad ausgerechnet das stolze Karatschai-Tscherkessien war?

»Hat deine Heimat auch einen Namen?«

»Natürlich«, stotterte er widerwillig. »Wydropushsk.«

Wydropushsk, ich krieg 'nen Knall! Bestimmt gab es da Stachelbeeren ohne Ende.

»Willst du mich nicht doch mitnehmen?«

»Nein.« Vlad schnitt meine Frage brüsk ab. So durchtrennt man eine Nabelschnur oder den Strick, an dem ein Selbstmörder hängt, und der Körper schlägt dumpf auf dem Boden auf.

»Übrigens, es gibt Weihnachten jede Menge Arbeit. Ich werde ebenfalls reisen müssen.«

»Ach ja? Wohin denn?« Vlad machte sich gar nicht erst die Mühe, auch nur eine Spur von Interesse in seine Stimme zu legen.

»Nach Moskau«, sagte ich, weil es mir gerade einfiel. »Ein paar Festivals, mehrere Premieren, das muß alles kommentiert werden. Außerdem muß ich noch ins Filmstudio. Man will eine Sendung über mich drehen.«

»Ah …«

»Du fragst gar nicht, was für eine Sendung.«

»Entschuldige … Ich war in Gedanken.«

»Einen Beitrag für den ›Kulturkanal‹«, log ich.

»Gratuliere.«

»Danke.«

Vlad wunderte sich nicht, daß ich ihn erst im letzten Moment über die anscheinend vom Himmel gefallenen Filmaufnahmen informierte, und er wunderte sich auch nicht darüber, daß ich ihm nicht anbot, mitzukommen. Vlad hatte einfach nicht die Kraft, sich zu wundern. Alle seine Kräfte waren für dieses schamlose Luder draufgegangen, für diese billige, penetrante Nutte, für ihre unersättlichen zwanzigjährigen Lippen, für die Katalogisierung ihrer Muttermale, für die Erstellung einer Seeroute über ihren Körper.

Die folgenden Tage widmete ich dem *Entwurf eines Planes*. Anfangs hatte dieser Plan nur den Zweck, mich wenigstens irgendwie von dem Schmerz abzulenken, der sich in meinem Körper eingenistet hatte. Aber das Ablenken funktionierte nicht, und deshalb fiel der Plan ein wenig surrealistisch aus. Ich bastelte und bastelte, doch immer wieder stieß ich auf Unstimmigkeiten und nicht zueinander passende Verbindungsstücke. Das wichtigste war, einen geeigneten Anknüpfungspunkt zu finden. Und ich fand ihn.

Erik.

Erik war Besitzer eines winzigkleinen Jazz-Clubs in Amsterdam. Er war halb Marokkaner, halb Franzose. Ich hatte ihn kurz vor Vlad kennengelernt. Mit dem Sex hatte es bei uns überhaupt nicht geklappt – vielleicht waren wir deshalb so gute Freunde geworden. Erik liebte thailändische Küche (das heißt, genaugenommen liebte er jede Küche, mit Ausnahme der holländischen), Duke Ellington und russische Flüche. In seinem Club stieß man, wo man hintrat, auf romantische Gays, gutgelaunte Freaks, Haschischraucher, Pornodarstellerinnen und Transvestiten. Außerdem fütterte Erik immer irgendwelche heimatlosen arabischen Jugendlichen und verwirrten Uralthippies durch. Mit Erik konnte man Pferde stehlen.

Fünf Tage vor Weihnachten und drei Tage bevor sein Projekt Skiferien steigen sollte, legte ich Vlad ein Flugticket nach Amsterdam auf den Tisch und einen eindrucksvollen Packen Euroscheine daneben.

»Morgen fliegst du nach Amsterdam«, sagte ich in einem Ton, der keinen Widerspruch duldete.

»Das ist unmöglich«, erwiderte Vlad.

»Warum, hast du die Fahrkarten nach deinem ... deinem Dingsbumms schon gekauft?«

»Nach Wydropushsk ... Nein, aber ... Ich wollte es gleich morgen tun.«

»Deine alte Heimat wird es schon verkraften, wenn du ein wenig später dort eintriffst. Schließlich ist sie fünf Jahre lang sehr gut ohne dich ausgekommen, da werden ein paar Tagen mehr oder weniger nichts ausmachen.«

»Und was soll ich in Amsterdam?« Vlad ließ sich auf keinen Konflikt mit mir ein. Er wollte die Sache im guten regeln, der Hundesohn.

»Ein Jazz-Festival.« Ich ging strikt nach meinem Plan vor. »Erik holt dich vom Flughafen ab. Du wirst dich ein paar

Tage in der Stadt herumtreiben, dich prima amüsieren und dabei Material für einen Artikel sammeln. Anschließend bist du frei.«

»Das ist unmöglich.«

»Ich bin nicht nur deine Geliebte, Vlad.« Das Wort Geliebte ging nur mit großer Anstrengung über meine Lippen, ich bekam es kaum zwischen den Zähnen hindurch. »Ich bin nebenbei auch noch dein Boss. Und hier geht es um deine Arbeit, mein Lieber, das hat nichts mit unserer persönlichen Beziehung zu tun.«

»Warum kann nicht Timur fliegen? Ich denke, er hätte nichts dagegen, für ein paar Tage nach Amsterdam zu jetten.«

Niemand hätte etwas dagegen gehabt, nach Amsterdam zu jetten, auch du nicht, noch vor einem beschissenen Monat jedenfalls nicht. Vlad, Vlad, denkst du wirklich, ich würde es dir glauben, daß dieses sagenumwobene Wydropushsk es mit Amsterdam aufnehmen könnte?

»Timur hätte sicher nichts dagegen, bloß hat er kein gültiges Schengen-Visum. Aber du hast eins.«

»Du auch.«

»Ich auch, du hast recht. Aber ich fahre übermorgen nach Moskau. Ich habe einen Termin im Filmstudio, hast du das vergessen?«

Alles, alles hätte noch ins Lot kommen können. Hätte Vlad jetzt gesagt: »Und warum fliegen wir nicht zusammen nach Amsterdam, Mädchen?« oder »Warum fahren wir nicht zusammen nach Moskau?« oder »Warum sollen wir Weihnachten nicht zusammen verbringen?« Hätte er es gesagt, ich hätte mich sanft wie ein Lamm an seine breite Brust gelehnt, und alles wäre gut gewesen. Aber Vlad sagte nur: »Okay, ich fliege.«

Er schwieg einen Moment und fügte dann hinzu: »Fühlst du dich nicht wohl? Tut dir etwas weh?«

Von Nichtwohlfühlen konnte keine Rede sein. Ich war am Zusammenbrechen.

»Nein, alles in Ordnung. Wahrscheinlich die Wechseljahre, achte nicht darauf. Ich muß mich einfach ausschlafen. Vielleicht nehme ich heute mal eine Schlaftablette.«

Schlaftabletten. Auch das gehörte zu meinem Plan. Abends schluckte ich demonstrativ eine Tablette Nitrasepama, der Schlaf sollte sich innerhalb einer Dreiviertelstunde einstellen und sechs bis acht Stunden dauern.

Als ich die Augen schloß, überlegte ich, was Vlad wohl tun würde, sobald ich eingeschlafen war: ob er seine Schlampe anrufen würde oder gar die Frechheit besaß, auszugehen.

Er telefonierte.

Um zwei Uhr nachts, als ich schon anfing, auch ohne jegliche Schlaftablette in Morpheus' Arme zu sinken, schlüpfte Vlad aus dem Zimmer. Ich wartete ein paar Minuten, zur Sicherheit, dann folgte ich ihm.

Die Badezimmertür stand einen Spalt offen, alle Wasserhähne waren aufgedreht. In das Rauschen des Wassers mischte sich seine gedämpfte Stimme: » … Ich sage dir doch, Baby, ich habe heute morgen erst davon erfahren … Eine Geschäftsreise, eine ganz normale Geschäftsreise … Na und, was heißt das schon, Amsterdam? Woher soll ich wissen, was in ihrem Kopf vor sich geht? Nein, daraus wird nichts … Ich fliege morgen früh … Und was ist, wenn sie plötzlich auf die Idee kommt, mich zum Flughafen zu bringen? Schrei mich nicht so an … Nein, es bleibt dabei, Baby … Du fährst eben vor … Und ich komme später nach … Ich verspreche es dir … Vielleicht wirst du dich ein paar Tage langweilen, aber dann … Hör mal, ich kann nicht so lange reden … Sie könnte aufwachen … Wir bleiben in Verbindung, Baby … Ja … Ich auch … Ich auch …«

So nennt Vlad also seine Schlampe – »Baby«.

Und so nennt Vlad jetzt mich – »sie«.

»Ich auch … Ich auch …« Ich liebe dich auch bis zum Wahnsinn. Ich sterbe auch ohne dich … Ich möchte mit dir angeln gehen, die Beine im kalten Wasser baumeln lassen, Weintrauben essen, Tequila trinken, durch den Regen laufen, Riesenrad fahren, die Verhaltensregeln für Fahrgäste in der Metro lesen, Haare schneiden, Seifenblasen machen, Pinguine mit Eis füttern und davon träumen, immer mit dir zusammen zu sein, bis daß der Tod uns scheidet … Zur Hölle mit dir, du Hundesohn, zur Hölle mit dir!

»Woher soll ich wissen, was in ihrem Kopf vor sich geht?« O Vlad, du weißt wirklich noch nicht, was in meinem Kopf vor sich geht!

Shegalytsch empfing mich in einer kleinen Siedlung am Fuße der Berge. Von hier aus bis zu dem Skiort NN. waren es noch etwa vierzig Minuten zu fahren.

Vitja Shegalow – kurz: Shegalytsch – war ein alter Kumpel meines Ex-Manns. Vor ungefähr zehn Jahren hatte er, ein Ur-Petersburger, sich in Karatschai-Tscherkessien niedergelassen und dort sogar geheiratet. Womit er eigentlich sein Geld verdiente, wußte ich nicht und wollte ich nicht wissen. Wir hatten auch so genug Gesprächsstoff. In den fünf Jahren, die wir uns nicht gesehen hatten, war Shegalytsch merklich runder und schwerfälliger geworden, er hatte sogar ein kleines Bäuchlein angesetzt, das er (ohne nennenswerten Erfolg) unter seiner Skijacke zu verstecken suchte.

»Hallo«, sagte Shegalytsch und gab mir einen Schmatz auf die Wange: so als hätten wir uns gerade erst vor einer Woche gesehen und in dieser Zeit jeden Tag miteinander telefoniert. »Du siehst beschissen aus.«

»Stimmt«, bestätigte ich.

»Krank?«

»Todkrank.«

»Was denn, wirklich?«

»Ja, wirklich. Ich bin tatsächlich todkrank, Vitja.«

Shegalysch zupfte sich an der Nase und kratzte sich das Kinn. Er glaubte mir, sofort und bedingungslos.

»Schöne Scheiße«, war das einzige, was er erwiderte. »Ich habe Zwillinge gekriegt. Zwei Jungs.«

»Gratuliere«, sagte ich ausdruckslos.

»Verdammt ... Oder sind Kinder für dich ein heikles Thema?«

»Für mich gibt es keine Themen mehr, weder heikle noch sonstige. Hast du ... alles erledigt?«

»Alles, wie du's dir gewünscht hast.«

Shegalytsch stellte niemals überflüssige Fragen, er stellte überhaupt keine Fragen, genau dafür schätzte ich ihn so.

»Also: Das Zimmer ist reserviert, und hier sind die Autoschlüssel, der Wagen steht voll und ganz zu deiner Verfügung.« Shegalytsch verpaßte dem Rad seines Jeeps einen Fußtritt. Das Gefährt war ziemlich eindrucksvoll – zwar nicht neu, aber solide. »Setzen wir uns rein?«

Wir stiegen ein. Minutenlang saßen wir schweigend da.

»Und das andere, Vitja?«

»Im Handschuhfach.«

»O Gott, wie machst du das bloß alles?«

»Tja …« Shegalytsch grinste und zwinkerte mir mit dem linken Auge zu. »Wir sind doch hier im Kaukasus. Beziehungen eines alten Geheimdienstlers.«

»Du hast dich doch zur Ruhe gesetzt!«

»Ein Spion setzt sich niemals zur Ruhe!« Das konnte er sich nicht verkneifen. »Hör mal … Pfeif doch auf diese Touristenklitsche, komm mit zu mir … Ich stelle dir meine Frau und meine Jungs vor … Wir kippen zusammen einen Wodka, quatschen uns aus … Du erzählst mir von Petersburg, welche Kneipen dicht gemacht haben und welche nicht. Für einen Russen ist der Kaukasus der Tod, ein Russe braucht immer einen anderen Russen.«

»Ein Russe braucht Verstand«, widersprach ich Shegalytsch. »Und ein angemessenes Verhältnis zur Realität. Hast du was von Boris gehört?«

Boris war mein Ex-Mann. Ich hatte ihn seit wenigstens tausend Jahren vergessen, aber jetzt mußte ich an ihn denken.

»Wir haben uns zum letztenmal in Paris gesehen, unter dem Pont d'Austerlitz, in der Gesellschaft von ein paar Clochards. Er sang für japanische Touristen ›Im Park Tschair blühen die Rosen‹. A capella.«

»Mach keine Witze!« Shegaltysch hatte mich tatsächlich zum Lachen gebracht. »Meine Frage war ernst gemeint.«

»Und wenn schon … Was willst du mit Boris, du hast doch einen jungen Freund …«

»Ich habe keinen Freund mehr, weder einen jungen noch einen alten. Gar keinen.«

»Och ...« Shegalytsch beugte sich zu mir und legte einen Arm um mich. »Boris ist irgendwo in Südamerika. Du weißt doch, er war immer ein Abenteurer.«

»Ein Abenteurer mit einem speziellen Hang zum Herumvagabundieren, wohlgemerkt.«

»Genau. Aber hör mal ... Ich habe seine E-Mail-Adresse. Soll ich sie dir geben?«

»Nein, nicht nötig.«

An der ersten Abzweigung fuhr ich an den Straßenrand und hielt an. Ich öffnete das Handschuhfach. Der brave Shegalytsch hatte Wort gehalten: Da lag ein fein säuberlich verschnürtes Päckchen. Die Schnur war zu einer Schleife gebunden, ich fand das auf einmal sehr rührend. Ich hätte mich nicht gewundert, wenn ich auch noch eine Postkarte vorgefunden hätte: »Herzliche Glückwünsche« (weiße Chrysanthemen auf rotem Grund).

Wahrscheinlich habe ich sogar gelacht. Ich angelte aus meinem Rucksack die CD »Night Light Jazz« und schob sie in den CD-Player.

So ... Sehr gut.

»My funny Valentine« von Ben Webster. Na gut, dann eben »My funny Valentine«, schließlich kann ich nicht ewig »You don't know how much you can suffer« hören.

Mein eigener lustiger Valentin trieb sich jetzt in Amsterdam herum, mit Freaks und Pornodarstellerinnen, hörte sich Saxophonmusik und das Gequassel von Erik an, dem alten Schwätzer. Und er wußte nicht einmal, wie sehr ich ihn liebte. Beim letztenmal hatte ich diese Berge, diesen Schnee mit seinen

Augen gesehen, in diesen Schluchten hörte man noch das Echo seiner Küsse – wenn man nur aufmerksam lauschte.

Aber ich dachte nicht daran, zu lauschen, ich zog die Schleife auf.

In dem Packpapier lag ein öliges Tuch, in dem Tuch eine Pistole. Eine matt schimmernde »Makarow«, acht Patronen im Magazin, ein Stern auf dem Griff. Ich nahm die Pistole in die Hand, und sofort kniff der Schmerz, der mich in den letzten Wochen nicht eine Minute lang in Ruhe gelassen hatte, feige den Schwanz ein und schrumpfte auf die Größe einer Erbse. Und dieser erbsengroße Schmerz konzentrierte sich in meiner rechten Schläfe.

Die Versuchung war so groß, daß ich für eine Sekunde die Augen schloß. Warum nicht? Warum nicht auf einen Schlag mit allem Schluß machen? Gleich jetzt. Die Pistolenmündung an die Schläfe drücken und die Kugel direkt in den Herd des Schmerzes schicken. Die Straße war hier ziemlich befahren, man würde mich schnell finden. Man würde meine Leiche mit dem nächsten Transportflugzeug nach Petersburg befördern, die Jungs von meiner Zeitschrift und die Mädchen aus meiner Agentur würden sie abholen und mir dann das letzte Geleit geben. Auf eine sehr zahlreiche Trauergemeinde rechnete ich allerdings nicht, aber wozu auch, mir waren jetzt sowieso alle Menschen egal. Alle, außer einem. Und ob der nicht lieber hierher zum Skifahren kommen würde, anstatt sich auf so einer faden Veranstaltung wie meiner Beerdigung herumzudrücken, das war noch nicht raus. Und selbst wenn er in Petersburg bliebe, um mir die letzte Ehre zu erweisen, wäre doch diese Schlampe an seiner Seite. Dieses schamlose Luder, diese billige, penetrante Nutte.

Sein *Baby*.

Nein, mein lustiger Valentin. Dieses Glück gönne ich dir nicht.

In den letzten Jahren hatte sich der Skiort NN. sehr verändert. Als ich dort ankam, war es schon fast dunkel, also würde ich das ganze Ausmaß der Veränderungen erst am Morgen feststellen können. Das eine oder andere jedoch fiel sofort ins Auge: vor allem der neue Parkplatz, der pickepacke vollgestellt war mit Autos sämtlicher Größen – vom klotzigen Jeep bis zum sparsamen Kleinwagen; die beiden neuen Trakte, die man an das alte Gebäude angebaut hatte, und das kleine Restaurant, dort, wo früher die Ausleihstelle für Skiausrüstungen gewesen war. Das Restaurant hieß »X-files«, und allem Anschein nach war es das Zentrum des abendlichen Après-Ski.

Ich meldete mich an der Rezeption an, nahm den Schlüssel in Empfang und ging auf mein Zimmer.

Aufgrund eines seltsamen, fast unheimlichen Zufalls war es dasselbe Zimmer, in dem Vlad und ich vor fünf Jahren zusammen gewohnt hatten.

Ich wertete das als Zeichen. Noch war ich imstande, irgend etwas wenigstens irgendwie zu werten, an irgend etwas zu denken, irgend etwas zu fühlen. Die Erinnerungen stürzten auf mich ein, kaum daß ich die Schwelle überschritten hatte, meine Knie wurden weich, die Kräfte verließen mich. Da war dieselbe Kiefer vor dem Fenster, dieselbe Kammlinie der Berge in der Ferne. Ein wahnsinniger Gedanke ließ mich schaudern: Gleich geht die Tür des Badezimmers auf, und Vlad kommt herein, sich mit einem Handtuch das nasse Haar trocknend. Nackt (er mochte es, nackt im Hotelzimmer herumzulaufen), schön wie eine antike Statue, bis zum Rand voll von Jugend und Begierde.

»Vlad«, rief ich leise. »Vlad! Sag mir … Sag mir irgendwas …«

Keine Antwort.

Fast eine Stunde lang lag ich auf dem Bett und starrte mit trockenen, blinden Augen an die Decke. Mein Körper schmerzte, als hätte ich mir sämtliche Knochen gebrochen, alle Organe schienen zu einem einzigen formlosen Klumpen zusammengekrampft. Ein Stück Fleisch, das war ich, ein Stück nutzloses Fleisch, ein Stück Dreck.

Hätte ich wirklich vorgehabt, mich umzubringen, ich hätte es in diesem Moment getan. Aber ich tat es nicht.

Dieses Glück gönne ich dir nicht, mein lustiger Valentin.

Schließlich zwang ich mich, aufzustehen und zu duschen. Der Gedanke an *Baby* führte mich am Zügel, hielt mich an kurzer Leine, stieß mich hart in den Rücken. Wenn meine Berechnungen stimmten (und sie konnten nicht falsch sein), dann war Baby schon im Hotel eingetroffen, oder ihre Ankunft stand unmittelbar bevor. Also würde ich sie vielleicht noch heute abend im »X-files« zu sehen bekommen, sie würde ja wohl nicht wie ein Einsiedler auf ihrem Zimmer hocken bleiben. Wenn nicht, dann sehe ich sie spätestens morgen. Entweder in der Hotelhalle oder am Skilift, oder auf einer der Skipisten. Die Tatsache, daß ich sie noch nie gesehen hatte, machte mir nicht die geringsten Sorgen.

Ich erkenne sie.

Schließlich und endlich … o Gott, gib mir die Kraft, das durchzustehen! … liebte Vlad sie, und ich spürte Vlad wie niemand sonst. Und dann war da noch das Parfüm, das verdammte »Angel«. Aber selbst wenn das nicht funktionierte … Nicht einmal das … In drei oder vier Tagen würde er ja selber kommen, und dann würde ich sie mit Sicherheit erkennen. Sie würde bei ihm sein, sein Baby. Und dann werde ich plötzlich wie aus dem Nichts in ihrer wolkenlosen Berglandschaft erscheinen. Ich erscheine ihnen wie ein Deus ex machina mit einer »Makarow« in der Hand. Ich konnte mir gut vorstellen, wie sich ihre Gesichter in die Länge ziehen, wie sie am ganzen Leibe zittern würden.

Eigentlich brauchte ich die Pistole genau dafür – um das süße, entzückende Pärchen durch ihre Mündung zu betrachten, und dann …

Ich hatte keine Ahnung, was dann. Dann komme, was kommen muß.

Und jetzt gehe ich ins »X-files«.

Ich erkannte sie sofort.

Obwohl sie gar nicht aussah wie ein *Baby*. Meine müde, von den letzten Gefechten um Vlad zermürbte Phantasie hatte mir eine Platinblonde ausgemalt mit der Figur eines Models, dem verhuschten Universalschönheitsgesicht Claudia Schiffers, arroganten Schlüsselbeinen und dem Verstand eines Spatzen. So ein Baby, stellte ich mir vor, hörte am liebsten Kenny G., wenn sie vögelte, »Pet Shop Boys«, wenn sie Schokolade futterte und Jennifer Lopez, wenn sie Trübsal blies darüber, daß die Zeit so schnell verging. So ein Baby suchte permanent nach Spiegeln, um sich die Lippen nachzuschminken, sogar wenn sie aufs Klo ging, und enervierte seine Umgebung damit, was für ein aufregender Schriftsteller Paulo Coelho sei. So ein Baby, stellte ich mir vor, war vor lauter Weiblichkeit schon Gallert, verstand sich dabei aber meisterhaft darauf, ihren Liebhaber in Gelee zu verwandeln, sobald er ihr irgendeinen ihrer teenyhaften Wünsche abschlug. Und obwohl Platinblonde mit Modelfigur auch ganz anders sein können, wollte ich mir *Baby* ganz genau so vorstellen.

Sie sollte ein entzückendes, hirnloses Dummchen sein, damit ich zu Vlad sagen konnte (und wenn nicht zu Vlad, dann wenigstens zu mir selbst): Gegen diese Vollidiotin hast du mich eingetauscht?

Ich erkannte sie sofort, ich erkannte den Geruch, der alles dominierte: die kümmerlichen Zwergtriebe von »Hugo Boss«, das spärliche Niederholz von »Maboussin«, die gefallenen Stämme von »Organza«, die Sanderde von »Samarkand«.

Das »X-files« war überfüllt: Wahre Massen junger und weniger junger Gesichter, überzogen von einer flüchtigen Winterbräune, jede Menge geselliger Runden. Baby dagegen saß ganz allein an einem Ecktisch am Fenster. Und genau aus dieser Ecke roch es intensiv nach »Angel«. Während der zehn Minuten, die ich sie heimlich beobachtete, schlenderten nicht weniger als vier Typen an ihren Tisch, ganz offensichtlich mit dem heftigen, alkoholdunstbeflügelten Bedürfnis, ihre Bekanntschaft zu machen. Aber Baby hatte eine Art, alle vier in kürzester Zeit eiskalt abzuservieren.

Na gut, dann bin ich jetzt Nummer fünf.

Ich organisierte mir an der Bar einen Kaffee und einen Cognac und steuerte gradewegs in die stinkende Engelecke.

»Gestatten Sie?« fragte ich und trat an ihren Tisch. Fast hätte ich gesagt: »Baby«, aber ich besann mich noch rechtzeitig. »Darf ich mich zu Ihnen setzen?«

»Wenn Sie mich nicht anmachen«, zischte Baby träge durch die Zähne.

»Keine Angst.«

»Dann bitte sehr.«

Sie war tatsächlich zwanzig. Aber sie war nicht blond, sondern von dem allernatürlichsten Brünett. Ein kurzer, fast extravaganter, sehr jungenhafter Haarschnitt, gekrönt von einem kleinen Zopf. An ihrem rechten Ohr baumelte ein kleines Kreuz, und in demselben Ohr steckte der Stöpsel eines Kopfhörers. Der CD-Player selbst befand sich auf dem Tisch, in schöner Eintracht mit einem Zippo-Feuerzeug, einem Milchcocktail, einem Glas Wodka und zwei Schachteln Marlboro. Im Aschenbecher häuften sich schon an die zwanzig Zigarettenstummel, alle bis auf den Filter heruntergeraucht. Mit zwanzig hatte ich genauso geraucht.

Durch das »X-files« waberten dichte Massen von graublauem Dunst, es war laut und warm, aber doch nicht so warm, daß man im Tanktop hätte dasitzen können. Baby trug ein Tanktop. Möglicherweise ja nur zu dem Zweck, daß jeder, dem gerade danach war, ihre provozierend vorstehenden Brustwarzen würdigen konnte. Oder damit jeder, dem gerade danach war, Gelegenheit hatte, ihre prächtigen Tattoos zu begutachten: ein Pflanzenornament auf dem rechten Unterarm und ein keltisches Motiv, das sich um den linken Arm rankte. Babys Hals wurde von cirka einem halben Dutzend billiger Ketten zugeschnürt, wie man sie in jedem beliebigen Laden für Dritte-Welt-Trödel kaufen konnte. Dazu trug sie ein Bandana-Tuch ums Handgelenk.

Das Tuch gab mir den Rest.

Geraume Zeit sah ich Baby einfach nur an, ich fraß sie gierig mit den Augen, und ich schämte mich nicht im geringsten für meine Gier.

»Stimmt irgendwas nicht?« fragte Baby endlich. »Hängt mir vielleicht der Rotz aus der Nase?«

»Nein«, sagte ich verlegen. »Es ist alles in Ordnung. Keine Spur von Rotz.«

»Okay.«

Ich haßte das Wort »okay«, aber aus Babys Mund rief es seltsamerweise keinen Protest bei mir hervor.

Das seltsamste war jedoch, *daß Baby selbst keinerlei Protest bei mir hervorrief.*

Sie war nicht schön, im landläufigen Sinne, nicht einmal hübsch ... Sie war hinreißend.

Eine hohe, trotzige Stirn, scharf gezeichnete Wangenknochen, breite, fast männliche Brauen und Augen von der Farbe des Buchweizenhonigs. Ihre Augen waren besonders schön. Die Augen und ihre kindlich aufgeworfenen, pinkfarbenen Lippen. Selbst die winzige Narbe im rechten Mundwinkel wirkte nicht wie ein Makel.

»Was hören Sie da?« fragte ich.

»Och, eine ziemlich starke Truppe.«

»Und was genau?« Ich legte eine beneidenswerte Hartnäckigkeit an den Tag, ich war zu allem bereit – nur damit Baby mir nicht vom Haken sprang.

»Rammstein«, »Guano Apes«, ein Zigeunerchor vom Balkan oder schlimmstenfalls »Semfira« – spielte es eine Rolle, was Baby hörte?

Aber ihre Antwort verblüffte mich.

»Eine Jazz-Combo. Die ›Singers Unlimited‹.«

»Singers Unlimited«! Die »Singers Unlimited« gehörten

zu meinen absoluten Favoriten, ich besaß drei ihrer CDs, die ich mir früher praktisch ununterbrochen angehört hatte. Ich hatte mich fast nie von ihnen getrennt – bis ich Vlad kennenlernte. Aber als ich Vlad kennenlernte, trennte ich mich nicht nur von den »Singers Unlimited«, ich trennte mich von allem. Ohne jedes Bedauern.

Die »Singers Unlimited«, unglaublich! Sie war offensichtlich überhaupt nicht auf die Idee gekommen, auf ihre Musik zu verzichten, bloß weil ihr Vlad über den Weg gelaufen war. Vermutlich verzichtete sie auf gar nichts, was in ihrem zwanzigjährigen Leben jemals eine Rolle gespielt hatte. Darin lag der Unterschied, der Abgrund zwischen uns.

»O Dindi …«, sang ich Baby den Anfang eines Songs der »Singers Unlimited« vor.

Baby sah mich mit plötzlich aufflammendem Interesse an.

»He, cool! Zum ersten Male begegnet mir in diesem Land ein Mensch, der die ›Singers Unlimited‹ kennt.« Sie zeigte ein strahlendes Lächeln, in ihrem Gesicht erwachten zwei Grübchen, sie seufzte süß. »Können Sie noch mehr?«

Also gab ich eine Kostprobe aus »Prelude To a Kiss« zum besten.

»Sie bringen mich um«, konstatierte Baby.

»Reiner Zufall. Eine verirrte Kugel.«

»Sie gefallen mir«, stellte Baby nun fest und erließ dann ihr abschließendes Verdikt: »Sie sind eine heiße Mutti.«

»Ich fühle mich geehrt.«

»Ich heiße Alexandra. Saschka, wenn Sie wollen. Oder Schurik. Ich höre auf alles. Und Sie?«

»Jelena.« Ich hielt für eine Sekunde den Atem an. »Lena, wenn Sie wollen.«

»Okay. Also Lena. Rauchen Sie?« Baby schob mir mit königlicher Geste die Marlboroschachtel zu.

»Nein, ich habe aufgehört.«

Der Buchweizenhonig ihrer Augen überzog sich mit einem dünnen Film des Mitleids.

»Warum?«

»Wie warum? ... Ich habe eben aufgehört. Zwei Schachteln am Tag, das war mir einfach zuviel.«

»Ach was, zwei Schachteln sind normal.«

»Wie man's nimmt ... Außerdem ... Man wird älter ... Die Haut trocknet aus, die Lungen rasseln ...«

»Quatsch.« Das Mitleidshäutchen wurde spürbar dicker. »Ihre Haut ist super ... Haben Sie denn nie mehr Lust bekommen zu rauchen, seitdem Sie damit aufgehört haben?«

»Doch, natürlich, und wie.«

»Es ist nie zu spät, die schlechte Angewohnheit der Tabakenthaltsamkeit abzulegen. Sie haben doch bestimmt gern geraucht?«

»O ja, sogar sehr.« Das hatte ich nicht einmal Vlad gestanden.

»Sehen Sie!« Baby hatte mich am Schlafittchen. »So viele Vergnügen gibt es nicht im Leben, daß man mir nichts, dir nichts auf eins davon verzichten sollte.«

Warum war ich selbst bisher nie auf diesen einfachen und klaren Gedanken gekommen?

»Sie haben recht, Alexandra. Ich meine ... Saschka.«

»Also?«

Baby schnippte mit einer geschickten Bewegung eine Zigarette aus der Schachtel. Sie verführte mich, sie provozierte mich, selbst das spitze Ende ihres Zopfes spaltete sich wie die Zunge einer Schlange. Und ich gab auf. Ich nahm die Zigarette aus Babys Hand, die fest und gleichzeitig zart war – wenn auch verunstaltet von billigen Silberringen, wie sie eben an die Finger einer Zwanzigjährigen gehören.

Baby ließ ihr Feuerzeug klicken, ich zündete die Zigarette an und tat den ersten tiefen Zug.

»Und, wie ist es?« fragte sie neugierig.

»Göttlich!« Ich stieß einen Rauchkringel aus. Dann noch einen.

»Super!« Der Buchweizenhonig zerfloß in den Rauchkringeln. »Sie sind wirklich klasse.«

Sie war klasse. Und das lag nicht nur an ihren zarten zwanzig Jahren, sondern an der Aura, die sie umgab und die Baby sofort aus jeder Menschenmenge hervorhob. Wir hatten kaum eine halbe Stunde an einem Tisch gesessen, da wußte ich, was das heißt: die traurige Rolle, Freundin der Hauptdarstellerin zu sein. Ich hatte nie irgendwelche Komplexe bezüglich meines Äußeren gehabt. Und auch jetzt hätte ich ohne Mühe irgendwelche Männer aufreißen können, wäre da nicht ... Wäre da nicht Baby gewesen ... Alle hatten nur Augen für sie, alle wandten sich nur an sie. Warum, warum nur hatte Vlad sich keine Platinblonde ausgesucht, dann hätte ich noch eine winzige Chance gehabt. Aber gegen diese lebensvolle, mit der vitalen Anziehungskraft einer jungen Provokateurin ausgestattete Frau hatte ich keine Chance.

»Ein interessanter Duft«, sagte ich, als ich die erste Zigarette bis zum Filter heruntergeraucht hatte und schon ein wenig berauscht war von dem Nikotin, das in meinen entwöhnten Organismus eingedrungen war.

»Was meinen Sie?«

»Ihr Parfüm.«

»Aah ...« Baby drückte ihre Nasenspitze auf die Lippen, dann schnupperte sie an ihrem Handgelenk. »Das ist ›Angel‹.«

»Es steht Ihnen.«

»Finden Sie? Eigentlich mag ich gar kein Parfüm. Genauer gesagt, ich versuche, keines zu benutzen. Parfüm ist doch nur eine List ... Das ist das gleiche, als würde man im Sommer einen Pelz tragen, bloß weil man eine Scheißfigur hat. Ich finde, man sollte möglichst natürlich sein, und Parfüm hat absolut nichts Natürliches an sich. Das ist reiner Betrug. Nichts als Schwindel.«

Diese lange, programmatische Rede machte mich ein wenig benommen.

»Warum benutzen Sie dann welches?«

»Es ist ein Geschenk meines Freundes. Das ist eine seiner Schwächen – ›Angel‹ auf meiner Haut. Ich versuche, den Schwächen meiner Freunde mit Verständnis zu begegnen.«

»Ihr Freund ... Ist er auch hier?« fragte ich, meine Worte mit Bedacht wählend.

»Vlad? Nein. Würde ich in diesem lausigen Schuppen hocken, wenn er hier wäre? Aber er kommt nach, in drei Tagen oder so. Er mußte im letzten Moment auf eine dringende Geschäftsreise ...«

»Zu Weihnachten?«

»Er arbeitet für eine Zeitschrift. Wissen Sie, eins von diesen blöden Hochglanzmagazinen, die einem beibringen wollen, wie man zu leben hat. Was für Musik man hören soll, was man anziehen soll und wie man seinem Freund eine erotische Massage verpaßt, daß er kommt bis Wladiwostok. Der totale Quark. Jedenfalls, da arbeitet er. Und jetzt ist er gerade nach Amsterdam geflogen, um da irgendwas aufzureißen. Waren Sie schon mal in Amsterdam?«

Ich schaukelte vage mit dem Kopf und überließ es Baby, selber zu entscheiden, ob ich schon mal in Amsterdam war oder nicht. Und während sie sich noch entschied, zündete ich mir – jetzt bereits auf eigene Initiative – eine Zigarette an. Damit war alles klar. Keinerlei Zweifel. Das war sie. Absolut kein Luder, keine billige, penetrante Nutte. Keine Schlampe.

Baby.

»Amsterdam ist ziemlich uncool«, sagte Baby. »Diese Stadt ist immer so, wie du sie gerade haben willst. Ich mag sie nicht besonders ...«

»So wie Parfüm?«

»Nein, anders. Paris zum Beispiel ist eine frigide und berechnende Nutte. Aber Amsterdam ist eine Nutte, die es allen umsonst macht. Aus reiner Liebe zur Kunst.«

»Sind Sie schon mal in Paris gewesen?«

»J'ai passé une très bonne soirée«, sagte sie in ganz leidlichem Französisch. »Es war sehr nett.« So ein Filou!

»Sans aucun doute!« Mein Französisch war ohne Frage besser als ihres. Mein Französisch war tadellos.

»Oj!« Baby zupfte an ihrem Ohrring.

»Aj!« Ich wiederholte ihre Bewegung fast spiegelgleich, mit dem Unterschied, daß in meinem Ohr ein Brillant steckte, der anderthalb Tausend Dollar wert war.

»Klasse!« Wieder betörte mich Baby mit ihren Grübchen. »Sie sind ein super Typ.«

»Ein ›Million Dollar Baby‹.«

»Genau.«

Baby ließen sowohl das »Baby« als auch die »Million« völlig ungerührt. Ich hatte keine Chance. Nicht die geringste.

»Sind Sie eigentlich allein hier?«

»Ja.«

»Warum?« Die Einfachheit dieser Frage grenzte an Schamlosigkeit.

»Warum sollte ich nicht allein hier sein?«

»Das ist kein Ort, um allein zu sein. Oder wollen Sie sich irgendwen aufreißen?«

»Sehe ich aus wie jemand, der es nötig hat, jemanden aufzureißen?«

Baby begann mich zu taxieren: forschend, konzentriert, vor Anstrengung auf ihrer Unterlippe kauend. Ein Gesichtsausdruck, mit dem man alte Manuskripte untersucht, Jahresringe an Bäumen zählt oder die anatomische Struktur der Seepferdchen studiert.

»Nein, eigentlich nicht. Sie sehen aus wie jemand, der jemanden lieben muß. Bis zum Wahnsinn.«

Die zerbrochene Spieluhr in meiner Brust gab einen letzten Abschiedston von sich: Die letzte Feder ihres Mechanismus war zersprungen.

»Ich habe geliebt ... Und liebe immer noch. Bis zum Wahnsinn. Aber er braucht es nicht mehr. Er hat eine andere.«

»So ein Arschloch!« Baby schlug so heftig mit der Faust auf den Tisch, daß das Glas mit dem Rest Wodka in die Höhe sprang und umfiel.

»Das hab ich auch gedacht ...«

»Und jetzt?«

»Jetzt denke ich es nicht mehr. Er hat einfach eine andere. Hat sich neu verliebt. Und eine neue Liebe löst nie den Wechsel für die alte ein.«

Kaum hatte ich das gesagt, kaum hatte ich diese Worte ausgesprochen, da geschah etwas vollkommen Überraschendes: Baby beugte sich über den Tisch und küßte mich auf die Wange.

»Wenn ich zu dir sage ›Vergiß es‹« – wie selbstverständlich ging sie zum Du über –, »wirst du sowieso nicht auf mich hören. Oder?«

»Stimmt.«

»Also muß man einen anderen Ausweg finden.«

»Was für einen?«

»Shit!« Baby schaukelte wieder auf ihrem Stuhl und lachte ein unbeschwertes Lachen. »Ich habe einen super Stoff aus Tadshikistan dabei. Los, wir gehen auf mein Zimmer und rauchen zusammen eine Tüte!«

Ihr Zimmer war mit meinem vollkommen identisch – mit dem einzigen Unterschied, daß vor ihrem Fenster keine Kiefer stand. Man sah nur die Berge. Gleich hinter der Tür auf dem Fußboden lag ein abgewetzter Lederrucksack (Baby hatte offenbar noch keine Zeit gefunden, ihre Sachen auszupacken), auf dem Tisch stand ein Notebook. Ein altes Notebook, daß mich an mein eigenes erinnerte, das ich vor fünf Jahren besessen hatte. Ein »Compaq« oder etwas ähnliches.

»Setz dich, leg dich, tu, was dir gefällt«, sagte sie und breitete mit der Geste einer Hausherrin die Arme aus.

Ich wollte gerade aufs Bett zusteuern, als mich plötzlich ein Gedanke mit arktischer Kälte überfiel: In lausigen drei

Tagen kommt Vlad, und sie werden genau hier *Liebe machen*. In diesem selben Bett. Und Vlad wird Baby die Hand unter ihr Tanktop schieben, wird die Knöpfe ihrer ein wenig sackartigen Jeans öffnen, wird ihre Tattoos mit seinen Lippen berühren, seine Zunge wird mit dem Kreuz an ihrem Ohr spielen, dann wird er vorsichtig an ihren triumphierend aufragenden Brustwarzen knabbern, und dann ... und dann ... Nein, weiter wollte ich mich den ineinander verknäulten Körpern von Vlad und Baby nicht nähern. Wie vom Blitz getroffen fiel ich neben dem Bett zu Boden.

Baby sah mich wohlgefällig an.

»Ich sitze auch am liebsten auf dem Fußboden ... So, jetzt drehen wir uns einen Joint, und dann geht es uns gleich viel besser.«

Sie ließ sich neben mir nieder, zog aus einer Außentasche ihres Rucksacks eine Schachtel »Belomor«, aus der Innentasche eine kleine Tüte mit Haschisch, und dann fabrizierte sie mit bewundernswerter Geschicklichkeit einen dicken Joint. Zum Abschluß befeuchtete sie die Spitze mit Spucke.

»Du hast nicht grade viele Sachen mit«, bemerkte ich.

»Ich bin einfach ein mobiler Mensch. Außerdem finde ich Klamotten bloß anstrengend. Ich habe ein gestörtes Verhältnis zu Kleidung. Und überhaupt ... Wenn ich ehrlich bin, wäre ich am liebsten in Französisch Polynesien geboren und liefe das ganze Leben lang nackt herum.«

»Schöner Traum. Und leicht zu erfüllen.« Die Eifersucht schnitt mir wie mit einem Messer durch die Augen. »Bei deiner Figur.«

»Na ja, du kannst dich doch auch nicht gerade beschweren.« Die »Belomor« glühte auf und begann zu knistern:

Baby hatte den ersten Zug genommen. »Woher kommst du eigentlich?«

»Ich? Aus Petersburg.«

»Cool! Das gibt's doch nicht! Ich bin auch aus Petersburg. Was für ein Zufall! Kannst du Skifahren?«

»Kann ich.«

»Ich nicht.«

»Wirklich nicht?« fragte ich verwundert.

»Wirklich und wahrhaftig nicht.« Baby biß sich bekräftigend auf den Daumennagel. »Bringst du's mir bei?«

»Ich weiß nicht ... Solltest du nicht lieber einen richtigen Kurs machen?«

»Hier, nimm.« Die »Belomor« wanderte in meine Hand. »Nein, das will ich nicht. Ich will, daß du es mir beibringst. Mach dir keine Sorgen, ich bin bestimmt begabt. Ich bin schon Fallschirm gesprungen und getaucht, eigentlich fehlt nur noch Skifahren.«

»Och, da gibt es aber auch noch ein paar andere nette Sachen ... Hunderennen, zum Beispiel, oder Fesselballon fliegen ... In achtzig Tagen um die Welt.«

»Hab ich alles noch vor mir.«

Baby rutschte dichter an mich heran.

»Das liegt alles noch vor uns, hörst du? Wir haben noch das ganze Leben vor uns. Ein ganzes, endlos langes Leben.«

Ich erwachte von einem dumpfen Klopfen am Fenster.

An der Scheibe klebten lauter Schneeklumpen, und während ich noch zu begreifen versuchte, was das zu bedeuten hatte, knallte schon der nächste Schneeball gegen das Glas. Danach folgte ein durchdringender Pfiff.

Baby.

Baby saß in der Kiefer direkt vor meinem Zimmerfenster, rittlings auf einem dicken Ast. Der Ast war ziemlich hoch, der Stamm der Kiefer aber vollkommen glatt. Wie es ihr gelungen war, dort hochzukommen, war mir ein Rätsel. Sie hätte ja auch an die Tür klopfen können, aber sie zog es vor, mich auf diese Art zu wecken. Sie war eben *Baby*, und das erklärte alles.

Ich riß das Fenster auf und schrie: »Bist du verrückt geworden! Wieso bist du da raufgeklettert?«

»Um dir zu sagen, daß heute ein total irre schöner Tag ist! Und daß du versprochen hast, mir das Skifahren beizubringen.«

»Hab ich das?«

»Hundertpro. Ich erwarte dich in zwanzig Minuten unten in der Halle.«

»In vierzig Minuten.«

»In einer halben Stunde«, sagte Baby abschließend, machte einen schwindelerregenden Purzelbaum und landete auf der Erde. Das ging so schnell, daß ich nicht einmal Zeit hatte zu erschrecken.

Während ich duschte, mich mit Sonnencreme einsalbte und in den Skianzug stieg, ging mir ununterbrochen die vergangene Nacht durch den Kopf.

Die Nacht mit Baby.

Ich hatte die Nacht mit dem Mädchen verbracht, das mir Vlad weggenommen hatte, und jetzt konnte ich aus voller Überzeugung sagen: So eine Nacht hatte ich noch nie erlebt. Niemals.

Und das hatte nichts mit dem Haschisch zu tun.

Babys Mund hatte keine Minute stillgestanden, und doch war es für mich nicht einen Augenblick anstrengend geworden. Das Eintauchen in ihre zwanzigjährige Welt war für mich leicht und unproblematisch – sie war phantastisch, sie war wie ein südamerikanischer Roman, ein chinesisches Gleichnis und ein packender Thriller in einem. Baby jonglierte mit den unterschiedlichsten Städten (New York, London und Barcelona gehörten nicht dazu, wofür ich ihr unendlich dankbar war), sie zog aus der hinteren Tasche ihrer Jeans die wunderlichsten Landschaften, zauberte die unglaublichsten menschlichen Typen hervor. Ihr Amsterdam hatte mit dem meinen nicht die geringste Ähnlichkeit. Dasselbe galt für Paris und Saloniki. Ihr Grappa und ihr Ouzo schmeckten anders als meiner, und während es in meinen venezianischen Kanälen nichts gab außer Schlamm und Müll, wuchs in ihren Farnkraut und schwammen die in Papyrus eingewickelten Haarlocken der Verliebten. Von Baby erfuhr ich zum erstenmal von neunschwänzigen Katzen und von Gangstern, die Go spielten. Ich war beinahe sicher, daß der größte Teil ihrer Erzählungen lediglich die Frucht ihrer blühenden Phantasie war, aber diese Frucht war wunderbar und duftete herrlich.

»Hör mal, du solltest schreiben«, sagte ich schließlich, schon vollkommen entkräftet von all ihren Geschichten.

»Schon dabei.«

»Was heißt – schon dabei.«

»Ich bin schon beim Schreiben«, sagte Baby und deutete mit dem Kinn auf das Notebook. »Da ist es.«

»Das Buch?«

»Der Roman.«

»Darf ich ihn lesen?«

»Irgendwann mal.«

»Okay.« Waren das etwa meine Lippen, die da gerade ›Okay‹ gesagt hatten?

Ich kann mich nicht erinnern, wie ich später in mein Zimmer gekommen bin, aber als ich dort ankam, fiel ich einfach auf die Knie und brach in Tränen aus. Der Schmerz, der mich für kurze Zeit losgelassen hatte, packte mich mit neuer Kraft. Ich hatte keine Chance. Nicht die geringste. Vlad würde niemals zu mir zurückkehren. So eine wie Baby verläßt man nicht. So einer wie Baby folgt man sein ganzes Leben. Es fragte sich nur, was sie eigentlich von Vlad wollte. Sie wird ihn verlassen, das dauert keine drei Monate. Aber wird er dann zu mir zurückkehren? Und selbst wenn er zurückkehrt, er wird sie jeden Tag suchen. Um mit ihr angeln zu gehen, die Beine im kalten Wasser baumeln zu lassen, Weintrauben zu essen, Tequila zu trinken, durch den Regen zu laufen, Riesenrad zu fahren, die Verhaltensregeln für Fahrgäste in der Metro zu lesen, Haare zu schneiden, Seifenblasen zu machen, Pinguine mit Eis zu füttern. Und davon zu träumen, immer mit ihr zusammen zu sein, bis daß der Tod sie scheidet …

Baby erwartete mich in der Halle. Sie saß im Schneidersitz auf einem Sessel. Ein paar junge Männer umkreisten sie, suchten aber sofort das Weite, als sie mir zuwinkte.

»Du siehst spitze aus«, sagte Baby. »Coole Klamotten. Was ist, ziehn wir los?«

»Also, folgender Plan«, sagte ich und zog dabei den Reißverschluß ihres anspruchslosen Skianzugs zu. »Erst mal suchen wir dir ein Paar passende Bretter aus.«

»Und dann bringst du mir das Skifahren bei?«

Sie erwies sich als hervorragende Schülerin. Ich hatte so etwas schon vermutet, aber die Realität übertraf alle meine Erwartungen. Vielleicht lag es ja auch nur an ihrer Furchtlosigkeit? So furchtlos, wie sie lachte und dabei den Kopf in den Nacken warf, so furchtlos, wie sie von den Gangstern erzählte, die Go spielten, genauso furchtlos glitt sie jetzt über die flachen Anfängerpisten. Es war schwer zu glauben, daß sie zum erstenmal auf Skiern stand.

»Den Rumpf nach vorn!« schrie ich.

»Ich weiß, ich weiß!«

Nach ein paar Dutzend gelungenen Abfahrten blieb sie neben mir stehen: Ihre Augen leuchteten, auf ihren Lippen lag ein glückliches Lächeln, ihre Wangen waren rosig.

»Und, wie bin ich?« fragte sie.

»Nicht schlecht, gar nicht schlecht. Macht es dir Spaß?«

»Es ist einfach irre. Hör mal ... Wollen wir nicht irgendwo anders hin?« Baby stützte sich auf die Skistöcke und sah mich bittend an.

»Was gefällt dir hier denn nicht?«

»Hier sind mir zu viele Leute, und zu viele Fähnchen, und zu viele Kinder ...«

»Du bist doch selbst noch ein Kind.« Ich hatte Lust, ihr über das Haar zu streicheln.

»Los, laß uns verschwinden, irgendwohin, wo richtig die Post abgeht, ja?«

»So weit bist du noch nicht. Glaub bloß nicht, daß das alles so einfach ist. Du brauchst noch mehr Sicherheit, und das mit dem Wedeln haut auch noch nicht richtig hin.«

»Hier kriege ich nie Sicherheit.« Baby zupfte wieder an dem Kreuz in ihrem Ohr. »Außerdem ist es langweilig.«

»Red keinen Unsinn«, sagte ich im Ton einer Grundschullehrerin.

»Komm schon, bitte ...«

»Hör auf zu quengeln. Und jetzt Marsch, wieder rauf nach oben!«

Aber gegen Ende des Tages gab ich mich geschlagen, und wir wechselten auf die schwierigeren Pisten, die mir von meiner letzten Reise her gut vertraut waren. Baby sah sie natürlich zum erstenmal. Für den Anfang führte ich ihr ein paar Abfahrten vor, dann kam sie an die Reihe.

»Hast du dir alles gut gemerkt?« Ich beugte mich vor und prüfte ihre Bindungen.

»Ja. Arme an den Körper und mit den Stöcken keine Löcher in die Luft spießen ... Geht alles klar, mach dir keine Sorgen.«

Babys Lippen waren fest zusammengepreßt, in ihren Augen leuchtete der konzentrierte, überirdische Glanz, der für Extremsportler charakteristisch ist.

»Also dann – Hals und Beinbruch. Los!«

Baby mußte als Skifahrerin auf die Welt gekommen sein. Obwohl, wahrscheinlich war sie auch als Fallschirmspringerin, Bergsteigerin, Bikerin oder Perlentaucherin auf die Welt gekommen. Sie war als *Baby* auf die Welt gekommen, und das erklärte alles.

Das erklärte, warum sie auf ihren Skiern fliegen konnte. Der kleine Engel war wie geschaffen für Schnee, steile Schluchten und fast senkrecht abfallende Hänge. Es war ein Genuß, ihr zuzusehen. Vlad würde nie zu mir zurückkehren. Niemals. Niemals mehr. Ich stieß mich mit den Stöcken ab und sauste dem Engel hinterher bergab.

»Verdammt noch mal«, sagte sie, als ich neben ihr auftauchte. »Du fährst irre gut. Du siehst überhaupt irre gut aus.«

»Du auch.«

»Was machen wir heute abend?«

»Wieder Haschisch?«

»Warum nicht? Erst ein Wodka im ›X-files‹, anschließend Haschisch, abgemacht?«

»Abgemacht.« Ich zog sie an ihrem Zopf.

»Gibt es hier eigentlich noch was anderes?«

»Was meinst du?«

»Irgendeinen anderen Ort … Wo keine Leute sind.«

»Wie meinst du das?«

»Na, irgendwelche Hänge, wo niemand ist außer uns.«

»Hier gibt es jede Menge Berge.« Ich zuckte vage mit den Schultern. »Kann sein, man findet was.«

»Los, laß uns was suchen! Nein, wirklich! Gefällt dir das etwa, daß überall diese komischen Besenstiele rumstehen und einem ständig jemand vor den Füßen rumläuft? Das wäre doch super – nur du und ich und der Schnee, möchtest du das nicht auch?«

»O ja, das möchte ich«, sagte ich und schloß die Augen. »Das möchte ich.«

Der Abend und die Nacht mit Baby waren genauso zauberhaft wie am Tag zuvor, aber der Morgen in Einsamkeit war auch genauso grausam. Der Abend und die Nacht waren ihren zahlreichen Freunden gewidmet, und wer gehörte nicht alles dazu! Cherokee-Indianer, die nach Transsylvanien ausgewandert waren, tibetische Mönche, ein strukturalistischer Philosoph, zwei Homosexuelle, eine Gruppe von Glasbläsern aus der Stadt Gus-Chrustalny, ein Seemann, mit dem Baby sich auf der Plattform im Schnellzug »Adler-Petersburg« wild geknutscht hatte, eine Schwertschluckerin, ein großer europäischer Schriftsteller (»Er hat mich auf einem Bankett betatscht, aber psst!«), DJs und VJs, ein mittelmäßiger französischer Chansonnier ... Nur von Vlad ...

Von Vlad erzählte Baby kein einziges Wort.

Seltsam.

»Und was ist mit deinem aktuellen Freund? Vlad – oder wie hieß er noch ...«

»Was soll mit Vlad sein?« Anscheinend gefiel ihr die Frage nicht.

»Bist du ... glücklich mit ihm? Liebst du ihn?«

»Wahrscheinlich liebe ich ihn.« Sie überlegte. »Aber was soll das schon heißen. Er ist ganz lustig, hat was auf dem Kasten, und überhaupt, sieht gut aus. Natürlich nicht so wie der Matrose, mit dem ich auf der Plattform im Zug geknutscht habe, aber trotzdem ...«

Sie liebte ihn nicht. Sie liebte ihn nicht die Bohne.

Diese Erkenntnis brachte mich aus der Fassung.

Mit dieser Erkenntnis ging ich auf mein Zimmer, wo der Schmerz in jeder Ecke auf mich lauerte. Er hatte jetzt meinen Körper verlassen, aber leichter war mir davon nicht geworden, eher im Gegenteil. Es war einfacher, mit dem Schmerz zu leben, als immerzu darauf zu warten, daß er aus irgendeiner Ecke über mich herfiel. Aber zum Teufel mit dem Schmerz! *Baby liebte Vlad nicht.* Doch ich liebte ihn, und ich konnte ohne ihn nicht leben. Eine Zwickmühle. Und ich hatte weder die Zeit noch die Kraft, noch den Wunsch, aus dieser Zwickmühle herauszukommen. Jetzt, nachdem ich Baby kennengelernt hatte, schien mir die Idee mit der Pistole vollkommen dumm, lächerlich und sinnlos. Und ich hatte auch noch Shegalytsch in die Sache mit hineingezogen, einen erwachsenen, ernst zu nehmenden Mann. Aber ich selbst war doch auch eine erwachsene, ernst zu nehmende Frau, Besitzerin einer Zeitschrift und einer Modelagentur. Ach, verdammt, das kannst du dir sonstwohin schieben! So langsam drehte ich durch. Ich lag zu einem Bündel zusammengerollt auf dem Bett und drehte langsam, aber sicher durch. Mir blieb nichts anderes übrig, als darauf zu warten, daß der Morgen graute und ein neuer Tag begann, in dem es Baby geben würde, die Vlad nicht liebte, den ich liebte.

Aber der Morgen wollte und wollte nicht kommen, und als er endlich doch anbrach, fand er mich weit weg vom Hotel; in voller Montur.

Ich erinnerte mich noch gut an diesen Hang. Man brauchte ungefähr eine Stunde, um dorthin zu kommen. Vor fünf Jahren hatte an diesem Hang ein Warnschild gestanden: GEFAHR! ABFAHRT VERBOTEN, und dieses Schild stand auch jetzt noch hier. Vielleicht war das Schild selbst ja neu, aber die Worte waren dieselben. Ich zog es mühsam aus dem Schnee heraus und warf es ein Stück weiter zwischen die Kiefern. Dann machte ich mich daran, das Gelände zu erkunden.

Es war ein hinterhältiger, tückischer Hang, der in einer tiefen Schlucht endete. Diese Schlucht war vom Kamm aus nicht einsehbar: Von dort aus sah man nur eine weiße schimmernde Schneefläche.

Für mich wäre es vermutlich die beste Lösung gewesen, mich einfach in diese Schlucht zu stürzen. Aber ich stürzte mich nicht hinein, sondern fuhr eine scharfe Kurve und kam fünf Meter vor dem Abgrund zum Stehen. Jetzt sah man die

Schlucht, angefüllt mit Steinen und scharfen Felssplittern, wie auf einem Präsentierteller vor sich. Mir schwindelte von dem Anblick, der Atem stockte mir, und eine leichte Übelkeit kroch mir in den Hals, die sich jedoch sogleich wieder verflüchtigte.

Sehr gut. Jetzt konnte ich umkehren.

Ich klopfte lange an ihre Zimmertür, bis sie mir öffnete.

»Pennst du?« fragte ich fröhlich.

Ein wenig zu fröhlich. Seit ich zurück im Hotel war, hatte mich diese überdrehte, an Hysterie grenzende Fröhlichkeit nicht verlassen.

»Wie spät ist es denn?« Baby reckte sich und kniff schuldbewußt die Augen zu.

»Elf.«

»Hab ich etwa verschlafen, oder wie? Weißt du, das geht mir manchmal so, ich kann nächtelang nicht schlafen, aber dann auf einmal – bumms, und ich bin weg, wie ausgeknipst.«

Die verschlafene Baby war ganz entzückend: mit zerzaustem Haar, ein wenig geschwollenen Lidern, sehr schutzlosem Mund und einer Knitterfalte auf der Wange. Die verschlafene Baby roch nach Milch und Buchweizenhonig.

Sie roch absolut nicht nach »Angel«.

»Während du gepennt hast, habe ich einen wunderbaren Ort ausfindig gemacht.«

»Was denn für einen Ort?«

»Wo wir heute skifahren werden. Keine dummen Gesichter, wunderbarer Schnee, es wird dir gefallen.«

»Ich bin gleich fertig«, rief Baby und war schon Feuer und Flamme. »In drei Minuten bin ich fertig.«

»Laß dir Zeit. Wasch dich wenigstens!«

»Waschen kann ich mich heute abend.«

Baby warf ihren Morgenmantel auf den Fußboden (nichts Herausforderndes, nichts Gespieltes lag in dieser Geste, sie hätte wirklich in Französisch Polynesien zur Welt kommen sollen), sprang leichtfüßig darüber hinweg und schritt ins Bad. Von ihrem matt schimmernden, vollkommenen, zwanzigjährigen Körper ging ein seltsames Leuchten aus; armer Vlad, ich Arme, wir armen beiden.

»Wie ist denn das Wetter?« rief Baby aus dem Bad.

»Wunderbarer Tag.«

»Klasse! Einfach klasse!«

Drei Minuten reichten ihr allerdings nicht.

»Hör mal, mein Zimmerschlüssel ist irgendwie verschwunden.« Baby versetzte aus irgendeinem Grund ihrem Rucksack einen Tritt und schaute unter das Bett. »Ich kann ihn nirgends finden.«

»Laß doch, wir suchen ihn, wenn wir wieder da sind. Wir vertrödeln unsere Zeit, Kleines.«

Während der ganzen Stunde, die wir zu der Schlucht unterwegs waren, hatte ich allein den einen Gedanken: Wenn uns doch nur etwas aufhielte. Wenn wir doch nur irgendwelchen Skilehrern oder Bergführern begegneten, die uns zurückschickten. Wenn doch nur dieses verdammte Schild wieder dort stünde, wenn doch nur ein Wunder geschähe.

Aus eigener Kraft konnte ich nicht mehr umkehren.

Aber das Wunder blieb aus, und jetzt bestaunte Baby schon seit einigen Minuten schweigend die Landschaft.

»Und?«

»Das ist ja zum Irrewerden! Du hast wirklich ein Gespür für Schönheit!«

»Freut mich, daß es dir gefällt. Ich schlage folgendes vor: Ich fahre als erste, um die Piste noch mal abzuchecken, und du kommst dann hinter mir her. Einverstanden?«

»Einverstanden.« Sie schaute mich unverwandt an. »Heute ist doch Weihnachten, stimmt's?«

»Kann gut sein.«

»Feiern wir?«

»Jetzt?«

»Nein, warum … Wir kommen abends noch mal her, und um Mitternacht machen wir eine Flasche Champus auf.«

»Und rauchen einen Joint?«

»Wenn du willst. Alles so, wie du willst. Überhaupt, ich fühle mich pudelwohl hier.«

»Ich auch.« Armer Vlad, ich Arme, wir armen beiden. »Also, ich sause los. Bis gleich, unten.«

»Ej …« Baby rief mich in dem Moment, als ich mich gerade mit den Skistöcken abstoßen wollte. »Ej, hör mal … Ich … Ich habe dir nicht die ganze Wahrheit über mich gesagt!«

»Ich auch nicht. Ich habe dir auch nicht die ganze Wahrheit über mich gesagt.«

Diesmal hielt ich noch ein ganzes Stück dichter vor der Schlucht als beim letztenmal, höchstens zwei Meter vom Rand entfernt, mehr nicht. Immer noch konnte ich alles abbrechen, ich brauchte mich nur mit gekreuzten Armen in den Weg zu stellen oder Baby irgendein anderes Zeichen zu machen. Warum tat ich das? Baby war doch nicht schuld daran, daß Vlad sich in sie verliebt und mich verlassen hatte. Er konnte gar nicht anders, als sich in sie zu verlieben, alle verliebten sich in Baby, alle waren verrückt nach ihr, oh, dieser verdammte Schmerz in der Schläfe …

Es ist alles aus. Alles. Alles.

Ich winkte Baby zu.

Dann blieb die Zeit stehen. Es dauerte eine ganze Ewigkeit, bis sie das erste Drittel des Hangs hinter sich hatte, eine weitere Ewigkeit, bis sie auf der Hälfte angelangt war; die Sonne versank hinterm Horizont und ging wieder auf, die Parade der Planeten begann und endete, die Kiefern alterten und starben, und Baby flog immer noch über den Schnee dahin und ließ einen Schwall von silbernen Spritzern über die Sterne und Nebelflecken sprühen. Da durchfuhr mich ein irrsinniger Gedanke: Was wäre, wenn sie auf einmal wirklich flöge? Schließlich lag ihr alles zu Füßen, warum nicht auch die Schwerkraft?

Und sie flog tatsächlich – aber nur für eine winzige Sekunde, die nicht das geringste mit der Ewigkeit gemein hatte. Dann stürzte sie wie ein Stein in die Schlucht.

Es ist alles aus. Alles. Alles.

Bye-bye, Baby.

Ich saß schon seit Stunden vor ihrem Notebook und starrte mit leeren Augen vor mich hin. Es war nicht weiter schwierig gewesen, an das Gerät heranzukommen, ich hatte Baby nämlich die Zimmerschlüssel gestohlen. Ich ging einfach in ihr Zimmer, nahm den Computer und verschwand wieder. Beim Rausgehen stolperte ich über ihren Rucksack und wäre fast hingeschlagen. Baby, Baby, wann wirst du es endlich lernen, Ordnung zu halten?

Niemals. Niemals.

Hoffentlich hatte sie ihren Computer nicht mit einem Paßwort geschützt.

Baby hatte kein Paßwort. Und nach dem Windows-Logo erschien ein Bildchen auf dem Desktop: ein braun-weißer Welpe mit einer Zipfelmütze und Glöckchen. Ich preßte meine Hände an die Schläfen. Eine sentimentale Mörderin war ich, sonst nichts. Mit Babys Tod war auch der Schmerz verschwunden, und an seiner Stelle war ein großes Nichts geblieben. Jetzt war ich wirklich tot, vollkommen, absolut tot.

Auf dem Computer waren nur ein paar einfache Programme und zwei einsame Word-Dateien; die eine trug die lakonisch-unpersönliche Bezeichnung »Roman«, der Name der anderen klang etwas interessanter: »Schuriks Tagebuch«. Die Tatsache, daß ich in fremden Sachen herumwühlte, brachte mich nicht im geringsten in Verlegenheit. Nach dem, was geschehen war, konnte mich nichts mehr in Verlegenheit bringen. Ich klickte den »Roman« an.

Baby war unglaublich talentiert, einfach irrsinnig talentiert. Das war mir klar, kaum daß ich die ersten beiden Seiten überflogen hatte. Dann kam ich zur dritten, vierten und fünften. Der Roman – das waren Babys nächtliche Erzählungen, und er war wie eine Reise ohne Wiederkehr. Einige der Geschichten kannte ich, andere, die ich zum erstenmal las, preßten mir förmlich das Herz zusammen, so dicht, so sinnlich und lebendig waren sie. So wie ich Baby kennengelernt hatte. Und so, wie ich sie nicht kannte, noch keine Zeit gehabt hatte, sie kennenzulernen – zärtlich und scheu und voll von einer allumfassenden Sehnsucht. Aber ich schloß die Datei, bevor ich ein Drittel davon gelesen hatte, ich hatte einfach nicht die Kraft, weiterzulesen; irgendwann später einmal, aber nicht jetzt, okay?

Die dem Datum nach letzte Eintragung in »Schuriks Tagebuch« (und Baby war in punkto Daten sehr genau gewesen) bezog sich auf die vergangene Nacht.

»*... Sie sieht aus wie dieses Steinchen, das ich in Buchara gefunden habe und das ich mir manchmal gern in den Mund stecke; das, auf dem der Abdruck einer Libelle ist. Sardik hat gesagt, es sei gar keine Libelle, sondern irgendein anderes Insekt, aber ich bin sicher, es ist doch eine. Sie ist wie dieses Steinchen: Der Mensch, der sie geliebt hat, ist fortgegangen, aber sein Abdruck ist geblieben, für immer.*

... Heute hat sie mir Skifahren beigebracht. Ein absolut irres Gefühl zu fliegen. Ich habe zwanzig sinnlose Jahre auf der Welt gelebt und nicht gewußt, das es so ein Gefühl überhaupt geben kann. Und wenn ich sie anschaue, sie einfach nur anschaue, dann habe ich genau dieses Gefühl – zu fliegen ...«

Das zu lesen war mir einfach unerträglich, und ich scrollte mich weiter durch den Text.

»*Nikita und ich haben in einer Hofdurchfahrt eine Flasche Cognac geleert, die er aus Marseille mitgebracht hat. Wir hätten natürlich auch zu ihm oder zu mir gehen können, aber so einen Cognac in einem verpißten Petersburger Torweg zu kippen – das ist doch irre! Nikita faselte, eine Französin hätte ihm gezeigt, wie man französisch küßt. Was für ein Quatsch! So hab ich schon mit zehn mit Fedka aus Sestrorezk rumgeknutscht.*

Sardik sagt, daß ich mir gern alles mögliche ausdenke und alles mystifiziere. Und daß ich irgendwann dafür mal richtig eins drüberkriegen werde. Der Blödmann! Den Nobelpreis für Literatur bekomme ich dafür.

»*... Endlich bin ich mal Harley-Davidson gefahren! Irre! Das war ein absoluter Festtag! Der Alltag war dann allerdings, daß ich mit dem Freund des Besitzers dieses Ofens ins Bett* *mußte. Ich wäre lieber mit dem Besitzer der Harley selber ins Bett gegangen, aber der ist schwul …«*

Kein Wort von Vlad, nicht eins.

Fast schon ohne Hoffnung, gab ich »Vlad« in das Suchfenster ein.

»… Diese dämliche Marussja hat heute hier vielleicht einen Affentanz aufgeführt. Sie hat sich offenbar gerade mit ihrem liebsten Vlad in der Wolle gehabt. Das ist so ein Journalistenfutzi von einem dieser beknackten Life-Style-Magazine. Ich habe ihn ein paarmal gesehen, er ist eine Art Mitteldïng zwischen Tom Cruise und einem Opossum. Marussja sagt, sie hätten eine heiße Affäre (Wie kann man es bloß mit einem Opossum treiben, oder erst mit Tom Cruise?), und überhaupt, es steuert alles auf eine Hochzeit zu, aber heute hat ihr dieser Journalistenfutzi ein böses faules Ei gelegt. Sie wollten zusammen in die Berge fahren, aber im letzten Moment kommt er an und meint, er müsse auf eine Geschäftsreise (aber nicht nach Torshok oder so, nee, nach Amsterdam) und ließ Marussja mit den Reisegutscheinen sitzen. So in der Art: Fahr mal schon los, ich komm dann nach. Der Witzbold! Marussja spuckte Gift und Galle, sie war kurz davor, die Reisegutscheine in tausend Stücke zu reißen. Aber ich hab es ihr ausgeredet, und jetzt fährt sie nicht in die Berge, sie denkt gar nicht dran, sie bleibt schön in Petersburg hocken und wartet auf ihren Journalisten, um ihm die Augen auszukratzen. Statt dessen fahre ich in die Berge, jopp! Und das genau an Weihnachten! Marussja hat mir einen Reisegutschein geschenkt, das gute Stück! Und ein Fläschchen Parfüm noch obendrein, auch von diesem Journalisten.«

Ich habe dir nicht die ganze Wahrheit über mich gesagt!

O Gott, Baby … Du warst es gar nicht … Du warst es nicht … Aber warum? Warum?

»Celine und Julie haben sich um Kopf und Kragen gelogen«.

Celine und Julie. Um Kopf und Kragen gelogen. Um Kopf und Kragen.

Ich war tot. Vollkommen, absolut tot. Ich war toter als Baby.

Obwohl ich mit einem Passagierflugzeug nach Hause flog. Ich brauchte kein Transportflugzeug. Ich brauchte fast gar nichts mehr. Das wußte ich genau. Außer vielleicht Babys Notebook.

Babys Notebook war das einzige, was mir noch geblieben war.

Zu Hause wartete Vlad auf mich. Das Mittelding zwischen Tom Cruise und einem Opossum. Er war nicht in die Berge gefahren. Aber es war mir jetzt vollkommen gleichgültig, ob er gefahren war oder nicht.

»Hast du wieder angefangen zu rauchen?« fragte er.

Ich verstand seine Frage nicht. Ich warf zwei Schachteln Marlboro auf den Tisch.

»Hast du wieder angefangen zu rauchen?«

»Ja. Ich habe wieder angefangen zu rauchen.«

»Was ist mit deinen Filmaufnahmen?«

O Gott, wovon redete er?

»Was für Filmaufnahmen?«

»Du hattest doch einen Drehtermin in Moskau. Wie war's?«

»Ach … Großartig. Und du bist doch nicht in dein Wydropushsk gefahren?«

»Ich muß ein ernstes Wort mit dir reden, Mädchen.«

O Gott, wovon redete er?

»Das mit Wydropushsk … Das war gelogen. Ich wollte ganz woandershin fliegen. Mit einer anderen Frau. Egal … Weißt du, es war einfach super, daß du mich nach Amsterdam geschickt hast. Einfach super. Ich mußte mal hier raus. Um zu verstehen, wie sehr ich dich liebe.«

O Gott, wovon redete er?

»Es war eine zeitweilige geistige Verwirrung. Das kommt bei Männern gelegentlich vor. Irgendwas mit den Hormonen oder so. Scheißegal … Du hast sehr darunter gelitten, ich habe das gesehen … Du verzeihst mir doch? Ich brauche nur dich … nur dich.«

Ich bin tot. Vollkommen, absolut tot. Ich bin toter als Baby.

Sogar ein Schuß in die Schläfe hätte mich nicht toter gemacht. Aber die Pistole hatte ich ja sowieso zurücklassen müssen, ich hatte sie wieder ins Handschuhfach gelegt. Mit Schußwaffen wird man nicht ins Flugzeug gelassen. Das wird schon seine Gründe haben, nehme ich an.

Irgendwann in meinem vorigen Leben hatte ich mal einen Bonbon im Mund. Jetzt war davon keine Spur mehr geblieben. Doch vielleicht erscheint dort ja im Laufe der Zeit ein kleines Steinchen mit dem Abdruck einer Libelle.

Was meinst du, Baby?

Zu dieser Ausgabe

Die russisch-orthodoxe Welt feiert Weihnachten, die Geburt Jesu Christi, entsprechend des Julianischen Kalenders, der in Rußland noch bis 1918 Gültigkeit hatte, 13 Tage später als die protestantische und die katholische Welt, also erst Anfang Januar. In sowjetischer Zeit bemühte man sich, das religiös geprägte Weihnachtsfest und die damit verbundenen alten, zum Teil bäuerlich bestimmten Bräuche in den Hintergrund zu drängen, was weitestgehend auch gelang. Erst in den letzten Jahren wird wieder Weihnachten gefeiert, sind die entsprechenden Tage arbeitsfrei. Weihnachten war in Rußland jedoch immer etwas anders als in Deutschland, man lese die Geschichten der großen russischen Autoren des 19. und vom Beginn des 20. Jahrhunderts (siehe zum Beispiel »Russische Weihnachtsgeschichten«, herausgegeben von Margit Bräuer, Aufbau-Verlag 2000). Während der Sowjetmacht begann man, Silvester und Neujahr als eine Art weltliche Weihnachten zu etablieren. Diese Sitte hat sich verfestigt, und sie hat bis heute Vorrang vor dem orthodoxen Weihnachtsfest. Zu Silvester wird der Tannenbaum oder die Neujahrstanne – russisch Jolka – geschmückt. Nicht am Heiligabend, sondern am Silvesterabend bringt anstelle des Weihnachtsmanns Großväterchen Frost – russisch Djed moros – den Kindern Geschenke. In neuerer Zeit kommt für Großväterchen oder auch Väterchen Frost zunehmend Santa Claus ins Spiel. Begleitet wird Großväterchen Frost von seiner Enkelin Schneeflöckchen – russisch Snegurotschka –, eigentlich eine Gestalt aus der russischen Märchenwelt: ein schönes Mädchen aus Schnee, das im Frühling zu Wasser wird. Snegurotschka oder Schneeflöckchen entspricht etwa einem Weihnachtsengel.

Die Geschichten im vorliegenden Band spielen zu einem Teil wirklich Weihnachten, meist aber am Neujahrsabend, so wie es den meisten der Autoren heute vertraut ist.

Marlies Juhnke

Zu den Autoren und Rechte-Inhabern

Tatjana Ustinowa wurde 1968 in Moskau geboren. Sie studierte Aerodynamik am renommierten Moskauer Physikalisch-Technischen Institut und arbeitete später beim Fernsehen. Tatjana Ustinowa hat 14 Kriminalromane geschrieben und ist gegenwärtig eine der populärsten Krimiautorinnen Rußlands. Mehrere russische Fernsehserien basieren auf ihren Büchern. Sie lebt mit ihrem Mann und den zwei Söhnen in Kratowo, in der Nähe von Moskau.

Auf deutsch bisher erschienen: Daß Du nicht mehr lebst (2004), Blind ist die Nacht(2005), Wem die Stunde schlägt (2005).

Boris Akunin ist das Pseudonym des Moskauer Philologen, Kritikers, Essayisten und Übersetzers aus dem Japanischen Grigori Tschchartischwili (geb. 1956). 1998 veröffentlichte er seine ersten Kriminalromane, die ihn in kürzester Zeit zu einem der meistgelesenen Autoren Rußlands machten. Heute genießt er in seiner Heimat geradezu legendäre Popularität. 2001 wurde er zum Schriftsteller des Jahres gekürt, seine Bücher wurden bereits in 17 Sprachen übersetzt, weltweit wurden etwa 6 Millionen Exemplare verkauft. Boris Akunin schrieb 3 Krimi-Serien. Zur Zeit arbeitet er an einem umfangreichen Romanprojekt. Die ersten beiden Bände seiner Fandorin-Serie wurden in Rußland verfilmt. Mit Fandorin (2001), Türkisches Gambit (2001), Mord auf der Leviathan (2002) Der Tod des Achilles (2003), Die Schönheit der toten Mädchen (2003), Der Tote im Salonwagen (2004), Die Entführung des Großfürsten (2004) und Der Magier von Moskau (2005) – alle im Aufbau Taschenbuch Verlag lieferbar – erlangte er auch in Deutschland Kultstatus. Weiterhin auf deutsch erschienen: Pelagia und die weißen Hunde (2003), Pelagia und der schwarze Mönch (2004), Pelagia und der rote Hahn (2004), Die Bibliothek des Zaren (2005).

Tatjana Garmasch-Roffe wurde in Moskau geboren. Sie studierte an der Philologischen Fakultät der Moskauer Universität, war Theaterkritikerin und schreibt heute Krimis. Tatjana Garmasch-Roffe lebt in Frankreich.

Tatjana Poljakowa wurde 1956 in Wladimir geboren. Sie studierte an der Philologischen Fakultät der Universität Iwanowo, promovierte und arbeitete 14 Jahre als Kindergärtnerin. Tatjana Poljakowa veröffentlichte bisher 38 Kriminalromane, von denen einer verfilmt wurde. Sie lebt mit ihrem Mann, ihrem Sohn und zwei großen weißen Katzen in Wladimir.

Wladimir Tutschkow wurde 1949 in Moskau geboren. Nach einem Elektronik-Studium gehörte er in den siebziger und achtziger Jahren zu den Pionieren der russischen Computer-Szene. Schon damals schrieb er avantgardistische Gedichte. In den neunziger Jahren arbeitete er als Journalist und veröffentlichte seine ersten Erzählungen. Er ist in Rußland hauptsächlich als Verfasser ironisch zeitkritischer Prosatexte bekannt. Heute ist er außenpolitischer Kommentator für das Internet-Journal *vesti.ru.*

Wladimir Tutschkow erhielt den Literaturpreis der Zeitschrift »Nowy mir«; er stand mehrmals auf der Auswahlliste für den Andrej-Bely-Preis und wurde zweimal für den Anti-Booker-Preis nominiert.

Cybersex in der Neujahrsnacht – Prevratnosti virtualnowo seksa w nowogodnujo notsch © Wladimir Tutschkow 2005.

Galina Kulikowa wurde 1962 in Moskau geboren. Sie studierte an der Moskauer Universität Journalistik und arbeitete danach als Reporterin. Sie hat inzwischen 17 Kriminalromane geschrieben, von denen in den letzten drei Jahren 1,5 Millionen Exemplare verkauft wurden. Galina Kulikowa lebt mit ihrem Mann und ihrem Sohn in Moskau.

Weihnachten auf russisch – Roshdestwo po russki © Eksmo Agency Inc., 2005.

Jelena Arsenjewa (eigentl. Jelena Gruschko) wurde 1952 in Chabarowsk geboren. Sie studierte an der Philologischen Fakultät des Pädagogischen Instituts in Chabarowsk und am Filminstitut in Moskau Szenaristik. Jelena Arsenjewa schreibt historische Romane, Abenteuer-, Frauen- und Kriminalromane. Sie hat 52 Bücher veröffentlicht, die in den letzten drei Jahren eine Gesamtauflage von 1,5 Millionen erreichten. Jelena Arsenjewa lebt mit ihrer Tochter in Nishni-Nowgorod.

Angenehme Reise – Ljochkoi puti © Eksmo Agency Inc. 2005.

Darja Donzowa (eigentl. Agrippina Wassiljewna) wurde 1952 in Moskau geboren. Sie studierte Journalistik an der Moskauer Lomonossow-Universität, arbeitete zunächst als Übersetzerin und unterrichtete später Französisch und Deutsch. Seit 1998 schreibt sie Kriminalromane. Sie hat bisher 46 Bücher veröffentlicht, von denen insgesamt 42 Millionen Exemplare verkauft wurden. Darja Donzowa wurde dreimal in Rußland Schriftstellerin des Jahres. 2002 und 2003 wurde jeweils eines ihrer Bücher mit dem Preis »Bestseller des Jahres« ausgezeichnet. Darja Donzowa moderiert im russischen Radio eine Talkshow. Einige ihre Kriminalromane dienten als Vorlage für Hörspiele und Fernsehserien. Sie lebt mit ihrem Mann, ihren drei Kindern und ihren Hunden in Moskau.

Bisher auf deutsch erschienen: Der unschuldige Mörder (2003), Ein Hauch von Winter (2003), Der fünfte Mord (2004).

Eine echte Weihnachtsgeschichte – Nastojastschaja roshdestwenskaja skaska © Eksmo Agency Inc. 2005.

Valeri Ronschin studierte Geschichte und hat mehr als 20 Bücher für Kinder und Erwachsene geschrieben. Er lebt in St. Petersburg.

Ein Weihnachtstraum – Roshdestwenski son © Valeri Ronschin 2005.

Jelena Chorwatowa arbeitet auf einer Forschungsstelle in der Russischen Staatsbibliothek. Seit einigen Jahren schreibt sie historische Kriminalromane. Sie lebt in Moskau.

Bisher auf deutsch erschienen: Der strafende Engel (2005).

Entweihte Weihnachten – Oskwernjonnoje roshdestwo © Jelena Chorwatowa 2005.

Viktoria Platowa hat das Filminstitut in Moskau absolviert und als Szenaristin für verschiedene Studios gearbeitet. Ihre Bücher erreichen in Rußland Millionenauflagen, ihre Serie um die rothaarige Eva läuft äußerst erfolgreich im russischen Fernsehen. Viktoria Platowa lebt in St. Petersburg.

Bisher im Aufbau Taschenbuch Verlag erschienen: Die Frau mit dem Engelsgesicht (2002); Ein Püppchen für das Ungeheuer (2003), Die Diva vom Gorki-Park (2003) und Die letzte Zeugin (2004). Weiterhin auf deutsch erschienen: Das Taufbecken des Teufels (2004), Das Blut der Leoparden (2005), Der Schweif des Todes (2005).

Bye-Bye Baby © Viktoria Platowa 2005.

Weihnachten
mit
Dickens